L'ORAGEUSE

JESSICA L. NELSON

L'ORAGEUSE

roman

ALBIN MICHEL

Pour Louise

Montez, montez plus haut, toujours plus haut ;
planez, c'est votre devoir d'aigle.

Victor Hugo à Louise Colet,
lettre du 17 mars 1857.

I.

1.

Fugues nocturnes

Château de Servanne[1]*, 16 novembre 1834*

La nuit est exceptionnellement douce pour la saison, mais la jeune fille grelotte dans sa chemise de percale. Les premiers instants de sa course folle ont coloré ses joues d'un voile rose, la sueur qui coule le long de sa colonne vertébrale est d'une tiédeur très inconfortable.

– Quelle heure peut-il être ?

Dans sa précipitation, elle a quitté la maison à peine vêtue, obéissant à une pulsion qui ne souffrait aucun délai, pour ne point s'alourdir et mettre le plus de distance possible entre elle et ses frères. C'est tout juste si elle n'a pas oublié d'enfiler ses chaussures ! Elle a embrassé une dernière fois un portrait de sa mère avant de le reposer sur la coiffeuse. Son hésitation à emporter quelques bijoux, monnayables en cas de besoin – hors de question de mendier le moindre franc auprès de son aîné, ce rat d'Adolphe – a été balayée par l'urgence. Quant à une bougie pour s'éclairer, impossible également : autant semer des cailloux derrière elle pour guider ses geôliers !

Veillant à ne pas faire grincer l'escalier, elle a descendu les marches une à une, de sa chambre vers le rez-de-chaussée. La grande demeure à façade ocre, bastide imposante mais joyeuse, dormait. Louise a fait trois pas dans la cour, adressé des mots d'adieu silencieux à la cloche et à l'horloge qui surmontent le toit, puis a filé vers la sortie. Aucun des lévriers ne la suivait.

Ah, Adolphe pensait l'avoir coincée à double tour dans sa chambre, telle une vulgaire voleuse que l'on boucle au cachot ? Subitement, on la voulait retenue entre les quatre murs imprégnés de ses rêves d'enfant, alors qu'on l'avait presque jetée dehors des mois plus tôt ? C'était faire fi de l'un des jeux préférés de l'Amazone prête à toutes les frondes : s'échapper. Les serrures ne sont-elles pas faites pour être forcées ? La fuite grise Louise, tant cela la plonge dans les histoires d'héroïnes qui ont bercé sa jeunesse. S'évader est exaltant.

– Prisonnière, ça jamais ! fulmine-t-elle pour se donner du courage.

L'obscurité est épaisse. Elle hasarde un coup d'œil par-dessus son épaule en franchissant la grille de la propriété et la rangée de hauts cyprès taillés. La fugue semblait moins effrayante lorsqu'elle soufflait de rage d'avoir été enfermée contre son gré. Elle ne pensait pas aux ténèbres, au cheminement malaisé, au froid, et à la soif qu'elle éprouverait. Mouriès n'était qu'à une quinzaine de minutes à pied, après tout ! Enfant, ne parcourait-elle pas le trajet à une vitesse record depuis Servanne pour aller jouer avec Vierge, sa grande amie ?

Louise hésite quant au chemin à emprunter. Mouriès : n'est-ce pas là où ses tortionnaires se précipiteront dès qu'ils constateront que l'oiseau s'est envolé ? Dans la direction opposée, elle s'aventure sur des voies secondaires. Elle veille à ne pas faire craquer les branches, les feuilles ; son esprit s'embrouille. Elle décide de revenir sur ses pas : il est trop risqué de se perdre dans la nature des Baux, sous prétexte d'échapper à Adolphe ! Non, il faut atteindre le village voisin. Ne pas penser à Servanne. À la nuit. Seules comptent la rébellion, sa liberté, les retrouvailles prochaines avec son bel Hippolyte… et surtout, celui-ci doit éviter le duel, absolument. Leur amour mérite tout sauf un affrontement sanglant à l'aube dans la garrigue. Le doux sourire du musicien l'enveloppe et lui redonne un peu de force.

– Hippolyte, restez tranquille, je vous en conjure…, murmure-t-elle, comme si son fiancé pouvait l'entendre.

Louise ne tourne-t-elle pas en rond, à force d'hésiter sur la destination finale ? La lune timide n'accorde que de brefs éclats au paysage environnant, calme, presque inquiétant. Louise laisse dans son dos les monts calcaires et pelés des Alpilles, et les Caisses de Jean-Jean dans le lointain. L'air frais, dans ses poumons, est chargé des effluves de la saison, qu'elle a appris à connaître depuis que les Révoil ne séjournent plus à Aix-en-Provence en hiver. Chaque bosquet, chaque rocher bordant le chemin lui est familier, et pourtant elle se sent perdue.

Pourvu que Reine, son ancienne nourrice, lui offre l'asile lorsqu'elle atteindra Mouriès. Faudra-t-il alerter M. Boussot, le maire, ancien ami de sa mère ? Fuir pour Aix, où elle a gardé des connaissances, ou pour Lyon, afin d'y rejoindre la branche paternelle du clan ? Sa grand-mère Révoil vit à la Croix-Rousse, dont Louise garde de bons souvenirs : elle y a dévoré des textes interdits qui l'ont faite femme, comme ceux de Mme de Staël ou de Benjamin Constant.

– Quelle tragédie grecque ! pense-t-elle.

La perspective du mariage avec Hippolyte aurait dû tout arranger… Mais comment Louise aurait-elle pu prévoir que ses fiançailles, avec à la clé la répartition de l'héritage de Servanne, provoqueraient un tel tollé familial ?

Si Henriette et Antoine Révoil, ses parents, étaient témoins de cette scène, leurs enfants se déchirant pour un tas de pierres et une poignée de meubles, nul doute qu'ils seraient choqués. Mais voilà, ils sont morts, et tant mieux pour eux. Qu'ils n'assistent pas à ces querelles pathétiques, eux qui ont élevé leur progéniture dans l'harmonie et la noblesse de l'âme. Tous ceux que Louise aimait, ou presque, sont redevenus poussière et l'ont abandonnée. Elle se raccroche au souvenir des bras presque trop tendres de son Hippolyte. De ceux de Reine qui l'abriteront bientôt.

Les visions se mélangent dans sa tête, elle ralentit le pas pour reprendre sa respiration. Depuis quand marche-t-elle ? Cinq minutes, cinq heures ? Elle ne sait plus. Des bruits suspects la font tressaillir, vite elle se cache dans un fourré et patiente, espérant qu'aucune bête ou âme humaine n'apparaisse. Le temps n'existe plus. La migraine menace de faire exploser sa tête délicate. Une douleur lancinante loge au creux de son ventre. Elle s'élance à nouveau, s'arrête au bout de cent mètres et pose ses mains sur le tronc robuste d'un chêne. Quoi, n'est-elle pas plus vaillante ? Les larmes jaillissent sans qu'elle parvienne à les retenir. Est-ce de tristesse, de colère, d'angoisse, peut-être les trois à la fois ?

Louise a été stoïque, ces derniers mois, durement éprouvée par la mort de la belle Julie Candeille, son mentor, en février, à Paris ; puis par celle de sa mère Henriette en avril. Toutes deux emportées par la maladie. D'abord, Louise a ignoré les attaques perfides d'Adolphe, Joséphine, Jean-Jérôme et Auguste, sa tyrannique fratrie – à croire que le deuil n'était qu'un masque destiné aux funérailles ! Louise n'espère même plus récupérer les menus objets légués par leur mère à son intention, d'une valeur plus sentimentale que pécuniaire. Où était donc passé ce trousseau de robes que la défunte lui destinait ? À quel moment Adolphe, désormais chef de la famille, l'avait-il subtilisé ? Joséphine s'en était-elle réjouie ? Ce brigand d'Auguste avait-il tenté de les vendre pour en tirer trois sous ?

Louise méprise ses frères et sa sœur, des ânes bornés et sans fantaisie envieux de son statut de petite dernière, et surtout de ses grands yeux pervenche qui faisaient la fierté d'Henriette. Elle abomine leur étroitesse d'esprit et leur raideur, malgré l'éducation humaniste et plutôt libérale qu'ils ont reçue. Est-elle responsable d'avoir été si complice avec leur mère ? Y peut-elle quelque chose, si c'était elle que leur père prenait sur ses genoux pour lui raconter son enfance à Naples, lui chanter des airs d'opéra et lui enseigner l'italien ? Devrait-elle rougir de maîtriser le grec et le latin, d'être lettrée, de préférer traduire Shakespeare et composer des vers plutôt que s'adonner au point de croix ? Aurait-elle dû renoncer à ses ambitions littéraires, à son penchant pour les aèdes et à son culte pour Chateaubriand, à sa volonté de publier ses poèmes, pour se concentrer sur les marmites à lustrer, les poules et les moutons à nourrir, le rendement de l'oliveraie de Servanne ?

Cette pensée la fait frémir. Ni son père, ni sa mère, ni aucun de ses illustres ancêtres ne lui ont appris à se taire. C'est même tout le contraire. On lui a enseigné à relever le menton et à faire entendre sa voix, ses convictions ; à cultiver son intelligence, car elle en a ; à mettre en valeur sa beauté, que tous reconnaissent. Si on surnommait une de ses aïeules « la Rose de Provence », Louise est quant à elle devenue « la Perle des Bouches-du-Rhône ». C'est un tantinet moqueur, soit ; mais où qu'elle aille, on la remarque. Et c'est sans doute ce qui rend ses frères fous de rage et Joséphine malade de jalousie. Seule Marie, sa seconde sœur, l'a soutenue lorsqu'ils étaient tous enfants. Elle l'a même accueillie chez elle et son mari à Nîmes lorsque Louise a quitté Servanne cet été, l'air y étant devenu irrespirable.

Louise se remet à avancer, pensive. La colère est retombée avec la fatigue. Elle devrait bientôt croiser le chemin des Grenadiers et le cimetière, puis la route de l'Église-Vieille. Quel réconfort ce sera de se jeter dans le giron de Reine et de lui raconter sa séquestration au château, digne de ces contes qui font peur aux enfants. Inimaginable ! Et pourtant… Lorsqu'ils étaient petits, ses frères se moquaient de l'entendre déclamer des vers à voix haute et la pourchassaient pour l'empêcher de lire. À Aix, elle se réfugiait au grenier de leur grand appartement pour admirer les toits de la ville et rêver de Paris. À Servanne, Louise parvenait à les semer dans le parc, tournoyant plusieurs fois autour du moulin à huile, de la fière statue de Pomone, des bassins et de la fontaine d'Hercule, avant de rentrer se blottir dans un coin de la vaste bibliothèque dont ses frères ignoraient l'existence – avaient-ils seulement déjà ouvert un livre, ces imbéciles ? La pièce, chaleureuse malgré ses tentures à demi tirées, était un refuge pour la fillette avide de nouvelles aventures. Elle avait saisi, malgré son jeune âge, la richesse discrète des étagères patiemment agencées par le lecteur flamboyant et érudit qu'était son grand-père maternel, Jean-Baptiste-Benoît Le Blanc. C'était un homme d'honneur et de panache, généreux et enthousiaste, qui s'était pris d'affection pour la grâce et la curiosité de Louise. Il savait apaiser le cœur battant de la fugitive, dont le bleu des yeux tournait à la teinte lavande lorsqu'elle était traquée par ses frères. Combien de fois Le Blanc s'était-il interposé entre l'enfant et ses bourreaux en herbe, éconduisant les garnements et lui intimant à elle l'ordre de ne pas leur céder ?

Louise serre ses poings et essuie son front humide avec un mouchoir. Ne pas abdiquer. Et ces clameurs, au loin, qui lui parviennent sont-elles le fruit de son imagination ? Sont-elles devant ou derrière elle ? Faut-il accélérer ? Faire demi-tour ? Adolphe et sa clique se rapprochent-ils ? N'est-il pas très risqué pour une femme de se hasarder ainsi en chemise, à minuit, hagarde ? Une mauvaise rencontre serait fatale, elle le sait. Des ombres semblent l'épier, prêtes à fondre sur elle à chaque pas. La région n'est pas exempte de malfrats, qui n'hésiteraient pas à la capturer pour demander une rançon, à la molester, voire les deux. Serait-ce pire que de retomber aux mains d'Adolphe, qui doit être furieux de sa disparition ?

Les murs du cimetière apparaissent au bout du chemin, surmontés de branches de platane. Un petit effort. Louise se met à courir et trébuche sur une racine, se tord la cheville et se relève en grimaçant. Ne pas paniquer, alors qu'elle est près du but. Quelques lumières dans le village l'encouragent. Une fois chez Reine, Adolphe ne pourra plus rien contre elle. Elle clopine bravement. Elle n'avait pas imaginé son évasion si longue et douloureuse. Elle renifle, une larme rejoint une goutte de transpiration sur son visage. Son épuisement renforce son impression de vulnérabilité.

Louise pousse un hurlement qui perce l'obscurité à des kilomètres à la ronde lorsqu'une haute silhouette à capuche se jette sur elle pour la plaquer à terre.

*

Mouriès, 17 novembre 1834

– Deux fois ? Tu t'es sauvée deux fois ? En pleine nuit ? Du château ? Mais comment est-ce possible ?

La vieille Reine Picard, pétrie d'anxiété, en oublie les légumes qu'elle était en train d'éplucher au-dessus d'un large bol en faïence et frotte ses mains sur son tablier avec nervosité.

– C'est tout aussi possible que la crise cardiaque à laquelle j'aurais dû succomber lorsque le jardinier du cimetière s'est abattu sur moi ! s'exclame Louise.

Dans la cuisine modeste mais rassurante, ce matin, son

visage plongé dans une tasse de thé bouillant, Louise se délecte du breuvage mais ses paupières cernées par les émotions de la veille battent sans discontinuer. Reine observe sa protégée, sa tignasse blonde emmêlée et ses mains écorchées.

– Dans quel état t'es-tu mise, ma petite chérie.

– Je ne regrette rien. M'imagines-tu rester à Servanne dans ces conditions ?

– Certainement pas, mon oiseau. Mais de là à t'enfuir comme une criminelle…

– Ce sont eux, les criminels ! De guerre lasse, j'ai failli rédiger, sous leur dictée, des papiers compromettants…

– Ils t'ont forcée à écrire ? Mais quoi donc ?

– Je ne sais plus, Reine, je ne sais plus… Que je renonçais à l'héritage… que je rompais mes fiançailles… qu'Adolphe serait mon tuteur et que je ne sortirais plus de Servanne… Ils ont voulu m'enchaîner comme une esclave !

Reine est ébranlée. Lorsqu'elle a ouvert sa porte hier soir, elle n'a pas posé de questions à Louise, accompagnée par son sauveteur de jardinier et manifestement bouleversée par sa course nocturne. Elle lui a passé de l'eau sur le visage, lui a fait enfiler un linge propre et l'a mise au lit. Les explications seraient pour le lendemain…

– Puisque je te dis que j'ai vécu un cauchemar éveillé !

Reine se lève brusquement et manque d'envoyer ses légumes aux quatre coins de la pièce. Elle rattrape la jatte et la pousse au centre de la table de bois, jette un œil rapide à la pendule murale – huit heures, il ne faut pas tarder à se rendre à la mairie – et soupire. De sa marmite suspendue dans l'âtre s'échappe un délicieux fumet, auquel d'habitude Louise aurait prêté attention. Elle qui s'intéresse aux plaisirs de la table se serait enquise de la recette. Mais la jeune fille reste immobile, sa tasse entre les mains, songeant que ces mois-ci, les problèmes s'amoncellent sans se régler.

Elle avait quitté la bastide après la mort de sa mère, logeant tantôt chez Marie à Nîmes, tantôt ici, à Mouriès, et avait décidé d'épouser un musicien originaire d'Uzès appelé Hippolyte Colet. Qui dit mariage dit dot, et le dilemme ô combien fâcheux du partage de l'héritage, en suspens depuis avril, devait donc être tranché. Tout s'était alors précipité. M. Boussot, le maire, s'en était mêlé : il avait convaincu Louise de réclamer son dû et de prendre conseil auprès de Mangin, un homme d'affaires… « Votre mère n'aurait pas accepté que vous soyez dépouillée ! » affirmait-il. Entre-temps, Hippolyte, croyant bien faire, avait rédigé un courrier à l'attention d'Adolphe pour l'informer qu'il épouserait sa sœur. Ce dernier, pris de fureur, avait répondu qu'il lui passerait sur le corps avant qu'il convole avec Louise. Les duels sont interdits mais se pratiquent toujours : hier, la jeune femme s'était affolée d'un possible affrontement et s'était rendue au château dans l'espoir d'apaiser ses frères.

– Et c'est à ce moment-là qu'Adolphe t'a enfermée ?

– Pas immédiatement. Nous avons parlé des heures, sur le perron puis au salon… et même le mari de Joséphine s'est interposé.

– Ce falot de peintre à la solde de Charles X… Ne manquait plus que Baragnon à votre aimable conciliabule, si je comprends bien ! bougonne Reine.

Amédée Baragnon, époux de Marie, essaie sans répit de caser Louise depuis qu'elle est majeure, pour une raison qui échappe à la principale intéressée et à sa nourrice. Le prude Amédée était-il effaré d'héberger une splendeur telle que sa belle-sœur sous son toit ? Avait-il craint pour sa propre vertu ?

– Amédée et Marie sont restés à Nîmes…, murmure Louise. Mais pour une fois, je crois qu'ils ne m'auraient pas aidée. Si tu les avais vus, Reine, comme des vautours, dans la salle voûtée, tâchant de me persuader de ne pas épouser Hippolyte. Si tu les avais entendus… Le venin coulait de leurs lèvres : « Une mésalliance, ton Colet ! Un fils de pharmacien… de médecin vétérinaire… »

– Pharmacien ou vétérinaire ? fait Reine.

– Ce n'est pas honteux !

– Si on compare à votre père, jadis gouverneur des Postes…, soupire Reine.

– Ils n'arrêtaient plus… une litanie : « Un futur artiste raté ! Un flûtiste ! »

– Je croyais qu'il était violoniste ?

– « Saltimbanque ! Tzigane ! Il en veut à notre argent… »

– À l'argent ! Seigneur, c'est plutôt son absence qui a fait fuir tes prétendants, jusqu'à maintenant…

– « … et à notre rang ! » Tout y passait, Reine, je ne sais plus ce que j'ai répondu… Le feu brûlait dans l'âtre autant que sur nos langues, c'était dramatique et ridicule. Cela pour éviter de me donner ce à quoi j'ai droit…

– Et quand ils ont compris que tu ne renoncerais pas ?

– Ils ont essayé de me faire signer ces maudits documents, en vain ; puis ils m'ont obligée à me retirer dans ma chambre. Un comble ! Après m'avoir chassée de chez moi à la mort de maman, voilà qu'ils m'y ont claquemurée !

– Ils ne t'ont pas chassée, c'est toi qui es partie, remarque Reine, pratique.

– Ils m'auraient tuée si j'étais restée. Tant de bêtise, tant de persécutions !

– Eh bien eh bien ! commente Reine avec prudence, habituée aux envolées lyriques de Louise.

Il ne sert à rien, dans ces instants, de la contrarier.

– As-tu oublié le verre d'eau que j'ai pris dans la figure ? insiste Louise, qui ne se remet pas d'une dispute violente au printemps, à table, avec ses frères et beaux-frères.

Il y avait été question de l'abbé de Lamennais, ecclésiastique progressiste ayant défrayé la chronique en publiant *Paroles d'un croyant*, condamné par Grégoire XVI. Évidemment, autant par conviction que par provocation, Louise le soutenait.

– As-tu oublié les camouflets que tu as infligés au père Luc devant tout le monde ? rétorque Reine.

– Quoi, ce parasite sans esprit qui a osé me traiter d'impie vouée à la perdition ? Il méritait ma fureur bien plus que moi le courroux divin !

Louise est indignée. Elle repousse sa tasse, se redresse fièrement, entortille une de ses boucles autour de son doigt.

– Ne me dis pas que tu vas prendre leur parti, nourrice ! Bientôt, à t'écouter, je serai la responsable de ce chaos !

– Allons, allons, ma tourterelle…, tente Reine avec un geste d'apaisement.

– Je me suis échappée une première fois. Ils m'ont rattrapée sur le chemin et cette fois ils ont cadenassé la porte de ma chambre. Fort heureusement, j'avais un double de la clé. Sinon, je serais descendue par la fenêtre !

Reine ne peut réprimer un sourire. Avec Louise, on ne s'ennuie jamais. Déjà, gamine, elle ne faisait rien comme les autres, s'intéressant à des sujets d'adulte, comme la politique – avec une prédilection pour les événements qui agitent l'Italie. Elle savait se mettre en valeur, malgré ses attitudes de garçon manqué, refusant de porter d'autres couleurs que le bleu, assorti à ses yeux, et dotée d'une mémoire fabuleuse. Louise était capable de réciter des chapitres d'ouvrages qu'elle n'avait pourtant lus qu'une fois, et des pages entières de poésie en plusieurs langues. Contrepartie émotionnelle de ces aptitudes, Louise n'oubliait rien, et surtout pas les vexations infligées par ses frères et ses sœurs... En grandissant, elle avait développé un tempérament étonnant : la surface enjouée et lisse qu'elle arborait, tel un lac aux eaux inoffensives, abritait un bouillonnement prêt à exploser à tout moment. Seules l'écriture et la lecture calmaient sa perpétuelle effervescence. Était-elle colérique, rancunière ? On la jugeait parfois mal élevée, trop gâtée par le ciel et par ses parents. Mais cela ne dissimulait-il pas, de façon plus subtile, une angoisse sourde, lointaine et enfantine ?

Non, on ne s'ennuie jamais avec Louise. Âme attachante et câline mais rétive à l'autorité, comme un chat de gouttière rôdant dans un salon ; clamant son absence de peur, prompte à pourfendre les injustices – à commencer par celles qu'on lui inflige –, et puis, créative en diable… N'avait-elle pas tenté de gifler une petite bonne qui voulait la contraindre à broder plutôt qu'à lire ? Il n'y avait guère qu'une plume à la main que l'animal semblait s'apaiser. Combien de fois Reine l'avait-elle surprise, tard dans la nuit, griffonnant des vers à la lueur diffuse des chandeliers, ou déambulant dans les jardins en composant des poèmes à la gloire d'Apollon ? Et voilà que, depuis peu, Louise professait son admiration pour une femme affublée d'un prénom masculin, d'une redingote et d'une cravate, et qui écrivait des livres… « Mon destin sera plus extraordinaire qu'un roman d'aventures », avait-elle crânement asséné à Reine alors qu'elle avait à peine dix ans. « On écrira des livres sur moi. Dans deux siècles, on se souviendra de la femme que j'étais. Sinon, pourquoi vivre ? »

– D'où viennent donc cette fureur, ces fracas du cœur, cette obsession de dompter ce qui lui échappe ? demande Reine tout bas.

Louise l'entend et hausse les épaules.

2.

Hippolyte Colet

Mouriès, 3 décembre 1834

– Louise, tu es somptueuse !

Vierge Chastelat glousse d'admiration en tournoyant autour de son amie d'enfance, assise devant une psyché dans la chambrette prêtée par M. Boussot en prévision du mariage de Louise et Hippolyte. Que de péripéties en moins de trois semaines ! Que de tractations, de menaces, d'efforts, pour que Louise retrouve son sourire et, plus important, sa liberté !

La robe est modeste mais ravissante, en soie ivoire brodée, avec un décolleté dégageant les épaules rondes de Louise. Les manches bouffantes s'arrêtent aux avant-bras, recouverts d'une paire de gants aussi aériens et immaculés que le voile court accroché dans ses cheveux. Elle n'a ni chapeau ni traîne ou bijoux de valeur, mais qu'importe : ses yeux myosotis, ses boucles ensoleillées et ses lèvres nacrées font d'inestimables parures.

Malgré les efforts de Vierge pour la distraire, Louise est agitée par un pressentiment désagréable. Que fabrique donc le fiancé ? Il n'a pas donné signe de vie depuis quarante-huit heures, tandis que la jeune femme s'affairait pour régler les détails de la cérémonie. Certes, il n'y aura pas d'union princière. Le peu de moyens des futurs époux et l'éloquente absence du clan Révoil n'encourageaient pas à un déploiement fastueux. Vierge avait toutefois tenu à décorer la salle des mariages de camélias et à élaborer avec Reine le menu du banquet qui se tiendrait à l'auberge du village, ultime repas de Louise avant de s'envoler vers Paris. Vol-au-vent, rouget barbet, gelée à l'orange et au rhum : simple mais goûteux.

– Tu es bien certaine que les documents sont arrivés ? s'enquiert Louise pour la dixième fois.

– L'enveloppe est là, Vierge la désigne d'une main, l'autre étant affairée à remettre en place une mèche dans la chevelure de la promise.

Louise se lève brusquement. Faut-il relire les accords passés avec le reste des Révoil, vérifier que plus rien ne l'entrave ? Renégocier cette part d'héritage qu'elle a acceptée, plus modeste que celle de ses frères et sœurs, afin de se débarrasser définitivement d'Adolphe ? Recompter les pièces du trousseau de sa mère afin de vérifier qu'il n'y manque rien ? La robe de fiançailles, la petite boîte à bijoux ouvragée en argent massif, le cachet avec sa mystérieuse inscription effacée *Amor nel cor…*

– Louise, crois-tu vraiment que c'est le moment ? gronde Vierge, qui lit dans ses pensées. Alors que tu touches au but, que tu vas épouser l'homme que tu aimes et découvrir Paris ? Que sont ces vieilleries du passé face à ton bonheur futur ?

Les yeux de Louise s'emplissent de lumière à cette évocation mais s'assombrissent presque aussitôt.

– Et s'il ne vient pas ? fait-elle d'une voix tremblante. Et si ma dot de dix mille francs ne suffisait pas ?

Elle ressemble à une enfant désemparée. La fière jeune fille qui brillait dans les salons de l'actrice Julie Candeille, à Nîmes, et s'enorgueillissait de publier ses poèmes dans les revues de la région, celle-là même qui faisait chavirer le cœur des célibataires et n'avait pas hésité à défier l'autorité familiale, flanche. La pression est trop forte. Elle n'ose penser à la réaction de ses frères si Hippolyte ne se montre pas. Mépris. Railleries. Humiliation suprême. Sans marié, pas de mariage. Sans mariage, pas de Paris et retour à la case départ. Au château. Sous son propre toit, devenu étranger et hostile. Si on l'y acceptait à nouveau. Si elle faisait acte de contrition, s'excusait et…

– Plutôt entrer dans les ordres ! s'exclame-t-elle, révoltée à cette idée.

– Et retomber sous la coupe de ton curé préféré ?

– Il doit se gausser, celui-là, grommelle Louise en regardant la pendule.

Le père Luc, qu'elle déteste, invité à la table des Révoil de Servanne le dimanche et qui se délectait à condamner, faussement choqué, les lectures licencieuses de Louise, doit surveiller son sablier en se frottant les mains. Basse vengeance ! Les cloches de Saint-Jacques vont bientôt sonner midi et la bénédiction nuptiale n'est pas célébrée…

– Tu peux mieux faire ! émet Vierge avec un petit rire forcé, afin de détendre l'atmosphère. Ce n'est pas parce que ta mère a un jour sauvé l'évêque d'Aix de la guillotine que tu dois devenir une grenouille de bénitier…

Évidemment, Vierge n'imagine pas son amie une seconde en moniale. Louise aime trop le monde. Les honneurs. Être vue. Plaire. S'ébaubir… Et aimer, de toutes ses forces. Vibrer. Créer. La place de Louise n'est pas ici, elle est trop intense pour courber l'échine. Vierge reprend une fleur de la coiffure, puis un pli de la robe. Elle se force à respirer calmement, pour communiquer à Louise, prise de tremblements, un peu de sérénité.

Autrefois, c'était la petite Révoil qui rassurait la paysanne. Lorsque Vierge se rendait à Servanne, elle était très impressionnée. Elle était invitée chez des aristocrates, dans un château bâti au XVIIIe siècle par la famille de Jean-Baptiste-Benoît Le Blanc, grand ami de Mirabeau. Le Blanc était une personnalité très aimée dans la région. Proche du peuple, il avait milité pour l'abolition des privilèges et avait été emprisonné pour avoir défendu ses idées. Il avait même siégé à la Convention ; malgré cela, il était resté simple et aimable. Vierge se souvient avec émotion du livre qu'il avait voulu lui offrir avant de se raviser – à douze ans, elle était trop jeune pour cette lecture : *Corinne ou l'Italie*, de Germaine de Staël… Louise, intriguée, s'était juré de subtiliser l'ouvrage, ce qu'elle avait fait. Aujourd'hui encore, elle assurait à Vierge que son grand-père avait sciemment attiré son attention sur le roman. Lu en cachette, avec la bénédiction silencieuse de sa mère, érudite et éclairée… Il n'y a pas à dire, entre son grand-père et Henriette, Louise était le fruit parfait du siècle précédent, celui des philosophes. Elle avait hérité d'un anticonformisme qui détonnait, eu égard à son rang social, et au reste de la famille, conservatrice et jalouse de ses prérogatives séculaires. Combien de fois n'avait-on pas vu la frimousse de Louise, à Mouriès, faire intrusion dans les masures du village les bras remplis de provisions afin de nourrir les bambins affamés des environs ?

Attendrie, Vierge observe son amie. Avant que la réalité ne la rattrape : l'heure est grave. L'anxiété les gagne toutes les deux.

– Quand as-tu eu de ses nouvelles pour la dernière fois ?

– Nous nous sommes vus chez M. le Maire en novembre, pour la conciliation avec mes frères ; et il est ensuite rentré à Uzès chez ses parents. Nous nous sommes écrit.

– Es-tu sûre que tu lui as envoyé la date du mariage ? Le détail de la cérémonie ?

– Me prends-tu pour un étourneau ? s'agace Louise. Bien entendu, qu'il a la date…

– Peut-être a-t-il estimé que vous vous étiez trop précipités ?

– Nous sommes fiancés depuis des siècles !

– Quelques mois pour une femme, c'est un jour de la vie d'un homme…

– Que racontes-tu, Vierge ! l'admoneste Louise. Il doit rentrer à Paris pour ses cours au Conservatoire national et il a juré qu'il ne remonterait qu'avec ma main dans la sienne. Qu'il ne supporterait plus d'être séparé de moi.

– On sait ce que ça vaut, le serment d'un homme ! fait Vierge en levant les yeux au plafond, à défaut du ciel.

– Hippolyte n'est pas *un* homme, c'est *mon* homme, celui que j'ai choisi. À ce titre, il ne peut avoir que des vertus ! Crois-tu que je me serais entichée du premier venu ? D'un homme sans qualités ? D'un pleutre en qui je ne pourrais avoir confiance ? Je te le répète, il viendra.

Et s'il ne vient pas… j'irai le chercher ! marmonne Louise pour elle-même.

Vierge soupire. En dépit du doux prénom qu'elle porte, et qui semble la prédisposer à une certaine candeur, elle n'ignore rien des turpitudes du sexe fort. Hippolyte est certes beau, sa voix a le velouté des pêches d'été, il est aussi bien élevé que son abondante chevelure noire est savamment coiffée, mais il a l'œil qui fuit. Ah, Louise y tient, à son Hippolyte… Ce garçon lui a fait tourner les sens et la tête dès les balbutiements de leurs échanges épistolaires… Et quand Louise est amoureuse, autant raisonner une mule couchée en travers d'un sentier !

Louise, songeuse, repose sa brosse sur la coiffeuse et détaille, sans les voir, les poils de sanglier sur l'instrument. Et si Vierge avait raison ? Au fond, ne s'est-elle pas précipitée dans cette union qui lui paraissait idéale pour fuir Servanne ? Si elle tente ce périlleux exercice consistant à être honnête avec soi : que sait-elle exactement d'Hippolyte, de sa famille, de son tempérament ? N'a-t-elle pas cédé à un élan plus rationnel qu'elle ne veut bien l'admettre, ses vingt-cinq ans – âge canonique pour une demoiselle sans dot – se profilant ? N'a-t-elle pas tremblé à l'idée de rester pour toujours à Servanne, sans issue, condamnée à publier des poèmes sous un nom d'emprunt dans les feuilles de chou locales ?

Alors qu'elle courait dans la nuit, terrorisée par Adolphe, elle s'imaginait devoir s'interposer entre son frère et son fiancé, dans un corps à corps désespéré, quitte à prendre un mauvais coup de lame dans cette poitrine qu'elle a fort ronde, blanche et ferme. Elle avait visualisé la scène : Adolphe, les yeux injectés de sang ; Hippolyte, brave et déterminé ; elle, en madone dénudée, les cheveux détachés, les mains jointes. L'arme aurait été la fine épée de son grand-père adoré – une scène romantique en diable ! D'ailleurs, tout était romantique et romanesque, dans cette histoire. Une belle provinciale qui s'étiole, ses talents d'amante et de poétesse inexploités par la faute d'un environnement limité ; la porte de sortie – ou plutôt, d'entrée dans le grand monde ! – se présentant grâce à un musicien voué à une carrière brillante dans la capitale ; des fiançailles tenues secrètes ; des noces compromises pour de sombres affaires d'héritage ; une fuite, un duel, pourquoi pas un exil en Italie, qu'elle brûle de découvrir… De quoi écrire un livre que Mme de Staël lui aurait envié ! Et si Hippolyte s'était battu…

De fait, si Adolphe et Jean-Jérôme avaient proféré des menaces, un malaise s'emparait de Louise lorsqu'elle songeait à la réaction de son promis. Plus exactement, à l'absence de réaction de celui-ci. La perspective d'un affrontement ne l'avait pas ému, et il avait balayé les lamentations de Louise du revers de la main. « Enfantillages ! » s'était-il exclamé, tandis que son père tâchait de trouver un arrangement convenable avec les Révoil. Les lettres d'insultes et les provocations lui étaient indifférentes, ce qui piquait Louise. L'an dernier, elle avait accepté de rester une fiancée de l'ombre pour qu'Hippolyte puisse participer au concours du prix de Rome, uniquement ouvert aux célibataires. N'aurait-il pas dû, en retour, témoigner un peu plus de combativité face à Adolphe, et se montrer ponctuel à son propre mariage ?

On frappe à la porte, les deux amies se retournent d'un seul mouvement, l'espoir revient et le sang reflue aux joues. La charmante figure d'André Thévenot apparaît dans l'encadrement de la porte. Le poète a revêtu un bel habit de fête, en sa qualité de témoin. *Dire qu'il aurait pu épouser Louise…*, songe Vierge. *Ce n'est pas lui qui serait arrivé en retard ce matin !*

André Thévenot est grand, bien fait, avec des manières caressantes, comme les vers qu'il compose. Lorsque Louise lui a demandé d'être présent, il a immédiatement accepté, nonobstant ses sentiments. Il n'a jamais vraiment espéré s'unir à elle, en dépit de la passion qu'elle lui a inspirée. Lorsqu'il l'a rencontrée, au cours d'une soirée littéraire donnée par Julie Candeille, il est tombé sous son charme – comme la plupart des convives. Tant de beauté et d'esprit dans un seul corps, c'était rare. André savait que cette femme n'était pas pour lui, modeste employé des Postes qui s'autorisait à faire des vers. Il jurerait que Louise l'a aimé et qu'il a même été son premier galant. Le sourire qui illuminait son visage, lorsqu'il l'emmenait en expédition dans les environs des Baux, la trahissait. Il s'était enhardi, à plusieurs reprises. Il s'était penché sur ses lèvres pour l'embrasser. Il avait pris cette taille si fine entre ses mains, avait remonté quelques doigts tout près du galbe de ses seins. Elle ne s'était pas dérobée. À peine avait-elle tressailli, les yeux mi-clos, tandis que sa respiration accélérée gonflait sa poitrine. Il avait rêvé de plonger son visage dans son cou, et ses mains auraient su la faire gémir même à travers le tissu de sa robe. Il n'avait pas osé : elle n'était pas une cousette des environs mais une jeune femme de bonne famille ! Il avait respiré une dernière fois son parfum de musc, qui signait son sillage dans une pièce des heures après qu'elle l'avait quittée ; il avait accroché un brin de lavande à son corsage et avait chastement renoncé à son exploration, tâchant de refroidir l'ardeur qu'elle lui inspirait. Elle avait paru déçue. Mais la Perle des Bouches-du-Rhône convoitait déjà Paris… Et lui, André, n'était pas de taille à lutter contre ce désir pour la garder à ses côtés. Il lui avait pourtant écrit les plus belles de ses phrases :

Je t'aime comme au ciel les anges aiment Dieu[2].

Le méritait-elle ? La créature avait succombé à l'exotisme du professeur de violon parisien. Alors André avait accepté d'être son témoin. Témoin d'un naufrage, peut-être ; et épaule sur laquelle s'épancher puisque le fiancé ne se montrerait pas aujourd'hui ?

– Louise, ma chère, il faut…
– Il peut encore se présenter à la mairie.
– Louise, je crains que…
– Avons-nous reçu une missive ? Point. Il viendra, c'est sûr.
– Nous n'allons pas attendre toute la journée !
– Il a peut-être été victime d'un accident sur la route.
– …
– Ou son fiacre a été attaqué par des bandits.
– …
– Ou sa mère est tombée malade.
– …
– J'y suis : il a été retardé par une affaire urgente à Lyon !
– …

L'imagination de Louise s'emballe, les mines de Vierge et André sont consternées. Et si Hippolyte Colet était simplement un mufle ? Vaut-il mieux dessiller Louise, ou la laisser construire, de cette absence, un roman de cape, d'épée et d'amours impossibles ?

*

Sud de la France, 6 décembre 1834

Louise admire l'anneau à son annulaire. L'or jette des faisceaux sur son visage ambré et apaisé. Quelles affres avait-elle traversées pendant cette journée interminable sans mariage ! Les interrogations se bousculaient, sans résolution satisfaisante. Fallait-il rester à Mouriès ? Partir pour Uzès ? Nîmes ? Paris ? Tout annuler ? Épouser André ? Elle avait alterné les phases d'abattement profond, de colère, d'espoir. La seule issue qu'elle refusait était de rentrer à Servanne… Puis, le lendemain, le promis avait refait surface, frais et dispos, prêt à convoler, avec pour seule explication brumeuse une erreur de calendrier. Il n'était pas l'heure de discuter : le 5, Louise et Hippolyte se présentaient enfin devant le maire pour une courte cérémonie et la signature du registre civil. Et ce matin, le grand départ.

Après une halte à Nîmes, leur voiture roule désormais à vive allure en direction de Paris. Louise ferme les yeux et repose son dos contre la banquette inconfortable. Heureusement, des haltes ponctuent ce long trajet. Elle sait qu'elle ne reverra pas Servanne de sitôt ; les jolies teintes de la bastide, construite sur les ruines d'une ancienne villa romaine ; les chiens se bousculant dans de grands jappements ; le vent dans les feuilles des figuiers ; le parfum du thym. Et surtout, les balades à cheval le long de l'aqueduc de Barbegal et à travers les ruines de l'oppidum des Caisses de Jean-Jean. Vieux cailloux pour les uns, vestiges fascinants de la cité Tericiae pour les autres, où Louise a même découvert en se promenant des stèles ornées de gravures de chevaux et de guerriers. Elle y déclamait les poèmes qu'elle écrivait, pour mieux ciseler ses vers et sa rythmique. Une technique infaillible pour évaluer la musique de ses mots. Il fallait se planter solidement sur ses jambes, ouvrir la poitrine d'une grande inspiration, hurler si nécessaire. Les sons ricochaient dans la brise et coulaient sur les roches. Là-bas, au moins, elle n'était pas importunée par ses frères. Et elle y aimait cette conjonction des énergies, celles d'un lointain passé romain et d'un avenir qui serait forcément radieux…

La voix de Reine murmure soudain à son oreille, et Louise sursaute. « *Servane la rimembranza…* » Ce sont les dernières paroles de sa nourrice, lorsqu'elle l'a quittée, nimbée des roses blanches de la noce. *Servane la rimembranza* est la devise des Révoil depuis des lustres. C'est-à-dire : *Sers-toi de ta mémoire*. Reviens aux sources. N'oublie rien… Une image monte en Louise. Elle est minuscule, trois ou quatre ans à peine. On la poursuit dans la maison. On l'accule dans un recoin. Ils sont trop nombreux pour elle. On la pique à l'aiguille à tricoter, puis on l'enferme dans un placard et on ricane qu'elle y sera oubliée… La jeune femme serre les poings, à la réminiscence de cette douleur, de la peur, de l'humiliation. Le temps émousse et recouvre d'un voile d'oubli toutes les terreurs. Les livres seuls sont les remparts de la mémoire, elle l'a compris. Elle écrira, afin que son nom résonne pour des siècles et des siècles. La petite de Servanne, Louise Révoil, celle qui a signé pudiquement « Une femme » au bas des textes publiés dans des revues de Lyon et de Marseille, sera l'écrivain Louise Colet. Elle se le promet, alors que la calèche avance sur un chemin irrégulier.

Servane la rimembranza... Louise se revoit au bord de la fontaine au lion, à la bastide. Elle venait de finir son recueil de poèmes, mais avec qui pouvait-elle partager cette étrange sensation, entre béatitude et vide profond ? Avec Pomone, son amie muette, la statue ? La splendide nymphe des jardins qui veillait sur la propriété et rappelait, par le grain de sa peau marbrée, un héritage antique point si éloigné ? Elles étaient là, les sources de Louise. Une alliance savante et intemporelle entre le classique d'hier et le romantisme d'aujourd'hui, une rencontre entre Sapho, la dixième Muse, et Lord Byron. C'était lors de l'un de ces après-midi solitaires que Julie Candeille était entrée dans sa vie. Louise récitait ses propres vers, *Enfant du soleil, âme de feu*[3]..., et l'actrice avait trouvé l'adolescente si jolie et inspirée qu'elle l'avait intronisée chez elle, comme une pierre précieuse brute mais dont on apprécie déjà l'éclat.

Louise murmure :

– *Servane la rimembranza*...

– Que dis-tu, mon joyau ? demande Hippolyte.

– Je pensais à l'avenir.

3.

Vers Paris

Bourgogne, décembre 1834,
quelques jours plus tard

Pourvu que cette lune de miel dure ! songe Hippolyte, dont l'inquiétude croît, avec lenteur mais constance. Tant que les paysages défilent à la fenêtre du fiacre, Louise roucoule contre son amoureux, soulagée d'être passée de la tutelle tyrannique de sa famille à la sienne, forcément légère. Mais qu'adviendra-t-il lorsqu'ils poseront leurs valises dans le petit logis de la rue des Trois-Bornes, entre la Folie-Méricourt et la rue du Chemin-de-Saint-Denis ? Hippolyte sait qu'une salve de questions, pour l'heure en suspens car Louise est dédiée à la joie de leur union, s'abattra sur lui. À commencer par la raison de son retard au mariage, qu'il peine à s'expliquer lui-même ! Confusion ou précipitation ? Hésitation ? Le 3 décembre, il n'était pas prêt, voilà tout ; le 5, il s'était décidé. Louise se contentera-t-elle de cela, elle qui n'a pas hésité à prendre la plume pour écrire à Colet père son grand étonnement ? Comment réagira-t-elle en découvrant la modestie de leur appartement conjugal, elle qui rêve de la capitale, de ses feux et de ses splendeurs ? Est-elle encline à fuir les embarras, ou à s'y précipiter la tête la première ? Aurait-il dû se méfier de ce climat de drame qui a entouré leur rencontre, malgré la puissance de leur attraction réciproque ? Une belle femme, n'est-ce pas la promesse du ravissement des yeux mais des tourments de l'âme ?

Le jeune homme contemple sa blonde assoupie. Il sourit de la voir calme et détendue. Au moins, quand elle dort, les tragédies n'ont lieu que derrière ses paupières. Éveillée, elle est d'une vivacité irrésistible… et terriblement fatigante ! André Thévenot l'avait mis en garde, lorsqu'ils avaient fait connaissance chez Julie Candeille.

Louise bat des cils.

– Julie ?

Hippolyte tressaille. Aurait-il parlé tout haut ?

– J'ai rêvé de Julie…, murmure-t-elle. Pourquoi faut-il qu'elle nous ait quittés ? À son âge !

– Elle a su faire de son passage sur cette terre une existence trépidante. Compositrice, musicienne, actrice qui a illuminé les salles de la Comédie-Française, et même écrivain… Rien ne semblait trop difficile ! Dire qu'elle a croisé le chemin de Mozart…

– Et le tien ! Sans elle, sans son salon de Nîmes, nous ne nous serions pas rencontrés. Si elle n'était pas passée par Servanne, curieuse de la propriété et de nos oliviers, elle ne m'aurait pas conviée chez elle…

– Ce soir, à l'auberge du Lion d'Or, nous lèverons nos verres en son honneur.

– Et nous trinquerons à nous. À l'amour, à la gloire. Aux merveilles qui nous attendent à Paris !

Hippolyte se rassérène. Avec une telle femme à ses

côtés, tout est possible. L'énergie victorieuse de Louise leur permettra de conquérir Paris. C'est ce qu'il avait entrevu chez Julie, lors de cette soirée déterminante. Il était assis au coin du feu tandis que deux poètes, Reboul et Canonge, endormaient la galerie à coups de sonnets maladroits. Louise avait illuminé la pièce de sa présence, en entrant. Majestueuse, elle s'était précipitée vers leur hôtesse pour la saluer avant d'être présentée au cercle de convives curieux. On leur avait annoncé une jolie muse de campagne, mais c'était une rose fraîche et piquante, spontanée et raffinée, qui avait séduit l'assemblée. Pour partir à l'assaut du grand monde, il lui fallait un homme. Un protecteur honorable. Un mari. Un Hippolyte ! Lequel avait l'avantage d'être déjà lancé dans une carrière d'avenir. Bien que Louise fût très démunie sur le plan pécuniaire, le musicien n'avait pas hésité, renonçant à une autre union bien plus confortable. À un homme, on envie sa femme plus que sa fortune.

– Je suis si heureux de pouvoir vivre notre amour au grand jour…

– Toi qui as caché notre idylle lorsqu'elle a commencé… !

– J'y étais obligé, tu le sais.

– Quelle règle stupide que celle de ce prix de Rome ! Pourquoi interdit-on de le donner à un lauréat déjà marié ? Craint-on la mauvaise influence de la femme aux côtés de l'artiste ? C'est absurde : sans femme, l'homme est incapable de créer ! boude Louise.

– Et sans homme, une femme le peut-elle ?

– Naturellement ! La femme est créatrice par essence.

– Le sexe faible n'est guère visible dans les nobles

domaines que sont la littérature, la musique, la peinture…

Louise observe son mari, perplexe. Est-il sérieux ? Ses beaux yeux sont animés d'une lueur taquine. Elle se détend immédiatement. Elle est si amoureuse de sa prestance, de ses lèvres, de leurs étreintes, comment pourrait-elle se fâcher contre lui…

– C'est qu'on ne leur concède guère de place à occuper ! Il faut y remédier. Je te jure solennellement de m'employer à faire publier et connaître mes *Fleurs du Midi*…

Hippolyte admire les vignes qui défilent sous leurs fenêtres, rêveur. Le recueil de poèmes de Louise, qu'elle a composé au fil de plusieurs années et qu'il a lu, est très réussi. Classique, sensible, avec une pointe de lyrisme mal maîtrisé qui le rend charmant, et une fougue propre à la jeunesse mais aussi à ses idées progressistes. « L'âme du poète reflète l'univers », répète-t-elle, singeant Leibniz, attribuant à la poésie l'art d'expliquer le monde. Cela suffira-t-il pour attirer l'attention des éditeurs et du public ?

*

– Calme-toi, Louise… Crois-tu vraiment à la diatribe de cette vieille cinglée ?

Hippolyte se tient les côtes tant il rit, ce qui énerve Louise. Le couple vient de quitter Tonnerre, en Bourgogne, après une rencontre déroutante.

– Cette pauvre femme, qui faisait peur à voir avec son chicot noir solitaire… Et son haleine, Seigneur, son haleine !

– Je vous trouve bien douillet, mon ami, remarque la jeune femme.

– « Vous en reviendrez, vous, vous en reviendrez… mais avec quelque chose de mort ! » gronde Hippolyte, imitant la voyante qui avait adressé ces mots à Louise en examinant la paume de sa main.

– De quoi pouvait-elle bien parler ? murmure Louise, encore déconcertée.

Hippolyte hausse les épaules.

– Et si elle parlait de mes rêves d'enfant ? Si aller à Paris, contrairement à ce que je pense depuis toujours, n'engendrait que des déceptions ?

– La seule chose que Paris risque de détruire, c'est l'image candide que tu en as ! sourit Hippolyte. Alors certes, tu verras cet Arc de triomphe qu'on construit, place de l'Étoile, et la statue de Napoléon réinstallée sur la colonne Vendôme. Mais Paris est…

– … sale, bruyant, à peine remis de l'épidémie de choléra, agité, oui, je sais, tu me l'as déjà dit… Mais ce n'est pas l'apanage de Paris ! Pense aux révoltes républicaines à Lyon, Grenoble, Saint-Étienne… Et si les barricades d'avril ont été durement réprimées, on sent que le roi ne maîtrise plus le gouvernail comme avant : et ça vaut pour toute la France.

– Louis-Philippe n'aurait pas dû rappeler le duc de Bassano…

– Lui ou un autre… Le maréchal Mortier ne tiendra pas, je te le dis !

– Cette monarchie règne sans gouverner ! conclut Hippolyte, reprenant les mots de Thiers, et amusé de voir Louise s'enflammer.

Quelle singulière épouse, préoccupée de poésie autant

que de politique, encline à prendre le parti du peuple malgré ses origines.

– Une bonne Deuxième République, voilà ce qu'il nous faudrait..., grommelle Louise.

– Doucement, ma rebelle !

– Si l'on n'est pas rebelle à vingt ans, impossible de s'assagir à trente.

– Parce que vous comptez vous assagir, chérie ?

– Nullement ! Mais cette voyante...

– ... a voulu te soutirer dix sous, voilà tout. N'y pense plus. Admire le paysage.

– Je l'ai assez vu ! fait Louise, faussement renfrognée. Quand arrivons-nous ?

– Tu es comme un poupon impatient !

– Et vous, un fossile endormi !

– Tu ne disais pas cela, tout à l'heure, à notre réveil...

Louise rougit à cette évocation, bien loin des considérations politiques ou du charabia de la voyante. Elle revoit le corps délicat et noueux d'Hippolyte en chemise, contre elle, dans la tiédeur des draps du matin. Personne ne l'avait préparée à la découverte des plaisirs de la chair ! Au cours de ses lectures, elle avait deviné les émois de ses héroïnes favorites. Les doux baisers volés par André Thévenot, lors de leurs promenades, l'avaient fait frissonner. Prémices sans commune mesure avec l'étreinte, qu'elle avait enfin connue avec Hippolyte peu avant leur mariage. Elle avait bien remarqué les vertiges grandissants qui s'emparaient d'elle depuis des années déjà ; ce désir presque douloureux qui lui enserrait la gorge et le sexe, son avidité d'être embrassée et conquise. Dans ses rêves d'adolescente, le diable se glissait parfois : était-ce le diable qui s'était faufilé dans son intimité la première fois qu'Hippolyte avait couché avec elle ? C'était interdit, flamboyant, dangereux. Dans la chambre qu'elle occupait chez Julie Candeille, sa complice, elle avait accueilli celui qui deviendrait son mari. Toute la soirée, ils s'étaient observés avec une fièvre qui ne trompait personne. Et lorsque Hippolyte était entré dans sa chambre, il avait reçu contre lui une Louise voluptueuse et entreprenante. Surpris, il s'était demandé si elle était vierge, tant ses mouvements et sa langueur paraissaient naturels. Était-ce l'attente ? À vingt-quatre ans, qu'avait-elle connu si ce n'est des pages de littérature suggestive et ses propres songeries, somme toute fort chastes ? Hippolyte, ravi d'étreindre son aimée, à peine plus expérimenté qu'elle, avait répondu à ses baisers et à ses caresses. Il avait délacé le corset, flatté du doigt, de longs instants, les tétons roses qui en avaient jailli. Il avait osé y porter sa langue pour les apprivoiser, questionnant du regard Louise déjà pantelante. Pour toute réponse, elle avait vigoureusement baissé son corsage jusqu'à la taille. Elle s'était davantage pressée contre les hanches d'Hippolyte. À ce contact, le jeune homme avait tressailli et craint de ne savoir se retenir. Haletant, il avait assis Louise sur une bergère, écarté ses jupons, et l'avait pénétrée. Elle n'avait pas crié mais avait mordu ses lèvres, assez fort, puis son bassin s'était parfaitement accordé aux mouvements de va-et-vient d'Hippolyte. Il avait joui et s'était effondré sur sa poitrine. Elle, très surprise, interrompue dans son élan, avait eu la sensation de passer de l'extase au bain froid. Un délice inachevé. Elle attendait la suite, qui n'était pas venue. Ni cette nuit-là ni après. Louise avait fini par conclure que l'amour était comme le reste, un apprentissage plutôt bref. Mais comment inculquer à Hippolyte un savoir dont elle ignorait tout ? D'autant que de son côté, l'époux s'estimait comblé, et que ce contentement le transfigurait. N'aurait-il pas été trop cruel de le détromper ?

*

Paris, décembre 1834

– Et voici le Panthéon, annonce Hippolyte, parfait dans son rôle de guide.

Louise trépignait en quittant la campagne pour entrer dans les faubourgs de Paris. Il avait fallu lui détailler les rues, la géographie, l'organisation de la ville au bord du fleuve.

– Le Panthéon, et la Sorbonne…, murmure Louise, rêveuse.

– Où M. Jules Michelet a donné son premier cours en janvier !

Ce haut lieu du savoir lui tend les bras, comme un personnage familier qu'elle aurait connu dans une autre existence, sans qu'elle sache pourquoi. Peut-être grâce à sa mère Henriette, ou à son grand-père Le Blanc ? Aux heures consacrées à lire ? Elle se promet de revenir dès qu'elle le pourra découvrir la bibliothèque Mazarine, la plus ancienne de la ville, qui jouxte un autre lieu fascinant : l'Institut de France, abritant les Académies…

– Et là… tu la reconnais ?

– Notre-Dame ! s'exclame Louise, au comble de l'excitation.

Elle avait lu, bien sûr, le livre éponyme d'un romancier

dont on parlait beaucoup, Victor Hugo. Les aventures de Quasimodo, Esmeralda et Phœbus l'avaient transportée et émue. Comment pouvait-on si bien écrire, si jeune ?

– Quand on pense qu'elle a failli être détruite à la Révolution, puisqu'on l'a laissée se décrépir..., déplore Hippolyte.

La cathédrale a fière allure, pourtant, sur l'île de la Cité, entre les deux bras de la Seine. Elle domine tout le quartier, enveloppée des brumes vaporeuses et glaciales de l'hiver trouées d'un soleil pâle. La calèche avance à bonne allure, empruntant le pont de Sully en direction de la place de la Bastille.

– Et ici, dit Hippolyte devant un bâtiment imposant, percé de hautes fenêtres, se trouve la bibliothèque de l'Arsenal.

Comme il a raison d'être fier, songe Louise. *Les Parisiens peuvent l'être. Chaque rue, chaque pavé ou pan de mur paraît contenir et conter un morceau d'histoire...*

– Tu ne crois pas si bien dire ! s'exclame Hippolyte, qui lit dans ses pensées.

Lui-même, le petit provincial d'Uzès, a éprouvé ce vertige devant tant de beauté et de mémoire, la première fois qu'il a traversé Paris. Un peu inquiet mais avide de tout découvrir, comme Louise à son tour. Hippolyte était un garçon qui n'avait guère quitté son village ; remarqué pour ses talents de flûtiste, il avait persévéré et avait commencé à étudier le contrepoint au Conservatoire de Paris, sous la houlette d'Anton Reicha, célèbre compositeur et théoricien de la musique. Il avait échoué de peu au prix de Rome, celui pour lequel il avait préféré tenir son idylle avec Louise secrète.

La calèche se dirige lentement vers leur quartier, populaire. La rue des Trois-Bornes n'a rien du chic parisien qui attire la jeune femme… Comment va-t-elle réagir, elle qui rêve de salons littéraires, de soirées intellectuelles et artistiques en compagnie d'une élite de la culture dont elle a goûté les saveurs chez Julie Candeille ? Hippolyte gagne très modestement sa vie, et augmente son revenu mensuel en donnant des cours.

La place de la Bastille se profile, et avec elle les travaux de la future colonne de Juillet, ordonnée par Louis-Philippe pour commémorer les Trois Glorieuses.

– On dit qu'une sculpture de bronze représentant un ange devrait bientôt trôner au-dessus de la colonne…

– Pourquoi un ange ? demande Louise.

– Parce que ses ailes symboliseront la Liberté qui a présidé aux journées ayant fait tomber Charles X…

– Après avoir abrité la plus célèbre des prisons, et même accueilli quelques jours la guillotine, sous la Terreur… Le génie de la liberté, voilà ce que nous devrions célébrer chaque jour de l'année ! murmure Louise.

– Tu penses à ton évasion de Servanne ?

– Pas seulement. Je pense à cet élan qui a poussé le peuple à prendre son destin en main…

– J'ai décidément épousé une aristocrate révolutionnaire !

– Mon cher, saviez-vous que mon amour d'adolescence avait pour nom Piero Maroncelli ?

Hippolyte rit de bon cœur.

– Le Maroncelli musicien, compagnon de cellule de Silvio Pellico ? Le Pellico poète qui vient de sortir de la citadelle du Spielberg pour avoir lutté en faveur de l'indépendance italienne ?

– Celui-là même, mon cher, l'auteur de *Mes prisons*.

– Il te plaît parce qu'il est artiste, comme moi – l'époux se rengorge –, ou parce qu'il est insurgé ?

– Les deux !

– Que peuvent comprendre les femmes à la politique de notre voisin italien ?

– Tout, et plus encore : ainsi qu'elles ont célébré l'enthousiasme républicain en France.

– Diantre, heureusement que le règne de Charles X n'est plus...

– L'histoire n'est pas finie, rétorque Louise d'un ton sec. Il vaut mieux vous habituer à mon indépendance d'esprit, monsieur. Je ne suis pas une bête de somme qui se rangera aux opinions de son maître.

– Et qu'est-ce que ce Maroncelli a de si particulier qu'il fut ton premier amour ?

– Tout ! s'emballe Louise. Le courage, les idées, le sens de l'aventure...

– Il a tout, mais il est marié, grommelle Hippolyte, légèrement vexé. Avec une cantatrice allemande, si je ne m'abuse... Je crois même que les voilà exilés en Amérique, depuis peu...

– Mais oui, mon pauvre ami : c'est l'aventure ! Ils sont partis vers des horizons exaltants ! Loin ! Tu ne cours donc aucun risque.

Louise est moqueuse... et sérieuse.

La place de la Bastille est encombrée. Son bassin central, bordé d'arbres, rassemble des badauds et des commerçants malgré les températures basses de décembre.

Des marchands de coco en veston et tablier, avec leurs fontaines sur le dos et leurs gobelets attachés à des sangles, déambulent en criant : « Qui veut du coco ? À la fraîche ! »

– Il faudra que tu goûtes le coco… Sais-tu ce que c'est ?

Louise envoie un coup de coude à son mari, indignée.

– Je suis peut-être une provinciale, mais je ne suis pas tout à fait ignare ! De l'eau citronnée avec de la réglisse, quelle horreur…

Aux fenêtres, l'air se charge d'effluves variés, maritimes et maraîchers, mais aussi d'une certaine puanteur. Louise se penche par la fenêtre du fiacre pour contempler l'agitation joyeuse qui règne alentour.

– On trouve de tout, à Paris. Si tu veux des meubles, il faut aller au faubourg Saint-Antoine. De la porcelaine ? Direction le faubourg du Temple. Quant aux étoffes, c'est dans la rue Saint-Denis qu'on doit se promener. Quoique le mieux est peut-être de se rendre aux galeries du Palais-Royal : c'est un bazar digne de ceux d'Orient. Des bijoux aux liqueurs de Martinique, en passant par les perruquiers, les marchands de drap, les charcutiers et les orfèvres… tout y est concentré, fastueux, abondant !

Louise se pâme en écoutant Hippolyte.

– Tu adoreras la galerie Véro-Dodat, c'est une merveille d'architecture, en fonte et en fer, en verre et en miroirs. On y circule entre les colonnes qui séparent les magasins, on y marche sur du marbre et, si on lève les yeux, on admire des fresques sur les plafonds voûtés…

– M'emmèneras-tu boulevard de Montmartre ? Je

veux voir les étalages des magasins de nouveautés, où on découvre les tendances importées de Londres…

– Bien sûr. Et nous irons acheter des confiseries rue des Lombards. Et quand nous aurons de l'argent, des tableaux de maîtres rue Vivienne… Et…

À nous deux, Paris !

4.

François-René de Chateaubriand

Paris, juin 1835

Louise gravit à vive allure l'escalier exigu qui mène à leur nouvel appartement, rue des Petites-Écuries. D'une main, elle tient sa jupe pour monter plus vite ; de l'autre, elle se pince le nez pour éviter les vilaines odeurs de graisse recuite qui empestent l'immeuble. L'atout de ce logis, c'est qu'il est plus grand et que le couple s'est rapproché du Conservatoire, rue Bergère. L'ennui, c'est qu'il est sombre, au quatrième étage, dans un environnement douteux, avec un voisinage aux antipodes des connaissances que Louise pensait faire à Paris.

Devant la porte, la jeune femme souffle, le cœur battant, avant de se résoudre à entrer. Elle n'a aucune envie de retrouver son intérieur modeste, la mine renfrognée de son mari qui ne comprend décidément rien à rien, le lit conjugal monotone, les murs nus et le mobilier sommaire.

Des images de Servanne, fugaces, affluent. Ses oliviers. La douceur de l'air. Les champs de lavande rejoignant le ciel. Se languit-elle de la Provence ? Elle ne saurait l'affirmer. Sa seule certitude, c'est qu'il lui manque *quelque chose*. De l'excitation, pour commencer !

Elle écoute. Aucun son de flûte ou de violon ne lui parvient : Hippolyte doit être dehors. Elle tourne la clé dans la serrure pour franchir le seuil, pose son manteau sur le dossier d'un fauteuil, court ouvrir la fenêtre qui donne sur la cour encombrée de détritus, se sert un verre d'eau et s'installe à son petit secrétaire, au fond du salon. Elle pousse les livres nombreux qui en jonchent la surface, prend une lente respiration pour se calmer. Sa rencontre fortuite avec Bénédict, son neveu Révoil, le fils de Joséphine, près de l'Opéra, était inattendue et riche de mauvaises nouvelles : Adolphe, Marie et son Baragnon se menaient une guerre méprisable, au sujet de l'héritage ; et Auguste, après des mauvais coups, s'était retrouvé en prison. Quelle honte et quelle souffrance pour la famille ! Même si Louise en avait été chassée, et qu'elle se souviendrait longtemps de l'absence humiliante de sa fratrie à son mariage, cette situation ne pouvait que l'attrister. Jamais elle ne s'était réjouie du malheur des autres, même de ses ennemis.

Elle lève les yeux sur l'horloge murale, l'un des rares biens qui l'ont suivie depuis la bastide jusqu'à cet appartement. Regrette-t-elle les charmes de Mouriès ? Les herbes folles où on lui a conté fleurette ? Les amoureux sans lendemain, les soupirants chez Julie, les heures de solitude à composer ses *Fleurs du Midi* ? A-t-elle pris la bonne décision en épousant Hippolyte ? Elle ne sait plus.

Saisie d'un vertige, elle avale de l'eau tiède et desserre son corsage. Cela ne fait guère que cinq mois qu'ils sont installés. Louise a commencé par apprendre à tenir son ménage, ce qui n'a pas été sans peine, car elle a peu d'appétence pour les tâches domestiques. Les longues heures avec Reine aux fourneaux lui ont été cependant bénéfiques, et Hippolyte a pris quelques kilos grâce à la généreuse cuisine du Sud concoctée par la jeune femme. Ensuite, Louise est partie à la découverte de la ville. Elle a arpenté les avenues à la mode, aux Tuileries et au Palais-Royal ; s'est rendue dans les musées vantés par son père ; a même visité des ateliers d'artistes dans la Nouvelle Athènes. D'abord émerveillée de croiser ici un orgue de Barbarie, là des joueurs de castagnettes et de triangle, puis de se faire houspiller par des maraîchers, elle s'est habituée au charivari permanent de certains quartiers de Paris. Aux mendiants, aux acteurs, aux poètes… Et même aux animaux extraordinaires tels Jacqueline et Jack, les singes de la Ménagerie !

Avec Hippolyte, elle est allée plusieurs fois à la Comédie-Française, voir *Chatterton* d'Alfred de Vigny puis *Angelo, tyran de Padoue*, de Victor Hugo… « Il a tous les talents », avait commenté Louise, impressionnée. Le monde du théâtre attire la jeune femme : elle a goûté l'ambiance du boulevard du Crime[4], avec ses saltimbanques et ses bateleurs, ses ruelles transformées la nuit en coupe-gorges, l'agitation près du musée de cire du sieur Curtius avec son aboyeur bruyant ou celle du Cirque-Olympique… sans compter tous les cafés, où l'on se mêle à une foule bigarrée, à des familles endimanchées, à des dandys et des demoiselles qui piaillent, à des messieurs qui rejoignent leurs grisettes dans les maisons closes… Louise, fascinée par le monde du spectacle, a proposé à Hippolyte d'écrire une pièce à quatre mains sur Maroncelli… Et le couple s'est rendu, masqué, comme il se doit, au chatoyant bal de l'Opéra, rue

Le Peletier. On y pratique désormais une drôle de danse un peu lascive, le *coincoin*, ou cancan – Louise n'est pas sûre d'avoir correctement entendu – et on y joue à la tombola… Le couple n'est pas invité au club du Cercle des arts, mais cela ne saurait tarder : Hippolyte y jouera au whist et y fumera des cigares, tandis que Louise y nouera des relations utiles pour l'avenir.

Elle ambitionne de fréquenter toutes les bibliothèques de la ville, où elle espère bien rencontrer des gens de lettres. Car elle poursuit un double objectif : faire paraître ses *Fleurs* chez un grand éditeur et publier des textes dans des revues. Voilà le moyen le plus efficace d'améliorer le train de vie du couple, de s'offrir enfin les tenues et bijoux qui mettront sa beauté en valeur, et de se constituer un réseau d'amitiés utiles !

Elle a dévoré *Le Père Goriot*, d'Honoré de Balzac, paru cet hiver en feuilleton dans la *Revue de Paris*. Ce garçon si prolifique a à peine une dizaine d'années de plus qu'elle : d'où lui vient son inspiration galopante, ce talent à raconter l'homme, dans sa splendeur et ses misères ? Il faudra aussi qu'elle lise, toujours de Balzac, le controversé essai *Physiologie du mariage* : cela l'éclairera peut-être sur cette lassitude agacée qu'elle éprouve à l'égard d'Hippolyte, après un semestre entier à Paris ensemble… Parfois, Louise doute. Quand viendront l'abondance, le faste, les réceptions, la reconnaissance sociale ? Le professeur, un brin timide, ne semble guère pressé d'améliorer son statut, et donc leurs conditions de vie. Il est certes gentil et travailleur, mais il se meut dans l'ombre d'Anton Reicha, son maître. Il est plat, sans fougue ni aspérités, amant passable dont les ardeurs refroidissent au fil des mois, et il n'a pas été capable, pour l'heure, de lui faire un enfant. Peut-être est-ce lui qui devrait lire ce livre de Balzac dont on dit qu'il fait trembler les maris ? « En amour, toute âme mise à part, la femme est comme une lyre qui ne livre ses secrets qu'à celui qui en sait bien jouer. » Comprendrait-il enfin que Louise meurt de ne pas être ardemment désirée, aimée avec folie ? Que lorsqu'il la prend, dans son habit de nuit ridicule, elle ne frissonne plus et s'ennuie ? Non, elle ne regrette pas Servanne : elle regrette l'exaltation qui était la sienne lorsqu'elle était obligée d'y vivre. C'était cela, ou s'éteindre. Elle rêvait alors d'escapades et de périples en Europe, d'inconnus la courtisant, du grand amour… Où sont les fleurs et les bijoux ? Les diamants qui devraient couvrir sa chevelure, en vogue à Paris chez les élégantes ? Les parfums de chez Lubin ? Les soieries des magasins de la rue du Bac ? Les friandises de la boutique de Félix, passage des Panoramas ? Les restaurants où les portiers l'accueilleraient par son nom ? Pourquoi n'a-t-elle pas encore été invitée à une réception de l'Académie française ou à une chasse à Chantilly ? Où se cache donc l'aventure de la vie… dans sa cuisine, sérieusement ?

Un enfant ? Louise secoue la tête puis la pose entre ses bras, croisés sur la table. Ce ne serait pas le bon moment. Elle a trop à faire pour se soucier d'une autre âme que la sienne. Maintenant qu'elle a pris ses marques à Paris, il faut passer à l'étape suivante, la conquête. Quelle place veut-elle et peut-elle occuper ? Pourra-t-elle se mesurer à Balzac et à Hugo, elle qui écrit chaque matin que Dieu inaugure ? Il n'y a qu'une Mme de Lafayette par siècle, tandis que se pressent les La Fontaine, Perrault, Racine, Corneille et Bergerac : le rôle des femmes en littérature doit-il se réduire à celui de lectrice ou de mécène ? Le jupon défavoriserait-il la notoriété ? Et si ces vénérables messieurs craignaient une revanche au féminin ? Des millénaires de patriarcat seraient-ils enfin balayés par ce nouveau siècle résolument moderne ?

Louise relève la tête et feuillette distraitement un journal. Elle se passionne pour les débats du moment, comme la distinction entre journalisme et littérature. Dans le premier cas, l'écrivain sans le sou force sa plume, sur commande : il critique ses congénères et livre aux plus offrants directeurs de revues des textes de divertissement. Sans style, car il n'a pas le loisir de peaufiner sa phrase. La vraie littérature, elle, devrait régner au-dessus de ces contingences financières et s'affranchir des bouclages… N'est-ce pas ruiner son talent que de courir le cachet ? Comment être certain, lorsque l'on produit beaucoup, que tout sera d'égale qualité ? Louise écrit vite et ignore si c'est de bon augure. Mais son orgueil reprend le dessus. Il est inenvisageable qu'elle écrive de mauvais textes !

Elle soupire, dans cet appartement trop silencieux. Elle joue distraitement avec un livre d'Alexandre Dumas, autre auteur très en vue ; repense à son entrevue inopinée sur les Grands Boulevards avec Bénédict ; se demande si elle nouera un jour connaissance avec l'extravagante George Sand – son admiration lui avait valu de sévères remontrances de la part de ses frères, du temps des discussions à Servanne. Quelle belle revanche cela serait, d'entrer dans son cercle d'intimes…

Un bruit sourd se fait entendre, à l'étage du dessus : Louise attrape un balai et riposte avec vigueur. Un peu de plâtre du plafond choit sur son nez et dans le vase où sont disposées des fleurs pour égayer le morne intérieur. Elle éternue. Devant le grand miroir près de la porte, tout en se mouchant, elle s'observe avec intérêt. N'est-elle point jolie, avec ses grands yeux bleus et sa bouche ourlée, ses fossettes, ses sourcils clairs et fournis lesquels lui donnent cet air décidé ? Et cette cascade de boucles blondes, qui peut rivaliser avec ? Elle se lève et se place de profil pour scruter sa fine taille et ses formes généreuses. Mais cette robe, quel manque de raffinement ! Elle est bleue, bien sûr, puisque Louise ne saurait porter une autre couleur, mais elle est très sage alors que la tendance vestimentaire est à l'audace, aux fanfreluches et aux dentelles, aux pampilles et aux broderies qui soulignent ce que l'on fait mine de cacher. La faute à Hippolyte, qui contrôle les tenues de son épouse, même lorsqu'il l'accompagne en sortie… Est-il inquiet de voir la beauté de sa femme appréciée par d'autres ? Est-il trop économe pour lui offrir les toilettes resplendissantes qu'elle mériterait ? Entre janvier et mars, le couple a peiné à se chauffer. Hippolyte prétextait que les couvertures et les tisanes feraient l'affaire. Et il n'a accepté de changer la paire de souliers de sa femme, usés par ses déambulations dans Paris – pour ne pas dépenser l'argent du fiacre – et par les pluies hivernales incessantes, qu'au printemps. Se pourrait-il qu'il soit jaloux *et* radin ?

Repenser à son époux met Louise de méchante humeur. Elle tire la langue au miroir, et s'en retourne écrire. La meilleure manière de remédier à cette situation est de travailler. Depuis quelques jours, elle remanie ses *Fleurs*, dont le lyrisme ne la convainc plus. Tout comme elle peaufine un texte qu'elle a décidé de proposer à une revue. Hippolyte verra bien de quoi elle est capable.

*

L'aube baigne les rues de Paris, et il s'en faut de peu que Louise reçoive sur la tête le contenu d'un pot de chambre. Il ne manquerait plus qu'une domestique détruise en une seconde sa mise en beauté d'une heure ! Elle maugrée, relève la jupe de sa robe en grenadine turquoise à cinq volants brodés d'un feston de soie, rajuste son châle de crêpe de Chine orné de fleurs et d'oiseaux colorés. Elle peigne ses boucles autour de ses joues, sous son chapeau semé de légères applications de paille. Elle évite dans la foulée un charbonnier, sac sur l'épaule ; une boulangère poussant sa charrette à pains et un porteur d'eau chargé de ses deux seaux. Des marchands de fruits et des poissonniers déambulent : les trottoirs sont leurs échoppes. La rue de Seine-Saint-Germain est très encombrée, à cette heure matinale. Heureusement que le fond de l'air est agréable, frais, lavé par la nuit. Les remugles épouvantables que les citadins supportent toute l'année n'ont pas recouvert la ville.

En se rendant si tôt à la rédaction de *L'Artiste*, cette revue dont on parle tant et qui régale Paris depuis quatre ans, Louise espère éviter ce qui a été son lot ces derniers jours : d'interminables attentes, à la porte ou dans la fumée des salles de rédaction, toisée par des journalistes sourcilleux ou concupiscents. Hippolyte, inquiet, a voulu l'en dissuader. « Cela ne rapportera rien ! » prétendait-il. Louise refusait de le croire, au début. Puis, se heurtant aux rejets plus ou moins polis des directeurs – tous des hommes, bien sûr ! –, elle avait déchanté. Quoi, une femme qui écrit ? On ricanait, puis on la renvoyait en lui conseillant de rédiger des recettes de cuisine. Fallait-il vendre son âme pour obtenir son nom imprimé dans un journal ? Publier semblait facile, en Provence !

L'Artiste est son ultime tentative : la revue lui plaît infiniment. Pour le prestige des plumes et des pinceaux qui y collaborent, dont celle de son cher Chateaubriand ; pour la qualité de ses recensions, ses fines critiques – l'*Angelo* de Hugo y a pourtant été fort égratigné –, ses dossiers de fond – elle a ainsi beaucoup appris sur la vie de Léonard de Vinci dans un numéro récent. Louise comprend que c'est une manière divertissante de prendre le pouls de la ville, de sa culture, de ce qu'il faut voir ou avoir vu, de ce qu'il est de bon ton de discuter dans les dîners. Aussi a-t-elle recopié avec soin des poèmes des *Fleurs du Midi* afin de les confier à Achille Ricourt, le directeur de *L'Artiste.*

Louise se fait désigner discrètement Ricourt par un garçon de bureau. Celui-ci est lancé dans une grande conversation. Quelle drôle de physionomie, pour ce touche-à-tout qui ambitionne, à ce que l'on prétend, de devenir directeur de théâtre ! Il doit avoir une petite quarantaine d'années ; son front dégarni est souligné par une paire de lunettes rondes, une moustache et une barbichette blanches.

La jeune femme s'approche, les yeux brillants d'émotion – elle sait que cela la rend irrésistible. Fort heureusement, Ricourt est galant homme : il s'interrompt immédiatement et s'incline devant elle.

– Mademoiselle, nous n'avons pas l'habitude de recevoir de si charmants visages, chez nous dès l'aurore ! Que dis-je, *vous êtes* l'aurore !

Louise rit doucement, mise en confiance. Sa timidité s'envole déjà. Plaire aux hommes, ça, elle connaît. Les enrouler autour de son petit doigt, voilà un manège vieux comme le monde, et elle excelle à le faire tourner. Reine, pas dupe, la grondait autrefois pour cela. Mais comment trouver l'amour autrement ? Louise chasse l'image d'Hippolyte de son esprit. Elle doit se concentrer sur Achille Ricourt[5].

– Monsieur, je suis venue à vous car vous êtes mon ultime espoir…

– Mademoiselle, vous m'effrayez ! rit gentiment Ricourt.

– Je me suis rendue à la *Revue des Deux Mondes* et à la *Revue de Paris*. J'ai cherché les locaux de *L'Europe littéraire* et j'ai appris qu'elle avait fermé. Je crois même avoir aperçu Juin d'Allas à *L'Époque ou les Soirées européennes*. Sans compter M. Alloury au *Journal des débats*, M. Galibert à la *Revue britannique*, et…

– Ah, que diantre une si jolie femme est-elle allée fabriquer avec ces coquins ? Et alors, François Buloz vous a fait la cour ? Et Arsène Houssaye, que vous a-t-il promis qu'il ne tiendra pas ?

– Justement, monsieur Ricourt, ils ne m'ont rien assuré, j'ai perdu du temps et de l'énergie. J'aurais évidemment dû commencer par la rue de Seine et *L'Artiste*.

– Que pouvons-nous pour vous, chère amie ?

Ricourt se penche vers son interlocuteur, qu'il présente du même geste :

– Louis Boulanger et moi sommes vos serviteurs.

Le petit homme aux traits fins et à la tignasse désordonnée et clairsemée acquiesce, tandis que Louise tressaille. La tête lui tourne. Louis Boulanger n'est pas un inconnu : proche de Victor Hugo et peintre de renom, il s'est particulièrement illustré il y a quelques années au Salon du Louvre avec sa toile *Le Supplice de Mazeppa*.

– Puisque vous m'y invitez si aimablement… Je viens de m'installer avec mon mari à Paris.

– Ah ! Que je me confonde en excuses et me prosterne devant vous… Vous n'êtes plus demoiselle mais dame…

Louise esquisse un sourire rapide et faussement contrit.

– Mon époux est musicien et enseignant au Conservatoire. Et pour ma part, j'écris.

Les deux hommes se penchent vers elle, intrigués.

– J'ai composé un recueil de poésie qui a été fort apprécié dans le sud de la France, où je vivais chez mes parents jusqu'à mon mariage. Je cherche à le faire connaître à Paris. Et à le publier.

Elle extrait de son manteau une liasse de feuillets.

– Auriez-vous, s'il vous plaît, l'obligeance de les parcourir[6] ?

Ricourt s'exécute, heureux de satisfaire sa visiteuse. Boulanger lit par-dessus son épaule avec curiosité.

– Mais ces vers sont ravissants, madame ! Vous avez le souffle lyrique de Victor Hugo, avec une forme plus pure et plus sévère.

– Ma culture classique, sans doute, ma jeunesse solitaire entre les oliviers, le mistral et les vestiges gallo-romains de ma région…

– De solides références ! s'exclame Boulanger, bienveillant.

– Messieurs, m'aiderez-vous ?

Louise quitte les bureaux de *L'Artiste* enchantée. L'entrevue s'est déroulée au mieux ! Ricourt a juré de faire lire et recenser ses poèmes. Elle repart également riche de ses conseils, qu'il faudra raconter par le menu à Hippolyte.

Dehors, l'air est tiède. Il fait si doux que Louise décide de rentrer à pied. Elle n'est pas très loin de la Seine, il suffira de rejoindre les quais Malaquais et de Conti, de traverser le fleuve par la passerelle des Arts, puis de franchir la Cour Carrée et de continuer plus au nord, par la rue du Louvre.

Son intuition, qui lui soufflait de fréquenter les bibliothèques de la ville, n'était pas mauvaise. Ricourt et Boulanger sont formels : il est important qu'elle fasse la connaissance de trois ou quatre personnalités littéraires en vue, d'hommes politiques, de mécènes. Elle sera alors forcément invitée à des dîners, des salons, des événements. Après quoi, son talent sera remarqué – son intuition indique à Louise que ses yeux bleus et sa gorge blanche l'aideront aussi. Ricourt et Boulanger lui ont enfin suggéré de trouver un préfacier de renom pour ses *Fleurs du Midi*, afin d'intéresser les éditeurs.

Louise sifflote, serpente pour éviter papiers et déjections canines, lève un peu sa jupe, est hélée par un chiffonnier affairé. Malgré ses déconvenues et ces six premiers mois décevants, qu'il est doux d'être une poétesse à Paris ! Elle inspire profondément, se gorgeant d'une vitalité nouvelle. Ce n'est pas parce qu'Hippolyte s'avère terne, empêtré dans un travail austère et dans ses manigances au Conservatoire, qu'elle va s'étioler rue des Petites-Écuries sans agir. Elle bifurque sur sa droite, quai de Conti, d'un bon pas.

Elle ralentit presque aussitôt devant la majesté du bâtiment qui s'offre à sa vue, face à la Seine… L'Institut de France, où se réunissent les membres de l'Académie française. C'est la première fois que Louise en est si près. Un frisson la parcourt, sans qu'elle puisse expliquer pourquoi. Est-ce cette esplanade imposante en demi-cercle, ornée en son centre d'un temple grec à colonnes, d'un chapiteau et d'une horloge vert et or ? Est-ce la coupole qui domine l'ensemble ? Ou la devise inscrite dans le marbre :

IVL. MAZARIN.S.R.E.CARD. BASILICAM.
ET. GYMNAS.F.C.A.M.D.C.L.X.I

… qui signifie « Jules Mazarin, cardinal de la sainte Église romaine catholique, a ordonné de construire cette église et ce collège en 1661 » ?

La jeune femme est impressionnée. Combien d'immortels ont régné et siègent entre ces murs épais et mystérieux, décidant à couvert des orientations des disciplines les plus importantes du savoir ? Pourquoi ressent-elle cette attirance pour ces mots, Académie française ? Est-ce pour son rôle dans le rayonnement de la langue française ? Depuis l'enfance, Louise se réfère avec soin au *Dictionnaire* édité par l'Académie. Comment autant d'esprits brillants, aux idées si différentes, réussissent-ils à cohabiter pour produire cette encyclopédie ? Une langue peut-elle prétendre parvenir à un point de perfection ? Et la perfection n'est-elle pas dans l'évolution, l'adaptation, la remise en question ?

Comment rencontre-t-on un académicien ? s'interroge Louise en se rapprochant de l'entrée imposante. Et lequel des quarante ? Ou alors, le secrétaire perpétuel, tout juste élu ? Elle avait évidemment entendu parler d'Abel-François Villemain, écrivain et professeur à la Sorbonne ainsi qu'à l'École normale supérieure, qui s'était prononcé contre la censure de la presse dans le passé, ce qui lui avait valu bien des tracasseries sous Charles X. Quid de Charles Nodier, bibliothécaire de l'Arsenal, ancien proche du roi quant à lui ? Car Louis Boulanger a été catégorique : Nodier est un homme d'influence, chez qui l'élite parisienne et romantique se réunit. Nodier vient d'être élu à l'Académie, lui aussi ; et il a constitué autour de l'Arsenal un salon littéraire réputé qui se réunit tous les dimanches, le Cénacle, auquel Louise rêve de se rendre. Il paraît qu'on y croise Lamartine, Alexandre Dumas, Alfred de Vigny et Alfred de Musset, et bien sûr Victor Hugo. Que l'on y dîne merveilleusement, aux chandelles ; que l'on y cause littérature, qu'on y valse au son du piano. À l'opposé de Nodier, il y a le vieux Népomucène Lemercier, ennemi des romantiques, poète et dramaturge. Ricourt a souligné combien il était sensible au charme féminin… Enfin, ne pas oublier Alphonse de Lamartine : de poète à poète, d'ancien secrétaire d'ambassade en Italie à jeune femme bercée par Pergolèse et Cimarosa, ne pourraient-ils s'entendre ? Après tout, Louise a aimé ses *Méditations*, qui ont certainement influencé sa manière d'écrire les *Fleurs du Midi*…

Elle ralentit devant l'une des portes, plus modestes,

qui encadrent l'entrée principale. Quels académiciens d'aujourd'hui seront les Voltaire et Montesquieu du XIXe siècle ? Quelles sont les raisons qui inscrivent le talent d'un homme plutôt que celui d'un autre dans la postérité ? Et quand les femmes rejoindront-elles cet endroit mythique ? Louise s'interroge.

Elle reprend son allure, le long de la Seine, dépasse l'Institut, décide de changer de chemin et progresse en direction du Pont-Neuf. Elle admire la statue d'Henri IV, avant de se faire la réflexion que cet endroit est celui où Jacques de Molay, grand maître des Templiers, fut brûlé. Que reste-t-il de nos vanités ? L'amour n'est-il pas, finalement, le but le plus important à poursuivre ? Les académiciens seraient-ils d'accord avec cela ? Sans doute pas au faîte de leur renommée, mais sur leur lit de mort ? Quels grands de ce monde sont parvenus à conjuguer gloire et amour sans étroitesse ni vanité ? L'an dernier, Hippolyte s'était présenté au concours de composition musicale de l'Institut de France, et sa cantate *L'Entrée en loge* lui avait fait remporter un premier second grand prix. Que restait-il de cet honneur fugitif ?

Louise claque des doigts. C'est François-René de Chateaubriand qu'il lui faut à ses côtés. Le plus distingué de tous. Le plus admirable. Celui qui a enchanté les soirées d'hiver trop longues, à Servanne, grâce à ses courts mais sublimes *Atala* et *René*. L'amour secret d'Henriette, qui admirait sa résistance farouche aux injonctions napoléoniennes. Son cher « Château-Brillant ». Ce sera lui, le sésame de Louise.

*

Un songe de septembre 1835

Mais qu'il est laid, s'effare Louise, qui se lève cependant avec humeur badine et joli sourire de la méridienne où elle est assise, patientant dans une antichambre que Sainte-Beuve la reçoive. Elle a été accueillie par la cuisinière, très curieuse de son identité. Suivant les conseils d'Achille Ricourt, Louise a écrit à l'incontournable critique littéraire Charles-Augustin Sainte-Beuve pour solliciter un rendez-vous. « Il pourra énormément pour vous ! » avait assuré Ricourt. Apparemment, chaque jeune nouvel auteur devait être adoubé par Sainte-Beuve pour pénétrer dans le petit monde des lettres…

Louise s'est un peu renseignée sur l'homme, comme à son habitude lorsqu'elle planifie la prise d'une citadelle. Sainte-Beuve est un ami de Victor Hugo. Il est collaborateur du journal *Le Globe*, et l'auteur de *Volupté*, roman dont on vante… la médiocrité. Il se murmure même que Balzac préparerait un genre de pastiche amélioré du livre, à paraître avant la fin de l'année…

Le critique est petit, massif, et son air peu avenant. Sa bedaine, le rictus sur ses lèvres, ses traits enfouis sous la graisse de son visage, ces deux rides qui barrent son front dégarni à la verticale le vieillissent terriblement – dire qu'il n'a que trente et un ans ! Et ce teint brouillé… Louise réprime un frisson. On dirait une grosse grenouille. *Un petit effort, ma fille… Si les* Fleurs du Midi *sont appréciées par Sainte-Beuve, elles seront lues dans tout Paris !*

Sans dire un mot, le critique invite la jeune femme à le suivre dans le petit salon élégant et chaleureux qui lui sert de cabinet de travail. Au moins fait-il un effort pour recevoir confortablement ses invités.

– Madame, je ne crois pas que nous ayons été présentés… Je ne connais de vous que vos vers !

Sa voix est sourde, un peu rustaude.

– Vous connaissez l'essentiel, donc. Ma petite personne s'efface derrière la poésie, rien ne m'importe tant que…

– Une œuvre est indissociable de son auteur ! grommelle Sainte-Beuve. On ne saurait juger correctement un livre sans savoir qui a manié la plume. Sa personnalité. Ses ambitions. Son rapport au monde. Ses failles…

– Pardon, monsieur, permettez-moi de penser le contraire.

Sainte-Beuve, surpris, suspend son discours. Quelle est cette drôle de créature déterminée, avec un léger accent, au minois irrésistible, qui le contredit de la sorte ? Péremptoire, ayant un avis tranché sur tout, il n'a pas l'habitude d'être interrompu.

– Madame, vos poèmes vous trahissent. Ils sont emplis de ce que vous ne voulez pas admettre à votre sujet.

– … C'est évident, cher monsieur…, tempère Louise. Ce sont des textes de jeunesse. Lorsque l'on est jeune, on écrit sur ce que l'on connaît. Mais je ne ressemble plus à mes *Fleurs*.

– Croyez-vous ! tonne Sainte-Beuve, de manière si brusque que Louise sursaute. Telle que je vous vois aujourd'hui, vous êtes pétrie de cette langueur, de cet ennui, de cette soif de gloire et de passion…

Louise ne proteste pas, cette fois. Il a raison. Mais pourquoi dit-il qu'elle refuse de se voir telle qu'elle est ?

– Vous fûtes amère, et vous l'êtes encore…

– Pas du tout ! s'agace l'accusée avec énergie. Il ne faut pas confondre idéal désappointé et amertume ! L'amertume a quelque chose de définitif. Or, je crois que l'horizon est toujours ouvert. Quels que soient l'âge, la condition, nos fragilités.

– Vous êtes donc une optimiste qui se cache derrière des rimes lyriques. Au moins avez-vous la conscience lointaine de votre naïveté…

– Ah monsieur, vous êtes bien sévère ! Je ne me cache pas.

– Quelle est la raison profonde de votre visite ?

– Je vous l'ai mentionnée dans mon courrier. Achille Ricourt…

– Il m'a parlé de vous, la coupe Sainte-Beuve à son tour.

Louise se tait et l'observe. Ils sont assis sur un petit canapé, elle aimerait boire un peu d'eau, cet entretien n'est décidément pas agréable. Comme s'il lisait dans ses pensées, Sainte-Beuve se calme et change soudain d'attitude.

– Achille Ricourt m'a dit l'estime dans laquelle il vous tient.

– Tiens donc ! se force à répondre Louise, déstabilisée mais point dupe de la flatterie de son interlocuteur.

– Vous avez besoin d'un protecteur, n'est-ce pas ?

Sainte-Beuve la détaille. Une lueur mauvaise jaillit dans ses gros yeux posés sur le cou et les clavicules de Louise, laquelle instinctivement rabat son châle sur ses épaules. Qu'elle est appétissante, cette femme, on la prendrait bien au collet comme un petit animal. Le critique savoure une image qui traverse son esprit : lui se penchant sur elle, ses mains sur ses seins, sa taille, lui en elle. Elle, écrasée par lui. L'image fugitive est excessivement réaliste alors qu'elle est là, à moins de cinquante centimètres. Ce trouble manifeste, Louise le remarque. Elle prend une respiration courageuse. Comment se sortir de cette situation devenue inconvenante ?

– J'ai besoin qu'on me lise.

– Je vous ai lue.

– Et ?

Sainte-Beuve fait un mouvement vers elle. Le sursaut de dégoût de Louise refroidit l'homme et allume à l'intérieur de son cœur susceptible une haine profonde. La beauté et le rejet perceptible de la jeune femme rappellent à Sainte-Beuve les rebuffades qu'il a endurées. Toutes les femmes qui se sont refusées à lui. Son orgueil blessé.

Une gêne intense s'installe. Louise vient de se faire un ennemi à vie.

*

Plus tard, en septembre 1835

– Tu as écrit à François-René de Chateaubriand ? *Le* Chateaubriand ? Tu lui as envoyé ton poème sur lui et Lamartine ? Et tu penses sincèrement qu'il va te répondre ? Quelle naïveté !

Le ton d'Hippolyte est méprisant. Devant la psyché de leur petite chambre, en tenue de soirée, il se tourne et se retourne afin d'admirer son reflet.

– Qu'ai-je à perdre ? Et je te signale que mon audace a plutôt payé, jusqu'à présent… Tu m'as raillée de la même manière lorsque je me suis débrouillée pour rencontrer Charles Nodier. Regarde où nous en sommes aujourd'hui !

– Pff, guère plus avancés...

– Fou que tu es. Nodier nous ouvre des portes et tu n'en as pas conscience.

– Ce vieux grincheux...

– Il n'a rien de grincheux, au contraire il est délicieux, fin, c'est le Shéhérazade de la décennie tant il sait conter et charmer son auditoire.

– Tu ne connais pas grand-chose aux hommes. Pourquoi crois-tu qu'il ait accepté de te recevoir, à la bibliothèque de l'Arsenal ?

– Il m'a reçue, il nous reçoit désormais tous les deux, remarque Louise, pratique. Et tu étais bien aise de rencontrer chez lui la charmante Élisabeth Vigée Le Brun ! Si j'étais jalouse... qu'espérais-tu d'elle, un portrait ? Elle n'aime que les princesses et les tsars ! Alors un musicien obscur...

– Louise, tu es infernale, toi qui ne te réjouis que lorsque pleuvent sur toi les œillades de ces messieurs... Je n'aime pas la façon dont ce Musset te fixe, d'ailleurs. Quel toupet ! Je devrais t'interdire de sortir...

– Tu es tombé sur la tête ?

– Et tu aurais pu être plus aimable avec Élisabeth. Ce n'est pas parce que tu fuis les jolies femmes, comme si tu craignais la concurrence, qu'il faut te montrer impolie !

– Mon pauvre, tu n'y es pas ! Si je l'ai quittée brutalement, c'est que je ne voulais pas manquer Émile de Girardin et son épouse Delphine qui partaient.

Louise se regarde à son tour dans la glace. Elle se penche pour rectifier un pli de sa nouvelle robe lilas. Les manches bouffantes sont du plus bel effet, même si le décolleté dévoile un peu trop ses épaules au goût d'Hippolyte. Chez la modiste, elle a essayé un turban de brocart parsemé de paillettes et de gaze azur : c'était très *fashionable*, mais bien trop cher. Elle a préféré ramasser ses cheveux en tresses, piquetées d'aigrettes en fausses pierres de rubis et saphir. Si personne ne se penche vers elle, on n'y verra que du feu. Impossible de soupçonner que le ménage Colet marche sur la paille plutôt que sur l'or.

– Cet Émile ne me dit rien qui vaille… Quel patron de presse se lance en pillant les articles des autres pour les publier toutes les semaines dans une revue intitulée *Le Voleur* ?

– C'est diablement malin. Et ce n'est que le début, tu verras. Girardin est à l'origine du succès de *La Mode*, du *Journal des connaissances utiles*, et du *Musée des familles* : ce n'est pas rien ! C'est un visionnaire. D'après Delphine, il prépare un projet de revue très ambitieux pour l'an prochain, avec un prix d'abonnement réduit, destiné à toucher un public plus large… Il va l'intituler : *La Presse*. Il a promis de lire les textes en prose que je lui soumettrai.

– Apprécies-tu vraiment sa femme, Delphine ?

– Beaucoup. Elle est sensible et très cultivée. Savais-tu que sa mère l'avait prénommée ainsi en hommage à un roman de Mme de Staël ?

– Toutes ces femmes écrivains finiront par te tourner la tête ! grommelle Hippolyte. Quand cesseras-tu d'être obsédée par l'écriture et la publication ? Vivre à Paris et devenir mère ne te suffisent pas ?

– Devenir mère ? Doux Jésus…

– Ce n'est pas faute d'essayer…

– Tu ne m'as pas touchée depuis des semaines, proteste Louise.

– Des semaines ?

Hippolyte sourcille.

– Et puis, tu savais en m'épousant que mon destin est de rejoindre les livres d'histoire. Je te l'avais dit. Et tu m'as aimée pour cela.

– Rejoindre les livres d'histoire ! Mais, mon petit chat stupide, les livres d'histoire sont faits par et pour les hommes ! Tu es fatigante, à la fin, avec tes ambitions ridicules !

Louise ne répond rien. Elle se met à trembler, fort. Ses yeux pervenche sont de plus en plus sombres. Que lui reste-t-il, si on lui retire son rêve de postérité et les livres ? Ce qu'Hippolyte n'a pas compris, c'est qu'en ne parvenant pas à susciter et à entretenir l'amour de sa femme, son désir, il la contraint à aller chercher ailleurs l'étincelle. Louise se meurt, sans passion. Sa frénésie littéraire est pour partie le reflet de sa déconvenue.

– Delphine et son mari veulent m'aider. Et non, être ta bonne épouse, patienter au coin du feu, n'est pas assez. Te suffit-il, à toi, d'être à Paris et d'espérer un jour devenir père ? Quoi, ensuite ?

– Tu sais que j'ai prévu de monter en grade au Conservatoire. Et que j'irai au bout de ma *Panharmonie.*

– Ah oui, tiens, parlons-en de cette *Panharmonie*. Et de son sous-titre absurde ! Comment peux-tu envisager une seconde qu'un éditeur te le prendra, ton bouquin ? Ou qu'un élève osera le lire ?

Louise se lève, pivote sur elle-même, imite Hippolyte jouant de la flûte, pose l'instrument imaginaire sur la coiffeuse, le singe de plus belle :

– *Panharmonie musicale. Ou Composition théorique et pratique. Harmonie, mélodie, contre-points, fugues, musique ancienne et moderne, instrumentation, orchestration, avec un nouveau système de clefs réduites à une seule clé de* sol *et une nouvelle manière de chiffrer plus simple, plus logique, à l'usage des artistes, des amateurs, des écoles de chant, des pensions et des collèges*… Sérieusement, Hippo…

Son mari était sur le point de rire avec elle – il reconnaît volontiers que les titres de ses écrits sont impossibles à retenir, quoiqu'il ne parvienne pas à les raccourcir –, il se renfrogne. Il déteste ce diminutif aux allures de quolibet non déguisé.

– Je suis sûr que mes théories seront étudiées des décennies après ma mort. Contrairement à tes livres fantômes.

Louise grimace.

– Dire que c'est moi que tu accuses d'être obsédée par la postérité…

– Tu devrais être fière de ton mari professeur de composition au Conservatoire de Paris ! insiste Hippolyte.

– Professeur adjoint… Quand je pense que tu m'as juré que tu écrirais la musique d'un opéra en deux actes à partir de mon poème *L'Abencérage*… Ou sur Maroncelli… Ou sur les exploits de l'armée française à Alger… J'attends ! Quand j'écris, tu ratiocines. Je t'ai vraiment épousé par amour, va. Ou par aveuglement… Quelle imbécile…

– Et moi, pourquoi t'ai-je épousée ? Pas pour tes dix mille francs de dot, tes meubles vermoulus et ta famille de dégénérés ! Dire qu'un banquier m'offrait sa fille pour cent mille, pas moins ! Je serais milliardaire, à l'heure qu'il est !

– On dort moins bien sur un sac d'écus que sur la douceur d'un sein : j'ai ouï dire que ton héritière ressemblait à une branche sèche mal fagotée.

– Ton sein que je ne vois pas assez…, fait Hippolyte en s'approchant, la mine gourmande, oubliant la querelle.

– Ne me touche pas. Nous sommes en retard.

Il est hors de question que Louise bouscule ce soir sa tenue et sa coiffure pour une étreinte rapide, sans jouissance. Elle le repousse, passe devant lui et se dirige vers la porte d'entrée. Hippolyte lui emboîte le pas en grommelant.

La calèche des Colet s'arrête devant l'Arsenal. Quelques voitures tirées par des chevaux de race stationnent, des élégantes au bras de messieurs distingués en descendent. Les femmes sont somptueuses, parées de turbans de dentelle ou de tulle, de manteaux doublés d'hermine, de boucles d'oreilles ruisselantes de pierres façon *Mille et Une Nuits*, de souliers de maroquin. Tout ce que ne peut s'offrir Louise, qui se scrute une dernière fois dans le miroir de poche qu'elle glisse dans son sac à main brodé de perles.

Quelles célébrités croisera-t-on chez Nodier ? La Malibran ? Frédérick Lemaître ? Elle pose un pied hors du fiacre, masquant sa hâte de rejoindre ce monde brillant. Elle regrette presque aussitôt son empressement, car une silhouette râblée s'approche : c'est celle de Sainte-Beuve. Louise frémit en distinguant son visage troué par la vérole. Il est décidément très laid, encore plus que dans les cauchemars qui l'assaillent parfois. Elle s'étonne qu'Adèle Hugo, à ce que l'on raconte, ait succombé à ses charmes… Comment imaginer un instant batifoler avec ce rustre ?

– Avance, veux-tu ? s'énerve Hippolyte.

– Je ne peux pas, souffle Louise, remontant dans la calèche.

– Que t'arrive-t-il ? Les Anglais ont débarqué ?

– Oh, ce que tu peux être vulgaire !

– Napoléon n'avait qu'à gagner à Waterloo, fait Hippolyte en haussant les épaules.

– C'est Sainte-Beuve, là-bas… qui se rend chez Nodier…

Hippolyte fronce les sourcils.

– Ne voulais-tu pas le rencontrer ?

– Si, seulement…

– Quel impair as-tu commis ?

– Aucun, monsieur ! s'exclame Louise, indignée. Pourquoi la femme serait-elle systématiquement coupable des brouilles qui divisent les humains ?

– Brouille ? Tu m'inquiètes !

– Ce n'est rien. Je l'ai sollicité, il refuse de m'aider, voilà tout.

– Tu l'auras ennuyé, vilaine Louise, tu ne sais jamais quand il faut cesser de harceler les puissants. Cela te jouera des tours.

– Je lui ai simplement envoyé un poème…

– Encore un ! soupire Hippolyte, presque résigné. Je le plains… Être dans le viseur de ma femme… Et donc ?

– Et il m'a répondu.

– Estime-t'en heureuse. Le pire, c'est l'indifférence !

– Tais-toi donc. Il m'a répondu… que mes vers étaient insipides.

– Et il t'a suggéré de t'en retourner aux casseroles ? Quel grand homme ! Dans mes bras, Sainte-Beuve !

Hippolyte jaillit de la voiture, prenant un malin plaisir à forcer Louise à en sortir. Fort heureusement, Sainte-Beuve ne les voit pas. Il y a fort à parier que, les aurait-il aperçus, il les aurait ignorés.

*

Octobre 1835

Louise se rue sur le courrier que lui monte la logeuse : c'est une lettre de Chateaubriand, qui lui répond enfin !

La veille, chez Charles Nodier, la jeune femme a brillé de tous ses feux. L'ambassadeur d'Espagne est venu complimenter Hippolyte d'avoir une épouse aussi gracieuse, tandis que Musset, taquin et provocateur, a demandé au mari jaloux pourquoi Louise s'habillait comme une quakeresse ! Le sang de Louise n'avait fait qu'un tour. Le beau Musset, secouant sa crinière claire, avait raison : au lieu de la propulser vers son destin glorieux, Hippolyte la freinait. Dire qu'elle avait refusé de valser et badiner avec l'auteur de *Lorenzaccio* ! Alors qu'il proposait son bras, peu innocent mais galant ! Ce n'est pas en étouffant une flamme que l'on éteint l'incendie : or, Louise veut brûler. À quoi bon une vie raisonnable ? Il faut expirer le cœur apaisé d'avoir trop vécu. Sinon, pourquoi endurer les peines inhérentes à l'existence ?

Hier, à l'Arsenal, Louise avait vécu intensément.

Quakeresse ? Diablesse, oui ! Elle avait ôté ses gants, secoué ses cheveux trop disciplinés, descendu son corsage pour découvrir sa gorge – ce n'était pas à trente ans qu'elle allait commencer à dévoiler ses atouts, si ? Chez Nodier, l'assemblée avait dansé, bu, ri, dansé sans fin, et les discussions allaient bon train autour des derniers ragots parisiens. Louise était loin d'identifier tous les noms égrenés comme des grappes de raisin autour d'elle, mais son sourire palliait la modestie de son cercle de connaissances.

Louise décachette la lettre et déchiffre avec fébrilité les mots réguliers tracés à l'encre noire :

> J'ai été, Madame, sensiblement touché de la lettre que vous m'avez fait l'honneur de m'écrire. Si j'étais cet *astre* que vous annoncez dans une si belle poésie, je craindrais de tomber du ciel par orgueil, comme on raconte que cela est arrivé jadis à l'étoile *porte-lumière*. Mais, Madame, je ne dois prendre vos éloges que pour le songe brillant d'une femme jeune... belle et poète. Permettez-moi, toutefois, de vous dire, avec ma vieille expérience, que vous louez beaucoup trop le *malheur* ; la peine ignorée vous a dicté des stances pleines de charme et de mélancolie ; la douleur connue n'inspire pas si bien. Ne dites plus : « Laissez les jours de joie à des mortels obscurs. » Il faut maintenant prier pour vous-même, Madame ; quant à moi, je demande au ciel qu'il ne sépare jamais pour vous le bonheur de la gloire. Agréez, Madame, je vous prie, l'hommage empressé de ma reconnaissance et de mon respect. CHATEAUBRIAND[7].

Louise sourit. La graphie de l'écrivain, avec ses *g* stylisés et des *d* en arabesques, l'enchante. Chateaubriand lui prédit la gloire. Une fois de plus, s'il était besoin de le prouver, l'écrivain se montre attentif aux jeunes plumes, disposé à aider les talents de la nouvelle génération. De plus, il a ajouté quelques mots dans un post-scriptum suggérant qu'il ne serait pas opposé à une visite… sans toutefois spécifier quand, comment. Qu'à cela ne tienne ! Louise prend cette conclusion polie mais floue comme une invitation.

*

La jeune femme prend une grande inspiration alors qu'elle s'oriente vers la rue d'Enfer. Le quartier n'est pas très animé. Ce n'est pas ici qu'elle se fera arrêter par un de ces vendeurs de romans illustrés à 20 centimes qui pullulent plus au nord ! Elle a revêtu une robe marine, sobre mais qui rehausse la couleur de ses yeux. Ses lèvres tremblent un peu. De délicieuses odeurs s'échappent de la devanture du restaurant Julien, flanqué de sa pâtisserie À la Vieille Grille du Luxembourg : si elle avait le temps, Louise y ferait volontiers une halte pour déguster un thé et une meringue, un café, ou mieux, une crème d'absinthe ! Tout, pour atténuer cette nervosité qui monte en elle à mesure que le 114, rue d'Enfer, où Chateaubriand habite avec son épouse Céleste, se profile. L'adresse qui fera basculer son destin, elle en est certaine.

Louise ne vient pas les mains vides, mais avec son « Tourments du poète » recopié sur un papier élégant. Tard, en rentrant de l'Arsenal, laissant Hippolyte ronfler dans la chambre conjugale, elle a quitté ses atours de paon de fête pour revêtir une chemise de nuit. Elle a défait son chignon, brossé longuement ses boucles pour en lisser les tortillons. Elle a observé sa mine un peu fatiguée dans le miroir. Puis, armée de son indéfectible espoir en l'avenir, convaincue que la passion qu'elle recherche existe, consciente qu'elle ne vibre que pour être aimée d'un être extraordinaire qu'elle n'a pas rencontré, elle a repris son poème rédigé en août 1833 – deux ans déjà !

L'âme seule s'unit à l'âme
Par une indestructible trame
Où les sentiments sont mêlés :
Puissance d'amour attractive,
Qui, soudain, émeut et captive
Deux cœurs l'un vers l'autre appelés :

Alors, les pensers se confondent ;
Alors, les accents se répondent ;
Alors la vie est un chemin
Dont deux êtres suivent la voie,
Dans l'infortune ou dans la joie
Se tenant toujours par la main.

Ce bras où notre bras s'appuie,
Ce regard dont la flamme essuie
Nos pleurs, comme un rayon divin ;
Ce souris, bienfaisant dictame,
Enfin cette âme pour mon âme,
Hélas ! je l'ai cherchée en vain.

Machinalement, alors qu'elle n'est plus qu'à cinq minutes à pied de chez Chateaubriand, Louise se répète les vers de son poème à voix basse, pour se donner du courage. Finalement, ce texte qui ouvre ses *Fleurs du Midi* résume bien toute son existence jusqu'ici : sa quête d'absolu, le désamour de sa famille malgré la douceur de sa mère, la persévérance pour sortir de sa condition. Finir comme ses sœurs Joséphine et Marie, à l'ombre d'un vieux titre de noblesse hérité sans mérite, au bras d'un notable de province satisfait ? Impensable.

Quelle idée de nommer une voie ainsi : rue d'Enfer ! Louise va-t-elle se frotter au diable en personne ? Cette venelle a-t-elle été un lieu de perdition, un repaire de malfrats et de prostituées ? Cela fait-il référence à son ancien nom romain – la *Via Inferior* ? Ou à la « porte en fer » de l'enceinte de Philippe Auguste, une fortification de la fin du XIIe siècle érigée non loin de là ? Grâce à Hippolyte, car il est juste de lui reconnaître une solide connaissance de leur ville d'élection, Louise parfait sa culture parisienne. *C'est moi, qui suis de fer !* sourit Louise, déterminée.

Elle ralentit imperceptiblement devant la maison blanche qui se profile derrière des grilles, entourée de bâtiments religieux, de platanes et de tilleuls, d'un potager. *Très bucolique et propice à l'inspiration !* se dit-elle. Et heureusement que le maître des lieux est en ce moment dans la capitale, et non à Châtenay-Malabry, dans sa Vallée-aux-Loups. Elle se sent impressionnée, même si la demeure est modeste : c'est ici que Chateaubriand a été arrêté en 1832 et qu'il rédige ses *Mémoires*.

À quoi peut-il ressembler, lui qui vient de fêter ses soixante-sept ans ? Hormis son âge, il aurait eu tout pour plaire à Louise. Elle se demande ce qui l'attire tant chez lui, outre l'immensité de son talent littéraire : est-ce parce qu'il est le chantre incontesté du romantisme en France ? Est-ce sa carrière d'homme d'État courageux ? Le fait qu'il soit un provincial, comme elle, monté à la capitale ? Lui envie-t-elle de participer à l'histoire ?

Dieu, qu'elle aurait aimé, comme lui, assister à la prise de la Bastille… Ils n'auraient sans doute pas été dans le même camp, toutefois. Chateaubriand aurait-il été Chateaubriand, sans 1789 ? Et elle, Louise, aurait-elle défendu son milieu de naissance, ou aurait-elle eu le courage de son aïeul rangé du côté du peuple ?

Louise s'immobilise à proximité de la porte d'entrée, qu'elle observe depuis les grilles. Elle est très haute, étroite, surmontée d'une croix. Autre point de dissonance probable avec Chateaubriand : la foi de celui-ci, et son athéisme à elle… *Il faudra éviter de parler de politique et de religion*, se promet-elle, certaine que bientôt passer une soirée en compagnie de l'académicien sera son quotidien. *Nous parlerons plutôt de ses voyages*, s'enflamme-t-elle, tripotant le manuscrit dans sa poche. *De son extraordinaire périple en Amérique, des chutes du Niagara, de sa visite à George Washington… Nous parlerons de tout ! Il me racontera l'Italie, aussi…*

Louise se fige soudain, la respiration coupée. Un homme vient de sortir de la maison. Il a une présence imposante, avec sa canne et son dos droit, malgré une taille moyenne. Sa tenue est sobre et élégante, épaisse pour cette journée d'automne tempérée. Il se dirige vers la jeune femme sans la remarquer, l'air préoccupé. Son regard est distrait et intense à la fois. Elle en est certaine : c'est bien lui. Son visage triangulaire, doté de traits fins, son large front dégarni soutenu par des sourcils plongeants et des yeux tristes, son nez aquilin, ses lèvres minces, toute cette physionomie frappe Louise en plein cœur. Elle est comme envoûtée par cet être. À mesure qu'il avance d'un pas lent, elle le détaille : des boucles argentées perlent à ses tempes, prolongées par des favoris qui s'égarent sur son col blanc, plaqué contre le bas de son visage. Son cou, que l'on devine fort, disparaît dans sa chemise.

Il franchit la grille, elle fait quelques pas. Il s'interrompt et la salue avec courtoisie, surpris.

– Cher maître…, bredouille-t-elle.

Louise Colet, née Révoil, bredouiller ? Elle se maudit en silence, se rattrape, esquisse la plus enjôleuse de ses mimiques.

– Madame…

– Pardonnez-moi cet abordage…

Chateaubriand ne sourit pas, mais sa vigilance s'adoucit.

– Nous ne nous connaissons pas…

Louise s'arme de courage. Henriette serait fière de voir sa fille adresser la parole à leur cher « Château-Brillant ».

– Cela est vrai. Nous aurions pu nous croiser à l'Arsenal, chez Charles Nodier. Je vous ai écrit… et vous m'avez fait la grâce de répondre.

Chateaubriand fronce les sourcils, tâchant de se remémorer sa correspondance récente. Louise poursuit :

– Une missive, datée du 7… En réponse à mon poème « Consolation à un poète américain »…

Le front de Chateaubriand se déplisse.

– Ah ! oui, pour votre recueil, *Fleurs du Midi* !

– C'est cela !

Louise, soulagée, s'illumine.

– Pourquoi ce titre ? s'enquiert-il.

– Je pensais à ces fleurs rose pâle, dans ma région de naissance, Aix-en-Provence. Trop pressées d'éclore, au moindre sourire du soleil, elles couvrent de neige les amandiers. Mais si une froide rosée survient, tout est perdu. « L'arbre alors de son front voit tomber chaque étoile / Et quand vient le printemps il n'a pas un seul fruit[8]. »

– Belle image. Que puis-je pour vous ?

– J'ai cru comprendre qu'une rencontre était envisageable…

L'écrivain l'interrompt fermement.

– Madame, vous êtes… fort vive !

Il évite de traiter l'effrontée d'impatiente, et l'effrontée le sait. Elle rougit sans le dissimuler, consciente que cela rend son air mutin plus délicieux encore. Chateaubriand ne peut manquer de le remarquer ! Ce qu'il fait… sans succomber.

– Ce ne sera point pour aujourd'hui, car je me rends de ce pas à l'Institut de France. Mais comptez sur moi, je vous écrirai.

– Je vous serai éternellement obligée. Je ne regrette pas d'être venue jusqu'ici, et vous me pardonnerez cette audace : dans quel environnement… paisible vivez-vous !

Chateaubriand esquisse un vague sourire.

– Je me trouve à la fois dans un monastère, dans une ferme, un verger et un parc[9].

Il hoche la tête, signifiant que la conversation est terminée. Louise fait la révérence, reconnaissante, même si elle aurait espéré être conviée chez lui dès aujourd'hui et, pourquoi pas, assister à l'écriture de la préface qu'elle s'apprête à lui demander pour ses *Fleurs du Midi*…

Observant Chateaubriand s'éloigner, Louise se convainc qu'il faut tout oser : c'est l'absence de rêves insensés qui tue les hommes. Elle savoure le parfum de tabac et de violette qui entoure l'académicien et se dissipe. Dans son émotion, elle a oublié de lui confier son « Tourments »… Elle se rue vers les grilles du 114 et sonne chez le concierge pour y déposer le poème. Elle se jure de revenir.

*

Novembre 1835

Hippolyte hésite, entre jubilation et accablement. Louise ne va pas tarder à rentrer. Il faut qu'il remette la lettre qu'elle vient de recevoir dans l'enveloppe, et qu'il prétende l'avoir décachetée par mégarde. Si elle se doutait qu'il ouvre son courrier sciemment, une scène de ménage pire que toutes les autres éclaterait au sein du couple Colet ! Et quand Louise s'emporte, la Perle devient un cyclone difficile à maîtriser. Les livres volent dans la pièce. Ses yeux mauves et les ailes de son nez frémissent, des petits cheveux blonds se hérissent sur sa nuque, ses poings se serrent. On dirait qu'elle s'apprête à se battre. À tel point qu'Hippolyte se demande si elle n'a pas été violentée par ses frères, étant jeune, à Servanne. Aurait-elle été obligée de riposter et de se bagarrer comme un garçon ? Elle est si prompte à l'offensive, avant même d'avoir été attaquée… La souffrance physique ne l'effraie pas.

Hippolyte a-t-il raison de l'espionner ainsi ? De l'empêcher de sortir dans les dîners auxquels il ne peut l'accompagner, et de se faire trop séduisante ? Le professeur de musique sait que sa femme aime plaire, et qu'il ne lui plaît plus assez. Il redoute qu'elle fasse une rencontre qui l'exalterait à nouveau… Celle d'un écrivain populaire, d'un artiste courtisé ou d'un riche diplomate, en comparaison desquels lui et ses partitions feraient pâle figure. Pour l'heure, par chance, elle est plus occupée par sa carrière que par les langueurs de son cœur.

Que faut-il penser de cette lettre de François-René de Chateaubriand, la deuxième à lui parvenir ?

> Je serais heureux, Madame, de pouvoir faire ce que vous désirez ; malheureusement, je suis loin d'avoir l'autorité que votre politesse me veut bien accorder, et je n'ai pas la présomption de me croire un juge dont le public adopte les arrêts : s'il ne s'agit que de mon opinion particulière, je pense qu'une femme qui a écrit la *Consolation à un poète américain*, l'*Élégie sur un vieux père mourant*, a des droits à tous les suffrages. Mais, Madame, ce sont des poètes qui doivent annoncer un poète ; choisissez parmi ceux qui ont de la gloire : ils tiendront à honneur de prédire la vôtre. Agréez, Madame, je vous prie, mes remerciements les plus sincères et mes respectueux hommages. CHATEAUBRIAND[10].

Le premier mouvement d'Hippolyte a été celui du désespoir. En effet, l'intérêt des grands de ce monde pour sa femme l'écarterait, à coup sûr, du rôle d'épouse modeste qu'il s'évertue à lui assigner. Chateaubriand correspondant avec Louise Colet, n'est-ce pas quasi la promesse d'un fauteuil à l'Académie française ? Il se morigène : il n'y a pas de place pour les femmes à l'Académie française. Et si Louise est éblouie par les signes extérieurs du prestige, il sait qu'elle est passionnée plutôt qu'intéressée.

Puis, Hippolyte a jubilé. L'intérêt des grands de ce monde pour sa femme, c'est aussi, après tout, l'occasion de bénéficier de cette lumière. Le mari de la Montespan, à l'époque de Louis XIV, n'a-t-il pas été couvert de cadeaux et de privilèges royaux en guise d'excuses pour les cornes de cocu qui lui avaient été plantées ? Afin que le trompé ferme les yeux avec pudeur ? Et lui, Hippolyte, serait-il capable de clore délicatement ses paupières ? En contrepartie de quoi sacrifierait-il sa Louise ? Puis, comment être à la hauteur ? Il a beau comploter, au Conservatoire, pour obtenir une promotion, c'est peine perdue. Si son mentor Anton Reicha le soutient, Hippolyte a pour adversaire Luigi Cherubini, célèbre compositeur et surtout directeur du Conservatoire.

Hippolyte se réjouit puis déchante. Si la lettre de Chateaubriand est courtoise, elle exprime malgré tout un refus, celui de préfacer les *Fleurs du Midi.* Retour à la case départ, donc, pour Louise. Cela va lui rabattre le caquet – ce qui n'est en soi pas une mauvaise chose – mais lui enlève toute chance de publier son recueil. Comment va-t-elle réagir ? Et si lui, Hippolyte, répondait à la place de Louise à Chateaubriand ?

Il n'osera pas. Hippolyte n'ose pas grand-chose, c'est même à cela que Louise le reconnaît.

5.

Sous les ors de la coupole

Paris, printemps 1836

– En prison ? Mais comment ça ? Pourquoi a-t-il été arrêté ? Agression sur un agent de police ? Vous plaisantez, j'espère ?

– Chut, Delphine, je ne tiens pas à ce que cela se sache...

Delphine de Girardin observe Louise longuement. Celle-ci a l'air ennuyée, mais pas effondrée. Est-ce une mauvaise blague ? La belle Delphine secoue ses boucles châtaines, qu'elle a relevées de chaque côté de son visage ainsi que le fait Louise, et comme le veut la mode de l'époque. Elle est épouvantée et excitée à la fois d'être l'amie d'une femme dont le mari est en prison. Quel frisson délicieux, quel dangereux personnage que cet Hippolyte, sous ses dehors falots !

– S'est-il battu en duel pour vous ?

Louise éclate de rire.

– Si seulement ! Hippolyte en est incapable. Non, la vérité est plus simple, il avait sans doute trop bu, ou il était sous le coup d'une mauvaise nouvelle, et il a bousculé un agent de police qui s'est immédiatement vengé…

– Au moins, cela vous débarrasse un peu de lui ! pouffe Delphine.

Dans le salon où les deux femmes devisent, tout est délicat. Le service de porcelaine de Sèvres dans lequel elles dégustent le thé, les tentures et les coussins sur les méridiennes, les tableaux encadrés. Pas une faute de goût dans cet intérieur luxueux mais point tapageur : ce dont rêverait Louise, qui n'a pas un centime pour acquérir la moindre babiole insignifiante de cet ensemble parfait.

Louise arrange sa robe d'un geste machinal.

– Je crains fort qu'il n'y séjourne qu'une ou deux nuits. Ensuite, il reviendra chez nous, et la ritournelle de reproches reprendra de plus belle.

– A-t-il avancé ses affaires au Conservatoire ?

– Nullement ! Il s'est mis durablement à dos Cherubini, à force d'intriguer. Ce n'est pas grâce à lui que nous allons nous en sortir financièrement.

– Louise, si vous le souhaitez… Je peux vous aider… Mon roman, *La Canne de M. de Balzac*, marche bien, et j'ai commencé à écrire des chroniques pour *La Presse…*

Louise arrête Delphine d'un geste.

– Votre succès est formidable, Delphine, et mon heure viendra. Une seule chose me chagrine…

– Laquelle, ma belle ?

– Pourquoi avez-vous pris ce pseudonyme masculin pour écrire dans *La Presse* ?

Delphine rougit.

– C'est une chose qui m'a été conseillée… Voyez George Sand, comme cela lui réussit… D'ailleurs, vous-même…

– Hors de question ! décline Louise avec fermeté.

Tant que je vivrai, je porterai le jupon fièrement, et mon nom de femme avec. Nous ne devrions pas avoir besoin de singer les hommes pour prouver notre valeur, vous ne pensez pas ?

– Entièrement d'accord avec vous. Mais il faut savoir être stratège, parfois. Je savais qu'en écrivant un roman amusant avec Balzac et sa canne aux turquoises en guise de fil rouge, j'attirerais l'attention de ces messieurs les critiques…

– Malin, en effet. Écrire sur des personnages réels ou ayant existé… Mettre en lumière de façon différente ce qui est connu, ou ce qui a été oublié… J'y songerai !

– Lorsque vous aurez réglé les problèmes d'Hippolyte ?

– Qu'il se débrouille seul. Cela lui fera les pieds. Vous ai-je raconté qu'il lui arrive d'ouvrir mes lettres et d'y répondre ?

– Vous plaisantez ?

– Du tout ! J'ignore le nombre d'échanges dans lesquels il s'est immiscé…

– Mais c'est horrible !

– Je vais être franche avec vous : cela est exaspérant… mais cela m'amuse. Je m'ennuie moins lorsqu'il agit, il paraît moins passif, car ce que je déteste, c'est son effacement. Je trouve cela plus distrayant que lorsque nous nous querellons au sujet de l'argent… L'argent, l'argent… Si je pouvais cesser de m'en préoccuper !

– Avare comme Harpagon ?

– Pire. Et jaloux, avec ça ! Mon mari me donne envie de prendre un amant, pour lui prouver qu'il a raison.

Delphine écarquille les yeux.

– Vous voulez dire que vous lui êtes fidèle ?

Louise est de plus en plus sollicitée par la gent masculine, au fur et à mesure qu'elle élargit son cercle de connaissances. Elle n'a pas encore succombé, malgré le manque de tendresse d'Hippolyte. Les soirées pleines d'affection avec lui, à se serrer l'un contre l'autre, à rêver de l'avenir, de livres, d'écriture à quatre mains, d'un nouvel appartement, et pourquoi pas d'un enfant, sont terminées. Sans parler de leurs étreintes espacées. Louise se demande si elle a eu tort de croire à la passion amoureuse et maritale – ou si, tout simplement, les deux ne seraient pas incompatibles. Elle est même effarée de se découvrir un tempérament de harpie, lorsque l'agacement est à son comble. Tout comme elle a été troublée, un matin, en avisant une gerbe de fleurs sans carte de visite sur son palier… La concierge n'avait aucune idée de l'identité de l'expéditeur, le bouquet ayant été déposé par un livreur payé à la commission.

– Pour le moment, oui…, murmure Louise, mélancolique.

Delphine la regarde avec compassion. Pauvre Louise, flanquée d'un mari piteux comme Hippolyte alors qu'elle commence à être saluée dans les salons littéraires parisiens : ce matin, ne s'est-elle pas rendue à la Librairie de Dumont, qui s'apprête enfin à publier les *Fleurs du Midi* ?

– Allons ma chère, pensons plutôt à votre livre. Comment les choses s'annoncent-elles ?

– Au mieux ! reprend Louise avec vigueur.

– Malgré la critique, hum… acerbe de Sainte-Beuve ? Pourquoi vous déteste-t-il autant ?

Louise esquisse un geste d'ignorance. Delphine reprend :

– Est-il vrai que vous auriez dit de lui que « pour être beau il donnerait la moitié de sa célébrité[11] » ?

– Je ne m'en souviens plus… Mais de celui-là, peu me chaut… Et ne vaut-il pas mieux être critiquée dans la *Revue des Deux Mondes* que ne pas y figurer ?

– Qui a signé votre préface, finalement ?

– Eh bien, j'ai choisi d'ouvrir le recueil par les deux lettres de M. de Chateaubriand.

– Vous ne reculez devant rien ! s'exclame Delphine, admirative malgré elle du culot de la Colet.

Louise hausse les épaules.

– Mieux vaut un Chateaubriand qui refuse, que pas de Chateaubriand du tout.

Delphine bat des mains.

– Vous êtes impayable… D'autres soutiens se sont manifestés ?

– J'ai celui de Ricourt pour *L'Artiste*, c'est déjà ça. Quant au reste, je n'ai plus qu'à prier pour qu'Hippolyte se fasse discret et que les poèmes plaisent à d'autres journalistes ! Il faut que ce livre se vende, pour me permettre de continuer.

– Ce n'est certes pas avec l'avance de Dumont que vous allez acheter de nouvelles robes.

– Quel malheur pour les écrivains de ce siècle que de devoir vivre chichement, et de ne pouvoir garantir un minimum vital qu'à coups de commandes pour la presse ou de révérences flatteuses aux mécènes ! déplore Louise. Comment assurer une liberté dans la création ? Les seuls romanciers gagnant correctement leur pain sont des forçats, comme Balzac, Dumas ou Sue.

– … Oh, ils publient tant que le public va se lasser, renchérit Delphine. Je ne sais même pas quand, et où, ces messieurs débusquent l'énergie nécessaire pour produire trois ou quatre romans par an…

– Ils n'ont pas les mêmes contraintes que nous, ma chère !

Les deux femmes se taisent un instant devant l'évidence de cette inégalité. Oubliant qu'elles sont elles-mêmes issues de classes plutôt privilégiées…

– Vous devriez solliciter Marie d'Orléans, Louise. Quoiqu'elle doive être fort occupée à préparer son mariage avec le duc de Wurtemberg, au Grand Trianon…

– Oserai-je ?

– Vous ne me ferez pas croire qu'une princesse vous effraie… Vous êtes en route pour la gloire, Louise, visez le sommet tout de suite, vous atterrirez bien quelque part ! Et c'est à la cour que vous obtiendrez des bourses…

– … Vous avez raison. C'est bien le diable si je ne décroche pas une petite rente annuelle qui nous mettrait, mon taulard de mari et moi, à l'abri du besoin !

*

Paris, février 1839

Sous un soleil d'hiver étincelant, dans les brumes du matin qui peine à se lever, le château de Versailles apparaît. Louise, depuis sa calèche, trépigne. Elle, si proche de la cause du peuple, révolutionnaire dans l'âme, la voilà comme une enfant devant le plus époustouflant des symboles de l'absolutisme. Le palais de Louis XIV n'a rien perdu de sa splendeur d'antan, ou plutôt, il l'a regagnée : après la Révolution, il avait été laissé à l'abandon. Ce n'est que grâce à Louis-Philippe, à quatre longues années de travaux et à une vingtaine de millions de francs qu'il a retrouvé vie.

Lorsqu'elle avait décidé de se rendre à Versailles, Hippolyte l'avait interminablement raillée.

– Tu aurais coupé la tête de Louis XVI en 1793, tu aurais chassé Charles X que tu détestais de toutes tes forces, et maintenant tu apprécies le cousin ! Le roi des Français, toi qui es contre la monarchie !

– Il est roi-citoyen, l'avait coupé Louise, sèchement.

– Pour ce que ça change… Et je parie que ton cher Victor Hugo en pense du bien ? Ce que tu peux être influençable !

En effet, Hugo s'était exprimé à ce sujet, lors de l'inauguration à laquelle il avait assisté en uniforme de la garde nationale : « Ce que Louis-Philippe a fait à Versailles est bien. Avoir accompli cette œuvre, c'est avoir été grand comme un roi et impartial comme un philosophe ; c'est avoir fait un monument national d'un monument monarchique ; c'est avoir mis une idée immense dans un immense édifice ; c'est avoir installé le présent dans le passé, 1789 vis-à-vis de 1688, l'empereur chez le roi, Napoléon chez Louis XIV ; en un mot, c'est avoir donné à ce livre magnifique qu'on appelle l'histoire de France cette magnifique reliure qu'on appelle Versailles[12]. »

Le palais n'était plus résidence royale, désormais, mais musée de l'histoire de France et instrument de réconciliation nationale. Près de mille cinq cents invités – dont Charles Nodier, ce cher vieux Népomucène Lemercier, ou François Mignet, ministre des Affaires étrangères et historien, nouvellement entiché de Louise – avaient assisté à l'événement. La poétesse, quant à elle, enrageait de n'avoir pas été conviée à l'inauguration, ou au banquet exceptionnel donné ensuite dans la galerie des Glaces… Dans la salle restaurée de l'opéra, les convives avaient assisté à une représentation du *Misanthrope*. La soirée s'était terminée par une promenade nocturne, éclairée par des torches portées par des valets, dans les salles de Versailles.

Louise est émerveillée par le gigantisme et la beauté de l'endroit. Comment Louis XIV avait-il pu imaginer pareil bâtiment à partir du pavillon de chasse de son père ? « Installer le présent dans le passé » : c'était bien cela. Une fois encore, Hugo avait raison…

Le trajet depuis le centre de Paris a été long, mais le voyage était nécessaire pour que Louise s'inspire de l'œuvre qui occupe ses pensées depuis plusieurs jours. Alors que la calèche ralentit près des grilles, son cœur se met à battre intensément. Elle pose le pied sur ce pavé qui a vu défiler tant de têtes couronnées et d'événements. Elle se fait la réflexion étrange que tout, ici, respire le luxe et une certaine féminité. *Ce palais est comme une reine qui a longtemps dormi…*, se dit-elle.

Elle s'avance dans la cour d'honneur, s'arrête un instant près d'un pavillon, et lit sur le fronton : « À toutes les gloires de France ». Propice, donc, à faire éclore la sienne ? Louise est presque seule, dans cet univers chargé de lumières et de fantômes. La façade principale baigne dans une lueur rosée qui lui confère une allure de diadème précieux. Il faudrait des heures pour détailler ici le cadran solaire or et bleu, là les colonnes ou les sculptures surplombant les fenêtres et les balcons.

Après avoir demandé son chemin, elle se dirige vers l'aile du Midi, anciennement dédiée aux appartements des princes, et la galerie des Batailles. Elle baguenaude, monte au premier étage. Elle est stupéfaite par les dimensions hors normes de la galerie qui s'ouvre devant elle comme un couloir enchanté, d'une forte luminosité. Elle lève les yeux au plafond, percé par une coulée de verre permettant au soleil de pénétrer l'espace. La galerie est ornée de trente-deux tableaux immenses qui célèbrent les actions militaires de la France. Nombre d'entre eux sont signés par Horace Vernet. Dire que Versailles était auparavant dépourvu d'œuvres d'art !

C'est vers l'aile nord que Louise progresse, car elle souhaite découvrir la nouvelle galerie historique[13] où est installée *Jeanne d'Arc en prière*, la statue réalisée par Marie d'Orléans, sculptrice de talent. « Une fille de France consacrant ses jours oisifs au souvenir de la fille des champs qui sauva la France ! » se gaussait Delphine en évoquant la fameuse *Jeanne d'Arc*. Louise savait que cette sculpture était bien davantage qu'un loisir ou une bondieuserie, pour la princesse ; et qu'il fallait qu'elle en saisisse l'âme.

Ses talons claquent sur le sol froid du grand escalier. Elle parvient à la galerie au sol en damier noir et blanc. Le plafond voûté est éclairé aux chandelles. De chaque côté de l'allée, des dizaines d'hommes illustres patientent, immobiles mais comme vivants.

Plus loin, Louise aperçoit enfin l'œuvre de Marie d'Orléans. La *Jeanne d'Arc* est revêtue d'une armure d'un réalisme époustouflant. La princesse avait jadis emprunté une véritable armure au musée de l'Artillerie, et en avait affublé sa sœur afin qu'elle serve de modèle. La pucelle est plongée dans une attitude méditative et recueillie, qui correspondait au désir de Marie d'Orléans d'en livrer une interprétation pacifique. Jeanne croise les bras sur sa poitrine et tient contre elle son épée, dont la poignée évoque la Croix du Calvaire.

C'est une bonne idée de rendre ainsi hommage à Marie d'Orléans, qui vient de disparaître, à vingt-cinq ans à peine, emportée par une méchante tuberculose, alors qu'elle séjournait à Pise. Avant que la santé de la deuxième fille de Louis-Philippe ne décline, Louise avait suivi le conseil de Delphine de Girardin et lui avait rendu visite, au palais des Tuileries et dans son atelier. Marie d'Orléans avait aimé les *Fleurs du Midi* et Louise avait pu admirer l'ébauche de *Jeanne* ; elle et la princesse avaient alors longuement évoqué l'héroïsme des femmes et ces figures féminines fortes qui effraient tant les hommes. Leur siècle était celui d'un changement en profondeur, auquel le sexe au pouvoir n'était pas prêt.

Louise soupire, seule, dans la galerie. On peut tout avoir, jeunesse, beauté, rang, talent… et cependant être terrassée par la maladie. Se souviendra-t-on de Marie d'Orléans, dans deux siècles ? L'obsession de la mémoire taraude Louise.

*

Malgré son nom, celui d'une ancienne léproserie puis d'une prison, la rue Saint-Lazare est sise dans un quartier agréable de la capitale, surnommé la Petite Pologne. Grâce à la rente que Louise a décrochée auprès du ministère de l'Instruction, le couple Colet s'est installé dans un appartement plus vaste et lumineux. La jeune femme aime à passer devant la gare de l'Ouest nouvellement construite pour se promener sur le pont de l'Europe. Depuis le promontoire qui surplombe les rails, l'idée d'un grand voyage la traverse souvent. Ce sera pour plus tard : lorsqu'elle aura définitivement conquis Paris.

Pour l'heure, sa plume court. Il est minuit. Installée à son secrétaire noyé de papiers, de revues et de journaux, elle noircit fiévreusement ses feuillets, portée par l'espoir. La porte s'ouvre sans ménagement. C'est Hippolyte qui rentre, au milieu de cette nuit d'encre que Louise aimerait sereine. Elle fait mine de l'ignorer lorsqu'il hasarde sa mine coupable au-dessus de son épaule.

– Tu es debout ? Que fais-tu ? Tu as vu l'heure ?

– Et toi, ta dégaine ? fait-elle avec sévérité, sans lever le nez de son manuscrit. Je parie que tu n'as même pas utilisé le décrottoir. Et tu empestes le parfum bon marché. Si j'inspectais le col de ta chemise, j'y trouverais des mèches de ta rouquine !

Elle ne le fera pas, bien sûr, s'estimant au-dessus de ça.

– Hem… Tu travailles sur *La Jeunesse de Goethe* ?

Louise ne prend pas la peine de répondre.

– Ah non, c'est sur ta Jeanne d'Arc, pour le prix de poésie de l'Académie française… Dis-moi, c'est François Mignet qui a fait germer une idée aussi folle dans ta tête ? insiste Hippolyte, éméché.

– Mignet, au moins, m'encourage ! Il pense que Versailles est un sujet parfait pour moi. Sa grandeur…

– C'est donc pour ça que tu y es allée ! Comme tu n'agis jamais sans raison…

– Il s'agit de célébrer le musée. C'est le sujet du concours, cette année.

– Quelle originalité…, ironise Hippolyte. Ma foi, je te le dis, tu lui en voudras, à ton Mignet, quand tu constateras qu'il ne t'aidera pas. Ce n'est pas parce que vous êtes nés tous les deux à Aix-en-Provence qu'il va te favoriser…

– Tu ne comprends rien. Bien sûr que Mignet interviendra pour moi auprès des autres académiciens. Et Népomucène également.

– Ce croulant n'est pas mort ? Et tu l'appelles par son prénom, maintenant ? Et François-René, tant que nous y sommes : tu devrais lui demander d'écrire le poème à ta place !

Hippolyte ricane. Louise serre les dents. Elle espère secrètement que Mignet ne lui réclamera aucune faveur compromettante en retour. Non que sa morale s'offusque d'être courtisée : simplement, le ministre ne lui plaît pas. Et si elle prend un jour un amant, il faudra que celui-ci offre ce dont son mari la prive. De l'avenir. De l'exaltation. Des plaisirs…

– Mignet et Lemercier sont d'accord pour me lire avant le concours.

– Ah, nous y voilà : tu admets que ce concours est une pantalonnade, qu'il faut être pistonné !

– Enfin, Hippolyte, veux-tu que je remporte ce prix, oui ou non ? Tu as conscience que la rente du ministère que j'ai obtenue grâce aux *Fleurs* ne nous suffit plus ?

Dévoré d'amertume, Hippolyte ne sait même pas quoi

répondre. Les deux mille francs promis par l'Académie ne sont pas négligeables.

– Au moins ça te détourne de ta pièce : j'en ai lu quelques pages, elle est mauvaise et tes personnages ne sont pas du tout convaincants. Les grands théâtres, ce n'est pas pour toi ! braille-t-il.

Cette fois ç'en est trop, Louise se lève, menaçante. Hippolyte bat en retraite. Il ne s'agirait pas qu'une dispute éclate et qu'elle lui demande des comptes, car il rentre en effet de chez sa maîtresse, Teresa Guiccioli. Cette liaison, Louise a choisi de l'ignorer : elle a d'abord été blessée, puis frappée par sa ressemblance avec sa rivale, si ce n'est que cette dernière a une dizaine d'années de plus qu'elle. Mais la Guiccioli fascine les hommes : elle est scandaleusement libre, mariée mais sans attaches, presque séparée, dit-on, si ce n'est divorcée ; et n'a-t-elle pas été l'amante de Lord Byron ? La vie est si étonnante ; Louise a été subjuguée par le poète anglais dans sa prime jeunesse, et voilà que son mari lui est subtilisé par la gourgandine italienne qui a séduit Byron ! « Tu devrais lui en être reconnaissante », affirment les amies de Louise. Cela occupe Hippolyte ailleurs, et Louise a le champ libre pour multiplier les chroniques dans les revues… Le couple Colet vit au-dessus de ses moyens, et Louise s'efforce de pallier l'insuffisance d'Hippolyte. Obtenir le prix de poésie de l'Académie est donc indispensable.

Louise entend son mari grogner dans la chambre et s'affaler sur le lit, tandis qu'elle tâche de se reconcentrer sur la statue de *Jeanne d'Arc en prière* et son poème. Cela fait cinq jours qu'elle n'a pas dormi. Cinq jours qu'elle n'a pas quitté son appartement, à tel point que ses voisins s'inquiètent et lui font porter des missives. Elle ne s'est pas changée, se sustente de thé et de tartines, et elle déambule chez elle en robe de chambre, ses feuillets à la main, pour relire tout haut les cinquante-huit couplets de son poème avant de les reprendre. Elle s'est souvenue de ses lointaines récitations scandées à Servanne…

Louise pose sa plume, traversée par une interrogation cruciale. Elle est transportée par son sujet, aucun doute. Mais sa volonté de gagner est-elle compatible avec le souffle qui doit traverser l'écriture ? Peut-on être stratège sans perdre son inspiration ? On dit qu'un certain Ernest Fouinet, spécialiste de l'Orient, auteur d'ouvrages pour la jeunesse, serait l'un des favoris ; et Delphine lui a rappelé que seules cinq femmes ont remporté le prix, depuis sa création en 1671…

Fiévreusement, elle se relit. Elle doit envoyer son texte définitif demain, à la première heure. Les lignes défilent sous ses yeux. D'abord, elle a célébré Louis XIV : après tout, on lui doit Versailles, et il se trouve bien des royalistes au sein de l'Académie française qui lui sauront gré de cette marque de reconnaissance. Ensuite, elle a évoqué Napoléon : n'avait-il pas songé à réhabiliter Versailles comme résidence impériale ? Enfin, voilà Jeanne :

Sur son cœur virginal et fort
qui sous la voix de Dieu tressaille
Mais qui sait, au champ de bataille
Intrépide, braver la mort[14].

Louise essuie son front en sueur. Il faut aussi rendre hommage à Marie d'Orléans.

Cinq jours. C'est trop peu, c'est trop long. Si elle n'est pas lauréate, c'est juré, elle quitte Paris. Tant pis, elle ignorera pour toujours l'identité de son admirateur secret, qui continue à lui faire livrer des fleurs. Elle s'installera chez Reine pour se reposer et récolter un peu de tendresse, embarquera à Marseille pour une croisière en Méditerranée. Elle visitera enfin l'Italie. Elle fera une croix sur les honneurs et peut-être même sur les hommes. Elle cherchera un nouveau sens à sa vie.

Un éclair la traverse :

Courage donc, jeunes athlètes !
À la foudre exposons nos têtes !...
Des morts obscurs se souvient-on ?
Il faut d'illustres funérailles
Pour avoir sa place à Versailles :
Versailles, c'est le Panthéon !

Pas mal, non ? Louise, soulagée, se sert un peu d'eau et croque une pomme rouge avec bonheur.

« Le Musée de Versailles » est terminé. Elle effectue trois pas pour se désengourdir, frissonne dans l'air glacial qui s'infiltre par la fenêtre entrouverte. Presque désœuvrée, elle ferme la croisée, se rassoit et s'effondre de fatigue sur son bureau. Hippolyte ne viendra pas la chercher mais son sommeil sera léger. Sa bonne étoile brille, dans le ciel qu'elle vient de contempler.

*

Paris, 30 mai 1839

Victor Cousin regagne son domicile, très ébranlé. Cela ne lui ressemble guère d'être émerveillé et ému. Le roi des philosophes, comme l'appellent ses collègues – avec déférence ou ironie, c'est selon –, oscille entre mille sentiments contradictoires. Chez lui, il dépose sa veste dans l'entrée, hésite entre son fauteuil préféré au salon et la chaise plus raide de son étude, où l'attend sa traduction inachevée du *Sisyphe* de Platon[15]. Un morceau qui lui correspond à la perfection : sitôt un ouvrage achevé, il faut que Victor en commence un autre... Le normalien opte pour le salon : il a besoin de se détendre, lui, le bourreau de travail. Le dos calé contre les coussins, il prend une grande inspiration et se rend compte qu'il était, jusque-là, en apnée. Depuis le début de la soirée, en réalité. Il déplie ses longues jambes, passe la main dans sa tignasse, qu'il a très fournie pour ses quarante-six ans.

Cette jeune poétesse ne quitte plus ses pensées. Pourquoi imaginait-il Louise Colet en dame d'un âge avancé, trop intellectuelle pour être séduisante ? Était-ce le classicisme des vers de son « Musée de Versailles », pourtant traversé d'un élan quasi puéril ? Était-ce la rigueur de sa structure, qui pouvait masquer un manque de confiance en soi ? Avait-il ignoré les murmures qui agitaient Paris au point de refuser d'entendre qu'une fleur venue de sa Provence natale avait pour ambition de se faire une place de choix dans la capitale, non pas grâce à son mariage, à un rang ou à une fortune, mais à sa figure et à sa plume ? Y réfléchissant, il croit avoir entendu que la Muse – c'est ainsi qu'on commence à surnommer cette enchanteresse de Colet – a attrapé Chateaubriand dans ses filets. Ce qui n'est pas rien. Cousin desserre le col de sa chemise.

Après une heure de discours pompeux et émaillés

de rappels historiques, le prix avait été décerné. Victor revoit Louise s'avancer sous les ors de la coupole pour récolter félicitations et récompenses, bombardée par les regards émoustillés de Népomucène Lemercier – le bougre, il s'était gardé de révéler aux académiciens qu'il la connaissait, et que c'était une beauté ! –, de son compatriote provençal François Mignet, de Charles Nodier qui, paraît-il, la recevait à l'Arsenal. Chateaubriand avait préfacé son recueil de poésie, et Sainte-Beuve ne l'aimait pas : soit le début de la gloire ! En réalité, tout le monde connaissait la petite Colet, sauf lui.

Où s'est enfuie cette maîtrise de soi, cette rigueur qu'il admire tant chez ses maîtres à penser grecs et allemands ? Volatilisée, tiens, lorsqu'il a croisé la déesse ! Il secoue la tête. Le Tout-Paris était réuni pour rendre hommage à sa nouvelle coqueluche : que de visages connus avait-il salués mécaniquement, happé qu'il était par la présence de la poétesse… Elle n'avait pas eu le privilège de lire son poème, et Abel-François Villemain, secrétaire perpétuel de l'Académie, avait décrété avec solennité : « Ma chère, la règle de l'Académie est inflexible. Et elle ne permet, dans cette enceinte, que la séduction du talent et l'ascendant gracieux des beaux vers. » Le peu populaire Jean Pons[16] s'était chargé de la lecture, au grand dam de l'assemblée, qui aurait aimé se laisser bercer par la voix de la gagnante.

À l'issue de la cérémonie, lors de laquelle elle avait reçu une médaille dans une petite boîte et non pas deux mille mais quatre mille francs, tant son poème avait paru important, nécessaire – vital, aurait dit Népomucène Lemercier, guère étranger à cette augmentation miraculeuse –, elle avait été saluée, courtisée. Il se murmurait que les deux fils de Louis-Philippe l'avaient conviée à une promenade aux Tuileries, le long des bassins où nagent les cygnes blancs et les poissons rouges. *C'est son mari qui aura bientôt des raisons de bouder !* sourit Victor Cousin. Quant aux académiciens, ils étaient au fond ravis de leur choix, qui leur permettait de pérorer sur leur avant-gardisme. Pensez donc, couronner une femme !

Cousin était rentré chez lui à pied, malgré l'heure tardive. Il avait besoin d'air, pour réfléchir.

Louise Colet lui fait penser à ces grands esprits féminins du XVIIe siècle, qu'il prise tant. Mlle de Scudéry. La marquise de Sablé. Marie de Rohan. La frondeuse Anne-Geneviève de Bourbon-Condé, duchesse de Longueville. Toutes ces personnalités exceptionnelles que l'histoire finit par oublier, parce qu'elles ont le malheur d'être du sexe faible.

Ce prix est la première marche d'un escalier augurant un destin exceptionnel pour Louise Colet, Victor Cousin en est persuadé. Ses yeux errent sur les rayonnages de son immense bibliothèque puis il se relève de son fauteuil – plus confortable que son numéro 5 à l'Académie –, parcouru d'une envie folle : il va aider ce destin exceptionnel à s'accomplir, et autoriser son cœur à s'emballer. Cela ne lui est jamais arrivé. N'a-t-il pas juré de ne se consacrer qu'aux livres et à la philosophie ?

Il gémit. L'intuition lui vient que les prochaines années risquent de n'être pas de tout repos. Et la situation politique française, ébranlée par l'insurrection de cette inquiétante Société des saisons, association secrète menée par Martin Bernard, Armand Barbès et Auguste Blanqui, n'y est pour rien.

II.

1.

Victor Cousin

Paris, juin 1839

Elle se sourit dans la glace. Elle est heureuse, de ce bonheur éclatant que seules les jolies amoureuses approchant la trentaine peuvent connaître. Elle n'est plus un tendron mais elle est encore jeune ; elle a su faire ses preuves et montrer que l'expérience n'est pas qu'une affaire d'années. Elle s'est hissée en haut – à écouter ses frères, elle aurait dû rester en bas. Elle reçoit toujours des bouquets de fleurs d'un admirateur anonyme, qui y joint parfois des billets pour l'Opéra. C'est grisant et flatteur. En un mot, Louise est à la mode. Mais les modes ne sont pas faites pour durer, elle le sait et n'a pas l'intention d'autoriser le vent à souffler sur sa nouvelle popularité pour l'éteindre.

La réception à l'Académie française pour son prix de poésie était grandiose, elle avait été chavirée par les honneurs, cependant pas dupe de tous les compliments. Certes, son « Musée de Versailles » avait touché juste, mais elle rétorquait avec une modestie à moitié sincère : « Il tient moins à son mérite qu'à l'événement qu'il célèbre. »

Au salon, Hippolyte grommelle. Il est abattu par une de ces migraines qui le rabougrissent et l'éteignent. Dieu que leur mariage coule tandis que sa carrière à elle s'envole ! Elle l'observe, avachi dans son fauteuil. Il n'est ni vilain, ni sot, ni désagréable. Il est même d'une physionomie que les ans bonifient, d'une intelligence respectable, et sa fréquentation des salons a fait disparaître son côté provincial un peu gauche. Mais voilà, il manque de superbe et ne brille pas plus dans les conversations mondaines que dans le lit de sa femme. On dit que l'appétit vient en mangeant : chez Louise, c'est tout l'inverse, et sa soif d'être éblouie par un homme ne cesse de croître. De plus, la radinerie et la maussaderie de Colet enflent de façon proportionnelle à l'éclat de sa femme. Un cercle vicieux qu'il ne paraît pas remarquer mais qui ronge Louise. Hippolyte aurait dû être fier qu'elle se révèle un atout pour leur position sociale. Et alors qu'elle piaffe devant ce début d'indépendance – acheter des toilettes onéreuses et des livres rares sans demander un centime à son époux, quelle délectation ! –, Hippolyte en prend ombrage. Les bras de ses maîtresses ne le rassérènent plus.

Peu me chaut, se convainc Louise, remerciant intérieurement le reflet renvoyé par son miroir.

Elle trotte gaiement vers la Sorbonne, où elle aurait aimé étudier si elle avait grandi à Paris, et si les femmes avaient été admises à l'université. Il faudrait d'ailleurs qu'elle interroge Victor Cousin, avec qui elle a rendez-vous. Pourquoi ne donne-t-on pas l'opportunité au sexe féminin de mieux s'instruire ? Les siècles obscurs ne sont-ils pas résolument derrière ? Malgré les soubresauts de l'histoire en défaveur de la condition des femmes – à commencer par le Code Napoléon –, l'évolution des mœurs plaide pour une autonomisation de celles-ci. Or, comment s'autonomiser si l'on ne peut gagner sa vie ? Et comment gagner sa vie si l'on n'est pas instruite ? Telles sont les questions qui traversent la jeune femme, pourtant d'humeur légère.

Louise a entrepris une tournée des académiciens qui se sont prononcés en sa faveur, afin de les remercier et d'étendre ainsi son réseau d'influence. Et elle a gardé l'étoile la plus étincelante pour la fin : le séduisant Victor Cousin. Confiante et anxieuse à la fois : elle se sait en terrain favorable, mais il faut se montrer à la hauteur de l'esprit du professeur. L'homme règne sur la Sorbonne depuis des années, son autorité en matière philosophique et politique est considérable. On le dit brillant orateur. Louise ne l'a pas entendu parler dans un hémicycle, mais elle gage qu'un enchanteur public ne risque guère de se révéler barbant en privé.

De la place de la Sorbonne elle rejoint la rue de Cluny[17], où se situe l'entrée de l'université et où Victor Cousin l'a convoquée pour l'entretien. Elle a revêtu une robe de Chaly ornée de petites guirlandes et d'un corsage drapé pourvu de longues manches en mousseline brodée. À sa taille, une boucle de ceinture en ivoire. Sur ses mèches blondes, un chapeau orné d'un simple bouquet de plumes. À ses pieds, des bottines claires recouvertes de gros-de-naples. Une élégance qu'elle a pu se permettre grâce à son prix…

Elle s'engage sur le pavé de la place, mille pensées se bousculant en elle… Chateaubriand hier, Victor Cousin aujourd'hui, qui demain ? Pourquoi pas Mme Récamier ? Hôtesse d'un salon littéraire renommé, ancienne confidente de l'auteure préférée de Louise, Mme de Staël… Juliette Récamier est une Julie Candeille en mille fois plus impressionnant ! On ne saurait faire plus populaire. Auprès des pires mauvaises langues de Paris, elle a trouvé grâce : même « Sainte-Bave », comme le surnomme Victor Hugo en petit comité, ne tarit pas d'éloges à son sujet. Son charme, son esprit, sa douceur, sa bonté d'âme sont, au dire de tous, inégalés.

Louise lève les yeux vers la Sorbonne. Même si elle vit à Paris depuis presque cinq ans, c'est un lieu qu'elle connaît mal et qui continue de l'éblouir. Un tel temple du savoir, créé il y a six siècles par le chapelain et confesseur de Saint Louis Robert de Sorbon… Heureusement qu'on avait baptisé l'université de son nom, et non de celui de la voie qui y menait jadis, la rue Coupe-Gueule ! Bien sûr, Hippolyte avait raconté à Louise les origines de la Sorbonne, laquelle accueillait les étudiants qu'ils soient riches ou nécessiteux, parisiens ou provinciaux, sur les seuls critères du mérite et de l'excellence, sans distinction d'origine géographique ou familiale. « Égalité, collégialité, moralité…, voilà les règles de la Sorbonne, auxquelles sa devise fait écho : *Vivere socialiter et collegialiter et moraliter et scholariter.* » Tout cela contribue à rendre l'institution des plus attrayantes pour Louise. Les conversations mondaines et les cercles privilégiés qu'elle fréquente aiguisent sa sensibilité politique, et son penchant pour le peuple, les opprimés et la cause des femmes. « Comme ta mère ! Comme ton grand-père ! » se seraient exclamées Reine ou Vierge, à Mouriès. À l'inverse des convictions des occupants de Servanne, encore une fois…

La Sorbonne, c'est aussi les livres. La première imprimerie de France, installée en 1470 par le bibliothécaire de Louis XI. Peut-on la visiter ? Cela serait diablement intéressant… Tout comme de découvrir la chapelle qui abrite la dépouille du cardinal de Richelieu… Elle secoue la tête, extrait un billet de sa poche où sont notées les indications pour rencontrer Victor Cousin. Ses sourcils se froncent : l'écriture du grand homme est certes élégante, mais d'un tortueux ! Elle oublie qu'on reproche à sa propre calligraphie d'être impossible à déchiffrer… Comment parviendra-t-elle à débusquer son bureau dans pareil dédale de bâtiments ? A-t-elle seulement le droit d'y pénétrer à sa guise ?

Louise a de la chance, ou plutôt elle a la chance d'être très attendue : à peine s'est-elle dirigée vers la grande entrée qu'une silhouette vêtue de noir surgit près d'une porte dérobée. Saisie par la prestance de l'homme qu'elle reconnaît, autrement imposant que lors de la réception à l'Académie, elle se fige. Elle ne s'imaginait pas que le philosophe réputé l'accueillerait ainsi, dehors… Victor Cousin se raidit puis se détend. Il est sur son territoire. C'est à lui de la mettre à l'aise. Il peigne d'une main une mèche de sa chevelure brune, lui prend le bras.

– Madame Colet, quelle joie de vous recevoir…

Louise tressaille. Sa voix, qu'elle n'avait jamais entendue, est magnifique. Basse sans être rauque, suave mais point onctueuse, calme tout en trahissant une flamme intérieure. Son costume sombre fait ressortir ses yeux perçants et ses traits réguliers. Elle se reprend.

– Et vous n'imaginez pas mon soulagement d'être reçue !

Devant la mine interrogative de Cousin, elle poursuit, avec un geste englobant la Sorbonne :

– Comment ne pas se perdre, ici ?

– Vous n'auriez pas été longtemps en détresse. Gageons que de nombreux étudiants vous auraient porté secours…

Louise rit doucement. Cousin est décidément charmant de caractère et de visage.

– Marchons un peu, voulez-vous ? Nous pourrions nous rendre au Procope pour un déjeuner léger, par exemple… Vous connaissez ?

– J'aime Saint-Germain. Et quoi de mieux que suivre les traces des encyclopédistes ?

Victor a hésité toute la matinée avant d'opter pour cette proposition. Cela lui semblait plus agréable que de rester à la Sorbonne, et propice à découvrir un peu mieux cette femme sur laquelle il a ouï dire tant de choses contradictoires. Et puis, une fois n'est pas coutume, il n'a pas envie d'être sérieux !

Le soleil brille sur les promeneurs, qui progressent tranquillement en direction du carrefour de l'Odéon. Louise ne sait pas très bien par quoi commencer leur discussion, qu'elle envisageait plus solennelle, dans un bureau froid, avec une table en bois austère entre de leurs deux corps, le tic-tac sévère d'une horloge minutant l'agenda surchargé de Cousin. Leur allure est semblable et leurs pas s'accordent avec naturel, ce qui les surprend chacun, et même, les émeut. Le silence qui s'installe pourrait être gênant mais il n'en est rien. Le philosophe et la poétesse avancent sans mots, comme sur un tapis soyeux. Les bruits de la rue leur parviennent comme assourdis. La grisaille des porches et la puanteur de la Seine disparaissent. L'avenir est souriant.

Côte à côte, ils ne peuvent se regarder comme ils l'auraient souhaité. Ils se devinent. Ils se détaillent en coin, l'œil rivé devant eux. Ils se jaugent. Ils écoutent leurs intuitions. Ils vivent l'instant où rien ne se passe. Ils se respirent. Un savant mélange de musc, de vanille et de rose pour elle. Depuis quand Cousin s'intéresse-t-il au parfum des femmes ? Pas *des* femmes, mais *d'une* seule : Louise. Il est tombé instantanément à ses pieds. Ce sentiment est bien plus fort que la fascination éprouvée après la réception du mois dernier. Il était sage, le voilà fol. Fou amoureux. Il n'ose se répéter ces termes, ridicule n'est-ce pas ? Subitement il n'est plus ce grand penseur respecté, le traducteur de Platon, l'ami de Hegel, l'animal à convictions, l'homme fort de la Sorbonne. Il n'est plus l'intellectuel suspendu et même emprisonné en Allemagne pour avoir fait connaître John Locke à ses élèves – justement, que répondrait-il à Louise si elle lui posait la question qui lui brûle les lèvres, à savoir : *Êtes-vous prêt à mourir pour vos convictions ? Par amour ?* Et elle, osera-t-elle briser le silence, tâcher d'en savoir plus sur ses combats ? Elle ne pipe mot, de crainte de l'importuner. Ou pire, de paraître commune.

Cousin, plus habitué à subjuguer un auditoire qu'à se taire, se tient coi mais joyeux. Il devient, pendant cette marche, ce jeune enthousiaste primesautier qu'il ne s'autorisait pas à être même à vingt ans. De son côté, Louise, la poétesse primée, a la sensation étrange d'être redevenue une petite fille timide. La puissance intellectuelle qu'elle perçoit chez Victor, mêlée à la gaieté inexplicable de celui-ci – elle ne peut se douter qu'il n'aimera plus comme il l'aime à présent –, la désarçonne. Elle tâche de se reprendre.

– Monsieur, il m'importait de vous remercier…

– Je vous en prie, n'en faites rien ! l'interrompt-il. C'était tout naturel de vous soutenir…

– … Népomucène Lemercier…

– … m'a recommandé la lecture de votre « Musée de Versailles », sans commentaire. Le poème a parlé à sa place. Il a conquis les académiciens très largement. C'est votre talent que vous devez remercier.

– Monsieur Cousin, vous me flattez…

– Chère amie, ce n'est point de la flatterie mais une révérence à ce que votre écriture m'inspire.

Chère amie. Victor Cousin, professeur titulaire à la Sorbonne, membre du Conseil royal de l'instruction publique, commandeur de la Légion d'honneur, directeur de l'École normale, conseiller d'État et pair de France… Victor Cousin lui donne du *chère amie* !

– Comment voyez-vous l'avenir, à présent que votre front est ceint de ces beaux lauriers ? poursuit Cousin.

– Eh bien, c'est l'écriture, et elle seule, qui m'anime.

– Poésie ?

– Tous les genres. Poésie, roman, essai, opéra… L'année dernière, une de mes compositions, mise en musique par mon mari, a été montée au théâtre privé du comte de Castellane[18].

– Il est difficile, et croyez que je le déplore, pour une femme de s'imposer durablement en tant qu'écrivain… Mais vous y parviendrez, j'en suis sûr.

– Vous êtes vous-même un bel exemple de ténacité à suivre ! Il se murmure que bientôt, vous serez ministre de l'Instruction publique…

Victor Cousin hausse les épaules.

– C'est possible.

(À cet instant, l'amour le grise infiniment plus que le pouvoir. Mais le pouvoir grise Louise. Amour et pouvoir font-ils bon ménage ?)

– En seriez-vous heureux ?

– Fier, sans doute ; heureux, je ne sais. Le savoir rend sans doute plus heureux que le pouvoir.

– Le pouvoir sans le savoir n'est qu'une coquille vide…

Cousin apprécie la rapidité de Louise. Il hoche la tête.

– La Sorbonne en est la preuve. Elle fut le théâtre d'affrontements insensés ! Saviez-vous qu'en 1791, les bâtiments furent fermés aux étudiants ?

– À cause de la loi Le Chapelier.

– Absolument.

Cousin ralentit. La jeune femme tourne le visage vers lui, et il peut détailler ses yeux un instant. Non seulement ils sont magnifiques, mais l'intelligence y pétille. Ils reprennent leur déambulation. Vite, s'asseoir à une table isolée du Procope pour la contempler, l'écouter… prendre sa main ? Zut. Il y a un mari, dans l'histoire…

– La « Société de Sorbonne » fut dissoute, comme les autres universités de Paris et de province. Sous le Consulat et l'Empire, ces nobles murs servirent même d'ateliers d'artistes…

– Avez-vous quelque chose contre les artistes, monsieur Cousin ? interroge Louise, mutine. Les poètes aussi ont droit à des égards…

– La Sorbonne a tellement changé… Après trente années d'abandon, elle s'est vu réintégrer les facultés des sciences, des lettres et de théologie… Napoléon a complètement réorganisé l'enseignement.

Victor et Louise atteignent la rue de l'Ancienne-Comédie, où se situe le Procope.

– Nous sommes à deux pas du quai de Conti, remarque Louise. Nous risquons fort de nous heurter à l'un de vos confrères…

– Que craignez-vous ? Que l'on vous accuse de soudoyer les membres de l'Académie ? Mais c'est déjà fait, chère amie…

Louise se renfrogne malgré le *chère amie*.

– Ne boudez point. On soupçonne toujours une très belle femme des pires méfaits de la terre. C'est la rançon de votre succès. Moquez-vous des fâcheux et des jaloux. Et puis, tant que l'on parle de vous !

La jeune femme se rassure. Si elle n'a pas corrompu Victor Cousin, il faut admettre qu'elle a assiégé certains autres de ses confrères !

Le Procope est un endroit très à la mode. Ses balcons de fer forgé, au premier étage, croulent sous des fleurs éclatantes de couleurs vives. La devanture indique « Café Procope tenu par Zoppi », du nom de son ancien propriétaire. À l'intérieur, au milieu des boiseries d'acajou et des glaces, un maître d'hôtel s'avance pour prendre les manteaux de Victor et Louise, et leur indique le grand escalier blanc et noir. De loin, Cousin salue un homme que Louise croit identifier – mon Dieu, on dirait Théophile Gautier, le protégé de Balzac et de Hugo ! L'auteur de *Mademoiselle de Maupin*, qui signe des critiques féroces dans la presse ! Un vertige la saisit face à ce visage rond, blanc, moustachu. Dire qu'ici, elle pourrait croiser son Victor favori… Ou George Sand, dont elle aimerait être proche... En montant l'escalier vers le salon où on leur a attribué une table, Cousin a conscience de l'attention dardée sur eux depuis leur arrivée.

– C'est amusant, tout à l'heure vous faisiez référence à Diderot, Voltaire, Montesquieu et d'Alembert, en évoquant les encyclopédistes. Vous auriez pu penser à tous les révolutionnaires qui ont hanté ces murs... au club des Cordeliers...

Louise hausse les épaules.

– J'ai plus de sympathie pour les rebelles italiens, figurez-vous.

– Ah oui ? C'est original...

Devant une assiette de marrons glacés et d'angélique, entre deux coupes de champagne, c'est une discussion enflammée sur Maroncelli, Pellico et Garibaldi qui s'engage. La fougue de cette jeune femme si surprenante ravit Cousin. Elle, ne pense même plus à l'écriture, au pouvoir, à l'argent, au prestige. Son propre lyrisme l'emporte et la submerge. À quoi bon vivre si l'on n'a pas de cause pour laquelle se battre ? Et n'est-il pas habile de disserter de politique, quand on ne peut pas encore parler d'amour ?

Ils devisent, joutent, murmurent ; ils se perdent dans leur fascination réciproque.

*

Paris, 20 juin 1839

La salle Ventadour, au théâtre de la Renaissance ouvert l'année dernière sur l'impulsion de Hugo et de Dumas, n'est pas tout à fait pleine : si le nom de Louise

Colet, grâce au prix, commence à circuler, cela n'a pas été suffisant pour attirer l'affluence à la première de *La Jeunesse de Goethe*. La jeune femme s'en moque : son texte a été retenu, des comédiens ont appris ses vers, un metteur en scène a braqué ses lumières sur son Goethe éperdu d'amour pour une femme dont il ignore, au début de la pièce, qu'il va la retrouver… Et la salle Ventadour n'a-t-elle pas accueilli récemment *Ruy Blas* et *L'Alchimiste* ?

Elle et Hippolyte ont flâné, vers seize heures, sur la promenade des Remparts[19]. Ils se sont faufilés parmi les marchandes d'oublies et ont dégusté des gâteaux de Nanterre ainsi que du punch au Café Gaupin. En terrasse, en plein air, ils ont écouté l'orchestre, adossés à la verrière couverte de plantes grimpantes. Ils ont ensuite rejoint le théâtre, pour s'installer confortablement à leurs places. Colet est tout de même assez fier de sa femme. Il admire la salle en arc de cercle, ses tentures rouges, ses dorures, son lustre colossal au-dessus de l'orchestre. Du beau monde se presse, même si tous les sièges ne seront pas occupés…

Avant le prix de l'Académie, Louise s'était lancée dans l'écriture de cette pièce avec une spontanéité calculée, comme souvent. Elle sait l'importance du théâtre. C'est le lieu de divertissement par excellence, où toutes les classes se mêlent, sur scène, en coulisses, au parterre. Depuis que Victor Hugo a brisé les codes dans sa préface de *Cromwell*, on va au théâtre pour se délecter du beau, rire et pleurer ; pour se montrer et voir qui veut être vu ; pour assister aux grandes polémiques comme la bataille d'*Hernani* et à des représentations inoubliables comme le *Chatterton* de Vigny avec Marie Dorval ! Il fallait tout d'abord à Louise un sujet historique – c'est très en vogue en ce moment, et cela va durer. Devait-elle, comme tant d'autres dramaturges, mettre un Napoléon quelque part, protagoniste ou personnage secondaire ? Napoléon était une tendance à observer, et sa mort inspirait Louise[20]. Ou fallait-il évoquer une de ces formidables batailles qui consolident la fierté nationale, font vibrer ces messieurs et se pâmer ces dames ? Louise s'était finalement concentrée sur le plus grand des précurseurs romantiques, l'auteur des *Souffrances du jeune Werther*. Et sur un épisode imaginaire de sa vie : une peine de cœur.

Nul comédien célèbre n'incarnera son Goethe, ou son Schlegel qui donne la réplique au romancier allemand dans la pièce. Sa comtesse Charlotte de Barleim, l'amour de Goethe, sera jouée par la jolie mais anonyme Mlle Mathilde Payre. Ah, que n'a-t-elle obtenu la participation d'un Frédérick Lemaître ou d'une Virginie Dejazet ! Louise sait que le rideau va s'ouvrir sur une scène décorée de façon fidèle à ce qu'elle a décrit dans son texte : un salon élégant orné de tableaux ; des livres en désordre sur des étagères ; des instruments de musique ; des fleurs et des vases de forme antique ; des divans et des coussins. La porte du salon donne sur un jardin dont on aperçoit les arbres ; elle est surmontée de lettres d'or indiquant : ELDORADO.

Lorsque les trois coups retentissent, Louise retient son souffle. Son héroïne imaginaire et un vieux militaire ouvrent le bal :

– *Entrez, ne craignez rien madame la comtesse !*
– *J'hésite encore…*

Louise connaît ses répliques par cœur. Elle détourne son regard de la scène vers le public, captif. S'il est difficile d'écrire en solitaire et d'être confrontée à des avis de lecteurs anonymes, lorsque l'article ou le livre paraissent, l'expérience des réactions d'un public, au théâtre et en direct, est vertigineuse. Comme d'autres avant elle, Louise se demande si les gens riront au bon endroit, s'ils seront émus par l'histoire de Goethe et Charlotte… Des centaines de paires d'yeux sont braquées sur son rêve devenu réalité. Louise frissonne et fixe les acteurs.

Abandonne ton âme à l'amour qui l'attire ;
Sois heureux ! sois aimé !…
Qu'importe la satire ?
Comme on plaint l'indigent, moi, je plains le railleur.
Car l'esprit est souvent l'indigence du cœur.

Louise est émue en murmurant, avec les acteurs, les derniers mots de sa pièce. Hippolyte, jamais à court de vacheries, hésite puis, pour une fois, se tait. Car les railleries, il va y en avoir, c'est certain. La comédie n'est pas mauvaise, mais elle manque d'élan et a été insuffisamment travaillée par la troupe. Louise en a-t-elle conscience, alors que les applaudissements autour d'eux résonnent avec un enthousiasme limité ?

*

Paris, 1er juillet 1839

Magnifiquement éclairée par des bougies, mise en valeur par une robe saphir et un collier de perles, Louise se perd dans les yeux de Victor Cousin, qui subjugue aussi Hippolyte malgré sa migraine. Ce dîner est décidément très étrange. La poétesse et le philosophe se sont revus, après le Procope. Colet l'a su et a exigé de le rencontrer à son tour. Comme si convoquer l'ennemi chez lui pouvait retenir le destin…

Bien sûr, Louise est gênée par leur logis de Saint-Lazare. Elle l'aimerait spacieux, dans un quartier plus central. Mais Victor Cousin vient d'un milieu modeste, il est fils d'horloger. Et il n'est pas mauvais que son bienfaiteur constate son besoin d'argent, malgré le prix de l'Académie… Pourquoi devrait-on avoir honte d'être pauvre ?

Elle a néanmoins tenu à faire honneur à Victor, et a décoré sa table au mieux, avec des fleurs et des corbeilles de fruits appétissants. Elle a demandé à la petite bonne qui la seconde parfois, Célina, de rester plus tard pour le service. Elle a fait mijoter son poulet à la provençale, applaudi par le philosophe, pourtant peu porté sur la gastronomie.

– Madame Colet, voilà qui me change de ma sempiternelle soupe aux choux !

Point de *chère amie* ce soir.

– C'est bien parce que vous êtes notre hôte que ma femme a investi les fourneaux, je vous le garantis ! Lui mettre une spatule dans la main est plus difficile que de lui en ôter la plume…

– Mme Colet préfère les vers aux verres, sans doute, sourit Cousin.

– Mme Colet refuse qu'on la contraigne, oui ! s'exclame Louise, faisant mine d'être vexée.

– Hélas, selon Fourier, j'aurais épousé une féministe…, se lamente Hippolyte.

La soirée est agréable. Le bordeaux est fort, Hippolyte se détend. Il est charmé par l'intelligence de l'académicien, et s'il aimerait que sa femme soit un peu moins séduisante, il est fier d'exhiber une richesse que l'autre ne possède point. Il s'agite un peu pour donner le change et participer à la conversation, laquelle dérive sur les écrivains du XVIIe siècle, prisés par Cousin, sur Mme de Longueville et Mme de Staël, qu'il a rencontrée – à ces mots, Louise frémit. Hippolyte se renfrogne. Il n'a peut-être pas causé avec ces dames illustres, mais il côtoie de grands musiciens… Il se redresse, et ne remarque pas Louise qui lève les sourcils et murmure tout bas à l'oreille de Cousin, alors que lui-même déblatère sur ses déboires au Conservatoire. Pas de promotion, pas d'argent, pas de reconnaissance, et toujours ce maudit Cherubini…

Soudain, un grand coup de fatigue s'empare de Colet. Il se relâche sur sa chaise, sa migraine a disparu mais il se sent cotonneux, sa bouche est pâteuse et son timbre inaudible. Il ne sait plus très bien ce qu'il raconte, même si un éclair de lucidité lui suggère qu'il manque cruellement d'originalité et qu'il ferait mieux de s'abstenir. Il pose sa serviette, marmonne une excuse, se lève et prend congé de leur invité.

Médusés, Louise et Victor le voient vaciller jusqu'à la porte de la pièce, qu'il ferme derrière lui. Ils pouffent de rire. Louise invite le philosophe à passer au salon – grand mot pour décrire les trois mètres qui les séparent du divan et de l'âtre. La lumière des candélabres, en cette fin d'après-midi, instaure une atmosphère plus feutrée, douce, sensuelle. Une fébrilité s'empare des futurs amants installés sur deux fauteuils rapprochés, un verre de champagne à la main. Quoi de plus délicieux que de comprendre ce qui risque d'advenir, tout en ignorant quand ? Il serait absurde de tenter quoi que ce soit ce soir… ce serait trop inconvenant, avec le mari qui ronfle derrière le mur mitoyen !

La nuit tombera bientôt. Célina est partie. De minces rais de soleil lèchent les arêtes des meubles. Victor Cousin ne parvient pas à détacher ses yeux des lèvres roses de Louise. Il les aime déjà si fort, sans les avoir touchées. Elle est radieuse, comment ne pas se fondre dans ses cheveux, ses mains, son ombre tout entière ? Cette femme exerce sur lui un magnétisme insensé, dont il sait qu'il ne veut pas se déprendre. Il ferait tout pour elle, captif et heureux de connaître enfin l'attachement. Hier encore, il était libre mais malheureux.

Louise est étreinte par l'anxiété et le désir. Elle est un peu confuse, et cela n'a rien à voir avec les nectars servis à table, elle en boit peu. Elle tente de calmer les battements de son cœur en prenant de larges – et discrètes – inspirations. La conversation est légère ; puis le son des cloches d'une église lointaine leur indique qu'il serait mieux de se séparer. Louise et Victor se dirigent vers l'entrée de l'appartement, tendent l'oreille : aucun bruit ne provient de la chambre à coucher. Hippolyte doit dormir. La jeune femme tend au philosophe son manteau et, alors que leurs visages sont proches, frôle de l'index le sillon des joues creusées de Victor. Il se fige, surpris, exalté, indécis. Puis ce qu'il lit dans les larges prunelles de sa poétesse le fait se pencher sur elle, après des heures d'impatience masquée, pour sentir le goût de sa peau.

*

Paris, septembre 1939

– Je dois partir, tendre chérie.

– Personne ne t'attend. Reste. Tu as tant de caresses à me donner.

– Il serait judicieux que je ne croise pas ton mari…

– Trente minutes…

– Mais c'est trop peu pour te faire l'amour !

– Vous êtes bien présomptueux…

– Et vous, gourmande !

– Quinze.

Louise sourit, nue sur les draps. Elle savoure la vision de Victor qui fait mine de se rhabiller, svelte et musculeux. Il n'est que seize heures. Il se rassoit, effleure son dos, et cette peau l'électrise.

– Que puis-je faire, en quinze minutes…, chuchote-t-il, certain de vouloir la prendre à nouveau.

Il est grisé par cette virilité qu'elle lui inspire. Non qu'il en manque, d'ordinaire ; mais sa puissance se manifeste devant un auditoire et un tableau noir, moins en galante compagnie. Il a fréquenté bien des femmes, mais celle-ci le galvanise comme nulle autre auparavant. Mutine et profonde, elle touche quelque chose d'enfoui en lui, qu'il ne pensait pas connaître à l'orée de la cinquantaine : le grand amour. De plus, c'est une maîtresse qu'il a envie d'exhiber – ils sont pour le moment discrets, mais cela ne durera pas. Ils formeront un de ces couples officieux en vue, dont la compagnie est recherchée. Ce sera excitant. Paris jasera, on criera qu'elle a reçu son prix pour de mauvaises raisons, les hommes l'envieront – et pour une fois, pas pour son intelligence et ses livres. Hippolyte le cocu sera blessé – cela, Victor ne le goûte guère. Infliger de l'humiliation à un autre ne fait pas partie de ses plaisirs. Le philosophe n'a rien de pervers, et si son orgueil est flatté d'avoir séduit Louise, sa grandeur d'âme l'empêche d'être insouciant. Il ne s'agit pas d'une idylle éphémère, et il se sermonne à l'avance de détourner la poétesse de son chemin conjugal. Est-il fou d'imaginer qu'ils ont un avenir ensemble ?

Il se penche sur elle, l'embrasse longuement. Il est tiraillé entre l'envie de rester et la nécessité de partir. Elle, soupire de cette satisfaction de se sentir aimée, désirée, honorée. Par l'un des hommes les plus aimés, désirés, honorés de France. Elle s'étonne de ne pas se sentir davantage coupable. Si la fidélité peut paraître vieux jeu, elle n'en est pas moins une valeur noble. Le mensonge et la dissimulation conviennent peu au tempérament entier de Louise, mais il faut bien avouer que l'indifférence d'Hippolyte – qui ne se gêne pas pour multiplier les aventures – lui pesait…

Victor ne se rallonge pas près d'elle, mais laisse courir ses doigts sur son ventre. L'impudique écarte les cuisses pour qu'il y plonge. Quinze minutes, n'est-ce pas amplement suffisant ? Elle le regarde partir sans crainte : l'empressement et les déclarations de Victor la rassurent.

*

Louise ne compte plus les billets qu'ils échangent, elle et Victor, au quotidien. Pas un jour ne s'écoule, depuis le premier baiser rue Saint-Lazare, sans qu'ils se donnent des nouvelles. La concierge, étonnée par l'augmentation du courrier de Louise, ne commente pas mais n'en pense pas moins.

La poétesse s'est remise au travail, sur les conseils de son amant. Plutôt que de dépenser en futilités, et d'être obligée de courir les rédactions afin de placer des articles, elle doit se consacrer à ses livres. Elle regorge d'idées, sait qu'il lui faudra faire un tri, et qu'elle mettra plusieurs années – une vie ! – à accoucher des ouvrages déjà inscrits en elle.

Le recueil qu'elle prépare commence par ce poème qu'elle dédie à Victor :

Le marbre le plus pur créé par Michel-Ange
Est un jeune guerrier triste et beau comme un ange ;
L'artiste l'a sculpté languissamment assis
À l'angle du tombeau de l'un des Médicis ;
Il rêve, il est empreint d'une vague souffrance :
C'est le génie en deuil de la belle Florence
Qui revit immortel sous ce puissant ciseau,
Et que le peuple ému nomma Penseroso !
[…]
Un soir, vous me contiez cette histoire de l'art,
Et je vous écoutais de l'âme et du regard ;
Demeurant près de vous, dans la molle attitude
Où me berce la Muse aux jours de solitude,
Je rêvais… Sur ma main ma tête se posa ;
Vous me dites alors : « Siete Penserosa !
De ce marbre inspiré l'image se reflète
Sur votre jeune front de femme et de poète ;
Vous avez son air triste et son regard penseur,
Et Michel-Ange en vous eût reconnu sa sœur ! »
Penserosa ! Ce nom, poétique baptême,
De mes chants douloureux est devenu l'emblème ;

Il les révélera, comme un accent plaintif
Parfois révèle une âme au monde inattentif.

Penserosa : c'est ainsi qu'il l'a baptisée, avec tendresse, d'après un poème de Milton. Soit, la « femme sérieuse ». Elle qui sourit tant depuis que Victor est dans sa vie ! À tel point qu'Hippolyte s'étonne – quoi, plus de scènes, plus d'orages, plus d'emportements ? Quel calme, ça vous change un logis ! Pourtant, Louise n'est pas si colérique de nature. Elle est traversée d'élans du cœur, parfois violents, qu'elle ne sait réprimer. Elle s'est tue trop longtemps, à Servanne, puis aux côtés de son mari : il lui semble désormais impossible de jouer à être quelqu'un d'autre qu'elle-même. Sa liaison avec le philosophe la pousse à se surpasser, aussi refuse-t-elle les querelles futiles avec son professeur de musique.

Victor lui a conseillé d'être vraie. D'oublier l'insuccès de sa *Jeunesse de Goethe*, décriée comme pour amoindrir le prix de l'Académie française. « Des jaloux ! Le labeur, Louise, il n'y a que cela qui compte… », répète-t-il. Il lui a enjoint de continuer à explorer ses fragilités dans ses écrits, tout en ne cédant point à certaines facilités que procurent les émotions trop vives. Subtil équilibre à tenir. Tous les matins, elle est à l'ouvrage : elle met en forme, à partir de feuillets déjà écrits, ce que Paris lui a inspiré au début de son mariage, sa détresse après la mort d'Henriette, ses souvenirs d'Aix… Et elle s'adonne à des exercices littéraires audacieux, comme des pastiches de Shakespeare et des hommages à Mme Vigée Le Brun, à James Pradier le sculpteur. Elle prévoit d'ajouter son « Musée de Versailles » pour clore un recueil qui regrouperait ces textes.

Grisée par son aventure avec Victor, elle ne redoute plus rien, et pas même Sainte-Beuve. Le fâcheux souhaite entrer à l'Académie française : n'a-t-il point intérêt à être dans les bonnes grâces de Cousin ?

*

Victor retient son souffle, près de l'entrée de la loge. La concierge le regarde d'un air mauvais, dans sa robe austère. Quelle situation incongrue, pour celui dont on loue la sagesse ! *Philosophe, tu parles…* Sourcils froncés, lippe rébarbative, elle examine l'amoureux en sueur, tandis que quelques étages plus haut, on entend Louise accueillir Hippolyte sur le palier avec des exclamations sur-enjouées. « Ah, c'était moins une ! » grogne la gardienne, qui a collé plus d'une fois son oreille à la porte de l'appartement de Louise l'après-midi, dans l'espoir de surprendre des bruits suspects en l'absence du mari cocu occupé à son violon et à sa flûte… Sans parler de l'œilleton qui permet de surveiller les allées et venues dans l'immeuble. Elle avait déjà vu l'académicien se faufiler dans la cage d'escalier pour rejoindre la Colet, *trop belle pour être fidèle, celle-là…*

Victor reprend de l'aplomb à mesure que sa respiration se détend. L'air lourd de la loge, qui fleure le saindoux et un genre de muguet périmé, ne l'aide guère, mais le danger est passé. Hippolyte est rentré plus tôt que prévu, l'académicien et la poétesse ont failli être surpris, et le philosophe n'a pu trouver refuge que chez la gardienne !

L'amant était arrivé comme à son habitude vers treize heures. Après une collation et une étreinte, comme mue par un pressentiment, Louise s'était enveloppée d'un drap pour se pencher par la fenêtre et inspecter la rue. Et c'est alors qu'elle avait aperçu son mari marcher d'un pas vif vers leur logis ! Les minutes suivantes avaient été teintées de panique : hors de question qu'Hippolyte surprenne son rival dans son lit, c'eût été fort inconvenant. L'adultère d'accord, mais à couvert ! Victor s'était rhabillé en hâte, avait saisi son pardessus et s'était sauvé dans l'escalier de service. Seulement, à proximité de la porte cochère, il avait dû se raviser en entendant Hippolyte discuter sur le trottoir, au-dehors. Le bougre ne devait rien soupçonner tant il se montrait détendu. Que faire, remonter chez Louise et feindre une visite de courtoisie ? Se cacher derrière un pot de fleurs dans la cour ? C'était ridicule ! La concierge avait jailli, balai en main ; la porte d'entrée s'actionnait devant le mari ; Cousin s'était faufilé dans la loge. Un vaudeville.

Le pire a été évité, mais combien de temps l'idylle peut-elle encore rester secrète ?

2.

Piques et plaisirs

Paris, janvier 1840

Louise s'efforce de rester immobile. Dans son atelier, James Pradier s'affaire. Le sculpteur suisse, devenu un ami, la dessine. Avec sa dégaine de mousquetaire à tunique de velours rouge et jabot à dentelle, ses culottes brodées et son large torse, on le verrait avec un fleuret à la main plutôt qu'un fusain. Il a une vision : Sapho munie de sa lyre, qu'il souhaite ciseler dans le marbre à partir des croquis qu'il exécute de la poétesse. C'est très flatteur, et Penserosa a accepté immédiatement de servir de muse à Phidias, surnom que les proches octroient à Pradier en hommage à l'artiste grec.

Le tempérament bohème de James, son élégance nonchalante, sa belle barbe taillée en pointe et sa joie de vivre avaient plu à Louise ; autant que les boucles blondes et la verve de celle-ci avaient inspiré le sculpteur.

Louise essaie de penser à autre chose qu'à sa *Jeunesse de Goethe*, redonnée au théâtre de la Renaissance grâce à Victor, qui en connaît le directeur. Était-ce une si bonne idée que cela ? Les critiques pleuvent, et font oublier qu'elle a été encensée par les académiciens… Il y a certains cas où mieux vaut ne pas insister. Elle regrette également d'avoir tenté, à nouveau, d'infléchir le jugement de Sainte-Beuve. Le critique reste intraitable, prenant même un plaisir pervers à l'humilier dans les salons mondains en exagérant l'obstination de Louise. Se radoucira-t-il un jour ? Victor en est certain.

Elle soupire, observe la pièce autour d'elle. Les hauts murs sont tapissés de tableaux somptueusement encadrés, qui montent quasiment jusqu'au plafond, d'une hauteur supérieure à trois mètres. Les meubles de chêne massif, au lieu d'alourdir la pièce, lui confèrent un air chaleureux renforcé par les fauteuils disposés autour d'un petit âtre. Une bibliothèque à colonnes torsadées croule sous les ouvrages anciens. Le divan sur lequel Louise pose est à motifs floraux, qui répondent aux détails des boiseries.

– Baissez la tête, Louise… Il faut que notre Sapho ait l'air triste. Elle songe au suicide.

– Comment ! s'exclame la jeune femme. Mais rien de moi n'est plus éloigné que cette idée ! Se donner la mort alors que l'on nage dans l'extase…

– C'est Victor qui vous procure autant d'entrain ? sourit le sculpteur.

Louise reprend à voix basse, car des visiteurs aux oreilles affûtées prennent le thé au fond du salon.

– Notre situation, à mon mari et moi, s'est grandement améliorée… Ma pension a augmenté, de même que les émoluments d'Hippolyte… Enfin, nous soufflons un peu et profitons des plaisirs de la vie !

– Comme je vous comprends, Louise, approuve Pradier, le front toutefois plissé par l'inquiétude.

Sa femme, la tempétueuse Ludovica[21], est en effet frivole et dépensière. Elle organise des dîners et des bals somptueux, couvrant le couple de dettes. L'intégralité des charges du ménage, financières et morales, repose sur Pradier…

– Nous devrions d'ailleurs bientôt déménager.

– Où irez-vous ?

– Pigalle !

– Ce n'est pas très central mais vous y verrez beaucoup d'artistes. Les lieux sont vivants.

– Nous aurons un vrai salon, et je pourrai enfin recevoir. Comme vous, cher James ! s'exclame Louise.

– Je préférerais que Ludovica se modère, bougonne Pradier.

Louise ne commente pas. Elle n'apprécie guère cette beauté aux cheveux d'or et aux seins appétissants qu'est Ludovica. La Provençale a toujours eu l'impression désagréable que cette créature se moquait d'elle, la prenait de haut, et finirait un jour par lui dérober quelque chose…

James Pradier scrute son modèle. Elle n'est point banale, la Colet. Son allure de poupée contraste avec la culture, le piquant, la rapidité et l'humour dont elle fait preuve. Serait-ce son drame ? Tout avoir, et même l'amour ? Trop de fées penchées sur un berceau ne risquent-elles pas d'attiser la colère des dieux ?

Il pose son fusain à côté de sa feuille, sur la planche inclinée. Louise semble perdue dans ses rêves de salons et de toilettes luxueuses, d'escapades avec son amant qui ne la cache plus. Pas plus tard que la veille, ils se sont retrouvés aux Trois Frères Provençaux, au Palais-Royal, avec une bande de joyeux drilles. Les potages, les entrées de pâtisserie, les rôts et les entremets de légumes se sont succédé, arrosés d'un excellent vin de

Champagne ; on se damnait pour les dindes truffées et les pêches poussées en serres chaudes. On se moquait des serveurs, chaussés de sandales pour éviter de faire du bruit. La compagnie, fort joyeuse, sortait évidemment du théâtre et commentait les œuvres vues au Salon du Louvre. *Les Trois Amours poétiques*, tableau lithographié par Louis Boulanger, avait frappé la troupe d'amis par la grâce de ses visages, et par les noms qui étaient inscrits : Pétrarque, Dante et Aristote. Ce qui avait évidemment donné lieu à des conversations sans fin sur les mérites des uns et des autres… On avait alors dévié sur un autre visage extraordinaire, celui de Mlle Rachel, dessinée par Auguste Charpentier : nul doute qu'il avait été saisi par la puissance de son jeu. On disait d'elle qu'elle avait su faire revenir un public populaire au Théâtre-Français…

Dessiner un être est la meilleure manière de saisir son essence profonde et cachée. On perçoit sur le visage et dans les gestes de celui qui pose comme des ondes secrètes, qui profiteraient de l'immobilité pour s'échapper au grand jour. Ce que Pradier voit, ce matin, dans ce rayon de soleil hivernal qui éclabousse les tapisseries, les tentures et les angles morts, c'est un cœur qui bat trop vite pour la vraie vie. Un cœur qui a soif de grandeur, qui ne sait se contenter du médiocre, qui exige tant de lui-même qu'il peut tyranniser autrui. Louise ne connaît pas le froid ou la tiédeur : tout bouillonne, en elle. Elle n'aurait jamais dû être écrivain, mais actrice, afin d'exprimer sur scène, en public, ses sentiments intenses. On pourrait rétorquer qu'un écrivain a aussi un auditoire et que son livre peut servir d'exutoire : cela est vrai, mais de tels ouvrages, capables d'enflammer l'auteur et son lecteur, sont rares tant ils nécessitent une subtile alliance entre sincérité et technique.

Louise se soulève légèrement. Elle est à demi allongée et commence à souffrir du coude.

– Que voulez-vous, Louise ?

– Je vous demande pardon ?

Pradier sourit, sa question est trop brutale.

– Quel est votre souhait le plus cher ? À quoi estimerez-vous que vous avez réussi votre vie, lorsque vous vous présenterez devant le Créateur ?

– Voyons, James, c'est un examen ? Une colle que vous posez à vos modèles ? Et vous, à quoi saurez-vous que vous avez réussi votre vie ?

– Lorsque j'aurai repeuplé Paris de mes enfants de chair et de pierre, je suppose, fait le sculpteur en haussant les épaules, malicieux.

Louise tressaille. Des enfants… Elle vient de se rendre compte qu'elle a du retard. Que ses seins sont plus gonflés que d'ordinaire. Une légère nausée matinale… De la distraction… Se pourrait-il qu'elle soit enceinte ? Ce qui expliquerait qu'elle ait oublié, trois fois de suite, son rendez-vous hebdomadaire chez le coiffeur ? Un vertige la saisit. Elle demande un verre d'eau pour dissiper son trouble et réarranger ses boucles, espérant que les fils argentés qu'elle fait ôter à la pince sont invisibles. Il ne faudrait pas que Pradier immortalise cela…

– Moi, mon cher Pradier, je reconnais une vie réussie à l'aune de la passion que l'on a suscitée, de l'amour reçu et donné.

Le sculpteur est perplexe. Victor Cousin saura-t-il la satisfaire jusqu'au bout ? Au fond, Pradier est très heureux de ne pas être l'amant de cette amazone. Certaines femmes ont besoin d'hommes puissants : comme son ancienne maîtresse, Juliette Drouet, avec qui il a eu une fille, assagie dans les bras de Victor Hugo. Qui domptera Louise Colet ?

*

– Doucement, ma lionne…

Victor est surpris par la vigueur de Louise, qui s'est jetée contre lui et l'a déshabillé en toute hâte. Elle n'a plus rien d'une dame distinguée ni d'une poétesse romantique et inspirée : elle est une diablesse qui se déchaîne sur lui. Elle sait fort habilement faire dresser son membre ; elle s'y est assise, en propriétaire assurée ; elle pratique un trot enlevé n'ayant rien à envier aux cavaliers expérimentés. Elle l'a tiré de son étude, sans explication, pour recevoir cette part d'amour physique, satisfaire un besoin dont elle est insatiable, rassurer une angoisse qu'elle ne formule pas. L'aime-t-on assez ? L'aimera-t-on toujours ? Sa fierté l'empêche d'admettre que, depuis la mort de ses parents et le deuil de son enfance chahutée par sa fratrie, elle tremble d'être abandonnée. Elle cherche dans son étreinte presque brutale une confirmation de son emprise sur l'autre. Victor est ravi : il n'a pas l'intention de lui échapper.

Lorsque le philosophe émet un râle, elle a un trop bref sursaut de plaisir : elle l'a dominé, il s'enchaîne un peu plus à elle… mais elle ne jouit pas. Et son ventre s'arrondit…

*

Paris, juin 1840

À la Sorbonne, malgré l'heure tardive, Victor Cousin repose d'un geste rageur la feuille de chou devant lui : en tant que ministre, il ne peut se permettre ce genre de mauvaise publicité. Alphonse Karr, ancien rédacteur en chef du *Figaro*, a créé l'année dernière un journal satirique intitulé *Les Guêpes*, qui brocarde tous ceux qui comptent sous la monarchie de Juillet. Il est assez drôle parfois ; sauf lorsque l'on en fait les frais. Victor a ignoré les attaques dont il était la cible, jusqu'à un article récent, où Karr ironisait sur la pension de Louise, sans cesse augmentée :

> Il est parfaitement constaté maintenant au ministère de l'Instruction publique que pour avoir une pension d'homme de lettres il faut être une jolie femme.

Oui, Victor la favorise de façon éhontée. S'il pouvait l'épouser, il le ferait ; comme c'est impossible, il se contente de veiller sur elle, et cela se traduit par des privilèges, octroyés à la Muse ou à son mari, lequel fait mine de ne pas comprendre l'origine de ces cadeaux tombés du ciel. Quant à Louise, elle méprise le népotisme mais ne pense pas en être bénéficiaire tant elle est confiante en la qualité de ses écrits…

Victor frémit. Il n'est plus question d'argent, dans le nouveau numéro des *Guêpes*. Karr s'attaque à un sujet autrement fâcheux ce matin :

> Elle est près de mettre au monde autre chose qu'un alexandrin.

À plusieurs rues de là, au 46, rue Vivienne, chez lui, Alphonse Karr se frotte les mains. Cousin et Colet sont des cibles parfaites. Trop puissants, trop beaux, trop heureux : il était impensable de ne pas leur envoyer son venin ! Le journaliste ricane, fier de son article et du mot d'esprit qu'il répand partout dans Paris : « Louise Colet a été victime d'une piqûre de Cousin… ! »

La plaisanterie circule de maison en maison. On sait qu'Hippolyte n'est sans doute pas le père de l'enfant à naître. Ces dames pouffent derrière leurs mouchoirs. Ces messieurs se sentent monter la sève le long du dard et filent la métaphore. Karr caresse sa grosse barbe épaisse, étrange contraste avec sa calvitie naissante. Il s'observe dans le miroir en face de sa table de travail. Il a pris du poids depuis qu'il a quitté *Le Figaro*. Il a détesté en être évincé. Unique pilote de ses *Guêpes*, isolé, la bile dicte désormais les circonvolutions de sa plume.

Il touche machinalement du doigt la petite excroissance disgracieuse sous son œil droit, et se replonge dans la lecture de ses feuillets railleurs. Si seulement ses *Guêpes* permettaient de renouer avec le succès de son premier roman, *Sous les tilleuls*, écrit il y a un peu plus de huit ans… Qu'il est difficile de se maintenir au sommet ! Il avait travaillé dur, pour cela ; il ne s'était pas contenté de pondre un poème indigeste à la gloire des vieillards cacochymes de l'Académie… Quoi, lire « Le Musée de Versailles » ou « Les Funérailles de Napoléon » ? Une perte de temps, car la Colet était forcément un piètre auteur. Si Karr respectait Cousin pour sa grande intelligence, il ne comprenait pas comment un homme de cette trempe se compromettait avec cette Muse de pacotille. Chacun l'encensait : pourquoi ? Qu'avait-elle de si extraordinaire ? Cela le consolait un peu de savoir que Sainte-Beuve partageait son avis…

Un peu au nord de la rue Vivienne, rue Saint-Lazare, Louise prend une collation avant le souper. Ses doigts frémissent légèrement. Elle regarde par la fenêtre le ciel du jour qui s'évanouit. Ses jambes sont lourdes et lasses de cette grossesse interminable. Elle n'est pas beaucoup sortie ces derniers mois, car sa santé chancelle. Après les nausées, les contractions, la grande fatigue… Est-ce cela, la maternité ? Où est la béatitude annoncée ? Le flot de joie qui doit présider à la naissance ? Louise se sent surtout encombrée et empêchée. Le médecin lui a recommandé le calme absolu. Elle reçoit néanmoins les visites de ses proches, et alors qu'elle devrait être préservée des vilenies du monde extérieur, on s'est fait un malin plaisir de lui rapporter les lignes malveillantes de Karr. La piqûre de la guêpe ne passe pas – on n'oserait dire qu'elle lui reste en travers de la gorge.

N'est-il pas malheureux de s'en prendre ainsi à une femme vulnérable ? Ses yeux pervenche ont la teinte indigo des mauvais moments, elle guette avec impatience le retour d'Hippolyte.

Car Louise, si elle ne s'ennuie pas de son repos forcé, dont elle profite pour écrire, a les nerfs à bout. Vivement août pour accoucher, découvrir enfin le visage de ce bébé dont elle est si curieuse – à qui ressemblera le nourrisson ? – et reprendre sa vie trépidante de poétesse mondaine… Clouer le bec au vilain journaliste qui la torture… Elle rêvasse, entre lassitude et colère.

Louise entend le professeur de musique pénétrer dans l'appartement. Elle reste à peu près calme tant qu'il ne s'est pas débarrassé de son pardessus, dans l'entrée. Son visage apparaît au salon : ses traits sont fourbus et il s'assombrit face à la fureur de son épouse.

– Louise, par pitié, je ne sais pas…

– Lisez, monsieur !

La voix de Louise claque, tandis qu'elle extrait de sa poche la page froissée avec l'article de Karr.

Hippolyte se penche, chausse ses lunettes, se met à déchiffrer le papier. Il réprime un sourire, ce qui aggrave l'irritation de Louise. Il repose le journal, l'air interrogateur.

– Ce n'est qu'une pique… parmi d'autres !

Louise s'étrangle de fureur puis se ressaisit, se souvenant qu'elle est enceinte et que l'émotion pourrait provoquer des contractions. Son septième mois de grossesse commence mal.

– Tu oses me parler de pique ! Ce misérable mérite une correction ! Ne vas-tu point laver notre honneur ?

– Doucement, ma chère, doucement… Comment veux-tu que je corrige un journaliste ? Il a bien le droit d'écrire ce qu'il veut !

– Son propos est mensonger, diffamatoire, terrible !

– Mensonger, il faut le dire vite. Diffamatoire… qu'attends-tu de moi ?

– Mais un duel, bien sûr ! Comme celui que tu aurais engagé avec mon frère, jadis, si tu avais eu une once de panache !

– Tu oublies que tes fugues, à l'époque, avaient pour but de prévenir une bagarre, justement…

– J'ai eu tort, rétorque Louise avec la raideur d'une femme humiliée. Notre honneur…

– Notre honneur, notre honneur… c'est le tien qui est en cause, Louise.

– Mon honneur, c'est aussi le tien, comment peux-tu nous dissocier ?

– Alphonse Karr est connu pour être excellent à l'escrime comme au tir. Je ne vais pas risquer de me faire trouer la peau à l'épée ou au pistolet pour trois caquètements de basse-cour dans un mauvais canard.

– Lâche !

– Réaliste ! assène Hippolyte en haussant les épaules. S'il fallait poursuivre tous tes ennemis… Sainte-Beuve… cet imbécile de Grassot[22]… cet hypocrite de Banville !

Louise se lève d'un bond, avec une agilité de chat surprenante pour son poids. Elle fait trois pas en direction des fourneaux, puis se ravise, grommelle des insultes que son mari feint de ne pas entendre et va se coucher.

La nuit est affreuse. Le sommeil ne vient pas. Elle s'agite et se retourne sans cesse, à tel point qu'Hippolyte déserte leur couche pour s'installer dans le salon, sous un tas de couvertures rapiécées. Lorsque Louise s'assoupit enfin, la chandelle à son chevet presque consumée, des mauvais rêves l'envahissent, comme les ombres sur les murs de sa chambre : valsent sans fin les visages de Sainte-Beuve, d'Alphonse Karr qui se métamorphose en son frère Adolphe, du curé de Mouriès, de Joséphine… et un essaim de guêpes prêtes à fondre sur elle. Elle se réveille en sursaut, en nage, boit un peu d'eau, claque des dents, rabat le drap, se retourne, se rendort à moitié. Dès les premières lueurs de l'aurore, une phrase surgit dans son esprit épuisé mais lucide : il faut que cet homme meure ! Il ne peut continuer à la ridiculiser de la sorte, il risque de réduire à néant sa popularité grandissante, sa crédibilité d'écrivain, tout ce pour quoi elle travaille depuis des années.

Hippolyte quitte l'appartement vers huit heures. Louise patiente une trentaine de minutes, puis se lève. Elle enfile ses vêtements, un manteau et, ivre de colère, sort de chez elle en claquant évidemment la porte.

La rue du Mont-Blanc[23] est déjà agitée, malgré la fraîcheur du matin. Le soleil est timide, la foule se presse vers le Nouveau Tivoli, le parc d'attractions, ou vers le boulevard du Crime, sans doute pour constater les horreurs qui y ont eu lieu pendant la nuit.

Louise, elle, trotte plus qu'elle ne marche, ne sentant plus les maux de sa grossesse. Est-elle anesthésiée par sa rage ? Elle serre dans sa main un parapluie, inutile pour la saison, abritant le couteau de cuisine qui servira d'arme de représailles… Victor ne peut intervenir, et Hippolyte refuse de venger son honneur ? Qu'à cela ne tienne, elle s'en occupera elle-même ! L'image de Charlotte Corday, la fière révolutionnaire ayant assassiné Marat, se superpose à celle qu'elle se forge d'un Alphonse Karr égorgé.

Aux abords de la rue Vivienne, Louise reconnaît immédiatement l'immonde Karr, qui se prélasse sur le pas de sa porte en tenue légère. Il vient apparemment de prendre son petit déjeuner. Son allure débraillée énerve un peu plus encore la jeune femme.

– J'ai à vous parler, monsieur ! l'apostrophe-t-elle sans préambule.

La lippe moqueuse, le journaliste, qui reconnaît son infortunée victime, confiant, l'invite à le suivre. À peine s'est-il retourné que Louise attrape son couteau, lève le manche à l'aide de ses deux bras, et le plonge dans le dos du journaliste… Alphonse Karr sursaute : cette fois, c'est la guêpe qui est piquée. Il pivote, incrédule, une douleur aussi vive que soudaine irradie entre ses côtes.

– Mais… mais…

Il bafouille de stupéfaction. Son cerveau ne fait pas immédiatement le lien entre la vision qu'offre cette femme enceinte, coutelas en main, pantelante, et l'éraflure qu'il pressent sur son corps. Est-il possible qu'il vienne d'être poignardé[24] ?

Louise est silencieuse, satisfaite. Mais étonnée : le poignard n'a pas été planté à la perpendiculaire du dos, il a glissé. Autour d'eux, les passants ont sursauté avec horreur, une lingère s'est évanouie. Pourtant, le sang n'a pas coulé… Est-ce une farce ? Doit-on maîtriser cette folle ?

Karr reprend ses esprits et éclate de rire, ce qui rassure les badauds :

– Madame ! Cela n'est pas digne de votre état !

– Comment…

C'est au tour de Louise de suffoquer. Non seulement il est vivant, mais il parle, l'animal !

– Ah, très chère, c'est ma veine d'avoir tant d'ennemis…

Alphonse Karr se contorsionne, soulève un pan de sa chemise qui dévoile alors un genre de cotte de mailles très fine. Le bougre ne s'en sépare pas, même au petit matin, craignant qu'on attente à ses jours…

– Ne me *trèschérissez* pas !

Louise a le vertige. Sa vengeance ressassée toute la nuit a un goût désagréable. Lui revient sur le palais la saveur d'un thé trop infusé. Une nausée monte à sa gorge. Elle s'est ridiculisée. Elle recule de deux mètres, les curieux s'écartent vivement, craignant que la furie ne reprenne son couteau, et hèle un fiacre afin de rentrer précipitamment rue Saint-Lazare.

– Poignardé ?

Les deux hommes écarquillent les yeux, devant Louise affalée sur le divan du salon. Victor et Hippolyte échangent un regard consterné.

– A-t-il perdu du sang ?

– Est-il tombé à terre ?

– Combien y avait-il de témoins ?

– A-t-il été conduit à l'hôpital ?

– A-t-il parlé ?

– Comment es-tu rentrée ?

Louise saisit un éventail pour offrir à son visage exténué un peu de fraîcheur. Chez elle, elle a fait mander son mari et son amant, pressentant que la situation pourrait dégénérer. Sans pour autant éprouver une once de culpabilité ou de remords. Ce faquin méritait sa punition.

– Sa plaie aurait dû être plus profonde ! s'exclame-t-elle devant la mine sombre de ses hommes.

Hippolyte se lamente. C'en est fini de sa carrière au Conservatoire ! Karr va demander réparation ! Où trouvera-t-il l'argent pour la défense, devant les tribunaux ? Louise le toise avec pitié. Son mari n'a jamais les réactions idoines. Elle reporte son attention sur son amant.

– Il faut avouer, cher Hippolyte, que votre femme ne manque pas de… panache ! finit-il par commenter. *Maxime sum mulier, sed sicut vir ago*[25].

Louise rosit et traduit.

– Je suis femme par excellence, mais je sais à l'occasion agir en homme…

– Voyons, Cousin, grommelle le mari, vous n'allez tout de même pas soutenir qu'elle a eu raison d'agir ainsi ! Et les conséquences, vous avez pensé aux conséquences ? ajoute-t-il, s'adressant à Louise.

– Je n'aurais pas eu besoin de le faire si vous aviez défendu mon honneur ! intervient la bafouée avec force.

– Je comptais le faire ! Je serais allé le corriger, ma décision était prise. Seulement vous ne m'en avez pas laissé le temps.

Louise éclate de rire devant tant de mauvaise foi, ce qui a pour effet de ramener un sourire sur les lèvres de Victor.

– Allons mes amis, restons unis dans ce qui pourrait être un drame, mais que nous apaiserons. Je vous propose la chose suivante : nous allons dépêcher Sainte-Beuve auprès de Karr afin de savoir s'il est réellement blessé, ce dont je doute, et le sonder sur ses intentions futures.

– Sainte-Beuve ? Avec la détestation qu'il éprouve pour moi ? Victor, vous vous égarez je pense…

– Ma chère, Sainte-Beuve a besoin de mon appui pour entrer à l'Académie. Lui seul peut raisonner Karr, qui le tient en haute estime. Je vous garantis que nous ne saurions trouver meilleur ambassadeur…

Louise et Hippolyte sont dubitatifs, mais n'ont pas d'autre stratégie à proposer.

– Sainte-Beuve me rendra ce service, Karr rendra ce service à Sainte-Beuve, qui sera son obligé, et je saurai récompenser Sainte-Beuve comme il se doit. Faites-moi confiance.

– Vous ne pourrez pas lui ouvrir les portes de l'Académie d'un claquement de doigts, Victor !

– Non, mais je peux le nommer directeur de la bibliothèque Mazarine…

Hippolyte s'étouffe, manque d'air, lève les yeux au ciel, se précipite à la fenêtre. Louise grommelle. Quelle nature falote !

Un peu plus tard dans la journée, Sainte-Beuve envoie une missive à Victor, resté en compagnie des Colet. Karr va bien. De plus, il accepte de ne pas porter plainte. Il aurait d'ailleurs salué l'énergie et le courage de Louise à se rendre justice elle-même… tout en s'excusant pour ses traits d'esprit de mauvais goût !

– Ne crions pas victoire, conclut le philosophe. Il faudra voir le prochain numéro des *Guêpes*… Alphonse Karr est retors, il ne s'en tiendra pas à cette simple visite de Sainte-Beuve !

– Que craignez-vous, Victor ? demande Hippolyte avec anxiété.

– Rien de trop méchant. Mais c'est un homme, je crois, qui aime avoir le dernier mot. Si ce mot pique sans atteindre les chairs, nous nous estimerons heureux !

– Les mots sont des armes, nous aussi pouvons lui répondre, car nous n'en manquons pas ! bondit Louise, toutes griffes dehors.

Décidément, cet afflux d'hormones de grossesse ne lui réussit pas.

– Nous nous en tiendrons là, ma chère, réplique Victor fermement.

Et Hippolyte d'acquiescer, songeant qu'ils ne sont pas trop de deux pour maîtriser cette Orageuse.

*

Nanterre, septembre 1840

Louise serre sa petite Henriette endormie dans ses bras. L'enfant n'a qu'un mois, et c'est déjà une source d'étonnement et d'éclats de rire. Confiée à une nourrice, elle grandit paisiblement au grand air, dans une maison entourée de champs et de verdure. Sa mère lui rend visite dès que possible. Aujourd'hui, elle en a bien besoin : Alphonse Karr a fait paraître *Les Guêpes* et comme le pensait Victor, le journaliste est revenu sur l'affaire qui a déjà fait du bruit tout l'été dans Paris. Les réactions ont été nombreuses : admiratives, choquées, éberluées. Les amis de Louise lui ont apporté leur soutien, la victime n'ayant pas succombé à ses blessures. Mais une issue plus douloureuse l'aurait mise au ban de la société, sans compter la sanction judiciaire qui aurait suivi. Victor, lui, a été grandement soulagé. Son aura publique a peu souffert du scandale.

Henriette, prénommée en hommage à sa grand-mère de Servanne, ressemble à Louise. Gigantesques yeux bleus, boucles blondes, déjà une pointe de malice… La mère soupire, installée dans un fauteuil à bascule près de la fenêtre ouverte sur la campagne. Saura-t-elle un jour qui est le père du bébé ? Victor est-il réellement l'amour de sa vie ? Louise ne doit-elle pas admettre qu'elle finit par s'ennuyer avec le philosophe, au restaurant comme au lit ? Raison pour laquelle elle couche parfois avec Hippolyte, d'où la confusion au sujet de la paternité…

Pauvre Henriette, dotée d'un père ennuyeux et d'un

autre souffreteux – Hippolyte tombe souvent malade, ses poumons sont fragiles… Pauvre Louise, assoiffée de caresses audacieuses, son désir de passion une fois de plus déçu… Est-ce cela, au fond, la sexualité d'une femme ? Qui a dit qu'un corps féminin devrait être embrassé jusqu'à perdre la tête ? La flamme au creux des reins, réalité ou littérature ? Louise ne sait plus.

Avoir deux pères, finalement, n'est-ce pas une chance ? se demande-t-elle en embrassant la joue si douce du bébé.

Comme toujours, elle décide de ne retenir que les avantages de la situation. Elle se doit d'être optimiste, alors que l'affaire Karr a réveillé en elle des souffrances plus anciennes. Être poursuivie par la vindicte d'un homme, devoir se défendre, frapper pour ne pas être frappée, se sentir seule face à l'ennemi, tout cela l'a ramenée à d'étranges et malfaisants souvenirs de son enfance. Dans les cauchemars qui l'assaillent depuis son attentat de la rue Vivienne reviennent des épisodes de Servanne où elle n'avait que sa rapidité et son ingéniosité pour échapper aux persécutions d'Adolphe et de sa clique…

Ce matin, avant qu'elle ne parte pour Nanterre, le dernier papier au sujet de l'affaire est paru dans *Les Guêpes*. Et sa conclusion est aussi drôle qu'elle met Louise en rage :

> Ces femmes de lettres sont de bien mauvaises ménagères. En voilà une qui vient de dépareiller une douzaine de couteaux.

Hippolyte et Victor l'ont priée de se tenir coite. Le scandale n'en est plus un, il est inutile de souffler sur les braises chaudes pour une dernière pointe d'humour. Et tant pis si le gredin a fait encadrer le couteau de Louise sur un panneau affiché chez lui, portant la mention :

Donné par Mme Colet (dans le dos).

Louise se redresse de son fauteuil avec tant de résolution qu'elle réveille la petite Henriette : quoi qu'en pensent Hippolyte, Victor et leur entourage, qui la jugent excessive, les prochaines attaques, elle les retournera une à une, de face, et avec succès !

*

Paris, janvier 1841

– Me promets-tu d'être sage, ma tendre lionne ?
– Je n'aime guère que tu m'appelles ainsi…
– C'est le seul qualificatif qui te convienne, après la scène que tu m'as faite tout à l'heure.
– Amplement méritée ! Tu n'avais pas à intervenir auprès du ministère de l'Intérieur sans mon accord.
– Mon ange, ne sais-tu pas que j'agis pour ton bien et celui de notre petite Henriette ?
– Ma petite Henriette, corrige Louise.
– Ta petite. Ton bonheur. Notre bonheur.
– Tu as déjà suffisamment œuvré. Hippolyte a obtenu une nouvelle augmentation. J'ai ma rente.
– Et vous avez une nouvelle bouche à nourrir.
– Cela suffit, Victor. Veux-tu que je ressorte les griffes ?
– Alors non, le sujet est clos. Pour le moment.

– As-tu du nouveau quant à l'affaire de mon mystérieux admirateur ?

– Quoi, tu as encore reçu des fleurs ?

– Et des places de spectacle.

– Anonymes ?

– Bien sûr. Si les missives ne l'étaient pas, nous saurions à qui j'ai affaire !

– Des invitations non signées à la plus jolie femme de Paris, c'est fort curieux. Mais nous réussirons à l'identifier, va. Il finira par se dévoiler. Pour le moment, ton admirateur t'admire… de loin.

– Et sans doute devrais-tu l'imiter ! remarque Louise, mi-sérieuse, mi-taquine.

Victor ne rétorque rien. Faut-il qu'il aime cette femme pour se laisser tourmenter. Sa fierté et son sens de l'honneur sont régulièrement la cause d'ennuis et de disputes. La nouvelle lubie de Louise est de refuser catégoriquement toute aide financière…

Louise se relève soudain dans son lit. Elle est agitée sans savoir exactement pourquoi. Est-ce sa faute si on la tourmente sans relâche ?

– Ma chère, modérez vos humeurs. Vous êtes devenue une personnalité publique, vous ne pouvez pas vous amuser à poursuivre votre bonne, par exemple, même si elle vous a manqué de respect, nue dans l'immeuble…

– Puisque je vous dis qu'elle m'a enfermée dehors à la suite d'une altercation !

– Tout comme vous ne pouvez plus gifler un cousin malotru en pleine rue.

– C'est mon neveu, le fils de Joséphine, et il a pris la claque que méritent tous les Révoil.

– Vous qui souhaitez retourner à Servanne prochainement… ce ne serait pas sous les meilleurs des auspices ! Dire qu'il est allé au Conservatoire pour rendre votre soufflet à Hippolyte…

Les deux amants pouffent de rire en imaginant la scène. Et Hippolyte qui a dû feindre une colère pour sauvegarder son honneur, à défaut de se battre…

– Bénédict est écrivain ! se reprend Victor.

– Pardon, il est l'auteur d'un essai sur le port d'arme : je n'appelle pas cela être *écrivain* !

– Je vous signale qu'il a œuvré au sein du ministère de l'Instruction, et qu'il s'occupe désormais du département des manuscrits de la Bibliothèque nationale…

– Il peut courir pour que j'y place les miens, ce misérable !

– Ce serait peut-être préférable que de les envoyer à George Sand, comme tu le fais…

– Maudite vieille bique.

– Cette vieille bique, comme tu l'appelles, a de l'influence. Et c'est une très bonne amie de Sainte-Beuve. Ménage-la !

– Elle me répond, ça oui ! Ses missives sont pleines de recommandations qui ne servent à rien. En réalité, elle ne comprend pas ce que je lui écris… Elle prétend que je suis trop jeune pour aborder des sujets politiques, et qu'elle est trop recluse pour me donner audience. Alors qu'il est de notoriété publique qu'elle court les mondanités. Pourquoi refuse-t-elle que je la visite ? Vieille bique jalouse, te dis-je !

– Pourquoi ne t'occupes-tu pas de tes propres écrits, au lieu d'aller au-devant des tempêtes ?

Louise n'ose lui répondre que sa vie d'épouse, de mère et de maîtresse l'ennuie. Tout lui paraît cruellement dépourvu de piment. *La Jeunesse de Mirabeau*, paru dans *La Presse* grâce à Émile de Girardin, sur lequel Sand s'est prononcée avec force critiques, a cependant plu au public : elle cherche maintenant quel sera son prochain projet. Une pièce de théâtre ? Pourquoi pas un roman, même si elle juge qu'il y a trop de romanciers – et de mauvais romanciers ? Devrait-elle monter un prix littéraire ? Ouvrir sa porte à davantage de convives lors des dîners qu'elle donne le jeudi soir ?

Quel dommage que Julie Candeille ne soit plus. Elle conseillerait la jeune femme. Elles organiseraient des soirées dont elles seraient les reines… Il manque à Louise une présence bienveillante et maternelle. Elle en revient à George : elles se seraient si bien entendues ! Voilà un tempérament de femme bien trempé, comme Louise les aime ! Dire qu'elle défendait la scandaleuse Sand auprès de ses frères et sœurs, à Servanne ! Qu'elle la tenait pour une créature libre, aussi courageuse que ces révolutionnaires qui, en ce moment, l'inspirent : Charlotte Corday et Mme Roland de La Platière…

Soupir.

– Pourquoi te tourmentes-tu, ma lionne ?

– Si seulement je le savais… La vie devrait être un tourbillon. Elle a le calme d'un lac suisse.

Victor souffle à son tour. À croire qu'elle a déjà oublié l'épisode des *Guêpes*… Dans quelles prochaines situations fâcheuses sa maîtresse, en quête de sensations fortes, va-t-elle se fourrer ?

3.

Juliette Récamier

Paris, février 1842

Louise se hâte en direction du couvent de l'Abbaye-aux-Bois, où l'attend une grande rencontre : celle avec la femme la plus célèbre de France. Emmitouflée dans un manteau épais en raison des températures de cette journée d'hiver, Louise a revêtu une tenue plutôt inhabituelle, sans corset ni jupons. La robe se présente comme un drapé près du corps, soulignant sa poitrine, avec un décolleté avantageux et des manches courtes. C'était la mode sous le Premier Empire : elle sait que là où elle se rend, on prise l'inspiration antique. Devant l'air désapprobateur d'Hippolyte, elle a consenti à enfiler une paire de gants et une étole.

Les deux époux s'évitent, menant des vies indépendantes, se rejoignant autour de la candide Henriette qui continue de grandir, en joliesse et en sagesse. Quant à Victor, il est toujours empressé et amoureux, mais il perçoit l'éloignement de Louise : elle a soif de neuf.

Au 16 de la rue de Sèvres, Louise franchit de hautes grilles avec allégresse pour se hâter à travers une immense cour pavée et ombragée, bordée de façades somptueuses formant un grand carré. Les chanoinesses de Saint-Augustin louent une partie des lieux à des dames de la haute société. Louise est très en avance – il est à peine quinze heures alors qu'elle a été convoquée une heure plus tard. Elle espère un tête-à-tête avec la maîtresse de maison, avant l'arrivée des autres convives…

– On peine à imaginer que cet endroit a été une prison durant la Terreur, n'est-ce pas ?

Louise, étonnée d'être interpellée, se retourne et manque défaillir. La voix est celle de son cher « Château-Brillant »…

– Monsieur, quel bonheur de vous retrouver ici ! balbutie-t-elle.

L'écrivain l'examine avec bienveillance, son visage encadré par une tignasse de lion, avec des rides en plus et une canne à pommeau dans la main droite.

– C'est un plaisir partagé. Quel chemin formidable vous avez parcouru, depuis les *Fleurs du Midi* !

– C'est très aimable à vous de vous en souvenir… J'espère que ce chemin n'est qu'un début.

– Le ciel fait rarement naître ensemble l'homme qui veut et l'homme qui peut[26], réplique l'écrivain, amusé. Mais je gage que vous conquérez sans trop de peine ce que vous souhaitez…

– L'affaire se complique lorsque l'on est incertain de ce que l'on désire…

Chateaubriand sourit et lui offre son bras.

– Venez, ma chère, ne faisons pas languir Juliette. Ce brave Ballanche lui a tellement parlé de vous qu'elle trépigne ! Et Antoinette prétend que vous êtes une perle.

Louise est au comble du bonheur. Pierre-Simon Ballanche est un philosophe connu, qui s'est pris d'affection pour elle. Antoinette Dupin est écrivain. Et voilà que Chateaubriand lui parle comme à une intime ! L'escalier qu'ils empruntent les mène vers un salon couru de tout Paris : celui de Juliette Récamier. Certes, celle-ci ne reçoit plus comme au temps fastueux de son hôtel particulier de la rue du Mont-Blanc. Mais à l'étage, Louise est saisie par la beauté du lieu et le bon goût qui y règne. Le corridor dans lequel elle pénètre est décoré d'amphores et de vases, d'une console surmontée d'une pendule Régence aux finitions délicates. Chateaubriand guide Louise jusqu'à la chambre[27] de Mme Récamier.

Juliette est allongée sur une chaise longue en bois brésilien : son corps comme son visage, ronds et roses, ne portent pas la trace de son soixante-sixième anniversaire. À l'entrée de son ami et amant de trois décennies, elle se lève afin de lui serrer affectueusement les mains. Sa robe blanche en coton et ses voiles de mousseline lui donnent une allure de fée ; ses épaules sont recouvertes d'un châle de cachemire dont Louise admire la finesse, notant que le collier de perles autour de son cou souligne le sillon séparant ses deux seins d'une rondeur parfaite. Sa chevelure châtaine est retenue par un bandeau savamment noué sur la nuque. Juliette Récamier respire le calme, la douceur et l'intelligence.

Louise esquisse une révérence, que Juliette interrompt d'un geste.

– Quel honneur pour nous de recevoir une amie de Victor, et poétesse acclamée par l'Académie française ! Ma chère, oui, chère Penserosa, asseyez-vous… Et rapprochez-vous, car ma vue et mon ouïe ont décliné. Je veux contempler votre beauté qu'on célèbre, et vous écouter, puisque l'on dit que vous défendez admirablement vos convictions.

Louise prend place sur un fauteuil en bois d'amarante aux accoudoirs représentant des sphinges ailées, entre la harpe et le piano. On dit de Mme Récamier qu'elle est une excellente musicienne. Leur fera-t-elle entendre un morceau, ce soir ? Avant, ou après la lecture de Chateaubriand ?

Malgré la fraîcheur de l'air, les fenêtres de la pièce, garnies de cyclamens, sont ouvertes sur les jardins du couvent. Dans un coin du salon, le lit bateau en acajou occupe une place de choix. Surmonté de tentures en soie, garni de dentelles et de coussins, il est orné d'appliques en bronze doré, de cygnes et de divinités grecques… Louise ne sait plus où poser le regard. Sur ce grand miroir qui la fait rougir, car elle devine les ébats qui ont dû s'y refléter ? Sur ce tableau gigantesque représentant Mme de Staël sous les traits de son héroïne Corinne ? Sur la cheminée de marbre blanc ?

Chateaubriand et Juliette l'observent, amusés, alors qu'un majordome discret sert du thé. C'est donc elle, la nouvelle étoile de Paris ? Elle, qui a ravi le cœur de Cousin ? Elle, qui a poignardé le journaliste des *Guêpes* ? Elle encore, qui brigue un nouveau prix à l'Académie française ?

– Comment comptez-vous vous y prendre, madame ? demande Chateaubriand pour amorcer la conversation.

Louise sursaute, perdue dans ses considérations sur le luxe dont Juliette Récamier est entourée malgré les faillites de feu son mari banquier.

– Oh, c'est une boutade, il est très improbable qu'une

femme reçoive une deuxième fois cette récompense prestigieuse…

– Je suis certaine que vous en êtes capable ! s'exclame Juliette, qui d'emblée a décidé d'aimer la Provençale.

– Ce cher Béranger…

– Pierre-Jean Béranger ? Mais vous connaissez tout le monde ! applaudit Juliette, enchantée.

– Il est de loin mon meilleur ami. Nous nous visitons tous les jours, ou presque…

– En plus d'être le chansonnier le plus en vogue de notre époque, il est d'excellent conseil, approuve Chateaubriand. Et que préconise-t-il ?

– Que je ne dois pas perdre mon cap. L'écriture. J'ai ainsi travaillé sur un texte qui raconte la jeunesse de Mirabeau. C'était une relation de mon grand-père… J'entame à présent un recueil de nouvelles.

– Vous avez raison, le travail est la plus grande des vertus. Il ne faut pas vous décourager, malgré les revers…

Juliette fait allusion à l'affaire Karr.

– Voilà. Béranger dit qu'il faut se gausser des jaloux, car le talent les attire, et qu'il ne faut pas plier devant les attaques. Il m'encourage énormément. M'épaule. Même si je ne suis pas toujours de son avis…, rit Louise doucement.

– Quelque chose me dit que vous suivez volontiers votre intuition et votre cœur.

– J'essaie, madame ! Et mes rêves d'enfant. Lorsque ma mère nous lisait à voix haute des pages de *René* ou d'*Atala*, qui nous tiraient des larmes d'extase, je me jurais de vous croiser à Paris, maître…

– Vous me flattez, sursaute Chateaubriand en s'inclinant par réflexe.

– Que pensez-vous donc de la nomination de Hugo à l'Académie ? s'enquiert Juliette.

– Entièrement méritée !

La discussion est vive. Louise s'aperçoit que si elle partage nombre de goûts littéraires des vieux tourtereaux, leurs opinions philosophiques et sociales diffèrent… Elle n'en a cure. Pour la première fois depuis des mois, voire des années, elle se sent acceptée avec bonté, entourée, presque choyée comme une enfant, par des aînés qui ne lui veulent que du bien. Leur compagnie est aussi agréable que la discussion est de qualité.

Si la politique ne les accorde pas, il est au moins un point sur lequel ils se retrouvent :

– Notre ministre de l'Instruction publique a déposé un projet de loi sur la propriété littéraire : il s'agirait d'étendre le délai à cinquante ans suivant la disparition de l'auteur…, rappelle Juliette.

– Soixante-dix ans me paraîtrait mieux, rétorque Louise.

– Et pourquoi pas un siècle ? propose Chateaubriand.

– Imaginez, monsieur, insiste Louise, que je meure en couches. Je serais heureuse de savoir que mon enfant bénéficiera de revenus toute sa vie grâce à ce que j'ai accompli…

– Il est doux, en effet, de savoir que l'on a une influence bénéfique dans l'existence de ceux que l'on aime, après le grand départ, approuve Chateaubriand. C'est pour cela que nous écrivons, sans doute…

– Pour la postérité, quoi d'autre ? fait Juliette. Pour que nous ne soyons pas cette neige qui s'évanouit au soleil… À ce propos, mon cher, avez-vous accepté que l'on refasse votre portrait ?

– À mon âge, il ne me reste plus assez de vie sur la figure pour qu'on ose en confier la ruine au pinceau[28] ! plaisante Chateaubriand, avec un sourire pour atténuer son propos. Il est préférable de s'en tenir à celui d'Anne-Louis Girodet… Je le ferai léguer à la ville de Saint-Malo, à ma mort.

– Mon ami, la vie de votre cœur insuffle l'essentiel à votre visage…, tempère Juliette en lui prenant la main.

Alors que l'appartement de Mme Récamier s'est rempli de ses invités, Louise note la douceur et la majesté qui émane du couple. Les conversations feutrées, le son qui s'élève du piano, le majordome qui se glisse parmi les convives pour offrir boissons et mignardises, tout la ravit.

Elle en oublie à quel point l'avenir la préoccupe. L'argent, d'abord, qui lui fait défaut. Certes, elle est dépensière : mais à quoi bon thésauriser ? Profite-t-on mieux de l'argent lorsque l'on est jeune et gourmand, ou vieux et figé ? Ensuite, la santé d'Hippolyte l'inquiète. Il multiplie les rhumes, les petits malaises, les coups de fatigue. Elle l'a pensé hypocondriaque, mais s'il ne faisait pas semblant ? Tant que le professeur est là, elle bénéficie d'une certaine forme de protection. S'il disparaissait… Veuve, accepterait-elle d'épouser Victor ? Quel malheur de dépendre des hommes ! Enfin, les critiques qu'elle essuie depuis des mois la meurtrissent. Elle feint de s'en moquer, comme auprès de Chateaubriand et de Juliette Récamier, afin de ne point paraître trop orgueilleuse. La vérité, c'est que chaque ligne négative lui coûte et la blesse. Est-elle taillée pour cette célébrité qu'il faut entretenir ? Mais ne dépérirait-elle pas, sans lumière et sans l'admiration d'un public ?

Louise se lève et effectue trois pas dans la pièce. Il est l'heure de partir. Son recueil, *Les Cœurs brisés*, l'attend. À défaut de faire battre le sien, autant se consoler avec les malheurs de ses personnages de fiction !

*

Paris, hiver 1842

Ce jeudi après-midi, on va s'amuser chez Louise Colet, qui tient salon. Elle n'a pas les moyens de Juliette, c'est vrai, mais elle a mis tout son charme et les économies d'Hippolyte à contribution pour une soirée qu'elle espère inoubliable. Elle a fleuri son logis et disposé des candélabres un peu partout afin de tamiser les lumières et d'estomper la simplicité de son mobilier. Dans la cuisine, des plats généreux aux parfums du Sud terminent leur cuisson. Dans leur carafe, les liqueurs brillent de tous leurs feux. Elle a même convaincu son mari de ramener un de ses élèves du Conservatoire, afin de jouer de la musique.

– Ni trop faible ni trop fort ! recommande-t-elle à l'étudiant pétrifié de peur, car il vient de comprendre que son public possède une oreille fine et éduquée.

L'apprenti en a le tournis : alors que Louise revoyait son plan de table, il a entendu successivement les noms de Victor Cousin, Théodore de Banville, Pierre-Simon Béranger, Émile et Delphine de Girardin, et ceux d'académiciens dont il aurait juré qu'ils étaient morts tant ils sont célèbres…

Hippolyte lui tourne autour, vérifiant chaque détail, et enquiquine Louise, remettant en cause le bien-fondé de cette soirée. Pourquoi dépenser leurs derniers francs dans de telles futilités ? Louise ne daigne pas répondre, puisque son mari est incapable de comprendre que faire venir à soi les puissants peut être une façon d'obtenir des faveurs… Parfois, elle suspend son geste : quoi, obtenir des faveurs en échange de dîners brillants et arrosés ? N'est-ce pas une forme de mendicité cachée ? Puis la fière Provençale hausse les épaules pour s'en retourner à ses volailles.

Les premiers invités frappent à la porte et sont annoncés par un huissier qui les introduit en criant leur nom. Deux petites servantes circulent avec des plateaux garnis de douceurs. L'étudiant se lance dans les premières notes de la *Symphonie « italienne »* de Mendelssohn – Louise lui intime l'ordre de jouer doucement, l'idée est de produire une musique d'ambiance, pas un concert ! Un mathématicien, quelques auteurs, un ou deux politiques, des jolies femmes… Tous prennent place autour de la Muse, qui règne et dirige les discussions avec une aisance incomparable.

Les débats vont bon train. On commente le discours de Lamartine à l'Assemblée, il a osé comparer le gouvernement à une borne, c'est d'un comique ! Vigny a raté son élection à l'Académie française, tandis que Ballanche a remporté la sienne… Les Anglais perdent une guerre éclair à Jalalabad et se retirent d'Afghanistan… Un coup d'État vient d'avoir lieu au Portugal… Que faut-il aller voir au Salon, cette année ? La *Pomone* de M. Chérelle,

L'Offrande à Hygie de M. Delaborde ou *La Clytie changée en héliotrope* de M. Riesener ?

Louise se lève d'un bond : elle vient de se rendre compte que le jeune peintre qu'elle a convié à sa soirée, pour le faire connaître, n'est pas là. Elle coupe la conversation générale : quelqu'un sait-il pourquoi Alexandre[29] n'est pas présent ? Évidemment, personne n'a de réponse, car personne n'a entendu parler de cet asticot. Il faut qu'elle aille le chercher chez lui. Son mari la fixe comme si elle était folle tandis que Victor, résigné, va l'accompagner avec son fiacre. Les autres convives s'amusent de voir la maîtresse de maison partir : cette soirée est pleine de rebondissements !

En bas de chez le garçon, qui vivote dans une chambre sous les combles d'un immeuble huppé non loin du quartier des Colet, Victor arrête son fiacre : il attendra Louise dans la voiture. La jeune femme se précipite à la porte cochère, tambourine chez la concierge. Elle doit voir Alexandre. Enfin parvenue chez lui, elle expire profondément en s'asseyant sur la couche modeste de l'artiste, lequel se frotte les yeux de voir la Muse chez lui.

– Que faites-vous ici ? Ne deviez-vous pas venir à la maison !

– Madame, fait le jeune homme en s'inclinant, j'ai cru que vous m'aviez invité par pure politesse.

– Par politesse, par intérêt pour votre carrière, par bienveillance, et mille autres choses ! Enfin, réveillez un peu votre cervelle : ce genre de salon ne peut que vous être profitable !

– Madame, je vous en suis infiniment reconnaissant, mais je ne puis accepter.

Louise ouvre de grands yeux. L'effronté résiste, avec

dignité. Et elle a beau tout essayer – supplique, menaces, numéro de charme –, rien n'y fait. Le peintre ne veut pas venir. Il est effrayé. Il n'a pas de tenue convenable à enfiler. Il ne pourra pas lui rendre la pareille. Lassée par sa fermeté, à demi convaincue par ses arguments et parce que l'heure tourne, elle se résigne. En balayant du regard la pièce presque vide et les toiles entreposées ici et là, une idée lui vient.

– Soit, je vous laisse tranquille. Confiez-moi seulement une ou deux de vos œuvres.

Du doigt, Louise désigne la représentation touchante et réaliste de deux enfants en haillons dans la neige. Sans doute pour se débarrasser de Louise, le peintre accepte, emballe son tableau et descend avec elle pour le charger dans la voiture. Cousin, presque endormi, sursaute.

– Eh bien, vous avez été longue ! Nous désespérions !

– Victor, Alexandre ne vient pas avec nous. Mais nous allons rapporter ceci...

Cousin soupire. Tout ce chemin pour ce qui n'est sans doute qu'une croûte vulgaire, enveloppée dans des chiffons... Il salue Alexandre. Mais ce n'est pas fini. Louise poursuit :

– Montez avec votre cocher, et récupérez la dizaine de toiles que monsieur accepte de nous confier.

Médusés, Victor, le cocher et le peintre se métamorphosent sur-le-champ en déménageurs.

Louise a ce soir-là joué aux bienfaitrices. Puisqu'elle ne peut être mécène, elle en a trouvé pour le jeune homme : elle a organisé une vente aux enchères de ses toiles... et lui a fait porter le lendemain la somme coquette qu'elle lui a permis de gagner. Hippolyte ne comprend pas et bougonne :

– Tu aurais dû prélever une commission…

– C'est sur tes âneries que je devrais prendre un pourcentage, nous serions riches !

4.

Retour aux sources

Paris, printemps 1842

Louise sifflote, ravie d'en avoir enfin fini avec son prochain livre. Rarement un ouvrage lui aura demandé tant de labeur. Elle a rédigé deux drames, sur deux femmes éminemment inspirantes : Charlotte Corday, meurtrière de Marat ; et Manon Roland, égérie des Girondins. L'une et l'autre furent guillotinées en 1793. Louise s'est prise d'affection pour la jeune Normande et la salonnière parisienne, figures de courage et de convictions. Après s'être documentée pendant des mois, elle les a mises en scène dans des pièces relatant les dernières heures de leur existence, et a agrémenté l'ensemble de notes et de fac-similés de lettres.

Cet ouvrage illustre bien les paradoxes dont Louise ne veut pas s'embarrasser. Elle aime ce qui brille et ce qui est dans l'ombre. Les rois et le peuple. Dans ce Paris qui l'encense et la pique tour à tour, elle est devenue une célébrité. Elle sait qu'il faudra que cette notoriété devienne utile.

Elle quitte son bureau et arpente l'appartement silencieux. Hippolyte n'est pas au Conservatoire, mais dans leur chambre. Ses migraines et une fatigue générale le clouent des journées entières au lit. Elle se penche à la fenêtre pour humer l'air du matin : qu'il est doux de mettre un point final à un manuscrit, et de sentir encore palpiter les cœurs de ses protagonistes ! George Sand jugera sans doute ces pièces naïves, mais qu'importe, Louise est allée au bout de son idée.

On frappe à la porte : étonnée, car aucune visite n'est prévue, Louise découvre sur le palier la concierge, qui lui remet un paquet volumineux et assez lourd. La poétesse l'examine avant de l'ouvrir, sur un fauteuil près de la cheminée. Hippolyte, réveillé, la mine blafarde, la rejoint.

– Qu'est-ce donc ?

– Si je le savais…

– Ton admirateur…

– Sans doute, puisqu'il n'y a comme à son habitude pas de nom sur le paquet.

Les têtes des époux manquent de se cogner lorsqu'ils découvrent le contenu de la boîte posée à leurs pieds : une cassette en émail incrustée d'or contenant des livres[30].

– Ton admirateur est un prince !

– Tout au moins un homme… raffiné.

– Et qui a les moyens de son raffinement… Tu me caches des choses, Louise…

– Voyons, il doit s'agir d'un présent de Victor.

– Victor ? Ce pingre, comme tu t'en plains ?

– Il n'est pas pingre, il est précautionneux, affirme Louise, piquée. Et je te signale qu'il mérite notre reconnaissance !

– Oh, avec ce que tu lui concèdes en échange, je pense que nous sommes lui et moi tout à fait quittes.

– Cesse tes railleries, et observe plutôt ces splendeurs…

Lesdites splendeurs sont donc des livres, mais pas n'importe lesquels : il s'agit d'un tirage de vingt-cinq exemplaires intitulés *La Poésie de Madame Colet*, imprimés sur vélin et reliés en maroquin rouge incrusté de dorures, insérés dans des étuis en ébène[31]…

Louise en saisit un à son tour. Il est imprimé par Lacrampe, auprès de qui on pourra peut-être identifier l'envoyeur. Ce tirage tout à fait unique a dû coûter une fortune. Quel prétendant a eu cette idée géniale, et l'envie d'y consacrer tout cet argent ?

Hippolyte saisit un billet au fond de la caisse et le déplie pour le déchiffrer :

> Si j'étais un littérateur célèbre, j'aurais l'honneur de vous féliciter comme l'a fait M. de Chateaubriand ; et si j'étais poète, je m'appliquerais à vous imiter. Puisque je ne suis, hélas ! qu'un stérile admirateur des œuvres de génie, souffrez, Madame, que je vous offre le livre d'un grand poète : c'est une édition comme celles que l'on faisait au Louvre pour les œuvres de Corneille et de Racine[32].

L'auteur anonyme recommande enfin à Louise de les dédicacer à l'attention de François-René de Chateaubriand, d'Alphonse de Lamartine, de l'abbé de Lamennais, de Silvio Pellico et des grands souverains d'Europe. Les deux époux sont éberlués.

– Comment est-ce possible ? souffle Louise. Comment peut-il savoir que j'ai tant admiré Lamennais et Pellico ?

– Il est bien renseigné, siffle Hippolyte, jaloux.
– Il faut absolument que je sache qui se cache derrière cet envoi…
– Quelqu'un qui se moque de toi. Lamartine… Pellico… Les souverains d'Europe… Pourquoi pas le dixième président des États-Unis d'Amérique, tant que nous y sommes ?
Louise lui envoie un coup de coude dans les côtes, exaspérée.

L'enquête autour de l'expéditeur anonyme a été menée, grâce à l'éditeur : Jean-Baptiste Lacrampe n'a pas fait mystère du commanditaire. Et quelle surprise ! Louise espérait un grand prince oriental, un explorateur au long cours, pourquoi pas un héros italien… Hippolyte est rentré l'autre soir avec un sourire goguenard aux lèvres. C'était lui qui s'était chargé de questionner l'imprimeur et libraire d'origine bayonnaise, installé rue de Damiette. Il redoutait presque que ce soit Louis-Philippe en personne qui soit derrière ce joli coup… Pour peu, il aurait vraiment risqué de devenir le Montespan de la monarchie de Juillet ! Nul doute que Louise aurait succombé. Elle se serait pâmée d'avoir attiré l'attention d'un roi. Son ego ne s'en serait pas remis… L'honneur et la tranquillité d'Hippolyte non plus. À trop tutoyer les étoiles, on s'y brûle, ce n'est pas très malin. Après les piqûres de Karr, le musicien aspire à un peu de discrétion…

Et ce n'est donc pas le bienfaiteur de Louise qui lui fera risquer un nouveau scandale. Le mécène n'est autre… qu'un pharmacien ! C'est lui qui envoyait les fleurs et les invitations. Mais que voulait-il, au fond, ce docteur Gustave Quesneville, fondateur de la *Revue scientifique et industrielle* ? On ne le saurait probablement jamais[33]. La beauté du geste, pour une beauté des lettres ?

Le courrier que reçoit Louise est chaque jour plus abondant : « En voilà du travail », grommelle la concierge, qui n'ose se plaindre, même si monter jusqu'à l'étage des Colet l'agace prodigieusement.

Car Louise, suivant le conseil de son généreux pharmacien, a envoyé les précieux exemplaires de sa *Poésie* à tous les grands de ce monde : Frédéric-Guillaume de Prusse, le tsar Nicolas Ier, Victor Hugo, Lamartine, et bien sûr Silvio Pellico… Les messages de remerciement lui parviennent en nombre, et la jeune poétesse se flatte de tant d'attentions. Louis-Philippe en personne lui a fait porter une médaille en or et affirme qu'il prendra une souscription pour ses futures publications. Louise range précieusement ces autographes dans un album, avec l'idée d'en faire une collection qui pourrait être monnayable par la suite.

– Tu perds la tête, lui reproche Hippolyte. Les manuscrits, cela n'intéresse personne…

Louise n'en fait qu'à sa tête et décide de compléter sa collection par des achats d'autographes d'autres personnalités.

– Tu verras, un jour on écrira de moins en moins à la main… La plume typographique[34] puis d'autres machines sophistiquées prendront le relais. On se rendra alors compte de la valeur de l'écrit !

– Tu délires, Louise…

– Et toi tu ne t'intéresses pas assez au progrès !

Louise ne sait où donner de la tête. Elle porte aussi des missives à la concierge quatre fois par jour…

– Pas d'inquiétude, chère madame ! Nous partons bientôt en voyage, pour deux mois !

– Quoi, avec votre mari ? Et la petite ?

– Tous les trois.

– Mais où donc ?

– Dans le sud de la France. Connaissez-vous Aix-en-Provence ?

– Du tout !

– Nîmes, et son mistral à vous écraser contre les murs ?

– Encore moins !

– Avignon…

– La Cité des Papes, bien sûr…

– Le pays de mon enfance.

– Je croyais que Madame n'aimait pas qu'on lui rappelle son passé.

– Un retour aux sources s'impose. Henriette doit savoir d'où elle est originaire… Son père et moi venons de la région !

– Son père, bien sûr… Et… l'académicien ? Ne va-t-il pas se languir de votre, hum, amitié ?

– L'académicien est occupé, ne vous inquiétez pas de lui. Et à notre retour, vous n'aurez plus à nous supporter.

– Comment ça donc ?

– Nous déménagerons.

– Loin d'ici ?

– Au 21, rue de la Fontaine-Saint-Georges. C'est là qu'il faudra faire porter mes lettres et mes paquets.

La concierge grogne. La corvée n'est pas finie !

*

Été 1842

Louise ignore si ce voyage était une si bonne idée. Certes, il y avait la volonté de montrer son pays à sa fille ; mais voulait-elle resserrer ses liens familiaux ou tester l'étendue de sa notoriété en province ?

Henriette bat des mains derrière les vitres. Tout l'enchante, comme d'être avec sa mère, et de l'avoir enfin pour elle seule. Dans le fiacre, Hippolyte dort, la tête en arrière, la bouche ouverte. L'enfant est gaie mais calme. On lui a appris à ne pas peser – ou, instinctivement, a-t-elle compris que pour être admise auprès des adultes, il fallait se rendre presque invisible ? Ainsi n'a-t-elle pas émis le moindre couinement durant la première partie du voyage – deux jours et deux nuits en diligence pour atteindre Chalon… La famille a embarqué sur la Saône à bord de *L'Hirondelle* pour rejoindre Lyon, où elle a rendu visite à quelques cousins et admiré des monuments qui lui ont fait forte impression – la cathédrale Saint-Jean, la place Bellecour…

> De Fourvière, le Rhône et la Saône, couverts d'un grand nombre de ponts, produisent un effet magique ; on distingue le confluent ; le Rhône fougueux reçoit en son sein la paisible Saône dont les eaux tranquilles sont longtemps avant de se confondre à ses flots agités[35].

À bord d'un élégant bateau à vapeur, on était descendu plus au sud, se rapprochant dangereusement d'une page ancienne de l'histoire de Louise et Hippolyte.

Louise admire les yeux si bleus de sa fille, en tout point identiques aux siens. Sa physionomie se dessine d'année en année, mais il est impossible de dire si elle ressemble davantage à Hippolyte ou à Victor. Et peu importe ! Hippolyte se comporte en père affectueux et Victor comme un parrain, versant pour elle une pension que Louise a fini par accepter.

Elle extrait un carnet de sa poche pour prendre des notes, ce qui réveille Hippolyte, de fort mauvaise humeur.

– Et ça écrit…

– Que veux-tu, je dois publier trois livres par an pour que nous nous en sortions !

– C'est tout de même malheureux de devoir autant travailler, pour si peu d'argent en retour.

Louise hausse les épaules.

– Être artiste… n'a pas de prix. Et j'ai de la chance, j'écris vite !

– Tu pisses de la copie, oui ! Ça finit par se sentir ! D'aucuns affirment que tu bâcles tes textes.

– On vante surtout ma célérité !

– Ce n'est pas ce que je lis dans la presse.

– Les journalistes ont peur des femmes, voilà tout. Et depuis quand te mêles-tu de littérature ? Retourne donc à ta flûte et à tes partitions, s'il te plaît. Chacun son domaine.

– En tout cas on se demande bien à quoi ça sert d'avoir une notoriété pareille à la tienne, si c'est pour vivre chichement.

Louise ne répond pas, continue de griffonner dans son cahier, de cette écriture si vilaine que craignent ses correspondants. Ce qui l'arrange : c'est le prétexte parfait pour qu'on lui rende ses missives. Car Louise est de plus en plus anxieuse à l'idée que ses lettres, dans lesquelles son tempérament et ses émotions s'emballent parfois plus que de raison, ne se retournent contre elle si elles devaient être rendues publiques. Aussi exige-t-elle qu'on les lui rende, afin de les détruire. Curieuse habitude, mais qui lui procure un soulagement lorsqu'elle récupère le fruit de sa production épistolaire.

La petite bonne qui accompagne les Colet prend Henriette sur ses genoux. Elle a une frimousse avenante, sans doute un peu trop car Hippolyte, malgré sa maladie de poitrine chronique, sa toux et ses migraines, lorgne souvent vers la demoiselle. Laquelle a très bien compris qu'il valait mieux flatter la Muse. Elle s'exclame :

– Mais monsieur Colet, Mme Colet est une célébrité ! Toutes ces réceptions dans les mairies et les bibliothèques…

– D'un ennui ! bâille Hippolyte.

– Si tu étais le clou du spectacle, tu réagirais autrement, assène Louise d'un ton sec, tout en poursuivant ses lignes cryptiques sur les pages d'un carnet intitulé *Deux mois d'émotions*.

Un récit de voyage auquel se mêlerait un peu de fiction… Bien sûr, Hippolyte estimait l'idée mauvaise.

– Cette manie que tu as de t'épancher, de raconter notre vie, et de quel droit d'ailleurs le fais-tu, nous as-tu demandé si nous étions d'accord pour figurer dans un livre ? Et cette Bohémienne qui a voulu te lire les lignes de la main, au pont du Gard, vas-tu la mentionner ? Prends garde, si elle se reconnaît, son châtiment sera terrible…

Louise frissonne à cette évocation. Elle avait retiré

sa main, arguant que personne ne pouvait dérober à Dieu la connaissance de l'avenir ; que chaque jour devait porter sa peine. Hippolyte s'était moqué, comme toujours – parce qu'elle croyait en Dieu, maintenant ? À tel point que Louise avait décidé de ne plus parler avec lui de ses futurs projets littéraires. Que leur restait-il en commun ?

Depuis peu, Louise caresse une idée un peu scandaleuse : celle du divorce, afin de mener une vie plus libre. Ce serait choquant, bien sûr, ce qui n'était pas pour lui déplaire… Hélas, il était interdit.

Louise s'évente à en avoir mal aux poignets : l'amphithéâtre d'Arles est colossal, et s'y promener en compagnie d'une délégation officielle, sous un soleil triomphant et infernal, est une épreuve pour une dame en corset et jupons. C'est autre chose que les arènes de Nîmes, visitées sous la pluie ! Ici, nulle fraîcheur à l'abri des pierres antiques, et peu de repos, même s'il suffit d'acquiescer au monologue de l'édile qui leur sert de guide, aux côtés d'Honoré Clair, archéologue et cousin de Louise…

– Notre bon baron de Chartrouse, jadis maire de la ville, avait fait déblayer les arènes et le théâtre antique. Je crois qu'un de vos cousins Révoil, architecte, a participé aux fouilles des vestiges romains. Soit dit en passant, c'est ici que la Vénus d'Arles a été arrachée aux profondeurs du sol ! Vous n'avez rien à envier à son éclat, madame…

– Vous êtes trop aimable, dit Louise, qui aimerait qu'il se taise.

Honoré Clair sourit malgré lui. Il échange régulièrement des lettres avec Louise et connaît le tempérament vif de sa cousine.

N'est-elle pas sur ses terres ? Pourquoi lui fait-on un cours magistral sur une ville qui lui est familière ?

– Mon aïeule, l'Arlésienne Marguerite Rousseau, surpassait en beauté les merveilles de ce monde…, reprend-elle.

– Madame n'est-elle point de noble ascendance ? s'enquiert l'édile.

Honoré soupire discrètement. Si on commence à parler de la famille…

– À moitié seulement. Du côté de mes ancêtres maternels, les Le Blanc de Luveaunes, qui ont construit le château de Servanne… Mais mon grand-père, Jean-Baptiste Le Blanc, n'hésita pas à épouser une roturière, fille d'un batelier du Rhône. Mon père était quant à lui un jeune lieutenant fougueux, fils de marchand lyonnais, venu frapper à la porte de la propriété familiale, et tombé éperdument amoureux d'Henriette, ma mère…

– Votre histoire est une merveille de romantisme ! Le fruit de l'amour ne peut être que l'incarnation du charme…

Hippolyte toussote. Il veut bien qu'on courtise sa femme, mais pas que l'on oublie totalement sa présence. Il tient la main d'Henriette, moins accablée par la chaleur que les adultes, et qui rêverait de gambader sur les pavés.

– Et avez-vous organisé d'autres événements dans l'amphithéâtre ? Je veux dire, depuis 1830 et cette grande fête qui avait célébré la prise d'Alger ?

Et toc, voilà l'édile qui se souvient qu'il s'adresse à une femme cultivée. Louise continue :

– Savez-vous que j'ai croisé Prosper Mérimée à plusieurs reprises, à Paris ?

– Méri... mée ? s'étrangle-t-il.

Honoré, qui connaît l'illustre archéologue, hoche le chef.

– Celui-là même, qui a fait classer votre amphithéâtre monument historique...

– Quel grand homme...

– Et excellent écrivain. C'est Victor Cousin qui me l'a présenté. M. Mérimée souhaite entrer à l'Académie française...

– A-t-il une chance d'y parvenir ?

– L'Académie est un sanctuaire peuplé de mystères, répond Louise, gaiement. Mais l'œuvre remarquable que Mérimée a entreprise avec M. Viollet-le-Duc pour restaurer nos plus beaux édifices français a fait mouche. On dit que grâce à eux et à M. Hugo, Notre-Dame devrait être rénovée à son tour l'an prochain.

– Quel charivari cela sera pour vous autres Parisiens !

– Monsieur, il fait si chaud : que diriez-vous de poursuivre notre visite ce soir, sous le clair de lune ?

Honoré rit, le guide, embrouillé, ne sait que répondre à sa cousine. Sa proposition est-elle sérieuse ? Sous le clair de lune ? Cette Parisienne est décidément très singulière. Heureusement que le mari n'est pas loin, cela le rassure quant à ses intentions réelles !

Le vrai charivari qui se présente bientôt aux yeux de Louise et des siens est tout autre. À Trinquetaille, à la lisière de la Camargue, l'effervescence est à son comble à proximité de l'ancien pont de Constantin dont il ne subsiste que quelques ruines. On s'apprête à embarquer pour une croisière sur le Rhône, en l'honneur de la poétesse. Le bateau, muni d'une coque de fer et de roues tournant grâce à la force de la vapeur, est une machine dont la sophistication et la modernité arrachent à Louise des exclamations, au grand étonnement de son mari.

– Les prouesses humaines, mon bon Hippolyte, voilà ce qui m'éblouit !

Colet se fait la réflexion que décidément, sa femme l'étonne encore. Mais une autre surprise les attend. C'est Marie, celle des sœurs de Louise qui la recueillait chez elle, à Nîmes, malgré les réticences de son époux Amédée Baragnon. Lequel salue froidement Colet, en souvenir du fameux duel qui n'a pas eu lieu…

Marie s'est apprêtée pour l'occasion – sa cadette est devenue célèbre et, contrairement au reste de la fratrie, elle en est fière. Elle monte à bord, avec Louise ; les époux et Henriette resteront à l'ombre sur les berges. En effet, Hippolyte et leur fille ont besoin de repos, à distance des remous du fleuve, car ils ont été pris d'une fièvre étrange lorsqu'ils étaient à Lyon, dont ils ne sont pas tout à fait remis.

Les deux femmes sont émues et tâchent de le dissimuler. Après tout, c'est à Trinquetaille que leur grand-père Le Blanc a rencontré sa belle Rose-Marguerite ! Elles avancent sur le pont en se tenant le bras, incertaines des sujets à aborder ou à éviter. La maison de leur enfance ?

– Quelle humiliation tu as dû éprouver, ma Louise… Si j'avais su que tu comptais y faire halte, je t'en aurais dissuadée…, murmure Marie en secouant la tête, navrée.

– Chut, c'est terminé, répond Louise, la voix tremblante.

La poétesse en pleurerait. Elle avait prévu d'y faire une halte pour saluer les Révoil, et s'était annoncée par courrier. Le jour dit, le jardinier André, avec un chagrin manifeste, s'était déplacé jusqu'à l'entrée pour signifier à Louise qu'elle ne serait reçue par aucun de ses frères et sœur. Quelle tristesse de ne pouvoir montrer à la petite Henriette, qui avait tout à fait compris que l'on rendait visite au palais de l'enfance de sa mère, les oliviers, les façades ocre de la demeure, le murmure chantant des fontaines…

Non, mieux vaut éviter le sujet Servanne. Parler des enfants ? Si Marie est intarissable, Louise est plus mesurée… Elle s'enflammerait si la discussion se piquait de littérature ou de politique. Hélas, avec Marie, c'est en vain…

Leur reste l'amour.

– Et ton Hippolyte, te traite-t-il bien ? Rester dans ton ombre ne lui pèse pas trop ?

– Il n'a qu'à travailler plus, réplique Louise d'un ton sec. Tu crois que j'ai obtenu mon prix et les faveurs des éditeurs en restant assise à faire de la broderie ?

– Certes non… On dit d'ailleurs que tu as des protecteurs haut placés…

– Des amants, tu veux dire ? rit Louise.

– Doucement, on pourrait nous entendre ! chuchote Marie, effarée.

– L'opinion publique ne m'intéresse pas, quant à celle des bigots…

– Alors, c'est donc vrai ce que l'on raconte…

– Quoi, que je suis la maîtresse de Victor Cousin ?

– …

– Mais oui.

– …

– Quoi, qu'Henriette est sa fille ?

– …

– Parle, Marie, enfin !

– C'est si gênant.

– Cela ne l'est ni pour Hippolyte ni pour moi. Et Henriette est trop jeune pour avoir conscience de la situation. Son père l'aime, et un proche de la famille la gâte comme si c'était son enfant, voilà tout. Les ragots m'indiffèrent.

– Tu as toujours été si libre…, admet Marie, s'efforçant de ne pas penser à la fadeur de son union avec Amédée, dont la silhouette s'amenuise à mesure que le bateau s'éloigne.

– Et je le serais davantage si je pouvais rompre avec Hippolyte… Seigneur, pourquoi avoir aboli le divorce par consentement mutuel ?

– Louise, tu n'y songes pas ! Ce serait… scandaleux ! Adolphe, Joséphine et Auguste ne te le pardonneraient pas.

– Ils refusent de me voir, la situation ne peut pas être pire !

– Te séparer d'Hippolyte anéantirait tout espoir de réconciliation.

– L'espoir n'est plus, Marie. Et le divorce… fut une des plus belles conquêtes de la Révolution ! Dire que pendant près de vingt-cinq ans, les femmes ont pu retrouver leur liberté de la façon la plus simple qui soit…

– Fort heureusement, la loi Bonald a remis un peu d'ordre dans tout ça.

– C'est un sujet qui revient régulièrement à l'Assemblée nationale. Je l'évoquais il y a peu avec une femme pleine d'esprit, une certaine Flora Tristan…

– Tu es folle de penser que cela pourrait être rétabli. Mais pourquoi donc veux-tu quitter Hippolyte ? Si ton ménage à trois vous convient à tous ?

Louise grimace devant les flots agités du Rhône et l'autre rive, envahie par la végétation.

– Nous ne nous aimons plus.

Marie se met à glousser.

– Louise, si le mariage était une histoire d'amour, l'institution disparaîtrait en un tournemain !

– Et nos parents ? As-tu oublié l'amour qui unissait notre mère à son époux ?

– Une exception, rétorque Marie, fataliste.

– Je refuse que l'amour soit une exception ! s'exclame soudain Louise, une douleur dans la voix. Une vie sans amour, cela est tout bonnement impossible.

– L'amour est partout, riposte sa sœur avec raideur. L'amour pour ton enfant, l'amour pour un ouvrage bien réalisé, l'amour pour tes parents… Quand tu achèves d'écrire un texte ou un livre, lorsque tes lecteurs le découvrent, même dans ces instants, il y a une forme d'amour…

– Que fais-tu de la passion, sœurette ? De celle qui te renverse le cœur, la tête, le ventre ? Que fais-tu de la jouissance, si grande qu'elle frôle la douleur ? C'est cela, et cela seulement, qui permet de goûter à cette vie si courte…

Marie constate que Louise est émue, à sa grande surprise. Elle tente l'apaisement.

– Ma sœur lyrique… Tu le trouveras, ton grand amour. Prends garde qu'il ne te détruise pas !

Hippolyte marche avec Henriette sur la berge. Il n'a pas envie de converser avec Amédée et ce dernier les ignore. Quelle grossièreté ! Colet prend sa fillette par la main, un peu tremblante. Il espère qu'ils seront bientôt guéris de leurs maux d'estomac, de cette nausée qui ne les lâche pas, de cet état de fatigue générale. C'est bien leur veine, de tomber malades en pleine tournée triomphale de Louise ! Comme si c'était le moment de lui gâcher son plaisir, elle qui devient taciturne… Il note qu'il serait bon de rapatrier Henriette auprès d'eux, à Paris, plutôt que de la laisser aux soins de la nourrice.

Le professeur de musique n'a plus guère d'aventures : souffrant de troubles poitrinaires, manquant d'air – son épouse est pourtant tout sauf étouffante –, il n'a plus le courage de cavaler comme autrefois. Une tristesse l'assaille, et elle redouble lorsqu'il constate que Louise n'est guère plus heureuse que lui, et que leur ravissante enfant en pâtit. Faut-il qu'ils se soient recroquevillés sur leurs dilemmes intérieurs pour en oublier le bonheur de leur fille ! Il se jure d'y remédier. S'il est impuissant à satisfaire Louise, qu'il ne touche plus, et s'il ne peut la retenir – Victor n'y parvient guère mieux –, il lui reste au moins Henriette à cajoler. Pour combien de temps, il l'ignore : le médecin, qu'il consulte régulièrement, ne lui a pas caché qu'il ne ferait pas de vieux os. Quel malheur de se sentir si frêle et rabougri quand on est flanqué d'une épouse sensuelle et énergique !

Au fil des années, il a identifié les failles que cache Louise : une sensibilité poussée à l'extrême, à la fois moteur de son flux littéraire et cause de ses afflictions. Chez elle, aucun sentiment n'est tiède ou fade, tout est décuplé. Une joie devient une euphorie, une petite contrariété se mue en désespoir inconsolable. Un peu de douceur, et voilà que la tigresse fond et vous mange dans la main ; tandis qu'une simple réserve au sujet de son travail se transforme en coup de poignard mortel. Comment vivre sereinement auprès d'une femme pour qui un bref rayon de soleil est extatique et un infime mensonge, une trahison impardonnable ?

Dire qu'il faut, après ce périple épuisant, se rendre à Marseille. Louise veut absolument déguster une bouillabaisse à La Réserve, restaurant de l'anse du Pharo vanté par Hugo et Dumas ; se rendre au château des Aygalades chez l'excentrique comte de Castellane, et quoi d'autre encore…

Hippolyte est très, très fatigué.

5.

Tristesses

Paris, juillet 1843

Louise souffre. L'été passé à voyager, l'an dernier, pour regagner ses terres natales, paraît n'avoir pas existé ! Son état actuel l'empêche de se mouvoir à sa guise.

Ses jambes sont gonflées, les migraines l'envahissent tous les matins, et ses nausées n'ont pas disparu. Pourtant, elle a trouvé la force de se rendre chez Juliette, seule compagnie qui l'apaise. Hippolyte comme Victor ont tenté de l'en dissuader, arguant qu'une femme sur le point d'accoucher devrait rester tranquille et attendre la délivrance, mais elle n'en fait qu'à sa tête… Allongée sur la méridienne du salon, s'aérant comme elle peut avec un éventail en plumes, elle écoute Juliette lui faire la lecture du rapport du secrétaire perpétuel de l'Académie française sur les concours de l'année 1843.

> Après ces mentions si diverses, et ces prix d'importance inégale, nous arrivons enfin, Messieurs, à l'ancienne institution, au prix originel de l'Académie, à ce prix de poésie, qui, fondé vers 1660, par Pelisson, traversa sans bruit

le grand siècle de la poésie française, qui plus tard tenta l'émulation de Voltaire au commencement et à la fin de sa longue vie poétique, et que de nos jours ont disputé parfois avec éclat quelques-uns des juges qui le décernent aujourd'hui.

– Ah, voici le passage qui parle de vous. Ce n'est pas trop tôt ! Quel épuisant discours pour en venir au fait ! Ma chère, quel succès... Un deuxième prix, attribué quatre ans après...

Louise sourit.

L'Académie avait proposé pour sujet le monument que la ville de Paris vient d'élever à Molière avec une sage munificence qui fait de cet hommage une œuvre d'utilité publique et populaire. Ce sujet, sous la main du talent, c'était Molière tout entier, dans sa vie et dans son art, le grand poëte, le grand philosophe, je dirai presque le grand honnête homme, puisqu'il s'est représenté lui-même dans le *Misanthrope* ; c'était cet incomparable Molière non moins infaillible dans ses jugements que vigoureux dans ses peintures, ne calomniant pas la vertu comme Aristophane, mais sachant, comme Platon et comme Pascal, poursuivre d'une immortelle raillerie les sophistes corrupteurs, et osant donner, au XVIIe siècle, dans une comédie profonde, la suite et comme le cinquième acte du *Gorgias* ou des *Provinciales*.

– À croire qu'il aurait aimé l'écrire, ce poème ! glousse Louise. Vous imaginez, Villemain concourant de façon anonyme au prix de poésie... Remarquez, si je veux l'obtenir une troisième fois à l'avenir, peut-être devrai-je envoyer mon texte sans le signer...

– Attendez la suite…

L'admiration d'un tel génie, le contraste de ses souffrances et de sa gloire, sa lutte avec les vices de son siècle, son intelligence avec Louis XIV, tant de grandeurs et d'idées que ce siècle et ce roi nous rappellent, c'était là de quoi sans doute attirer et inspirer le talent. Aussi ce concours a-t-il offert plusieurs essais remarquables par le tour heureux des vers, la fermeté du goût et du style, les vues ingénieuses, et même l'intérêt animé, le pathétique des sentiments et des images.

Juliette s'interrompt.

– C'était très audacieux de vous présenter au concours à nouveau !

– Pierre-Jean Béranger m'a persuadée de le faire, et m'a guidée pour l'écrire. Sans lui…

– Ma chère, ne faites pas la modeste. Vous êtes la seule femme à avoir obtenu deux fois le prix de l'Académie française, voilà tout.

Louise grimace un sourire douloureux, car une contraction a serré son ventre. Pourvu qu'elle ne se mette pas à saigner !

À ce dernier titre surtout, l'Académie a jugé digne du prix un poëme qui porte pour épigraphe quelques mots de La Fontaine, et qui, dès l'abord, nous place près du lit de Molière expirant, pour reprendre ensuite à traits rapides son humble naissance, sa jeunesse agitée, les épreuves de son âme et les créations de son génie. L'auteur est Mme Louise Colet. Dans cet ouvrage, où la forme des vers change plusieurs fois selon le mouvement du récit, une expression élégante et souvent de nobles pensées rendues avec force ont décidé le suffrage des juges.

– Voilà : « … expression élégante… nobles pensées rendues avec force… » Ma chère Louise, vous restez la reine de Paris !

– Le sujet était inspirant !

– Pour une fois, l'Académie a fait mouche. Il est formidable d'avoir érigé la fontaine en face de la maison où Molière est mort…

– Cette statue en bronze de Molière par Visconti est superbe. Quoique je préfère les deux muses qui l'accompagnent !

– Ce n'est guère dans vos habitudes de louer les femmes qui restent aux pieds de ces messieurs, remarque Juliette.

– Elles représentent *La Comédie sérieuse* et *La Comédie légère*, et on peut même lire sur les parchemins qu'elles tiennent les titres des œuvres de Molière.

– Et ces nymphes ont été façonnées par notre bon Pradier.

– Si seulement je pouvais encore poser pour lui…, fait Louise en caressant son ventre.

– Bientôt, ma chère, lorsque vous aurez mis au monde l'enfant, le mois prochain.

– Si je tiens jusque-là ! s'exclame la poétesse, la mine anxieuse. Et si ce maudit Sainte-Beuve cesse de me poursuivre avec ses critiques assassines… Je vous le dis, Juliette, je n'en puis plus !

– Quoi, il recommence ? Je croyais l'animal dompté…

– Il attaque lorsqu'il sent la proie fragile. Savez-vous ce qu'il a écrit sur la remise du prix ?

– Vous m'inquiétez…

Louise sort un papier froissé de ses larges poches et l'approche de son visage.

> On a eu à l'Académie française la grande séance annuelle poétique et pathétique du 20 juillet…

– Il est jaloux de ne pas en être. Vous connaissez Sainte-Beuve, il se damnerait pour un fauteuil…

– Écoutez la suite…

> On a entendu les vers de Mme Colet… La poésie de Mme Colet, c'est le simulacre du bien, qui a un faux air de beau. Sa poésie a un assez beau busc, ou buste, si vous voulez. C'est comme la dame elle-même.

– Louise, je suis désolée. Il faut le prendre tel qu'il est…

– Il a ensuite ajouté qu'il ne me trouvait pas belle, que j'en avais seulement l'air. Voyez, avant, Victor me protégeait…

– Et c'est encore le cas !

– J'ai l'impression que tout conspire contre moi. On blâme et on raille jusqu'à ma signature, *Louise Colet née Révoil* ! Que dois-je faire, me renier ?

– Cessez de vous tourmenter. Pensez plutôt à votre beau visage, qui a servi de modèle à la statue de Strasbourg, place de la Concorde…

– Vous la jugez donc si ressemblante ?

– Dans la posture de la tête, encadrée de boucles comme les vôtres, dans sa majesté…

– Vous êtes trop bonne, madame ! rougit Louise. On

dit qu'il a été inspiré par une série de femmes, comme Juliette Drouet, ou Ludovica…

– Il en fera d'autres, rien que pour vous. Et tous les écrivains se prosterneront devant la Muse !

– Quand je n'aurai plus ce ventre de baleine, peut-être…

– Quand vous comprendrez que l'on vous aime telle que vous êtes…

Louise fronce les sourcils.

– Les hommes veulent me changer. C'est épuisant de n'être à leurs yeux qu'un objet.

– De grâce, ne me dites pas que vous croyez à ces fariboles ! Les hommes pensent qu'ils veulent nous changer, et le jour où nous ne sommes plus pareilles, ils regrettent l'ancienne version. Ils s'illusionnent, ma chère. Ils ne sont jamais heureux. C'est dans la nature du sexe masculin que de désirer ce qui est ailleurs. Soyez plus maligne : jouez à celle qui se métamorphose, mais au fond, restez vous-même ! Muez en apparence, ils n'y verront que du feu ! Je vous le dis, c'est nous qui avons le pouvoir. Et le grand secret, c'est de feindre le contraire !

*

Paris, automne 1843

– Plus que cinq ou six mèches et Madame pourra sortir sans se soucier de cette petite plaie à sa vanité[36] ! s'exclame le coiffeur.

Louise lève à peine les yeux dans le miroir et esquisse un vague sourire empli de tristesse. L'homme, qui la connaît pourtant très bien pour s'occuper de sa chevelure tous les samedis, peine à rendre un peu de couleurs au visage de sa cliente. D'habitude, sa faconde et ses plaisanteries suffisent. Aujourd'hui, il ne la reconnaît plus… D'ordinaire, la poétesse est enjouée ou d'humeur sombre, mais vibrante. Elle discute, bouge sans cesse, écrit et lit en tenant conversation.

Le coiffeur a retiré plus de cheveux blancs qu'à l'accoutumée mais ne l'a pas fait remarquer, de peur de chagriner Louise.

– M. Hippolyte rentre bientôt des Pyrénées ? s'enquiert-il pour dissiper le silence pesant qui règne au salon.

– Il reste à Eaux-Bonnes jusqu'à la fin du mois. Mais vous ne le verrez plus beaucoup, nous allons sans doute nous séparer…

L'homme manque de s'étrangler.

– À cause de…

Il n'ose compléter. À cause de la mort de l'enfant ?

Louise devine ce qu'il tait, et tâche de rester forte face aux images qui lui montent à l'esprit. Le petit corps de son bébé, sans vie, contre sa poitrine. Il n'a vécu que quelques jours, mais sa disparition laisse la mère comme une bête déchirée. Certes, la grossesse avait été difficile, et il avait fallu du courage et de l'endurance pour surmonter les douleurs mais aussi les alertes ayant ponctué les neuf mois de gestation. Elle était parvenue à accoucher à terme, contre toute attente. Elle l'avait bercé contre elle, trop peu… il avait été emporté par un mal mystérieux. La jeune femme avait tenté de se raisonner : ne valait-il pas mieux perdre un nouveau-né qu'un enfant auquel on s'est déjà attaché ? Victor Hugo et son épouse Adèle, face à la disparition tragique de leur fille Léopoldine, devaient souffrir le martyre…

Au cours de cette période, Juliette avait été d'un grand réconfort, et les deux femmes étaient désormais d'indéfectibles amies. À l'Abbaye-aux-Bois, le regard perdu depuis la fenêtre sur les collines de Sèvres, Louise avait pu libérer ses sanglots au son de la harpe de Juliette et dans ses bras.

Tout était trop difficile. L'éloignement avec Hippolyte n'était pas un soulagement. Se noyer dans le travail ne la réconfortait plus. Victor, Béranger, Juliette… tous ses proches se tourmentaient pour elle sans parvenir à la tirer de son marasme intérieur.

– Madame a eu les honneurs de la *Revue des Deux Mondes*, tente maladroitement le coiffeur pour changer de sujet.

La conversation est irréelle, et Louise fixe celui qui arrange ses boucles. Est-il sérieux ? La physionomie du garçon est si douce que Louise conclut qu'il n'a pas lu l'article, lequel la brocarde – avec d'autres femmes artistes. Un papier humiliant, blessant, détestable…

– Voyez-vous souvent votre chère Mme Récamier ?

Le coiffeur tient enfin le bon sujet, et Louise se détend.

– Merveilleuse Juliette…

– Est-elle encore jolie ?

– Plus encore que vous ne le pensez.

– Et M. de Chateaubriand ?

– Il lui est fidèle, tous les après-midi il est à ses côtés.

– Et vos querelles ne sont pas trop vives ?

Le coiffeur a l'intuition que les opinions de Louise, républicaines, en faveur de la cause populaire, et son tempérament tranché ne s'accordent pas tout à fait avec les idéaux de Chateaubriand…

– Elles le sont, mais dans le respect réciproque, dans une si grande bienveillance que l'on voudrait toutes les querelles pareilles aux nôtres !

– Vous le trouverez, votre Chateaubriand, madame Colet…

Louise sourit tristement. Son Chateaubriand existe-t-il ?

– À quoi se consacrer, si l'amour n'est pas fait pour moi ? demande Louise, plaintive. Le monde littéraire est trop méchant : une pique pour un honneur, c'est trop. Le jeu n'en vaut pas la chandelle.

– Je ne sais pas s'il la mérite, en tout cas, je peux vous dire que je suis drôlement content qu'il soit prévu que les rues de Paris soient éclairées à l'électricité plutôt qu'à la bougie !

Éberluée, Louise questionne son coiffeur dans le miroir puis éclate de rire. La vie pratique reprend le dessus sur les peines de l'âme.

– On n'a éclairé que le Pont-Neuf et la place de la Concorde…

– C'est un début. Si ça permet d'éradiquer les coupe-gorges obscurs de la capitale… Puisque madame Colet n'est plus ni amoureuse, ni muse, ni écrivain, je lui suggère de se lancer dans une noble cause : la politique pour le peuple !

Louise, qui essuie des larmes de rire et de douleur mêlées, s'interrompt soudain. La vérité sort parfois des ciseaux d'un coiffeur.

*

Paris, été 1844

– Ma chère, merci d'être venue si rapidement !

Juliette serre les mains de Louise avec effusion tout en plissant les yeux pour mieux la voir. Louise remonte-t-elle la pente ? Délaissée par son mari ; boudée par son amant qui la juge trop difficile ; meurtrie par son deuil ; attaquée par une presse prompte à ensevelir ce qu'elle a élevé… Louise dépérit. Il n'y a guère plus que l'histoire et la politique qui l'animent. Elle suit par exemple avec attention les actions de Flora Tristan et la souscription lancée pour son livre *L'Union ouvrière*. La détermination de la militante à œuvrer pour les femmes et son parcours teinté de courage lui plaisent. Elle a fait la connaissance, dans cette mouvance de femmes décidées à revendiquer leur liberté, de Marceline Desbordes-Valmore, ancienne comédienne devenue poétesse. Une nouvelle amie, dont la compagnie lui est bénéfique.

Juliette a décidé de participer à la renaissance de sa confidente et l'a conviée au couvent des Dames-Augustines, à Neuilly, où elle passe une partie de l'été.

– Il faudrait que je m'installe près de chez vous, rue de l'Abbaye-aux-Bois, madame Juliette, pour accourir lorsque vous me demandez ! plaisante Louise.

– Excellent : quand quittez-vous votre logis ?

Louise rit doucement.

– Reparlons-en après l'été…

Puis, pour changer de sujet, elle ajoute :

– Avez-vous lu l'article de ce crapaud de Sainte-Beuve dans la *Revue des Deux Mondes* sur Benjamin Constant ?

– Oh, Seigneur…, s'exclame Juliette, désespérée.

Mme Récamier ne supporte pas que l'on porte atteinte à la mémoire de son ancien amoureux.

– On y dépeint ce pauvre Constant sous les traits d'un homme insensible…, ajoute Louise.

– Lui qui, deux heures avant de disparaître, tenait à peine sa plume dans sa main glacée par la mort afin de terminer une missive qu'il voulait m'envoyer !

– Personne ne l'a connu comme vous, Juliette.

Les deux femmes se recueillent en silence. Constant vouait à Juliette une amitié indéfectible, dont celle-ci était fière. Mme Récamier relève la tête.

– J'ai eu une idée. Vous m'avez convaincue. Je ne peux plus garder ces documents pour moi. Il faudrait les éditer.

– De quoi parlez-vous ?

– Mais, des lettres de Benjamin Constant bien sûr !

Louise est incrédule. Elle a connaissance de ces courriers jadis adressés par l'écrivain à Juliette, lorsqu'il en était épris. Mais Mme Récamier avait toujours juré qu'elle les garderait secrètes.

– Vous avez raison : à ma mort, il faut qu'elles soient portées à la connaissance du public… Elles participeront à l'éclairage et à la meilleure compréhension de l'homme qu'il fut et que j'ai connu.

– C'est un immense cadeau que vous feriez à l'Histoire et à Constant…, murmure Louise, assez émue.

Elle n'ignore pas l'attachement de Juliette à ces manuscrits.

– J'ai décidé de vous charger de cette mission, qui ne saurait être entreprise de mon vivant, mais cinquante ans plus tard.

– Moi ?

– Vous !

– Cinquante ans ? Est-ce à dire que ce ne serait pas moi qui exécuterais votre volonté, mais… Henriette ? Car dans cinquante ans, Juliette…

– Vous avez raison… il faut que ce soit vous. Disons, alors, quand je quitterai cette terre. Vous parlerez de lui avec vérité. Nous lirons ces lettres ensemble, puis je vous les donnerai pour que vous les annotiez et les fassiez précéder d'un jugement équitable sur mon tendre calomnié[37].

Louise est bouleversée et embrasse Juliette sur la joue.

– Madame Juliette…

– Vous savez bien que je vous aime !

– Votre confiance me touche et m'honore…

– … mais ?

– Que dira Amélie ?

– Ma nièce ? Ce n'est pas son affaire. C'est ma volonté, et j'entends qu'elle soit respectée. Allons, nous avons du travail devant nous : tri, classement, rangement, copie !

Louise retient ses larmes. Il faut se ressaisir, cesser d'être si fragile, reprendre son destin en main. Et tant que l'Amour lui fait défaut, écrire des livres d'importance, accomplir le vœu de Juliette. Donner du sens à l'existence, à défaut d'en goûter le sel.

III.

1.

Gustave Flaubert

Paris, mardi 28 juillet 1846

Il va, pensif, vers la place Saint-Georges. Sa haute stature, ses immenses yeux vert d'eau mélancoliques, sa tignasse, sa moustache et sa barbe de bronze attirent le regard des dames – jouvencelles ou plus expérimentées – qui le croisent. Il émane de lui une énergie enfantine et virile à la fois. Il semble de la race de ces conquérants qui, une fois la citadelle saisie, ne s'attardent pas et galopent vers d'autres horizons. Pourtant, il a aussi l'air d'un guerrier que l'on peut attendrir… Est-ce le contraste entre le rose de ses pommettes et son buste massif ?

Le jeune homme de vingt-cinq ans est indifférent aux clins d'œil qui lui sont lancés, cet après-midi-là, tout entier tourné vers sa rêverie. Il relève toutefois la tête, consulte les directions de ce quartier fascinant qu'est la Nouvelle Athènes, rajuste son chapeau haut de forme. Il est si distrait qu'il marche sous l'une des nombreuses échelles de bois qui entravent la rue, et qu'il manque de trébucher contre une charrette à tonneaux. L'atelier de Pradier, époux de Ludovica d'Arcet, camarade d'enfance, n'est plus très loin.

Il se réjouit de voir le sculpteur, chez qui il se rendait souvent lorsqu'il faisait son droit à Paris et avant de s'installer à Croisset. Le domicile comme le lieu de travail de James sont des endroits où se font et se défont pêle-mêle les intrigues, les affaires, les romances. Il y a toujours un potin à glaner, une relation à nouer… Son bon ami Maxime Du Camp l'encourage à ce genre de fréquentations : selon lui, devenir écrivain, c'est se prêter un peu aux mondanités… Dubitatif, Gustave s'en moque mais aime l'idée de rompre temporairement avec sa solitude.

Il espère ne pas être sujet à une nouvelle crise d'épilepsie, alors qu'il s'apprête à revoir un peu de monde : nerveusement, il se sent fragile. Il doute de tout, à commencer par son écriture : et si sa nouvelle tentative pour *L'Éducation sentimentale* était ratée ? S'il n'avait produit qu'une pâle copie du *Volupté* de Sainte-Beuve ou du *Lys dans la vallée* de Balzac ? Trois ans de labeur et d'astreinte dans son cabinet de travail, face à la Seine ; et pour quoi ? Il n'a pas eu le loisir d'y réfléchir, son père ayant été emporté par une septicémie en janvier. Et pas davantage quand Caroline, sa tendre sœur, a ensuite succombé à une fièvre puerpérale en mars, juste après avoir accouché. Sans compter le mariage de son confident Alfred Le Poittevin[38], qui lui aussi l'abandonne !

Il s'attarde devant l'échoppe d'un négociant en vins puis l'enseigne d'un billard. Les plaisirs parisiens sont ceux d'une autre vie ! Il est devenu un ascète… sans trop de mérite : les tentations, lorsque l'on vit avec sa mère et une nièce de cinq mois, sont rares. Les visites de Maxime le divertissent, mais ce ne sont plus les virées nocturnes d'antan dans la capitale !

Gustave finit par se hâter. S'il a rendez-vous chez Pradier, c'est pour constater le perfectionnement du monument à la gloire de son père, le docteur Achille-Cléophas Flaubert, que le sculpteur effectue pour la ville de Rouen. Il songe à commander à Pradier un buste à l'effigie de son bon rat de Caroline... Il ne faudra toutefois pas qu'il s'attarde : il est parti le cœur serré devant la mine blafarde et chargée de reproches muets de sa mère.

Lorsque Gustave Flaubert entre dans l'atelier de James Pradier, il ne prévoyait pas d'y voir un tel recueillement. Le maître est à l'ouvrage, et les curieux qui l'entourent se taisent pour mieux observer la grâce de la scène.

Car au centre de la pièce, une jeune femme époustouflante de beauté se tient debout, le bras droit légèrement plié et appuyé sur une colonne corinthienne. Son corps est recouvert d'une robe drapée à l'étoffe si fine qu'elle dissimule à peine son nombril, la pointe de ses seins, son pubis. Sa taille est fine mais ses courbes sont exquises. Sa tête penchée fait ressortir des clavicules délicates, ses cheveux d'un blond vénitien sont retenus par un chignon. Son front est ceint d'un diadème et son long cou s'orne d'un large collier.

Figé, presque ému, les jambes flageolantes, Gustave hésite à prendre une chaise pour s'asseoir au fond de l'atelier, attirant l'attention de la Muse.

– Sapho, ne bougez pas ! ordonne Pradier.

– Bien, Phidias, rétorque le divin mannequin, moqueur.

Elle a aperçu le visiteur aux allures de Viking : instinctivement, comme ces créatures qui n'aiment rien tant que séduire, elle apostrophe Gustave :

– Saviez-vous, monsieur, que l'on a retrouvé les bras de la *Vénus* de Milo[39] ?

Gustave en oublie d'accrocher sa redingote et Pradier lève le nez de ses esquisses. L'assemblée retient son souffle. La statue vivante a parlé, et elle s'adresse au nouveau venu, un vague cousin du maître, inconnu des cercles parisiens, plutôt joli garçon quoiqu'un peu gauche.

– Vraiment ? En quel endroit ?

– Dans les manches de mon corsage, s'écrie l'impertinente, brandissant ses membres ciselés dans le rayon de soleil qui traverse l'atelier.

L'assemblée part d'un grand éclat de rire.

– Louise, voyons…, sourit Pradier. Je vous présente Gustave Flaubert. Il nous vient de Normandie et veut faire de la littérature. Vous devriez lui dispenser quelques conseils !

– Je les prendrai, bien sûr ! affirme Gustave.

– Voyons… vous les donnerai-je ? sourit Louise. Ou alors, en échange de cours de latin que vous me dispenseriez.

– Puisque vous êtes si dissipée, je vous offre un quart d'heure de pause pour vous changer et prendre le thé avec nous ! s'esclaffe Pradier, à qui l'attraction née instantanément entre la poétesse et l'aspirant écrivain n'échappe pas.

Louise se lève et manque de faire tomber la robe qui

cache à peine sa nudité. L'air mutin d'une enfant qui a évité une bêtise qu'elle aurait aimé commettre, elle disparaît dans une autre pièce afin d'enfiler une tenue plus décente.

Pradier se dirige vers Flaubert pour une accolade musclée.

– Mon ami ! Ludovica m'avait prévenu de ton arrivée prochaine, j'ignorais que cela serait aujourd'hui.

– Où est-elle ? J'aurais aimé l'embrasser…

– Tu es comme les autres, allez : tout le monde voudrait embrasser Ludovica…

– Pradier, tu charries. Je la connais depuis l'enfance !

– Ne t'excuse pas, nous sommes séparés maintenant, tu feras comme bon te semble. Mais tu tombes au mieux : notre compagnie cet après-midi est la plus exquise de Paris… As-tu entendu parler de notre égérie, Louise Colet ?

Gustave secoue la tête négativement. Sans doute Maxime, qui écume les soirées et les vernissages, l'a-t-il croisée. Mais sa retraite à Croisset l'empêche d'être au courant de tout…

– Gustave, sortez de votre grotte ! C'est la poétesse la plus talentueuse de sa génération ! Deux fois sacrée par le prix de l'Académie française. Protégée de Mme Récamier et de Chateaubriand… Amie de Nodier et des Girardin… Elle a ses entrées partout. Compte tenu de son origine provinciale et de son âge, c'est un exploit !

– James, voilà bientôt trois ans que je me consacre à l'écriture. Sans alcool, café ni tabac, sans nouvelles ou presque du monde extérieur, sans amour… !

Dans son élan littéraire, le beau Gustave omet d'expliquer que ce régime lui a été dicté afin de faire en sorte que ses crises d'épilepsie n'empirent pas.

– Sans amour ?

Pradier hausse les sourcils et l'assistance est ébahie.

– Rien, pas même une grisette ?

– Rien, te dis-je !

– C'est bien Penserosa qu'il te faut.

– Penserosa ?

– Sapho, Vénus, Penserosa… C'est l'un de ses surnoms. Référence à un poème de Milton… et trouvé par notre Victor Cousin national.

– Quel est son lien avec le philosophe ?

– À ton avis ?

– Pourquoi donc me pousser vers cette créature, si elle est l'amante d'un homme en vue ?

– On murmure que Cousin ne se résout pas à rompre, mais qu'elle a tourné la page… enfin, quand cela l'arrange.

– S'il reste son protecteur, cela peut se révéler très embarrassant…

– Ta carrière est pour l'heure inexistante. De plus, la Colet ne peut que t'ouvrir les portes nécessaires à ton avancement…

Flaubert sourit. Il ne voulait pas parler de sa carrière, mais des convenances. Il choisit de ne pas détromper le sculpteur.

– Comme tu es stratège !

– Pragmatique, répond Pradier.

– Nous n'avons même pas encore devisé…

– Si j'en juge par l'œillade qui t'a percuté comme la foudre, cela ne sera pas un problème !

Pradier rit de bon cœur. Il connaît Louise, prête à se

jeter dans une aventure pourvu qu'elle soit enflammée. Elle est de la trempe de sa Ludovica, intenable, invivable, mais si fascinante…

– Et son mari ?

– Pas de problème non plus…

Gustave, éberlué, poursuit l'échange avec Pradier sans croire un mot de ce que l'artiste raconte, mais il est ravi. Faire la cour à cette Aphrodite aux bras soyeux n'est pas pour lui déplaire.

D'ailleurs, la voilà qui revient, à peine moins désirable enserrée dans sa jupe azur, son corset et ses étoles. Son sourire est éclatant, ses yeux de biche abritent comme un ciel d'été méridional.

– Vigny vous a répondu ? Il a lu votre *Charlotte Corday* et *Madame Roland* ? demande Pradier.

– Il paraît. Mais je crois qu'il a préféré mes *Fleurs du Midi*…

– Qu'en a-t-il pensé ? Est-il comme nous tous subjugué par votre habileté à faire de n'importe quel sujet un poème épique ?

Ce printemps, Louise a en effet rencontré Alfred de Vigny aux côtés de Pradier qui, décidément, joue les entremetteurs. Si Vigny peine à se remettre de sa rupture, pourtant déjà ancienne, avec la célèbre Marie Dorval, il vient d'être reçu à l'Académie française[40]. Louise fait la moue : elle n'a guère envie d'évoquer le petit jeu de séduction qui pointe entre elle et l'écrivain devant ce troublant Gustave ! De plus, Vigny serait sur le point de quitter Paris. Elle ignore Pradier et s'intéresse à Flaubert : qui est-il, que fait-il, que veut-il…

La vie est si surprenante, se dit-elle en minaudant

devant une tasse de thé. Ce matin, en se préparant pour sa visite à l'atelier, elle soupirait que sa vie amoureuse fût un échec cuisant. À trente-six ans, elle qui rêvait de passions durables, la voilà déçue ! Un mari éteint, un amant trop amoureux pour être désirable… certes, il y a bien eu des liaisons passagères, depuis deux ans. Elle s'y est résolue, pour des raisons quasi hygiéniques. Comme avec le fringant rebelle polonais Boris Christien. Louise est lucide, l'homme lui avait plu parce qu'il incarnait des causes qui l'intéressent au plus haut point : celle du peuple polonais ayant échoué à s'émanciper de la Russie, celle de l'émigration de milliers d'entre eux après la capitulation de Varsovie en 1831. Louise se souvient des mots vibrants prononcés par La Fayette à la Chambre des députés : « Toute la France est polonaise ! » N'est-il pas exaltant, ce mouvement des peuples en Europe vers la liberté et l'indépendance ? Ne faut-il pas y lire un réveil courageux, un élan de l'âme face à l'asservissement ?

Boris n'a pas tenu très longtemps face à Louise : elle l'a dévoré, s'est inspirée de ses combats pour écrire les *Chants des vaincus*, et il s'est volatilisé. Pourquoi donc ne rencontre-t-elle aucun homme qui la captive, la respecte et lui tienne tête ? Pourquoi sont-ils à ce point amoureux qu'ils en deviennent idiots, ou s'enfuient-ils comme des animaux apeurés ? À quoi bon être une reine des lettres si c'est pour s'ennuyer le soir, seule dans son lit, sans personne avec qui partager les nuits secrètes et les jours trépidants ? Sans un homme à admirer, qui se donne sans s'abandonner, qui la comble sans rien demander, qui promette sans abjurer ? Qui soit indépendant mais dévoué, viril mais attentionné, puissant de cœur et d'esprit ? Est-ce si compliqué de trouver pareille créature ? D'ailleurs, de reine des lettres il n'y en a plus guère : Louise n'écrit pas beaucoup… Il n'y a que ses mots d'amour, qu'elle est obligée de récupérer auprès de ses amants de peur qu'ils ne s'en servent contre elle.

Lui, ce Gustave, est unique. Des poèmes à composer dansent devant Louise.

– Et les lettres de Constant à Juliette Récamier, les avez-vous vues, enfin ? s'enquiert Pradier.

– Les lettres ? Quelles lettres ?

Louise émerge de sa songerie. Les iris tantôt bleus, tantôt verts, de Gustave la fascinent. Il parle avec une maladresse provinciale doublée d'une assurance intellectuelle frappante. De plus, il écrit…

– Les lettres de Juliette ? De Benjamin Constant ? Mais oui, bien sûr que je les connais. Non seulement je les ai vues, mais j'en possède une copie manuscrite.

Gustave est intéressé.

– Pourquoi vous a-t-elle remis ces documents ?

Louise sourit.

– Je crois qu'elle a voulu me témoigner sa confiance, m'aider dans une période où j'étais au plus mal et me détourner de mes malheurs en me chargeant d'une mission importante : que j'édite ces lettres après sa mort. Elle vient d'ailleurs de m'envoyer un courrier attestant sa volonté.

– N'est-ce pas un peu sinistre de penser à ces choses ?

– Mme Juliette n'est plus toute jeune… Elle est lucide. Et surtout, elle entend ne pas me causer d'ennuis par ce don du ciel. La vie est déjà si compliquée !

Pradier hoche tristement le chef. Il ne dira pas le

contraire, lui qui vient de se séparer de Ludovica et qui a perdu sa tendre fille aînée[41]. Quant à Gustave, il est ramené malgré lui aux derniers vœux de son père. De sa sœur. À ce nourrisson qui l'attend à Croisset, veillé par Mme Flaubert mère. Les deux hommes se taisent un instant, pensifs, tandis que Louise est incapable de détacher son regard des lèvres du jeune Rouennais.

*

Paris, mercredi 29 juillet 1846

Louise trépigne. Henriette l'observe de ses doux yeux pervenche. Elle ne l'a plus vue dans un pareil état depuis fort longtemps. Elle s'en réjouit : petite, elle perçoit néanmoins que sa mère est torturée par la mort du bébé.

– Prépare-toi, mon angelot. Nous partons en promenade au jardin du Luxembourg…

– Avec mon parrain ? s'enquiert l'enfant qui, à six ans, aime Victor Cousin comme son père.

– Avec quelqu'un de très intelligent, de beau et de gentil. M. Flaubert…

– M. Flaubert…, répète la petite, pensivement. L'un de vos amis ?

Louise ne répond pas, occupée à parfaire sa toilette. Un peu de musc derrière les oreilles et sur les poignets, une robe qui met en valeur son corps, et ses anglaises en cascade autour du visage. Comme à son habitude, elle glisse dans sa chevelure des pinces dorées pour rehausser la couleur de ses boucles. L'image que lui renvoie le miroir lui plaît, mais l'interroge. Gustave n'a pas vingt-cinq ans, leur différence d'âge – près de onze ans – peut-elle leur jouer des tours ? Sans parler de cet éloignement géographique : ne vit-il pas à Croisset, loin de Paris, même s'il affirme se rendre dans la capitale régulièrement ? Il est de bonne famille, oisif, à ce qu'il paraît, alors qu'elle est à la merci du succès ou de l'échec de ses écrits. Enfin, il est ce qu'on appelle un illustre inconnu ; elle est une femme de renom. Elle chasse ces idées de sa tête : seules comptent leurs retrouvailles. Hier, lorsqu'ils se sont donné rendez-vous à la fin de la séance chez Pradier – laquelle n'a jamais vraiment repris –, une excitation commune s'est dessinée au fond de leurs prunelles. Ils se plaisent, c'est une évidence. Pradier a glissé à Gustave :

– La Muse vous tirera vers les sommets…

Gustave n'a pas aimé cette allusion, qui sous-entend qu'il pourrait être intéressé. Mais est-il vraiment désintéressé ?

Gustave marche d'un bon pas vers le jardin du Luxembourg, impatient et anxieux à la fois. Il a quitté l'hôtel de Sully, où il séjourne, au 6, rue du Dauphin[42], contourné les Tuileries pour rejoindre la Seine. Que Paris est encombré, sale ; impossible de faire deux pas sans buter contre une charrette, un marchand ambulant, des caisses de déménagement ! Croisset, et sa langueur de bords de Seine, est un autre monde… De plus, une agitation assez inhabituelle règne autour du château : ce soir, vers dix-huit heures, le roi Louis-Philippe doit saluer la foule lors d'un grand concert destiné à ouvrir les journées de commémoration nationale pour ses seize ans de règne.

Comment Gustave se comportera-t-il avec Louise ? Doit-il lui faire une longue cour – il dispose de peu de temps avant son retour en Normandie. Doit-il se montrer entreprenant immédiatement ? La beauté blonde n'a pas l'air farouche, mais son statut marital et sa notoriété feront-ils obstacle ?

Alors qu'il parvient aux abords du Luco[43], un poème de Gérard de Nerval, lu il ne sait où, s'invite :

Elle a passé, la jeune fille
Vive et preste comme un oiseau
À la main une fleur qui brille,
À la bouche un refrain nouveau.

C'est peut-être la seule au monde
Dont le cœur au mien répondrait,
Qui venant dans ma nuit profonde
D'un seul regard l'éclaircirait !

Mais non, ma jeunesse est finie...
Adieu, doux rayon qui m'as lui,
Parfum, jeune fille, harmonie...
Le bonheur passait, – il a fui[44] *!*

Louise est-elle cette jeune fille dégourdie, dotée d'une bouche appétissante, avec un cœur prompt à vibrer à l'unisson du sien ? Le bonheur est-il éphémère, souhaitable ? Est-il nécessaire d'aimer pour trouver le bonheur ? Écrire ne suffit-il pas ? Ses sentiments pour Élisa ou Eulalie ne l'avaient mené nulle part... si ce n'est à un roman, et encore...

– Bonjour, monsieur Flaubert ! clame le timbre clair de Louise.

– Oui, bonjour monsieur Flaubert, répète une autre voix flûtée.

Gustave se retourne et apprécie cette double vision féminine, allégorie de la douceur : la silhouette parfaite de Louise donnant la main à sa petite Henriette. Deux blondeurs, quatre billes bleues, des mains délicates, un grain de peau nacré qui s'avancent dans les rayons du soleil de ce glorieux après-midi où Paris est dans l'effervescence de la fête prochaine.

– À quoi pensez-vous, monsieur Flaubert ? demande Henriette. Vous avez l'air préoccupé…

Gustave sourit et s'agenouille près de l'enfant.

– Je songeais à Gérard de Nerval, un grand poète.

– Qu'a-t-il de grand ?

– De plus grand que votre maman, qui est la plus grande poétesse de Paris ?

Louise rit, coquette.

– M. de Nerval a fait partie du Cénacle, ce formidable cercle d'artistes créé par Victor Hugo, commence-t-elle.

– Et il a beaucoup voyagé : il y a quelques années, vous deviez être fort petite, il a quitté la France et s'est embarqué pour un très long voyage de plus d'une année en Égypte, en Syrie, au Liban ; puis à Chypre, Rhodes, Smyrne…

– Nous aussi, nous avons voyagé, lorsque j'avais deux ans. Nous sommes allés à Lyon, Nîmes et Marseille…

– Vous avez de la chance de vous en souvenir, mademoiselle. C'est pour cela qu'il faut que les écrivains voyagent, ou que les voyageurs écrivent : pour en rapporter des récits et des preuves qui ne meurent pas avec les ans.

– Êtes-vous un voyageur qui deviendra écrivain ? interroge Henriette, curieuse.

Gustave la détaille avec attention. Elle est jolie et éveillée. Sa nièce Caroline, la fille de sa regrettée sœur, sera-t-elle vive de la sorte ?

– J'aimerais suivre les traces de Lord Byron, de M. de Chateaubriand ou de M. de Lamartine, en effet…

– Pour l'heure, c'est le Luxembourg qui nous attend ! lance Louise gaiement.

– Que ce lieu est joli, malgré les travaux ! Dire qu'il fut Maison nationale de sûreté, sous la Terreur…

– Ces jours funestes sont derrière nous. Ne pensons qu'à l'avenir !

Gustave et Louise ne voient pas les heures s'écouler. Ils devisent dans les allées, surveillant Henriette qui s'adonne au jeu des grâces avec une autre fillette. Les baguettes fendent les airs tandis que les cerceaux bondissent. Louise est étonnée par la maturité du jeune homme, qui a des opinions tranchées en littérature. On dirait qu'il a réfléchi à tout, théorisé l'engouement pour le romantisme de même que le réalisme balzacien, entre lesquels il se positionne alors qu'il n'a pas publié une seule ligne… Il est étonnant de perspicacité et de culture. Il ne cache pas avoir vécu des années dissolues à Paris, lorsqu'il commençait son droit, en compagnie de ses meilleurs amis, Alfred Le Poittevin et Maxime Du Camp ; avant que sa santé finisse par le retenir auprès des siens, en Normandie, à Trouville puis à Croisset. Il mène une existence frugale désormais, entre sa bibliothèque, sa table de travail, ses méditations et les heures consacrées à sa mère et à sa nièce… Louise est ensorcelée. Il est original, presque excentrique. Il n'a rien de ce bovin d'Hippolyte, rien du paon qui fait la roue en lequel Victor se transforme parfois. S'il fallait le comparer à un animal, ce serait plutôt à un lion, observateur et songeur, pragmatique mais capable d'envolées poétiques, entre les griffes duquel on aimerait tomber… ou pas.

De son côté, Gustave ne peut ignorer les regards qu'on leur jette. D'abord, parce qu'ils sont beaux tous les deux ; ensuite, parce que les promeneurs reconnaissent la Muse, qu'ils saluent avec déférence. Il se surprend à goûter sincèrement la compagnie de cette femme rayonnante et à l'écoute. Il l'avait imaginée accaparant la parole pour narrer ses propres exploits littéraires, c'est tout le contraire. Louise ne se vante pas et commente ce qu'il lui raconte ; il se confie avec une facilité qui l'ébranle, comme s'il pressentait que cette oreille est digne de confiance. Elle questionne Gustave sur ses goûts esthétiques et l'entraîne dans des raisonnements philosophiques au lieu de se cantonner à être cette créature primesautière vue la veille chez Pradier. Comment, une femme pouvait donc être splendide *et* intelligente ? C'était renversant, et un peu effrayant. Comment les appelait-on, ces dames de lettres promptes à avoir un avis sur tout ? Les précieuses, les bas-bleus[45] ? En plaisantant à demi, Gustave évoque le terme. Louise rétorque aussitôt :

– Savez-vous d'où il vient ?

– …

– Avez-vous entendu parler d'Elizabeth Montagu ? C'était une salonnière londonienne du siècle dernier, avec des idées novatrices prônant l'égalité des sexes. Elle organisait des réunions auxquelles les hommes étaient admis pourvu qu'ils soient brillants, faisant fi des codes d'élégance vestimentaire.

– Que viennent faire les bas-bleus là-dedans ?

– L'un d'eux se présenta un jour en bas de soie bleue, afin de montrer qu'il suivait précisément les recommandations. Les invités s'autoproclamèrent le Cercle des bas bleus, en anglais *Bluestocking Circle*. Ce n'est qu'aujourd'hui que le terme a pris une nuance péjorative.

Gustave hoche la tête. Au cours de la conversation, il découvre qu'elle parle couramment plusieurs langues, jusqu'à les traduire. Elle n'a rien d'un bas-bleu, elle a même un cheminement de pensée très viril ; ses références et sa manière d'argumenter ont untel écho en lui que Gustave a l'impression de converser avec un camarade, un alter ego, voire un esprit supérieur au sien.

En fin de journée, après avoir dégusté du chocolat chaud et des guimauves achetées à une marchande d'arlequins, Henriette, fatiguée, sa poupée de porcelaine sous le bras, demande à rentrer. Gustave se propose de les raccompagner, ce que Louise accepte avec empressement. On monte dans un fiacre, qui prévient : il y a eu des tirs aux Tuileries, il ignore ce qui s'est produit mais le centre de Paris est devenu impraticable en l'espace d'une demi-heure. Louise suggère alors un tour final dans l'ouest de la capitale. On passera par le bois de Boulogne avant de rentrer rue de la Fontaine-Saint-Georges. Ni le conducteur ni Gustave ne la contredisent, car ce trajet n'est pas seulement un détour, c'est une nouvelle promenade en soi : le premier, parce qu'il a besoin de faire tourner sa calèche pour manger, le second parce qu'il ne se lasse pas de dévorer la poétesse du regard, et qu'il est loin d'en être rassasié.

Après avoir caressé les chevaux de l'attelage, qui terminaient l'avoine dans les besaces suspendues à leur cou, Henriette s'endort instantanément dans les bras de sa mère, la tête au milieu des jupes étalées en corolle sur la banquette du fiacre. Ce sommeil est une bénédiction, protégeant l'enfant de l'intimité naissante des adultes pour lesquels tout rapprochement est momentanément interdit.

*

Paris, vendredi 31 juillet 1846

– Dire que vous auriez pu croiser le tueur...

Louise, comme tout Paris, est encore sous le choc. Les encombrements constatés par le conducteur du fiacre, il y a deux jours, étaient consécutifs à un attentat : un fabricant d'objets de fantaisie[46] avait tiré deux coups de feu sur Louis-Philippe, qui saluait alors la foule au balcon de la salle des Maréchaux.

– J'étais passé auparavant aux Tuileries. Et si je l'avais croisé, rien n'indique qu'il s'en serait pris à un touriste comme moi !

– Tout de même, rétrospectivement, j'en frissonne...

La prenant au mot, Gustave s'empresse de proposer sa veste à la jeune femme. Tous deux se sont donné rendez-vous ce soir sur la place de la Concorde fleurie, parée de lustres colorés.

– L'assassin était un désespéré..., s'exclame Flaubert.

Il n'aurait pas opposé de résistance à son arrestation, d'après ce que j'ai entendu. Il est à la Conciergerie, interrogé par la commission qui a instruit le procès de Lecomte[47].

– Sait-on le motif de son geste ?

– Il n'avait rien de politique. L'homme était suicidaire ; je crois qu'il en voulait à son épouse adultère et qu'il cherchait une vengeance spectaculaire.

– Telle est la raison invoquée ? Seigneur, pour une tromperie ?

– Je ne connais pas le détail. Il y a tromperie et tromperie…

Les deux flâneurs aimeraient rougir, la décence les en remercierait. Mais aucun d'eux n'a de remords, ni de pensée pour ce pauvre Hippolyte. Ils évoluent comme s'ils étaient seuls au monde parmi la foule, entre lampions et musiciens des rues.

– Et le roi a maintenu les festivités…

– C'était le meilleur signal à envoyer au peuple ! approuve Louise.

Ils contournent une estrade où s'agitent des équilibristes, qu'ils admirent en silence. Au pied du promontoire de bois, des couples effectuent des pas de polka au son d'un orchestre joyeux, tandis que des enfants jouent aux quilles sur la terre battue et des adolescents, au tir à la carabine ou au jeu de bague.

– Voulez-vous aller au bal Mabille ? Ou peut-être mon chapeau n'est-il pas assez élégant…

Louise l'examine.

– Votre fière stature est un sésame.

– Allons boire un punch à la terrasse d'un café ? Ou

une bière anglaise ? Ce sera plus agréable que de rester debout près de l'une de ces baraques bruyantes…

– Je vous remercie, Gustave, mais continuons à marcher entre les ormes, sur l'avenue, vers l'Arc de triomphe… Il fait si doux ce soir.

– Il est encore assez loin… Vous l'aimez ?

– De qui parlez-vous donc ?

– Mais, de l'Arc de triomphe !

Louise rit de sa méprise.

– Disons qu'il était temps que sa construction s'achève ! Trois décennies de travaux, depuis Austerlitz… Louis-Philippe n'a même pas pu l'inaugurer correctement, il y a dix ans… à cause d'un attentat !

– Un de plus…

– Mais j'aime assez la place de l'Étoile, qui a un *je-ne-sais-quoi* de très majestueux.

La lune s'est levée. Ils cheminent sur les trottoirs nouvellement installés, éclairés par des milliers de candélabres au gaz qui procurent à l'avenue l'apparence d'une scène de théâtre – peut-être en est-ce une, en ce soir de liesse ? À force de se frôler l'épaule, le coude, la main ; à force de se chuchoter à l'oreille quand les bruits de la rue sont trop forts ; à force de conversations animées et de réconciliations, les deux jeunes gens craignent de se trahir. Louise tient à sa réputation. Ils sont loin de l'hôtel de Gustave et chez Louise, la petite Henriette doit être en train de s'endormir à la lecture des *Contes* de Grimm que lui fait son père ou la bonne.

À proximité des Champs-Élysées, Gustave s'interrompt et fixe Louise. Elle ne souffle mot. Ils sourient. Lorsque Gustave ouvre la porte d'un fiacre et propose une nouvelle promenade en voiture, Louise grimpe sans aucune hésitation.

Les stores s'abaissent, et la lourde machine se met en route. Louise et Gustave sont assis sur la banquette arrière, moelleuse, habillée de velours grenat. Il se jette sur elle pour l'embrasser, un tantinet maladroitement. Trois jours qu'il attendait cet instant ! Elle lui rend son baiser, plus experte : appuyant ses lèvres fraîches sur les siennes, brûlantes, entrouvrant la bouche afin que leurs langues s'effleurent. Gustave perd pied. Pourquoi la désire-t-il autant ? Est-ce son abstinence au long cours, le charme de Louise, ou les deux à la fois ? Il niche son nez au creux de sa nuque pour en respirer le parfum, enserrant sa taille fine de ses mains. Il pourrait compter et briser ses côtes d'une simple pression. Le mouvement de la voiture imprime à leurs corps un balancement équivoque, il frémit, bande soudain jusqu'au vertige. Elle se serre contre lui, et soupire en sentant sa moustache chatouiller ses oreilles puis descendre le long de son cou. Sa tête bascule en arrière contre les coussins.

La voiture remonte les Champs-Élysées, croise la rue de Marigny et s'arrête à proximité de la fontaine du Cirque.

– Continuez ! tonne Gustave, suffisamment fort pour que le cocher l'entende.

La voiture repart à un rythme tranquille, zigzaguant parmi la circulation puis empruntant des voies moins fréquentées afin d'accélérer la cadence.

Tandis que Gustave embrasse la naissance de ses seins avec une gourmandise vorace, Louise murmure « Doucement mon ami » tout en souhaitant qu'il continue avec la même intensité. Sa respiration fait trembler la peau de sa poitrine. Il la regarde, interrogateur ; provocatrice, elle ôte ses gants, descend sa main contre son pantalon et caresse son sexe à travers le tissu. Il est foudroyé par son assurance autant que par ce contact, se contenant à grand-peine pour ne pas décharger, *Allons Gustave, un peu de tenue !* Il halète et grogne contre son épaule, replonge son visage dans le corsage et fait courir sa langue comme s'il voulait la lécher entièrement et l'avaler. Elle imprime contre le pantalon un mouvement de bas en haut et de haut en bas tout en glissant un doigt dans son corset pour libérer un peu son buste et respirer plus à son aise. Deux globes ronds, doux, blancs teintés de rose, s'offrent à Gustave qui les contemple.

La voiture ralentit.

– N'arrêtez pas ! hurle Louise, haletante, presque furieuse.

Le fiacre bondit, reprend de la vitesse pour filer parmi les grands arbres du Rond-Point. Le mouvement fait s'entrechoquer les bustes du Viking et de la Muse, laquelle mord furieusement les lèvres de son amant. Une goutte de sang perle, Gustave est pris de frénésie et se déboutonne pour que la jeune femme le caresse enfin librement. Il tremble tandis que ses doigts nacrés s'activent. La rencontre de leurs peaux est une évidence : ces corps sont faits pour se frotter, se glisser, s'imbriquer. Il cale son dos sur le fauteuil, elle se penche, elle va…

Le fiacre s'arrête.

– Tout droit ! s'exclame Louise, admirative de ce qu'elle tient entre les mains.

Le cocher relance la voiture, perplexe.

Louise se courbe, sa bouche est chaude et humide

autour du sexe de Gustave, qui croit voir des étincelles sur le plafond du fiacre. Se retenir. La semence qui monte fait frémir le membre comme parcouru d'un courant électrique de la base jusqu'au sommet, Louise sait qu'elle possède désormais sur cet homme un pouvoir durable. Une femme qui sait donner du plaisir aux yeux, à la cervelle et au ventre d'un homme n'est pas facile à quitter. Elle en frémit à son tour de plaisir.

Le fiacre tourne autour de la place de l'Étoile. Le brouhaha du dehors est moins intense, et les soupirs des amoureux sont plus saccadés. La voiture trotte doucement en direction du bois de Boulogne. Le cocher, un peu désarçonné par ce trajet insolite, se tamponne le front avec un mouchoir puis rajuste son couvre-chef. Il dirige les chevaux vers une allée verdoyante.

– Plus vite ! tonne une voix à l'intérieur.

Le cocher relance son attelage.

Gustave expire, proche d'une extase sublime. Mais tout aussi sublime est la manière qu'il a de relever la tête de son amante. Les boucles de Louise, défaites, ruissellent sur ses épaules dénudées. Gustave la fait grimper sur ses genoux. Il effleure sa joue de sa grande main, elle sourit. Elle ôte son corset, saisit l'un de ses jupons, se perd dans ses dentelles et mousselines ; Gustave savoure cet instant de répit et cette vision excitante quoique pudique. Il l'attire à nouveau à lui, assise à califourchon devant son sexe toujours dressé. Elle est interrogative. Il glisse sa main en dessous… il sait donner du plaisir.

La voiture s'est calée sur un rythme judicieux pour les chevaux, le cocher et les occupants de l'habitacle. Aussi le conducteur est-il tout étonné d'entendre la voix de la femme crier :

– Encore !

Louise n'a jamais été touchée de cette façon. Même l'expert autoproclamé, le philosophe que lui enviaient toutes les dames de Paris, ne savait pas bouger son index et son majeur avec autant d'agilité. Tout se déroule comme si Gustave connaissait son corps mieux qu'elle, et qu'il n'était pas en exploration mais en connaissance. Chaque pression, chaque mouvement circulaire, chaque pincement lui procure des sensations nouvelles, intenses, grisantes. Gustave savoure la vision de ce visage abandonné : ôtant sa main de l'intimité de sa compagne, il presse le bassin de Louise pour le coller contre lui.

Dans le Bois, la nuit tombe. On croise d'autres carrosses plus ou moins luxueux, armoriés. Le cocher descend vers Passy, faute d'indications.

– Montez ! tonne Gustave.

Le cocher perplexe se demande : *Où diable ?*

Louise, pantelante, s'exécute, se redresse d'un mouvement de hanches, redescend délicatement, et voilà les amants étroitement emboîtés ; c'est une nouvelle chevauchée qui commence.

– Plus lentement…

Damné cocher, qui reçoit tant d'indications contradictoires.

Car Gustave sait qu'il doit tenir afin d'arracher à la Muse cette jouissance précieuse.

La voiture roule presque au pas. Les corps ondulent avec une lenteur calculée. Gustave est encerclé, Louise est emplie.

– Tout doux…

La voiture est aperçue au pavillon de la Muette, sur les coteaux dominant la Seine, aux abords de la raffinerie de sucre de betterave, dans la Grande Rue, à proximité du bal du Ranelagh. Le cocher jette aux cafés un œil misérable. Il ne comprend pas où ses deux passagers veulent se rendre ni pourquoi ils refusent de s'arrêter. Il essaie de faire halte, mais un concert d'exclamations de colère se fait entendre.

L'ondulation accélère. Louise perd la notion du temps et de l'espace. Gustave est presque endolori mais sa grande fierté et l'expression de langueur sur le visage de sa maîtresse, la douceur de ses bras sont plus fortes que sa fatigue.

Le cocher perçoit les coups à l'intérieur de sa voiture, il cingle donc les chevaux pour harmoniser la cadence. Quelques passants ébahis se questionnent sur la destination finale de ce drôle d'attelage en sueur. Tous les naseaux palpitent, tous les membres tremblent, l'apaisement est-il pour bientôt ?

Louise, assise, perçoit une énergie inconnue en train de s'emparer du bas de son corps, tournant comme une spirale autour de sa colonne vertébrale, jusqu'au sommet de son crâne. Une puissance que Gustave éprouve au même instant, car l'accord entre eux est parfait. Elle s'affaisse sur lui et croit la mort imminente.

De retour sur la place de l'Étoile, au moment où les feux d'artifice tirés en l'honneur de Louis-Philippe retentissent et illuminent Paris, une voix – on ne sait plus laquelle des deux – demande enfin grâce. Le cocher stoppe la voiture. Les chevaux s'apaisent. Dix minutes plus tard, le rideau se soulève, le visage rose de Louise apparaît pour confier une adresse précise, la sienne. Le mouchoir de dentelle avec lequel elle s'était tamponné les tempes s'envole derrière eux. Il fait nuit. Les yeux luisent dans le noir.

La voiture redémarre.

*

Paris, 2 août 1846

– Le dimanche est un jour idéal pour tenir un salon. Voyez comme on s'ennuie, en dehors de la messe ! minaude Louise en tête de sa longue table fleurie.

Il y avait les jeudis en petit comité : elle organise, en plus, un brillant dîner dominical. S'y retrouvent des artistes un peu fauchés, un ou deux patrons de presse influents, un scientifique égaré, Babinet, des académiciens ravis du rond de serviette que leur réserve la maîtresse de maison. La vaisselle rutile. Le salon est parfumé d'odeurs provençales, de ces herbes ajoutées aux rôts en cuisine, obtenus à crédit chez les commerçants du quartier. L'argent fait défaut mais pas le bon goût. Des bougies dispensent une odeur de vanille et de lavande, une lumière douce à peine troublée par la brise du dehors pénètre par les fenêtres ouvertes. L'air est tiède. Et de l'autre côté de la table, Gustave siège comme s'il était chez lui.

Suite à la promenade d'avant-hier, et après avoir déposé sa maîtresse chez elle, le Normand est rentré se coucher à son hôtel et s'est assoupi de longues heures, rêvassant à sa belle. Leur balade en voiture a duré une heure et mille ans à la fois. Il brûle de la revoir en tête à tête : l'extase amoureuse d'hier se reproduira-t-elle ? Il pense déjà aux gestes qu'il lui prodiguera, aux recoins de son corps qu'il n'a pas pu explorer compte tenu de l'exiguïté de la voiture et de l'impossibilité de se livrer aux acrobaties qui le taraudent. Comment a-t-il pu se priver de ces délices pendant trois ans ? Mais posséder Louise n'est pas comparable aux étreintes vigoureuses, presque militaires, expérimentées dans les bordels ou avec des femmes de chambre. Elle a tout d'une déesse aux pieds de laquelle on se prosterne, mais que l'on conquiert et que l'on est fier de voir se pâmer. La victoire est savoureuse, durable, délectable : Gustave échange des œillades à peine discrètes avec Louise, au milieu des rires des convives qui ne paraissent pas s'en apercevoir. Il l'a frôlée plusieurs fois avant que l'assemblée passe à table. Ils en ont tremblé d'excitation.

– Bonsoir, madame.

Pradier mime un baisemain et quitte le domicile des Colet en compagnie de Gustave. Louise rayonne, la soirée a été un succès, ses invités ont été comblés par les mets, les vins, et l'excellence des conversations. Elle referme la porte et réarrange ses boucles dans le miroir. Elle desserre son corset, ôte ses chaussures pour enfiler une paire de petites pantoufles couleur chocolat, étudie les restes du repas sur la table, les verres de cristal ruisselants parmi les fruits du dessert, et ne range rien : ce sera pour la bonne, demain.

Dans sa chambre, elle se déshabille, s'asperge d'un peu d'eau, enfile une robe de nuit en étoffe légère, s'assied à sa coiffeuse pour enduire son visage d'un onguent à l'huile de rose et se coiffer. Le petit jeu avec Gustave l'a rendue fébrile, et elle n'est point calmée.

Soudain, on frappe. Le coup est sec et décidé. Louise réfrène un sourire. Elle l'aurait juré. C'est son amant qui revient. Il sait qu'Hippolyte est en déplacement. Le champ est libre. Louise s'efforce de marcher sans impatience jusqu'à l'entrée, et d'afficher une mimique surprise en découvrant le Normand sur son seuil.

– Bonsoir, madame ! répète Gustave en riant.

Elle rit à son tour et se pend à son cou.

– Comment t'es-tu débarrassé de James ? J'espère que personne ne t'a vu remonter ?

– Ne t'inquiète pas, j'ai pris un fiacre… j'ai demandé au cocher de faire le tour du quartier, et me revoici… Il m'a pris pour un fou.

– Certainement moins que celui qui nous a transportés avant-hier !

– Louise, faites-moi l'honneur d'une visite…

Elle le prend par le bras et le guide vers la chambre à coucher. En chemin, sa taille fine et la cambrure de ses reins sont si tentantes, voilées comme les statues grecques, qu'il ne peut s'empêcher d'y porter la main. Il s'assoit sur un guéridon, près d'une petite lampe d'albâtre qui manque de tomber à terre et de se briser tant ils sont empressés. Elle s'agenouille devant lui.

*

Paris, lundi 3 août 1846

Louise et Gustave sont étendus dans le lit de la chambre d'hôtel. Ils reprennent leur souffle et leurs esprits. Plus l'heure de la séparation approche, plus ils sont assoiffés l'un de l'autre. Les caresses ne leur suffisent plus, car ils savent qu'elles manqueront bientôt.

– Dois-tu vraiment rentrer à Croisset ? supplie-t-elle, presque en larmes, au début de l'après-midi.

– Si tu connaissais ma mère… Impossible de la laisser seule avec l'enfant.

– Promets-moi de revenir vite. Très vite. Ou je pourrais te rendre visite, cela doit être charmant, cette maison que tu me décris sur les bords de la Seine. Je viendrais avec Henriette, qui ferait la connaissance de ta nièce Caroline…

Gustave ne répond pas. Cette image, curieusement, alors que l'idée de s'éloigner de Louise lui brise le cœur, ne suscite en lui aucune joie, et éveille presque une gêne. Pour s'en détourner, il pose les yeux sur un petit tableau au-dessus de la commode, en face du lit : il lui rappelle la peinture à l'huile si laide dans la chambre à coucher des Colet.

– Tu t'ennuierais à Croisset, je t'assure. J'y mène une existence si calme, celle d'un vieil ermite en somme…

Louise rit à cette évocation.

– Toi, vieux ? Que devrais-je dire ?

– Toi, tu es une fillette. Une âme toute neuve, quand la mienne est millénaire.

Il pose sa main sur la hanche ferme et ronde, pense malgré lui à ce que ce corps deviendra, flétri, sec, à l'image du squelette que renferment les chairs. La tache rouge sur ses lèvres l'attendrit – il l'a mordue un peu fort, tout à l'heure. Elle l'a réclamé. Louise aime qu'on la prenne parfois avec brutalité, qu'on la griffe, qu'on croque son épaule, sa bouche, son lobe d'oreille. Elle ne craint pas les stigmates de la passion amoureuse.

Louise se mure dans le silence. Elle a les mains jointes sur la poitrine, son regard est vague. Ils sont fourbus tous les deux, de s'être tant aimés ces derniers jours, à tel point que Gustave en a perdu ses moyens, à l'instant. Embarrassé, il s'est lové contre elle, sa paume droite sur son sein, la gauche tenant fermement un mouchoir qu'elle lui a confié, avec son parfum, et ils s'assoupissent. Il ne va pas dormir avec elle : il veut s'éclipser lorsque la bougie sera complètement consumée et la chambre plongée dans les ténèbres.

2.

Amants terribles

Croisset, mardi 4 août 1846, minuit

Gustave est concentré sur sa large feuille blanche. Sa plume court. Il ne pense qu'à elle. Comment se fait-il qu'une femme emplisse autant son esprit ? Est-ce bon signe ? Est-ce dangereux ?

> Il y a douze heures nous étions encore ensemble ; hier, à cette heure-ci, je te tenais dans mes bras… t'en souviens-tu ? Comme c'est déjà loin ! La nuit maintenant est chaude et douce ; j'entends le grand tulipier, qui est sous ma fenêtre, frémir au vent et, quand je lève la tête, je vois la lune se mirer dans la rivière. Tes petites pantoufles sont là pendant que je t'écris ; je les ai sous les yeux, je les regarde. Je viens de ranger, tout seul et bien enfermé, tout ce que tu m'as donné ; tes deux lettres sont dans le sachet brodé ; je vais les relire quand j'aurai cacheté la mienne. Je n'ai pas voulu prendre pour t'écrire mon papier à lettres ; il est bordé de noir ; que rien de triste ne vienne de moi vers toi[48] !

Il relève la tête et observe le portrait de Louise qu'elle lui a confié, et celui des deux gants qu'elle n'a pas perdus lors de la promenade en calèche. Peut-il promettre cela ? Rien de triste ? Elle ne tardera pas à le réclamer, depuis Paris, les femmes sont faites telles qu'elles ne savent rester seules sans l'aimé ; alors que lui-même, asservi par les sens, est heureux d'être revenu dans son élément, à Croisset. Au calme. Il a aimé le tourbillon de la capitale, il a perdu la tête et cela était bon ; il reprend peu à peu ses repères dans son environnement familial, ainsi que la rédaction de sa lettre à Louise, la première.

> Je voudrais ne te causer que de la joie et t'entourer d'une félicité calme et continue, pour te payer un peu de tout ce que tu m'as donné à pleines mains dans la générosité de ton amour. J'ai peur d'être froid, sec, égoïste, et Dieu sait pourtant ce qui, à cette heure, se passe en moi. Quel souvenir ! et quel désir ! Ah ! nos deux bonnes promenades en calèche ! qu'elles étaient belles, la seconde surtout avec ses éclairs ! Je me rappelle la couleur des arbres éclairés par les lanternes, et le balancement des ressorts ; nous étions seuls, heureux. Je contemplais ta tête dans la nuit ; je la voyais malgré les ténèbres ; tes yeux t'éclairaient toute la figure. Il me semble que j'écris mal ; tu vas lire ça froidement ; je ne dis rien de ce que je veux dire. C'est que mes phrases se heurtent comme des soupirs ; pour les comprendre, il faut combler ce qui sépare l'une de l'autre ; tu le feras n'est-ce pas ? Rêveras-tu à chaque lettre, à chaque signe de l'écriture ? comme moi, en regardant tes petites pantoufles brunes, je songe aux mouvements de ton pied quand il les emplissait et qu'elles en étaient chaudes.

Gustave se demande s'il doit évoquer sa mère, désespérée à son arrivée à Croisset. Cela compenserait peut-être les larmes de Louise à son départ de Paris ?

Laissons-nous aller au vent de notre cœur tant qu'il enflera la voile ; et qu'il nous pousse comme il lui plaira, et quant aux écueils… ma foi tant pis ! Nous verrons.

Il faut lui montrer qu'il est tourné vers elle. Mais ne pas parler d'avenir. Ou pas trop précisément.

J'ai voulu seulement t'envoyer encore un baiser avant de m'endormir, te dire que je t'aimais. À peine t'ai-je eu quittée, et à mesure que je m'éloignais, ma pensée revolait vers toi. Elle courait plus vite que la fumée de la locomotive qui fuyait derrière nous.

Gustave hésite. Doit-il parler de fuite ? Comment terminer sa lettre ? Il opte pour des baisers. Sur sa poitrine. Là où il a aimé poser son cœur et ses mains.

Adieu, adieu. Tout ce que tu voudras de tendresses.

Gustave soupire, recule son dos dans son fauteuil Louis XIII à tapisserie et pieds recourbés. Tout est si paisible dans la grande maison qui dort au bord de la Seine. Il entend des remous au fond du jardin, depuis les croisées ouvertes dans son bureau du premier étage. Il examine la table ronde recouverte d'un tapis vert, encombrée de piles de brouillons et de mises au net, de plumes d'oie, de dossiers épais mais incomplets. Tant de sujets qui le passionnent, tant de voyages qu'il souhaiterait entreprendre, afin que ses connaissances ne se résument pas à des lectures et à des prises de notes, mais à des sensations, des lumières et des couleurs, des odeurs qu'il pourrait retranscrire. Mais voyager, comme rejoindre Louise, signifie quitter son éden. Peut-il vraiment rester loin de ses bibliothèques à torsades croulant sous le poids de milliers de livres, de sa peau d'ours polaire, de son grand bouddha de bois, de son encrier en forme de crapaud, de ses pipes, de ses consoles décorées d'antiquités orientales ?

*

Paris, mercredi 5 août 1846

La lettre est si belle. Il faut vite répondre. Ne pas perdre une minute, ce serait dévastateur pour cette relation naissante. Louise veut entretenir la fièvre. Hippolyte et Victor n'existent plus, seul le Normand l'obsède, elle s'exerce à son tour à l'art épistolaire, regrettant que la missive ne parvienne à Gustave que le lendemain.

> Deux jours déjà. Comment ces heures peuvent-elles être si délicieuses, cruelles, longues et fugitives ? Que le temps ne s'est-il suspendu à tes bras, à tes lèvres, à tes caresses… Que n'a-t-il pas décidé de bouleverser les lois de la nature et d'offrir aux amants un peu de répit dans sa course ? Chronos, lorsqu'il s'unit à la déesse Ananké, la Nécessité, sait que le destin est en marche. Ce qui doit advenir advient, il ne saurait en être autrement. De leur union naissent Chaos, Éther et Phanès. Est-ce à cela que nous sommes promis, Gustave ? Au désordre, à l'insaisissable, à la création qui nous dévore ? Je donnerais tout, l'écriture, la gloire et les honneurs, pour les battements du cœur. Je ne croyais plus en l'amour. J'ai beaucoup (dis)simulé, les sentiments, l'attachement, la passion même : je pensais la débusquer, comme lorsque

l'on prêche le faux pour savoir le vrai. Je prêchais dans des contrées trop arides… Le mariage n'est pas favorable à l'amour, pas plus que les liaisons calculées dans lesquelles les partis soupèsent le pour et le contre. Je me suis perdue, avec Hippolyte, avec C., avec tant d'autres… Avec toi tout est neuf. Différent. Vivant. Tu m'as fait me retrouver[49].

Louise est agitée par ce qu'elle écrit. Elle ne se rendait pas compte avoir été à ce point éteinte, ces dernières années. Elle poursuivait des chimères, octroyait de l'attention à des hommes qui ne la méritaient pas. Une fois sa passion avec Victor étiolée, après la naissance d'Henriette, l'amour lui a tourné le dos. Elle s'y était résignée, affichant des airs de séductrice destinés à donner le change. Rien de tout ce qu'elle a vécu n'est comparable à la tempête Gustave. Elle craint que l'ouragan ne soit pas partagé…

Je me suis réveillée. Tu m'as rendu le goût, l'espoir, la joie authentique, la peur de ne pas être aimée… Tu es trop loin de moi, peut-être devrions-nous nous quitter pour de bon. Comment, après la félicité, ne pas ressentir le manque de toi comme un enfer ? Ne devrais-je pas t'oublier, plutôt que de courir derrière ton souvenir ? Car puis-je espérer des retrouvailles avant de succomber au désespoir que cet amour a fait naître en moi ?

Louise suspend son geste. En dit-elle trop ? Son cri d'amour ne passera-t-il pas pour de la mièvrerie ? Elle est si lyrique, ce soir… Elle se met à pleurer. De joie et de malheur. Elle ne sait plus que penser. Il n'a pas fait de serment. Il est resté vague quant à la suite de leur aventure, et pourtant elle a tout déposé à ses pieds. Son courrier d'hier ne la rassure pas : *Nous verrons*, a-t-il écrit… Est-ce ainsi que l'on déclare sa flamme ? Veut-il la torturer ? Subitement, elle s'énerve, prête à déchirer la feuille. Les hommes ! Des aveugles, des égoïstes. Il a pris son plaisir ! Il a eu la Muse dans son lit et, rentré chez sa maman, a tout oublié ! Maintenant, il s'en remet au hasard, à la providence. S'est-elle donnée trop tôt ? Lui a-t-elle dit « Je t'aime » trop vite ? S'est-il senti obligé de répondre par la réciproque ? Mais alors, pourquoi n'a-t-il pas renchéri lorsqu'elle a demandé : « Pour toujours ? »

Nous verrons… Ces deux mots l'envoient dans des abîmes d'angoisse, si bien qu'elle en oublie les baisers, la tendresse. Elle se reprend.

> Tu crains que je te trouve froid et sec. Tu étais chaud et humide avec moi, était-ce là tout ce que tu consens à m'accorder ? Si tel est le cas, je le comprends, ne m'écris plus. Oublie-moi. Nous avons entrevu une part d'éternité et de bonheur ; par égard pour cela, et si tu ne veux rien en faire, adieu…

Elle raye nerveusement ces dernières lignes, se jugeant un peu ridicule. Après tout, ce malheureux garçon n'a fait que rentrer chez lui, comme prévu. A-t-elle tort de lui montrer qu'il lui manque autant ? Fait-il partie de ces hommes qui se désintéressent de ce qu'ils ont possédé ? Or il faut qu'elle lui exprime son indiscutable chagrin… Est-ce cela, la passion absolue ? Celle qui vous fait devenir aveugle et sourd, qui vous immobilise quand l'aimé est à distance ?

Si leur correspondance se poursuit, il faudra la complicité de Pradier ; il est impensable qu'Hippolyte intercepte ces lettres. Louise prend soin de parfumer de musc le papier qu'elle glisse dans une enveloppe.

*

Paris, août 1846

Louise croit devenir folle, aujourd'hui. Il lui manque. Elle en meurt. Ils se connaissent depuis trois jours, dix ans, des siècles, cela n'est pas possible autrement. Sans lui, elle est incomplète. Quelle sensation horrible pour une femme si indépendante ! Elle tourne en rond, se culpabilise, détourne ses pensées de celui qui la complète parfaitement, de corps et d'esprit, pour s'occuper d'Henriette, lui faire la lecture, l'emmener au jardin, au musée. Heureusement, Victor, que Gustave surnomme Platon, et Hippolyte – qui a droit au doux surnom de l'Officiel, quant à lui – sont peu présents à Paris, cet été.

Henriette joue dans un coin du salon, patientant pour la sortie au Luxembourg. *Sans Gustave*, songe Louise, *cela n'aura pas la même saveur*. Elle tâche de sourire à l'enfant, maudissant les pensées qui la taraudent, dont la plus importante : le Normand l'aime-t-il ? Est-il sincère, lorsqu'il prétend qu'il reviendrait s'il n'en était empêché ? Et quels sont ces empêchements ? Et s'il avait une femme dans sa vie, à Croisset ? Couche-t-il avec une autre ? Et s'il était fiancé ? Et si…

– Maman, il faut y aller, l'heure tourne…

Comment peut-elle être obnubilée à ce point ? C'est

absurde, n'est-ce pas, en juillet elle ignorait tout de lui ! Et leurs étreintes se comptent sur quelques doigts… Ah, ces doigts…

– Maman, êtes-vous triste ?

– Mon trésor, nous quittons la maison dans moins d'une demi-heure. Habille-toi.

– Mais mère, je suis déjà prête…

Louise s'agite, certains mots de Gustave éveillent sa terreur la plus ancienne : l'abandon. Les lettres qu'elle reçoit sont merveilleuses et détestables. Elle relit :

> Moi si calme naguère, si fier de ma sérénité, et qui travaillais du matin au soir avec une âpreté soutenue, je ne puis ni lire, ni penser, ni écrire ; ton amour m'a rendu triste. Je vois que tu souffres, je prévois que je te ferai souffrir. Je voudrais ne jamais t'avoir connue, pour toi, pour moi ensuite, et cependant ta pensée m'attire sans relâche[50].

Ne jamais t'avoir connue ? ! Comment peut-il écrire cela ? Tous les tourments de la terre ne valent-ils pas leur rencontre ?

– Maman…

– Pardon, mon petit amour. Je suis un peu perdue.

> Tu m'humilies par la grandeur de ton amour. Tu méritais mieux que moi.

Et si c'était une façon, perverse, de se détacher d'elle ?

Henriette ne dit plus rien. Elle s'adresse à sa poupée, de compagnie plus agréable : « Allons, soyez raisonnable, mon enfant… », la morigène-t-elle en singeant sa mère.

Louise a le vertige. Est-il sain de relire ces courriers, sans fin ?

D'autres seraient fiers de l'amour que tu me prodigues, leur vanité y boirait à leur aise, et leur égoïsme de mâle en serait flatté jusqu'en ses replis les plus intimes. Mais cela me fait défaillir le cœur de tristesse, quand les moments bouillants sont passés ; car je me dis : elle m'aime ; et moi, qui l'aime aussi, je ne l'aime pas assez. Si elle ne m'avait pas connu, je lui aurais épargné toutes les larmes qu'elle verse ! Pardonne-moi ceci, pardonne-le-moi au nom de tout ce que tu m'as fait goûter d'ivresse. Mais j'ai le pressentiment d'un malheur immense pour toi. J'ai peur que mes lettres ne soient découvertes, qu'on apprenne tout. *Je suis malade de toi.*

Que veut-il, à la fin ? Quel est ce malheur dont il parle ? Redoute-t-il que l'Officiel lise les courriers et qu'il répudie l'infidèle ? Que Louise devienne libre – alors que Gustave aime justement qu'elle ne le soit pas ? C'est à se frapper la tête contre les murs. Est-il vicieux, contradictoire ? Immature ? D'une sensibilité absurde ?

Ah ! si j'avais vécu à Paris, si tous les jours de ma vie avaient pu se passer près de toi, oui, je me laisserais aller à ce courant sans crier au secours ! J'aurais trouvé en toi, pour mon cœur, mon corps et ma tête, un assouvissement quotidien qui ne m'eût jamais lassé. Mais séparés, destinés à nous voir rarement, c'est affreux. Quelle perspective ! Et que faire ? pourtant…

Pourtant quoi ?
– Mère, me préparerez-vous mon goûter ?

– Bien sûr, cher ange.

La mère nerveusement éprouvée se lève, va chercher des douceurs en cuisine, fait bouillir de l'eau pour son thé. Ses gestes sont automatiques, elle respire en dehors de sa propre vie. Tout est souffrance ou menace potentielle, et l'instant suivant, promesse de bonheur.

> Tu ne m'aimerais pas, j'en mourrais ; tu m'aimes, et je suis à t'écrire de t'arrêter.

N'est-ce pas l'œuvre d'un fou ?

> Tu es la seule à qui j'aie osé vouloir plaire et peut-être la seule à qui j'ai plu. Merci, merci ! Mais me comprendras-tu jusqu'au bout ?

Que doit-elle comprendre ? Qu'il refuse un avenir commun ?

– Mère, la nuit tombe.

Louise relève la tête et constate en effet que la promenade n'aura pas lieu. Henriette est calme et ne paraît pas lui en tenir rigueur. Combien d'après-midi la fillette a-t-elle patienté que sa mère émerge de sa torpeur ? Alors Louise s'emporte contre Gustave, se jure de s'en défaire. Elle prend sa fille dans ses bras, l'embrasse follement. La petite lui rend un baiser et s'esquive dans sa chambre.

La Muse s'assied à son secrétaire pour rédiger une page et la déchire, de peur d'aller trop loin. Le Normand l'aime douce et mesurée dans ses propos. Mais peut-elle déguiser ce qui lui tord le cœur ? Et peut-elle céder à ses exigences ? Voici ce qu'elle a reçu, hier ou avant-hier – pire qu'un coup de poignard dans le ventre :

> Laisse-moi t'aimer à ma guise, à la mode de mon être, avec ce que tu appelles mon originalité. Ne me force à rien, je ferai tout. Comprends-moi et ne m'accuse pas. Si je te jugeais légère et niaise comme les autres femmes, je te paierais de mots, de promesses, de serments. Qu'est-ce que cela me coûterait ? Mais j'aime mieux rester en dessous qu'au-dessus de la vérité de mon cœur.

C'est bien cela : il n'a rien promis. Ou ne veut rien promettre. Mais à quoi bon jouer aux amants de papier ? Louise a confié Henriette à une amie pour tenter de se reprendre.

Gustave, de son côté, savoure l'effet intense que ses mots produisent sur Louise, et il en souffre à la fois. Ce vertige est nouveau. Il tente de la convaincre :

> Oublie-moi si tu peux, arrache ton âme avec tes deux mains, et marche dessus pour effacer l'empreinte que j'y ai laissée. Allons, ne te fâche pas. Non, je t'embrasse, je te baise. Je suis fou. Si tu étais là, je te mordrais ; j'en ai envie, moi que les femmes raillent de ma froideur et auquel on a fait la réputation charitable de n'en pouvoir user, tant j'en usais peu. Oui je me sens maintenant des appétits de bêtes fauves, des instincts d'amour carnassier et déchirant ; je ne sais pas si c'est aimer. C'est peut-être le contraire. Peut-être est-ce le cœur, en moi, qui est impuissant.

Au fil des lettres, qui s'enchaînent à un rythme soutenu, Louise tire ses conclusions. Gustave refuse de venir à Paris ; il annonce un voyage puis l'annule presque aussitôt. Comme s'il aimait faire naître en elle un espoir et l'éteindre ensuite… Que doit-elle répondre ? Une idée germe en elle.

> Cher Gustave. Nous verrons, nous verrons… ce ne sont point des perspectives auxquelles une femme amoureuse peut se résoudre. Vous m'écrivez que le grotesque de l'amour vous a toujours empêché de vous y livrer ? Je vous propose de le transformer : écrivons. À quatre mains. Puisque les livres sont votre vie, et que les transports amoureux vous effraient, faisons la littérature plutôt que l'amour. Ou plutôt, faisons l'amour dans la littérature. Vous le savez, ces lettres ne peuvent ni ne doivent être révélées au public : unissons nos inspirations et notre poésie pour une œuvre commune destinée à être lue, et à révéler votre talent. (J'espère que votre Maxime Du Camp prendra bien garde à ne rien divulguer de nos échanges épistolaires : ce serait une catastrophe.)

N'est-ce pas une idée fantastique ? L'attirer à elle par la chair ne suffisant pas, Louise va le capturer par la perspective de la création, du Beau, de la gloire… Elle ajoute :

> Vous me flattez sans cesse, et prétendez que je donnerais de l'amour à un mort. Que mon pouvoir d'attraction ferait dresser les pierres au seul son de ma voix. Que mes lettres vous remuent jusqu'aux entrailles et que je ne dois pas avoir peur d'être oubliée de vous. Prouvez-le : accordez-nous un autre temps, pour écrire. Je sais que vous ferez de grandes choses. Allez, vous m'avez déçue en ne venant pas le 14 et le 15 août : retrouvons-nous à l'hôtel le 20. Je suis déjà en route. Vous me verrez en soie et à nu, et j'espère que mes ongles, qui ont poussé, vous plairont. Je vous ai préparé un petit cadeau ; et en gage de mon amour éternel, je vous envoie déjà ici une lettre de C…

Gustave, en recevant cette missive, allume sa pipe et joue négligemment avec l'un des gants de Louise, songeur. Dans l'enveloppe, une fleur d'oranger parfumait les feuillets ; s'y trouvait aussi une lettre d'amour de Victor Cousin. Pourquoi Louise lui a-t-elle confié cette lettre intime de son ancien amant ? Gustave soupire. Les femmes sont compliquées, elle n'y fait pas exception. Qu'a-t-elle voulu prouver, qu'elle pouvait lui échapper ? Mais il ne demande que cela, qu'elle lui échappe ! Car Gustave a peur. Peur d'être enchaîné à ce corps, à cet esprit qu'il admire un peu trop ; peur d'être privé de sa solitude chérie, peur d'être envahi. Peur de se lasser parce qu'elle lui appartiendrait trop. Pour ne pas commettre d'impair, il choisit… de remercier Louise de sa confiance.

*

Mantes, 10 septembre 1846

Il est neuf heures. Les amants ne se sont pas vus depuis début août. Dans son train, Louise observe le paysage défiler et espère que leurs commotions épistolaires seront effacées par cette entrevue à Mantes[51]. Se parler, se toucher, faire l'amour, se repaître l'un de l'autre… Ne subsisteront que leurs caresses, les faux serments et les vrais cadeaux – est-il plus approprié de lui offrir une médaille de saint Antoine ou un portrait d'elle ? Seuls Shakespeare et Mozart auront le droit de participer à leurs débats. Elle en oublie la phrase lancée par Gustave, et qui l'avait tant vexée :

Aime l'art, il vaut mieux que l'Amour.

À laquelle elle avait répondu, maladroitement :

L'Amour est le plus grand art, il est sans fards.

Il fallait qu'il cesse de se moquer de l'*Hâmour* ! Ridiculiser les sentiments, n'était-ce pas en avoir peur ?

Mantes n'est guère éloignée de Paris. C'est un point de jonction idéal entre Croisset et la capitale. Mme Flaubert pense que son fils est en visite chez Du Camp, aux Andelys. Mais Gustave n'envisage de rester qu'une poignée d'heures dans les bras de Louise. Auront-ils le loisir de visiter l'église, joyau architectural et historique de la bourgade ? De jeter une pièce dans la fontaine devant la mairie ?

Les portes cochères du Grand Hôtel du Grand Cerf donnent sur la place de Rosny et la rue Royale. Peu de monde évolue dans le quartier, éclairé par une douce lumière d'automne. Les feuilles des arbres forment un tapis craquant et doré aux pieds de la poétesse, qui serre son manteau autour d'elle par réflexe. Le bâtiment, construit à la fin du siècle dernier, est imposant. Lorsque la jeune femme descend du fiacre, elle est impressionnée. Nerveuse. Prête à repartir pour Paris après s'être soûlée de mots et de caresses. Laquelle des sept chambres du premier étage leur sera réservée ?

À la réception, on lui confie une clé. Aucun commentaire n'est émis sur son absence de valise ni sur celle de M. Flaubert. Louise monte, découvre une pièce modeste mais agréable, dont les fenêtres ouvrent sur la place. Elle s'installe sur le lit, époussette sa robe de taffetas bleu. Puis elle se relève pour s'examiner dans la glace. Son corsage, fermé par de petits boutons en passementerie marine, est très ajusté. Le col et les manches, en guipure blanche, contrastent avec le reste de sa tenue. Elle ôte son mantelet de dentelle noire flottant sur la taille, ainsi que son chapeau orné de fleurs en plumes azur.

La porte s'ouvre doucement, et l'aimé s'avance. Louise se jette dans ses bras, folle de bonheur. Il la couvre de baisers si empressés qu'elle croit défaillir : il lui a tant manqué…

– Ma toute belle…

– Mon vieux camarade !

Ils rient. Il s'écarte d'un pas, la contemple et s'exclame devant sa beauté.

– J'avais oublié, ma chère, à quel point vous étiez ravissante…

– Il suffirait pourtant que vous me visitiez davantage !

Il n'ajoute rien, trop heureux de pouvoir la serrer contre lui.

– Venez donc vous asseoir près de moi, lui enjoint-il, se débarrassant de son couvre-chef et indiquant une méridienne.

Louise obéit, soudain muette. Timide. Il admire la courbe de sa nuque, presque recueilli. Se peut-il qu'une femme l'inspire autant ? Comment vit-il sans elle ? Mais comment vivrait-il *avec* ? Il secoue la tête. Il faut qu'il cesse de ratiociner, projeter, analyser… pour être porté par l'instant : sait-il seulement ce que cela signifie ?

En homme qu'il est, le désir est déjà au creux de ses entrailles. Il pourrait soulever sa jupe, la saisir par les hanches à la lisière de ce corset, tirer sur les lacets pour la faire se cambrer, la pénétrer d'un coup bref pour satisfaire cette rage qui monte en lui d'être si dépendant de sa peau lorsqu'il la respire. Voir son visage se déformer, de plaisir, de douleur, la dominer, imprimer le rythme du coït…

Mais Gustave prend le temps d'enlever les vêtements de Louise, de savourer la vue de cette chair nacrée, sucrée, douce, frémissante, peu à peu dévoilée dans un amoncellement de tissus, de fanfreluches, de mousselines, de soies… Elle est une fleur emmaillotée, et chaque pelure écartée avec lenteur lui arrache un soupir. Presque nue, allongée sur la méridienne, elle languit à travers ses cils à demi clos. Il s'agenouille auprès d'elle, embrasse ses lèvres, pose ses paumes sur ses seins, patiente de longues secondes sans bouger. En haut, en bas, tout gonfle ; Louise ne dit rien, pourtant. Qu'elle gémisse, qu'elle trahisse son excitation, qu'elle le supplie, cette indomptable insupportable ! Il suffirait sans doute de s'allonger sur elle et d'entrer sans préambule. Il le sait, elle est prête à le recevoir. Mais il a compris qu'elle avait peu joui, dans son parcours amoureux : plus il attendra pour la prendre, plus son plaisir à elle sera intense. Il flatte doucement un téton, tandis que son autre main glisse plus bas. Elle écarte les cuisses, et ce sont les moustaches de Gustave qui descendent. Elle halète bientôt. Alors, il se relève, défait la boucle de sa ceinture, se présente à elle. Elle ouvre de grands yeux ravis, hésite, approche sa bouche. Il ferme les siens pour savourer la fraîcheur qui l'entoure.

Lorsqu'il entre en elle, toutes leurs sensations sont encore plus intenses que dans le fiacre, rue Saint-Georges ou à son hôtel. Leurs corps collés se meuvent désormais avec une souplesse et une harmonie parfaites. Il réfrène la montée de sa sève afin de mieux sentir les contractions du périnée de Louise, et la conduit au bord de la jouissance sans l'y faire tomber, se retirant au bon moment, pour mieux revenir. Elle lutte pour ne pas crier. Pendant de longues minutes. Puis il se décide : il la pénètre plus fort, sans discontinuer.

– Mords, mais mords-moi ! rugit-elle.

Lorsqu'il perd enfin le contrôle, il lui mord cruellement le cou et tous deux jouissent comme s'ils venaient de recevoir une claque magistrale.

Allongés sur le lit, plus confortable que la méridienne, ils reprennent le rythme d'une respiration normale. Elle murmure :

– Je n'avais pas rêvé d'un amour si fort et si douloureux…

Il la regarde, partagé entre la passion qu'il éprouve pour elle – sans cesse, il se répète, à voix basse, *Ma maîtresse ! Ma maîtresse !* comme si c'était là un fait extraordinaire – et un dégoût profond face à ces mots beaucoup trop mièvres. Comment peut-il être à ce point divisé ! Il grogne, épuisé.

– À quoi rêves-tu ?

Il revient à lui.

– Au festin que nous allons nous offrir. Que veux-tu manger ? Perdreau ? Écrevisses ? Champagne ?

– Je veux tout…, s'exclame-t-elle, la mine gourmande, cherchant à attraper ses lèvres.

Bien des heures plus tard, ils sont repus. De nourriture, d'étreintes, de discussions, de promenades. Un batelier leur a offert un tour sur la Seine. Silencieuse, Louise fait filer sa main dans l'eau. Observant le profil noble, juvénile et décidé de Gustave, elle chuchote, comme pour elle-même :

– Je ne donnerais pas mon bonheur pour la gloire de Corneille…

Surpris, Gustave sursaute.

– Répète ?

– Quoi donc ?

– La gloire de Corneille…

– Qu'est-ce que tu ne comprends pas ?

Gustave hausse les épaules pour ne pas devenir désagréable. Un véritable auteur refuserait-il de devenir Corneille, sous prétexte qu'il préfère être heureux ? Louise est-elle un véritable auteur ?

– Un jour, Chateaubriand m'a écrit : « Je demande au ciel qu'il ne sépare jamais pour vous le bonheur de la gloire »…

Ils reviennent à la chambre, s'embrassent, font l'amour à nouveau. L'heure tourne sans que l'on puisse l'arrêter. Gustave accepte de rester pour la nuit entière – tant pis pour maman.

Ils s'endorment comme deux enfants coupables, tard.

Comme un buffle indompté des déserts d'Amérique,
Vigoureux et superbe en ta force athlétique,
Bondissant sur mon sein, tes noirs cheveux épars
Sans jamais t'épuiser tu m'infusais la vie[52].

Louise s'est levée et fait courir sa plume sur du papier blanc.

– Qu'écris-tu ? s'enquiert Gustave, curieux, lorsque l'aurore pointe à la fenêtre et qu'il faut se rhabiller pour rentrer.

– Des vers que je t'adresserai plus tard. Afin que nous n'oubliions rien.

Il dodeline du chef. Cette femme qui refuserait d'être Corneille écrit donc vraiment… Il se penche vers elle.

– Comment veux-tu que les souvenirs que tu m'as offerts hier s'effacent ?

Elle ne répond pas, en proie à une angoisse soudaine. Elle est tentée de renverser la table d'un geste, mais choisit de se jeter dans les bras de Gustave. Quitter Mantes et cet homme, jusqu'à quand ? Il la saisit par la taille tandis qu'elle sanglote sur son épaule en silence. Il lui redresse la tête.

– Je suis encore avec toi, ne pleure pas…

– Qui sait si nous nous reverrons ?

Gustave jure, pour la première fois, que cette séparation est provisoire.

Lentement, les amants rangent leurs affaires. Il faut y aller, payer à la réception de l'hôtel, retourner à leurs vies séparées. Sur la place de Rosny, elle tente de lui arracher une nouvelle date. La semaine prochaine. Ou celle d'après. En septembre ? Gustave esquive, la rassure, l'embrasse, monte dans le fiacre pour la reconduire à la gare, descend afin d'être certain qu'elle prendra son train. Un préposé aux chemins de fer leur adresse un clin d'œil : il a compris qu'il avait face à lui un couple illégitime. Quand le train arrive, Gustave la scrute tandis qu'elle grimpe dans son wagon, puis il s'éloigne. Il ne se retourne pas, car les yeux rougis de Louise l'émeuvent malgré lui.

Mme Flaubert guette Gustave au débarcadère près de leur demeure, dans une agitation extrême. Ne devait-il pas rentrer hier ? Que s'est-il passé ? Y a-t-il eu un problème ? Avec Maxime ? A-t-il oublié le repas du soir ? Des cousins viennent dîner, la cuisinière a préparé de l'aloyau…

*

Paris, 12 septembre 1846

Louise repose la lettre, un début d'angine menace, elle aura pris froid en rentrant de Mantes ou en faisant l'amour trop près de cette fenêtre… Ce qu'elle craignait ne s'est pas produit. Gustave ne l'abandonne pas ; il continue d'écrire, avec une célérité étonnante pour un homme occupé comme il prétend l'être.

> Nous nous aimerons peut-être plus longtemps ainsi, excités que nous serons par un désir inassouvi.

Et s'il avait raison ? Ne parvenant à s'y résoudre, elle répond :

> Depuis mercredi, tout a changé. Pour toi aussi, n'est-ce pas ? Dis-moi que nous ne sommes pas que des amants, mais davantage, des âmes reconnues… Nous ne pouvons pas être une passade, une liaison, un adultère. Ces mots sont indignes de nous. Tu es en moi.

C'est une chance de pouvoir converser si vite avec Gustave, au fond. Une lettre envoyée avant la levée, il la reçoit en quelques heures. De son côté, Gustave se montre aussi rassurant qu'inquiétant, lui confirmant le sérieux de son amour, mais en précisant…

> Il faut que chaque joie soit payée par une douleur, que dis-je ? par une ; par mille ! Je n'ai donc pas tort de ne pas trop les rechercher. La félicité est un plaisir qui vous ruine.

La Muse grimace. Un plaisir qui vous ruine ! Elle tâche de le détromper.

> Mon tendre ami, c'est de ne pas vivre ensemble qui nous ruinera. Vous vous éloignerez, insensiblement ; ou vous serez si seul que vous chercherez une compagnie réconfortante dans d'autres bras que les miens… L'amour à distance n'exacerbe pas les passions, il en est le tombeau.

Le Normand grimace à son tour. Mais il a parade à tout :

> Qui pourrait répondre que, vivant toujours ensemble, nous n'arriverions pas à nous lasser l'un de l'autre ? Il y aurait des soupçons, des jalousies peut-être ; de là des aigreurs, des brouilles. Nous finirions par continuer à nous voir par entêtement ou par habitude et non plus par attraction comme maintenant. Je ne le crois pas cependant. Tu es trop bonne, trop douce, trop dévouée pour être comme les autres femmes qui sont si égoïstes ! si âpres de l'homme qu'elles aiment.

Louise soupire. Quel animal. Impossible de lui faire entendre raison. Il ne faut pas qu'elle s'impatiente. Au contraire, elle doit l'écouter avec douceur, l'amener à voir les choses à sa manière. Tout en continuant à se cacher, de peur qu'Hippolyte ou Victor ne découvrent l'affaire. Gustave suggère de faire transiter leurs échanges en utilisant l'adresse de son camarade Maxime Du Camp, place de la Madeleine. Et puis zut : n'a-t-elle pas le droit de protester contre sa froideur ?

> Tu prétends m'aimer. Tu me gardes simplement sous ta coupe. Comme tous les hommes, tu aimes à rendre tes femmes folles. Sinon, tu serais déjà à mes côtés. Quatre jours sans te voir, ce sont quatre jours de malheur, d'ennui, de dépérissement…

Gustave soupire. Quelle tête de mule. Impossible de lui faire entendre raison. Il ne faut pas qu'il s'impatiente. Les femmes, même les plus intelligentes et cultivées, sont capables des pires comédies quand elles aiment trop. Mais… supporterait-il qu'elle soit tiède ?

*

Septembre file à toute allure. Louise ne vit plus que pour les moments où la concierge lui apporte les missives de Gustave. Rien d'autre ne compte. Elle écrit un peu, sans conviction. Ses propres poèmes l'ennuient. Ils manquent d'ampleur. Serait-elle contaminée par la maladie de Gustave, qui voit en Dame Littérature la plus intransigeante des divinités, à laquelle il faut se consacrer ou dont mieux vaut se détourner ? Louise l'ignore. Elle continue de fréquenter, mollement, des salons, avec une gaieté apprêtée. Mantes s'éloigne.

Ce matin à sa fenêtre, Louise regarde ce Paris gris et sans saveur, alors que la capitale paraissait une fête enivrante au bras de Gustave. Elle froisse nerveusement un mouchoir. C'est évident, et il le souligne, ils ne peuvent pas vivre sous un toit commun. Mais n'y a-t-il point un moyen de s'aimer au quotidien, comme le font les couples officieux ? C'est bien simple, lorsqu'elle s'efforce de proposer des solutions, Gustave s'égare dans des considérations pseudo-métaphysiques. Avec une certaine drôlerie qui la fait enrager :

> Mais qu'entends-tu par le mot aimer ? Tu sais qu'il n'y en a pas de plus élastique. Ne dit-on pas également en l'employant, j'aime les bottes à revers et j'aime mon enfant ?

Elle réplique :

> Et tu te crois malin ? Pas de mauvais esprit, veux-tu !

Lorsqu'il finit de gloser sur le sens des mots, il la réprimande, comme un instituteur de province.

> Il faut que je te gronde d'une chose qui me choque et qui me scandalise, c'est du peu de souci que tu as de l'Art maintenant. De la gloire, soit, je t'approuve ; mais de l'Art, de la seule chose vraie et bonne de la vie ! Peux-tu lui comparer un amour de la terre ?

Elle :

> Ne change pas de sujet, s'il te plaît. Et ne recommence pas avec ton Art. Tu insultes mon intelligence et me fais perdre mon temps !

Lui :

Quelle étrange fille tu fais ! On ne sait jamais que te dire ni que penser. Tes lettres rient d'un côté et pleurent de l'autre ; tu es pleine de boutades et d'excentricités, quoi que tu en dises.

Elle :

C'est que j'essaie de ne point trop te peser, voyons. Si Hâmour est trop insistant, tu fuis… As-tu une once de finesse, fais-tu semblant, n'es-tu qu'un reître ? Quand reviens-tu ?

Lui :

Parle-moi donc d'autre chose, au nom du ciel, au nom de moi, puisque tu m'aimes, que de venir à Paris ! On dirait que c'est un parti pris chez toi de me tourmenter avec ce refrain.

Elle :

Ce n'est pas un refrain, c'est une nécessité ! Au nom du ciel, écoute-moi et cesse de te dérober en convoquant la littérature, ou que sais-je encore : tes leçons de morale sur le peu de cas que j'en fais me fatiguent. Non, mes entrailles ne tressaillent pas à la contemplation de l'Art en général, elles me font douloureusement souffrir de ne pas rencontrer chez toi plus d'empathie quant à ma solitude. As-tu déjà été aimé comme je t'aime ? Hormis ta mère, quelle femme t'a donné aussi inconditionnellement que moi ?

Lui :

Non, je n'ai jamais été aimé comme tu m'aimes ; tu as raison de le dire.

Elle :

Monsieur est trop bon !

Ultime parade de Gustave : il lui suggère d'être plus tendre avec son mari et Cousin, allant jusqu'à lui reprocher de les repousser et de les maltraiter. Que répondre à cela ?

Elle hausse les épaules, fatiguée. Doit-elle lui envoyer ces vers écrits après Mantes ?

Tout semblait rayonner du bonheur de nos âmes
La nature et le ciel confondaient leur splendeur
Là, par un long baiser suivi d'autres sans nombre
Nous avons commencé notre fête d'amour
Descendons du ciel sur la terre[53].

Les mérite-t-il, ces vers qu'elle a consignés dans un carnet pour lui ? Quand lui dira-t-il qu'il l'aime à la folie, qu'il n'en courtise aucune autre, et qu'il lui offrira les cadeaux évoqués en échange de ses pantoufles, une ceinture turque achetée à l'étranger, les petites salières en émail de Croisset… ou tout simplement la promesse d'un avenir commun ?

*

Paris, 25 octobre 1846

Invitée d'un dîner mondain chez les Girardin, la Muse ne décolère pas et parle à peine avec les autres convives.

Les échanges avec Gustave sont toujours versatiles, houleux et sublimes. Elle ne peut lui parler de vive voix, et voici que son corps le lui fait payer : elle est aphone – ce qui réjouit discrètement Hippolyte. Un peu de répit !

Au petit salon, Delphine la prend à part pour la questionner. Elle est au courant que Louise a un amant. D'une voix basse et tremblante, celle-ci avoue :

– Delphine, je ne tiendrai pas. Gustave se moque de moi.

– Dites, ma chère…

– Il prétend que le bonheur est un usurier qui, pour un quart d'heure de joie qu'il prête, fait payer toute une cargaison d'infortunes[54] !

– C'est cruel mais joliment dit, observe Delphine.

– Non content de ne pas me visiter, et de fixer des rendez-vous qu'il ne tient pas, il me prend pour un relais de poste.

– Je ne suis pas certaine de comprendre…

– Figurez-vous qu'il m'a confié une lettre à l'attention d'une certaine Mme Foucaud. Or, cette dame a été son grand amour de jeunesse. Maxime Du Camp me l'a confirmé.

– Mais quel mufle ! s'indigne Delphine. Voyons, Louise, il faut rompre…

Louise sort un mouchoir et se met à pleurer.

– Je ne sais plus ce qu'il attend de moi. Si je l'écarte,

il me rattrape. Et quand je suis ferrée à nouveau, il m'exprime la crainte qu'il a de me voir tomber enceinte de lui…

– Si j'en juge par la fréquence de vos retrouvailles, c'est assez peu probable, s'exclame l'amie de Louise.

– Il prétend qu'il se jetterait dans la Seine si un enfant venait à naître de notre union. Dans la Seine !

– Il nous débarrasserait opportunément le plancher, grommelle Delphine.

– Et le pire…

– Quoi, il y a pire ?

Delphine s'est exclamée un peu fort. Les autres invités les regardent. Elle baisse le ton.

– Il vous prie de ne pas être fidèle ? C'est cela ?

– Du tout. Quoique ! Il n'est pas près de revenir à Paris, mais en revanche, il mentionne un imminent voyage en Bretagne avec son Maxime…

– Il vous provoque. Il aime vos orages, cela le fait vibrer. C'est un dangereux manipulateur. Quittez-le.

Louise, pour une fois, décide de suivre le conseil de Delphine. En rentrant chez elle, dans un geste de colère maîtrisé, elle saisit sa plume et trace, pour la première fois depuis leur rencontre en juillet, des mots définitifs :

> Nous nous sommes tout dit. Ou plutôt, nous ne nous dirons jamais assez. Tu es un indécrottable couard : Adieu.

*

Paris, novembre 1846

L'horloge sonne, il est seize heures. Il fait déjà sombre, les petites lampes allumées dans les recoins du salon, au lieu d'apporter un peu d'allégresse, confèrent à l'entrevue une tonalité grave.

Louise se déteste et le déteste. Elle a ouvert à Gustave, accouru après avoir reçu le mot d'adieu… Il a tambouriné si fort il y a vingt minutes. Elle s'est effacée pour le faire entrer, a suspendu sa mante et accroché son chapeau près de la porte.

Ce matin, elle pressentait qu'il était en chemin et fort heureusement, Hippolyte sera absent jusqu'au lendemain – accompagné d'Henriette, il visite des amis à la campagne.

Gustave est là, maintenant, assis sur le sofa, face à elle ; le visage d'un enfant contrit. Il ne s'excuse pas vraiment, elle lui a préparé du thé sans rien demander, il préférerait un alcool fort. Il a bien cru la perdre… Il fouille soudain dans une de ses poches et en extrait un petit paquet qu'il lui tend.

– C'est un gage de mon amour pour toi.

Louise tâche de conserver sa mine sévère. Ne pas céder si vite. Elle l'aime beaucoup trop. Elle accepte le paquet, le défait et découvre… un coupe-papier. Une lame affûtée, qui trancherait n'importe quelle enveloppe ou serment.

– Il appartenait à Caroline…, murmure Gustave.

Le cœur de Louise fait un bond. La défunte compte énormément pour le Normand, et cet objet possède une inestimable valeur symbolique.

– Caroline l'avait gagné à une loterie que notre mère patronnait pour la paroisse…

– Gustave…

Que répondre à ce geste qui relie l'homme à son enfance et à leur amour ?

Louise, qui avait décidé d'être ferme et intraitable, se blottit dans ses bras et, comme dans les romans de leur siècle, pique son cou, ses joues et ses lèvres de baisers fiévreux. Le manque de lui, la crainte de l'avoir perdue, et les voici tous deux émus.

– Tu me fuis !

Tu m'angoisses, à exiger des explications à des choses qui s'expliquent d'elles-mêmes. Si, malgré l'amour qui te retient au triste individu que je suis, ma personnalité blesse trop la tienne, quitte-moi[55].

– Tu sais que c'est impossible…, sanglote-t-elle.

– Alors, accepte-moi ainsi !

– Tu es trop loin, trop distant, trop…

– Chut, fait-il en l'embrassant sur les lèvres.

Les deux amants malheureux s'étreignent. Puis Gustave s'écarte d'un bond.

– Tâche de m'oublier ; pour moi ce sera impossible.

Louise se redresse à son tour.

– Je t'interdis de quitter cette pièce.

Médusé, pris au piège de sa propre tragédie, il se fige. Louise se dirige vers son secrétaire, dans le coin de la pièce. Dans un tiroir placé au-dessus du plan de travail, elle saisit un bijou minuscule. Elle se retourne pour l'offrir à Gustave.

– Un coupe-papier n'existe que pour desceller le secret contenu dans une lettre. Le sceau de notre amour, le voici.

Gustave est émerveillé par la poésie de cette femme, dont le poing renferme un joli cachet, incrusté d'un bijou en agate, en émail et en or.

– Il est splendide. D'où le tiens-tu ?

– De Servanne. C'est l'un des rares objets que j'ai emportés.

– Puis-je l'accepter ?

– Si tu le refuses, c'est que tu me rejettes.

– *Amor nel cor*, déchiffre-t-il, perplexe.

– Du vieil italien, affirme-t-elle.

– Amour du cœur ?

– Sans aucun doute, soupire-t-elle en se lovant dans ses bras.

Ils demeurent silencieux.

– Ma Louise.

– Me promets-tu…

– Je ne promets rien.

– De n'aimer que moi ?

– Qui d'autre ?

– Cette Eulalie Foucaud.

– C'est mon passé.

– Les filles dans les bordels.

– Elles m'ennuient.

– Ludovica…

– Elle m'effraie.

– Mais c'est qu'elle est effrayante ! grommelle Louise.

Ils éclatent de rire, quoique jugeant Mme Pradier inquiétante pour des raisons différentes.

– Crois-tu que tu ne me rends pas jaloux, en paradant comme tu le fais ? En étant la Muse de Paris ? Tous les lettrés que compte la capitale te font la cour. Et Alfred de Vigny, crois-tu que cela me fasse plaisir de le savoir plus proche de toi que je ne le suis ?

– Balivernes.

– Ton Stello[56] t'apprécie, je le sais…

– Passe plus de temps ici, avec moi.

– Et avec ton mari ?

– Ou présente-moi ta mère, à Croisset. Je m'accommoderais parfaitement d'une existence retirée à la campagne. Nous écririons tous les deux au bord de la Seine…

Gustave esquisse un mouvement de recul, épouvanté par cette image. Elle le perçoit. Des larmes se remettent à briller dans ses yeux.

*

La correspondance reprend de plus belle, dès le Normand reparti. Des lignes de toute beauté, qui se terminent dans l'acrimonie tant Louise se sent seule… C'est à croire que leur réconciliation n'a pas eu lieu.

Il lui ôte le goût de tout, et même d'écrire. Elle ne se reconnaît plus. Elle refuse les dîners. Elle bâille quand on lui fait la cour. Hippolyte, Henriette et Victor s'éloignent d'elle. Elle n'est plus Louise, mais quelqu'un d'autre. Humiliée. Abandonnée. Blessée de se découvrir si vulnérable. Alors, elle se venge dans ses lettres.

> Manant. Avare. Brahme. Odieux personnage. Pervers. Égoïste. Ne m'écrivez plus. Je vous aime. Je vous hais. Adieu. Revenez.

Il soupire et répond :

Il m'est impossible de continuer plus longtemps une correspondance qui devient épileptique. Changez-en, de grâce ! Qu'est-ce que je vous ai fait (puisque c'est *vous* maintenant), pour que vous m'étaliez, avec l'orgueil de la douleur, le spectacle d'un désespoir auquel je ne sais pas de remèdes ?

Louise en rajoute :

Cessez donc de me traiter comme une femme du dernier rang ! Mon cœur est grand, mon erreur a été de vous le confier, les morsures de l'amour ne devraient être que physiques ! Vous piétinez ma patience, ma vertu et ma réputation. Je ne suis pas votre servante ! Et puis, me jugez-vous si indigne de rencontrer votre mère ?
PS – et arrêtez vos conseils d'hygiène. Qu'en ai-je à faire, de vos bains chauds et de vos infusions de camomille ? C'est vous qui êtes malade, pas moi !

*

Paris, 17 février 1847

Sa robe est de taffetas noir. La jupe, brodée de neuf volants découpés à l'emporte-pièce, est recouverte d'une tunique de dentelle de la même couleur. Sur le corsage décolleté et plat se ferme un canezou en jaconas gris perle, au plumetis pomponné de nœuds anthracite. Un large chapeau garni de blonde blanche et bandes horizontales indigo cache son visage. Un œil averti reconnaîtrait peut-être son bracelet à double rang en grosses perles, son autre en turquoises et marcassites.

On pourrait penser qu'elle revient d'un enterrement. Et en effet, on a appris la mort de Charles Félix d'Arcet, chimiste réputé, frère de Ludovica – et donc, beau-frère de Pradier. L'homme de science s'est éteint dans son lit, à Rio de Janeiro, brûlé par l'explosion d'une lampe à pétrole ! C'est un drame ; Gustave est accouru pour soutenir ses amis – et la belle Ludovica éplorée. Louise grimace. Elle avait raison de se méfier de la d'Arcet. Cette femme est tout sauf une complice, c'est une croqueuse d'hommes, une diablesse, une voleuse d'amants. Il ne lui suffisait pas de planter des cornes à James, il lui fallait Gustave, peut-être même Maxime, et qui sait d'autre. Louise en a des sueurs froides : les imaginer tous les trois ensemble, dans un lit, quelle horreur et quelle douleur…

L'esprit échauffé par mille divagations, les pieds en sang d'avoir tant marché, la Muse se glisse dans les rues de Paris, furtivement, à cette heure où les dames respectables prennent le thé au coin de l'âtre. Quelques mètres devant elle, une haute silhouette marche avec assurance. C'est celle de Gustave. Louise l'a suivi la journée durant, commençant sa filature à l'abri d'un fiacre posté aux abords de son hôtel, parfois obligée d'en descendre selon le chemin qu'il empruntait. Le Normand a visité des amis et des galeries, rien d'extraordinaire. Et cependant, Louise reste persuadée qu'il va s'encanailler… A-t-elle le droit de l'espionner ainsi ? Au nom de quoi peut-elle le blâmer d'être dans la capitale sans l'en informer ? Leurs derniers échanges épistolaires étaient si chaotiques…

Elle ignore combien de temps il restera. A-t-il décidé de se rendre à l'inauguration du Théâtre-Historique d'Alexandre Dumas, où se jouera *La Reine Margot* ? Mme Flaubert le rejoindra-t-elle pour présenter ses condoléances à la famille d'Arcet-Pradier ? Finira-t-il par la solliciter ?

Alors que Gustave se dirige vers l'hôtel Sully, Louise n'en finit plus de pester contre cette gredine de Ludovica. « La belle aux cheveux d'or », la surnomme-t-on, ce qui fait bondir la Muse, estimant que pareille distinction ne peut revenir qu'à elle. Ludovica prend un malin plaisir à se coiffer exactement comme Louise, bouclettes sur les tempes et chignon haut. Sa nature enjouée et prodigue à l'extrême séduit le Normand…

Louise voit Gustave entrer dans le hall de son hôtel. Elle s'attend à voir Ludovica surgir pour le rejoindre. Aussi choisit-elle de se poster dans un café, non loin de là. Elle patiente, rongée par le désespoir, les doutes, l'envie de l'étreindre. Vers dix-huit heures, elle n'y tient plus : forcément, Ludovica se trouve déjà dans la chambre de Gustave ! Dévorée de jalousie, elle se rue à la réception, apostrophe le malheureux garçon qui veille et ordonne qu'on lui confie le numéro de l'appartement de M. Flaubert.

La Muse monte l'escalier comme une furie. Dans les couloirs recouverts d'un tapis de velours rouge, elle se hâte afin de surprendre les coupables dans leurs ébats amoureux. Elle ne frappe pas, entre directement dans la pièce… et manque de trébucher sur Gustave, en tenue pour ressortir, pipe à la main, chapeau sur la tête, manteau sur le bras… Leurs deux visages expriment la stupéfaction. Elle, de le constater seul et sage ; lui, de découvrir sa maîtresse rouge, en larmes et en nage.

Elle se jette contre lui, le saisit par le cou, l'embrasse ; il accepte ses baisers puis la repousse, mécontent d'être dérangé.

– Folle que vous êtes, madame…

– C'est vous qui me rendez démente. Je vous en conjure, quittez-moi pour de bon, car je ne le puis point… Qu'on en finisse avec cette comédie !

– Drame de mauvais goût, plutôt ! Louise, que faites-vous ici ? Avions-nous prévu un entretien que j'aurais oublié ?

– Mais quel malotru tu fais, oublierais-tu vraiment un de nos rendez-vous ? Je compte si peu pour toi ?

– Je croyais que tu ne tenais pas à me voir, ces jours-ci. Et je ne suis à Paris que brièvement.

Gustave et elle s'écartent l'un de l'autre. Elle est pantelante, il sent son propre cœur battre à un rythme qui n'augure rien de bon. Va-t-il s'écrouler devant elle, victime d'une de ces crises d'épilepsie qu'il redoute tant ?

– Où allez-vous ainsi rhabillé ? Un rendez-vous galant, je parie ?

Gustave enrage. Il prévoyait une visite à la mère de Ludovica et Charles Félix, rien de plus. Il tente de calmer Louise, mais celle-ci ne le croit pas : s'il se rendait chez la mère, c'était forcément pour coucher avec la fille…

À la réception, le garçon qui a renseigné Louise tend l'oreille. Il y a du grabuge, là-haut. Pourvu que les voisins ne se plaignent pas…

– Louise, un peu de tenue, voyons, nous sommes en deuil !

Louise hoquette. Elle est ridicule, elle le sait et tente de reprendre pied. La tête lui tourne. Elle s'assied sur le lit de Gustave. Ses cheveux défaits en cascade sur ses épaules, son décolleté toujours appétissant, ses joues rouges font frémir le Normand. Il a le choix : la morigéner, lui faire l'amour, la mettre dehors. Ce qu'il fait, dans cet ordre. Rapidement. Sans plaisir.

Confortablement installé dans son fauteuil Louis XVI, Maxime Du Camp médite. Serré dans une redingote sombre, il caresse machinalement sa barbichette noire. Une double ride du lion précoce plisse son haut front, rendant étonnante sa chevelure, épaisse, désordonnée, et qui pourtant recule en haut de ses tempes, dessinant le début d'une couronne sur son crâne. Son regard, d'habitude acéré, est comme voilé par les réflexions qui s'enchaînent dans son esprit. Il a délaissé, de façon temporaire, l'écriture de ses *Souvenirs et paysages d'Orient* afin de s'attaquer à un problème autrement important.

Il ne supporte plus cette femme. Louise Colet. Elle est trop belle, trop combative, trop amoureuse de Flaubert qui en perd la raison. Parvenu à l'hôtel de Gustave une demi-heure après le départ de Louise, ce soir, il a retrouvé l'homme fourbu et paniqué, au bord du craquage nerveux. Il l'a apaisé le mieux possible. La Colet est une sorcière qu'il faut occire. Elle écrit ? Paris l'acclame ? On l'appelle la Muse ? L'amour indéfectible de Cousin la rend intouchable ? Qu'à cela ne tienne… Maxime veillera sur Gustave contre son gré. La passion amoureuse ne peut être que néfaste à son labeur littéraire.

Il observe le Normand endormi, épuisé, sur son lit, la méridienne où il a troussé Louise sans ménagement, le désordre qui règne dans la chambre, témoin de la tumultueuse querelle entre les amants.

Oui, cette affaire doit cesser, et lui, Maxime, y mettra un terme. Il a plusieurs armes à sa disposition et entend bien entrer en guerre avec un puissant arsenal.

*

Paris, 15 avril 1847

Au Procope, qui rappelle de doux souvenirs à Louise, Marceline Desbordes-Valmore s'agite. Elle s'inquiète de constater sa cadette si pâle et éteinte. L'ancienne actrice, âgée d'une soixantaine d'années, est très soignée malgré son visage buriné. Mince, élégamment vêtue d'une robe de gaze de Chine verte à trois tuniques, elle porte dans ses boucles brunes un turban assorti à son châle de dentelle de Chantilly. Elle qui a tant défendu la liberté des femmes artistes, notamment dans son roman *L'Atelier d'un peintre*[57], est peinée de voir Louise souffrir. Écrit-elle encore ? Marceline soupçonne que ses seules productions, en dehors d'articles de mode, se limitent aux missives enflammées rédigées pour Gustave.

On leur sert l'entrée, une fricassée de poulet à l'Austerlitz aux truffes. Les deux femmes remercient en silence.

Marceline toussote, hésite entre tancer son amie et la réconforter. La rumeur court que la Colet sombre dans la folie, qu'elle est invivable au quotidien, et que c'est même la raison pour laquelle son Officiel, son Philosophe et son Normand s'en sont éloignés… Maxime Du Camp se répand dans Paris en bruits peu flatteurs pour Louise. Elle aurait, paraît-il, interrompu un repas de Flaubert aux Trois Frères Provençaux, persuadée qu'il y dînait en compagnie d'une maîtresse… Marceline tâche de chasser cette vision de Louise enragée et ridicule. La poétesse doit prendre garde : elle n'est plus protégée par Cousin, et l'état de grâce qui a été le sien après les prix de l'Académie, malgré le scandale des *Guêpes*, est terminé. On ne s'entiche pas d'une créatrice qui crée moins, et qui ne possède plus le charme de la nouveauté. Comment la détourner de cette liaison qui la rend malheureuse ? Comment lui rendre le goût des succès littéraires ?

– Ma belle Louise, savez-vous où nous en sommes de la pétition Pasquier déposée par Hugo à la Chambre des pairs en février ?

– Sur la création de maisons de refuge et de retraite pour les ouvriers ? Je ne sais pas…

– Et que pensez-vous du retour de la famille Bonaparte d'exil ?

– …

Louise ne répond pas, l'esprit ailleurs.

– … quant à la création du Cercle de la librairie et de l'imprimerie, pour défendre et promouvoir les intérêts du monde de l'édition, voilà une belle avancée !

Louise tripote du bout de sa fourchette la viande dans son assiette.

– Vous devriez manger, ma chère. Vous disparaissez dans votre robe.

– Cela ne peut pas me faire de mal. Et puis, je me prépare à une future disette : avez-vous constaté l'augmentation du prix du blé ?

– Les émeutiers donneront certainement de la voix !

Louise ne saisit pas la balle au bond comme elle le

ferait d'habitude, prompte qu'elle est à prendre fait et cause pour le peuple. Marceline soupire. Ce déjeuner s'annonce long et terne. Si Louise ne s'enflamme même plus pour l'actualité politique…

Après un silence, Marceline hasarde :

– Vous avez l'air malade, Louise…

– Je n'aurais jamais dû suivre les conseils des unes et des autres !

– Mais lesquels ?

– Prendre un amant, tomber amoureuse, m'amuser ! L'amour est la source de tous les maux…

– Pas de tous les mots, en tout cas ! s'exclame Marceline. Voulez-vous sombrer dans l'oubli ? Que faites-vous de votre statut de Muse ?

– Je l'offre à cette prétentieuse de George Sand, à cette bonne Delphine, ou à vous, car vous le mériteriez davantage !

– Paris a besoin de vous, réplique Marceline avec fermeté. Vous n'allez pas gâcher tout ce que vous avez construit pour un jeune inconnu, si séduisant soit-il.

– Il est sauvage, captivant, libre… Comment voulez-vous que je m'en défasse… Lorsque l'on rencontre sa flamme jumelle, se permet-on de l'ignorer ?

– Louise, enfin, vous ne cessez de vous plaindre de ses dérobades, de son infidélité, de sa dureté…

– Nous avons du mal à nous comprendre, c'est vrai, se lamente Louise. Il est si difficile à décrypter. En janvier, par exemple, il s'interrogeait sur le bien-fondé d'une visite, et lorsque je m'en suis offusquée, il a répondu que je m'étais méprise sur le sens de ses mots, qu'il posait la question pour moi plutôt que pour lui, pour ne pas me rendre malheureuse.

– C'est un peu tortueux, en effet.

Un serveur passe récupérer les assiettes, tandis qu'un autre se précipite afin d'apporter la suite – de la sole en matelote normande aux huîtres. Indifférente au parfum qui s'échappe du plat, Louise fouille dans sa poche et en extrait une lettre.

– Lisez donc, je vous en prie.

Marceline prend la missive...

Voici donc ce que j'avais pensé : « Si elle croit que de me voir la rendra pire encore, si une heure, un jour de joie et de larmes mêlées doivent lui laisser encore des mois amers, une longue existence d'ennuis déchirants quand ils ne sont pas mornes, mieux vaut pour maintenant qu'elle ne me voie pas. J'irai dans sa rue, je regarderai sa maison, et je m'en retournerai. Si je la rencontre, tant mieux ; sinon, ce sera tout. » Je t'ai demandé enfin si tu voulais guérir. Je t'offrais un moyen, une chance, et tu as cru que c'était l'hypocrite préparation à ceci : venir à Paris sans vouloir te voir.

– Quel homme souffle ainsi le chaud et le froid, je vous le demande ?

Marceline expire à son tour. Si Louise conserve ces courriers sur elle, c'est qu'elle s'abîme dans leur lecture. Sans fin. Jusqu'au vertige.

– Il vous a ensorcelée, ma parole...

– Et ceci, dites-moi ce que vous en pensez, dit Louise en sortant une autre lettre.

Pour moi, l'amour n'est pas et ne doit pas être au premier plan de la vie ; il doit rester dans l'arrière-boutique. Il y a d'autres choses avant lui, dans l'âme, qui sont, il me semble, plus près de la lumière, plus rapprochées du soleil. Si donc tu prends l'amour comme mets principal de l'existence : *non*. Comme assaisonnement : *oui*.

Marceline secoue la tête. Décidément, ce Gustave a une manière très singulière d'exprimer son attachement. D'ailleurs, considère-t-il Louise comme sa maîtresse ? Ou comme une correspondante avec laquelle coucher lorsque cela lui chante ? N'aurait-il pas rompu à l'insu de Louise ? Celle-ci se berce-t-elle d'illusions ?

– Eh bien… il vaut mieux goûter à l'assaisonnement de nos soles, ma chère…, marmonne Marceline.

– Marceline ! gémit Louise.

– Louise, c'est un goujat. Et son attachement à sa mère, n'est-ce pas suspect ? Pathologique ? Prenez un autre amant qui sera empressé, tendre, simple…

– Moins génial…

– Bon sang, qu'en savez-vous ? Qu'écrit-il ? Croyez-vous sincèrement qu'un éditeur le publiera ?

– Je l'ai lu, il a du talent…

– Lisez plutôt les œuvres réelles…

– Comme la *Cléopâtre* de Delphine de Girardin ? sourit Louise faiblement. Gustave dit que c'est de la ratatouille.

Marceline s'esclaffe.

– La pièce sera pourtant donnée à la Comédie-Française en novembre, avec Rachel[58] dans le rôle-titre…, ajoute la Muse. Comme je rêverais de cela pour ma propre pièce ! Envisageriez-vous ma *Madeleine* à l'Odéon, avec Rachel ?

– Et pourquoi pas ? Pour une lecture destinée à vous

égayer, je pensais plutôt à ce livre à succès publié par Charlotte Brontë, une Anglaise. *Jane Eyre*…

– Ah oui, fait distraitement Louise.

– On dit que Charlotte Brontë a deux sœurs et un frère, également romanciers…

– Je ne sais pas si j'ai le cœur à me plonger dans de la fiction.

– J'y suis ! s'exclame Marceline en claquant des doigts. Il faut vous procurer le numéro un d'un journal libéral italien fondé par Camillo Cavour. *Il Risorgimento*…

Louise repousse son assiette. Les serveurs froncent les sourcils, attentifs à leurs célèbres convives. Faut-il déjà apporter le dessert qu'elles ont choisi, un blanc-manger ? Ou attendre que les deux amies leur fassent signe ? Ils choisissent de patienter, prévoyant d'ajouter à l'entremets une crème de rose et du café. Louise Colet a l'air fort agitée : une liqueur pourrait la détendre… Ils ignorent qu'elle boit rarement.

– *Il Risorgimento*, répète Louise, avec lenteur.

– Vous savez que Camillo Cavour est un…

– … officier et homme politique de Turin, bien sûr ! En France, il fréquentait Louis-Philippe, sa cour, et tous les intellectuels en vue de la fin des années 1830.

– Je crois qu'il a connu Victor Cousin ?

– Tout à fait. Cavour était assidu à la Sorbonne. Il était déjà, à cette époque, comme me le racontait Victor, grand admirateur du progrès, de la France, de l'Angleterre.

– *Il Risorgimento* est-il révolutionnaire, selon vous ?

– J'en doute : si Cavour est partisan de l'unification italienne, il l'est aussi de la paix, et du changement sans heurt. Il soutient à la fois la monarchie et l'établissement d'une Constitution.

Marceline se tait, admirative. À voir Louise se morfondre à cause d'un homme, on en oublie qu'elle a des convictions et une solide connaissance de la diplomatie en Europe. Et si cela se révélait l'outil de sa renaissance ?

– Comment se positionne-t-il relativement à Mazzini et à Garibaldi ?

Louise s'enflamme enfin. Elle reprend des couleurs, de l'animation ; elle embroche sa sole d'un coup de fourchette décidé, comme si elle conduisait elle-même une armée en marche contre la domination de l'Autriche dans la péninsule italienne.

Mais l'Italie n'est qu'une parenthèse distrayante dans le quotidien de la Muse. Puisque Gustave s'apprête à partir en voyage, elle lui fera payer ses agissements et sa légèreté par un silence méprisant. Qu'il s'y balade, avec son Maxime, à Quimper, Saint-Brieuc et Pontorson ! Qu'ils se gobergent dans les tavernes ! Qu'ils aillent aux filles ! Qu'ils y attrapent la syphilis ! Que leurs sexes se rabougrissent, que leurs dents dégringolent et que leurs cheveux chutent, qu'ils regrettent de se moquer à ses dépens comme ils le font en secret… Louise en est certaine : sous couvert de recueillir ses confidences, Maxime joue double jeu auprès de Gustave, qu'il veut garder pour lui. Mais qu'ils succombent à leurs élans sodomites, ces invertis qui ne s'assument pas ! Et si, le 29 juillet, Gustave ne pense pas à l'anniversaire de leur rencontre… Louise ne répond plus de ses actes.

*

Paris, fin avril 1847

Maxime ricane d'un plaisir sadique, écoutant Louise dévaler l'escalier de son immeuble, place de la Madeleine. Dans quelques jours, il soustraira enfin Gustave à son influence délétère : leur odyssée commencera, et les étapes seront nombreuses – Nantes, Quimper, Brest, Vannes, Carnac, Quiberon, Belle-Île-en-Mer, Lorient, Ploërmel et Saint-Malo. Ils ne rentreront pas avant fin juillet ! Les deux compères partiront de Blois pour se rendre à Chambord à pied ; ils visiteront, puisqu'ils seront sur une lancée royale, les châteaux d'Amboise et de Chenonceau. Chacun écrira un chapitre, afin de composer un récit de voyage à quatre mains, et Maxime prendra des photographies pour l'illustrer.

L'homme se plaît à torturer Louise Colet. Elle est si fragile lorsqu'il s'agit de Gustave, prête à tout, à s'abaisser, à oublier qui elle est. Maxime se jure de l'enterrer de son vivant. Le travail de sape a commencé avec de faux bons conseils sur la façon de se racheter auprès de Gustave. Il se poursuit en lui fermant la porte au nez, comme aujourd'hui, alors qu'elle est venue mendier des informations au sujet de leur périple. Il complétera en poussant Gustave dans les bras de Ludovica et achèvera en abreuvant la Muse de calomnies dans les salons. Au nom de la future gloire de Gustave, qui ne saurait être entravée par une femme.

*

Quimper, 11 juin 1847

Gustave ne parvient pas à s'en empêcher, quoi qu'en pense Maxime, qui grince des dents de contrariété, et il écrit à Louise :

> Je t'aime avec les restes de mon cœur que d'autres amours ont dévoré jusqu'au dernier fil.

Louise n'en retire aucune joie. Lucide, elle sait qu'il est si loin d'elle que ces mots sont fumeux comme une brume bretonne.

*

Paris, novembre 1847

Bien sûr, Gustave a oublié l'anniversaire de leur rencontre. Bien sûr, Louise le lui a reproché de façon sanglante. Et comme d'habitude, l'amoureux qui n'a d'amoureux que le nom lui a reproché de le lui avoir reproché ! Arguant qu'il voulait rester libre, sans chaînes… Que répondre ? Sont-ils encore un couple ? Pourquoi lui écrit-il, s'il s'estime libre de son engagement envers elle ? Au lieu de cela, il s'entête à envoyer ces maudites lettres qui entravent le cœur de la Muse pour mieux le broyer.

> Vous ne me dites pas si l'Officiel est toujours le même insupportable personnage ? Après ne pas vivre avec ceux qu'on aime, le plus grand supplice est de vivre avec ceux

que l'on n'aime pas, c'est-à-dire avec plus des trois quarts du genre humain.

Il exagère, Gustave ! Lui vit avec sa mère et sa nièce, dans une liberté absolue. Qu'y peut-elle, si Hippolyte loge sous leur toit commun, quand il n'est pas en cure dans les Pyrénées ?

Et puis, elle ne supporte plus que Gustave lui donne du « ma vieille amie »… Elle l'agresse à son tour.

> Vous me dîtes fort galamment, mon très courtois chevalier, que j'occupais beaucoup trop Du Camp et que j'avais fini par le fatiguer (littéralement). Dans le monde où je suis habituée à vivre, un homme qui s'est fait volontairement le confident d'une femme (et vous conviendrez que je n'ai point recherché votre ami, que c'est vous qui avez pris l'initiative et me l'avez offert comme un frère dévoué) se croit tenu à des égards envers elle. Mais il paraît que dans le monde des étudiants, des viveurs, des jureurs et des fumeurs, les choses se pratiquent différemment, et que, lorsqu'une femme vous embête (expression consacrée), soit qu'il s'agisse d'amitié ou d'amour, on lui écrit des impertinences et on l'envoie promener. Cela a plus de chic[59].

Louise pleure de rage, une fois de plus. Gustave lui reproche maintenant une malheureuse phrase prononcée à Mantes, dont elle ne se souvient plus, au sujet du bonheur, de la gloire, de Corneille. Ce qui lui aurait versé de la glace dans les entrailles, prétend-il…

Elle se répète qu'elle a raison de confier son corps au beau Franc Vostrak, sculpteur polonais aux prunelles de velours. Sa stature de colosse lui rappelle le Gustave des débuts. Elle a raison… mais la voilà enceinte à nouveau, et elle ne sait si elle doit s'en réjouir.

*

Paris, mars 1848

Louise est essoufflée. Comme la France entière, quoique les raisons diffèrent. Ce mois de mars soubresaute des événements de février. Pendant trois jours, Paris s'est soulevé. Le peuple, guidé par les libéraux, a renversé Louis-Philippe. La monarchie de Juillet est morte, vive la république proclamée par Lamartine !

« Si seulement l'histoire était si simple, on la retiendrait mieux… », gazouillait Henriette du haut de ses bientôt huit ans. Elle ne comprenait pas la portée du tumulte qui avait secoué la ville, mais elle pressentait que c'était important. Et elle entendait les adultes s'exclamer que trois révolutions en moins de soixante ans, c'était trop !

« La révolution a éclaté comme la foudre, répétait Louise. Le spectacle si grand et si beau, d'une nation qui se relève, se reconstitue et se gouverne enfin elle-même[60] ! »

Alexis de Tocqueville avait prédit devant les députés de l'Assemblée l'ouverture d'une ère agitée. La suppression des cours de Michelet, l'annulation d'un banquet, le mécontentement grandissant des ouvriers et des étudiants, leurs marches revendicatives ont conduit à l'insurrection générale, puis à la répression. Paris a tremblé sous les coups de feu et les morts. Le palais a été attaqué, le roi a abdiqué en faveur de son petit-fils… vers quoi la France se dirige-t-elle ?

Au moins la politique distrait-elle Louise de ses autres déboires.

Gustave et ce fourbe de Du Camp étaient aux premières loges de la révolution de février : ils ont compté les morts dans les charrettes à bras ; ils ont écouté les harangues dans les rues à feu et à sang ; ils ont vu les barricades et les affrontements… et à aucun moment Gustave n'a daigné contacter Louise.

Aussi s'est-elle résolue à l'informer de son état par écrit. L'enfant qu'elle attend n'est ni le sien, ni celui de l'Officiel, ni celui de Cousin. Avec des mots blessants, Gustave a rompu.

Par ailleurs, Hippolyte quitte définitivement le domicile conjugal. Il s'installera rue Blanche, tandis qu'elle déménagera à Passy. Enfin, Victor subit les changements politiques sans plus en être acteur : ses années de pouvoir sont derrière lui, il est fatigué et s'éloigne.

Voilà donc Louise en proie à des vertiges, prise au piège de ce qu'elle redoute le plus : l'abandon. Elle caresse son ventre rebondi de quatre mois, saisie de pressentiments terribles que la douceur d'Henriette ne vient point apaiser.

3.

Démêlés avec la justice

Paris, janvier 1849

Le temps file vite, finalement, sans Gustave, Victor ou Hippolyte. Louise a reporté son attention sur ses enfants. Le petit, né six mois auparavant, et Henriette, ravissante à bientôt neuf ans. Mais elle se sent si maladroite, avec ses proches. Comme si se tourner vers d'autres êtres humains n'était pas évident. N'est-il pas plus simple de se dédier aux anonymes, finalement ? C'est un engagement… moins engageant.

La Muse n'a rien publié après *Les Grands Jours de la République 1re journée. Le peuple, chant patriotique*, paru chez Jules Laisné en mars. « Un jour tout sera libre et Dieu seul sera roi », a écrit Marceline, dont Louise a emprunté la citation pour ouvrir son poème à la gloire du peuple exalté.

Elle a suivi les événements de 1848 avec passion. Le discours de Victor Hugo, place des Vosges, lors de la plantation d'un arbre célébrant la liberté, lui a donné des frissons : « Le premier arbre de la liberté a été planté, il y a dix-huit cents ans, par Dieu même sur le Golgotha ; le premier arbre de la liberté, c'est cette croix sur laquelle Jésus-Christ s'est offert en sacrifice pour la liberté, l'égalité et la fraternité du genre humain. » Elle aurait volontiers pris part au débat sur le droit de vote des femmes, si elle n'avait été grosse et empêchée. La vie à Paris a été très perturbée, entre les journées de juin et l'état de siège, levé en octobre seulement, et les remaniements gouvernementaux divers. Le 12 novembre, la nouvelle Constitution de la Deuxième République a été promulguée place de la Concorde, tandis que Louis-Napoléon Bonaparte a été élu président de la République en décembre.

La situation en Italie, dont la poétesse se tient informée, n'est guère plus calme. Les émeutes et manifestations se sont poursuivies toute l'année 1848. La révolution indépendantiste de la Sicile, relayée par la première guerre d'indépendance, en mars, a captivé Louise.

La poétesse observe le calme de son appartement et celui de la rue, dont les bruissements lui parviennent par les fenêtres. Elle aperçoit l'Abbaye-aux-Bois, en face de son logis, décoré de bleu et de livres. De Passy, où elle s'est installée brièvement, elle a déménagé au 21, rue de Sèvres. Rien, absolument rien de l'atmosphère bouillonnante régnant dans Paris depuis six mois ne transparaît ici.

L'hiver est rude, la neige recouvre la capitale aujourd'hui. *Le climat est brutal, alors qu'on le dit en France tempéré !* songe Louise, ramenant sur ses genoux une couverture douillette. En été, on crève de chaud, puis on gèle… Et si l'on pouvait expliquer les révolutions par les sautes de température ? Ce serait un sujet de conversation fort intéressant. Qui dit mauvais temps, ou temps extrême, dit mauvaises récoltes, disette et pénuries… Ainsi de 1830 et de l'an dernier ; avec en toile de fond ce champignon venu des Amériques qui a ruiné les cultures de pomme de terre en Europe. L'Irlande est ravagée par la famine.

La voilà si seule, malgré sa proximité avec Juliette Récamier ; Henriette a été placée en pension chez les sœurs de l'Abbaye-aux-Bois. La fin de l'année dernière a été rude, entre son accouchement encore si difficile qu'elle avait cru mourir, puis la disparition de ce cher « Château-Brillant ». Et cette épidémie de choléra qui parcourt le monde a fait des ravages en Russie, en Turquie et en Angleterre, pour débarquer en France à Dunkerque en octobre, à bord d'un navire anglais ! C'était bien la peine d'ouvrir toutes ces routes commerciales, si c'était pour répandre le pire des fléaux au passage… Car le choléra est une affaire sérieuse. Un mort a été enregistré à Paris. Le gouvernement et les médecins tâcheront de contenir l'épidémie, mais il y aura forcément d'autres victimes. Et que dire des manifestations de cette maladie ! Louise a des haut-le-cœur rien qu'à y songer – de brutales diarrhées blanchâtres, dit-on, qui déshydratent le malade tant elles sont incontrôlables et massives ; des crampes abdominales épouvantables, de la fièvre, des vomissements. La cyanose, des visages bleuis – une *peur bleue*. Le mal est hautement contagieux, quiconque touche un malade est susceptible de l'attraper, et un certain nombre de gestes sont fortement recommandés pour prévenir l'infection : une hygiène accrue, particulièrement des mains ; éviter le contact physique… Pour la grande amoureuse qu'est Louise, cette dernière restriction est fâcheuse. Quoiqu'elle ait moins d'énergie pour penser aux hommes, depuis quelques mois…

À l'Abbaye-aux-Bois, Louise retrouve Juliette et Marceline. Juliette a beaucoup décliné, à la mort de Chateaubriand en juillet. L'une s'efforce de paraître vigoureuse, tandis que l'autre s'oblige à ne plus leur parler de Gustave…

(Où diable peut-il bien être aujourd'hui, et que fait-il ? Quels sont ses tourments, ses élans ? S'est-il remis à écrire sa *Tentation de saint Antoine* ? De lointaines connaissances murmurent qu'il prépare avec Du Camp un autre grand voyage, en Orient cette fois… Louise lui a écrit une toute dernière fois, lui envoyant des vers et une mèche de cheveux de Chateaubriand. Ce rustre l'a remerciée pour leurs beaux souvenirs… Et puis, plus rien. Louise secoue la tête. Ne plus penser à lui, à eux, à lui sans elle, à ce qu'il fera hors de France… À moins que penser à lui ne soit une manière de le ramener à elle ? Louise croit à la force des énergies projetées dans le monde invisible… Cette dévoration est épuisante.)

– *Le Testament de César* ne vaut pas votre *Madeleine*…

– Marceline, vous êtes sincère ? Quelle joie !

– Quand votre pièce sera-t-elle jouée ?

– J'ai bon espoir. Une lecture doit avoir lieu bientôt au Théâtre-Français – je la redoute.

– Et pourquoi donc ?

– Elle est très politique… Il n'empêche : je réussirai à voir le président, j'irai en audience à l'Élysée, et il m'aidera.

Marceline et Juliette sourient de la force de conviction de Louise, légendaire. Toutes deux savent qu'elle peut déplacer des montagnes.

– Et comment va votre petit garçon ?

– C'est un ange. Ses gazouillis me rendent un peu de joie lorsque je le visite chez sa nourrice…

– Puisque vous êtes rétablie, Louise, je vais vous rendre vos copies des lettres de Benjamin Constant… Tout de même, il y en a une soixantaine, cela prend de la place !

Juliette, quasi aveugle, hoche la tête d'un air bienveillant et distrait. Lorsque Louise croyait agoniser, lors de sa grossesse, elle avait chargé Marceline de la mission confiée par Juliette – avec la bénédiction de celle-ci.

– Louise, il faudra prendre un soin extrême à cette publication, lorsque je ne serai plus.

– Voyons, Juliette, vous êtes vaillante, ce sujet ne devrait pas être abordé par nous maintenant.

– La mort ne prévient pas toujours lorsqu'elle vous cueille, chuchote Juliette. Et vous savez à quel point je tiens à ce que la mémoire de Benjamin soit honorée. Vous avez l'autorisation de publier dès que vous le souhaiterez, à ma disparition.

– Et votre salon ? Le rouvrez-vous ? s'enquiert Marceline.

Louise élude. Depuis la rupture avec Gustave, elle n'a plus le goût de recevoir.

– Et vos amours, ma chère ?

Louise secoue la tête, maussade. Après le sculpteur Franc Vostrak, le peintre Franz Noller : en parler avec ses amies est-il nécessaire ? Ils étaient jeunes, amoureux, puis un peu moins… et elle perdait la tête, puis la raison, pour les recouvrer aussitôt. Aucun homme ne pouvait prendre la place de Gustave dans son cœur. Alors, systématiquement, comme pour effacer ses sentiments ou s'assurer que nulle trace ne subsisterait de ses égarements, elle harcelait comme à son habitude ses anciens amants afin de récupérer les courriers qu'elle leur avait envoyés… C'était devenu une obsession.

– Pourquoi ne vous rabibochez-vous pas avec Cousin ? fait Marceline.

– Le reste de mon existence avec un homme froid, avare et uniquement préoccupé par ses livres ? Marceline…

– Il vous a tellement aimée… Si vous n'aviez pas été mariée, il aurait demandé votre main.

– Et je la lui aurais refusée ! Ce que nous pouvions espérer de meilleur, nous l'avons déjà vécu, soupire Louise.

Les trois femmes se taisent, l'image de la petite Henriette danse devant leurs yeux. Toutes se demandent comment Louise parviendra à subvenir à ses besoins, à l'éducation de sa fille, sans Hippolyte, sans Cousin, sans livre à venir.

*

Paris, 4 juillet 1849

Que d'actualités, en ce mois de juillet 1849 ! Louise suit avec avidité les informations qui parviennent de la République romaine. Le printemps des peuples en 1848 a embrasé l'Europe entière ! Louis-Napoléon joue une stratégie trouble auprès de son voisin italien. L'expédition de Rome avait-elle pour objectif de rétablir le pape, de tuer cette nouvelle république ou de la défendre contre l'Autriche ? Le Risorgimento passionne Louise, qui renoue avec l'enfance de son père et réaffirme son attachement à Pellico, Mazzini et Giuseppe Garibaldi… Ce dernier, militaire et marin moustachu né à Nice trois ans avant elle, aventurier s'étant illustré en Amérique du Sud, républicain soutenant toutefois l'autorité monarchique de Charles-Albert, lui plaît. L'unification italienne ne se fera pas sans heurts, elle le craint et s'embrase pour la cause de ce peuple ami.

Plus proche de Louise, le choléra a hélas contaminé Paris. C'était prévisible. Les virus se moquent des frontières. La précédente épidémie ne semble pas avoir jeté le même trouble dans la population française – peut-être n'était-elle pas aussi virulente. Les Parisiens qui le peuvent ont fui vers la campagne. Les théâtres et les magasins sont fermés, ce que Louise déplore.

Rue de Sèvres, l'hospice des Petits-Ménages est devenu un foyer d'infection épouvantable. Il faut se confiner. Catherine, la bonne ayant remplacé Célina, ne sort plus que pour effectuer des courses de nourriture.

L'atmosphère de la capitale est lourde, délétère, sinistre. On s'évite, on se recroqueville, on vit à demi.

Ce matin, Louise hésite à s'habiller. Le brouillard qu'elle traverse depuis des semaines n'est pas près de s'estomper. La mort rôde trop, autour d'elle… Est-il seulement utile de se lever le matin, lorsque la douleur s'empare de vous dès que les rêves se sont envolés ? Son cœur est plus serré que jamais. Un poids serre sa poitrine comme une griffe de vautour. Elle a deux cimetières à visiter – eux, au moins, restent ouverts, malgré ou à cause de l'épidémie : celui de Montmartre, où est enterrée sa chère Juliette, qui a succombé à la maladie en mai, alors qu'elle s'était mise à l'abri chez sa nièce Amélie Lenormant, rue des Petits-Champs. Et celui du Montparnasse, où son deuxième petit garçon, lui aussi victime du choléra, a rejoint le premier… Le poupon qui lui apportait de la joie n'est plus, et Louise s'estime coupable de n'avoir pas été auprès de lui, de ne pas l'avoir tenu dans ses bras pendant ses dernières heures. Il n'aura guère connu que ceux de la nourrice…

Louise est brisée, mais se donne du courage. Il faut tenir. Pour Henriette et ses boucles blondes, ses questions mutines, ses cils de biche, sa tendresse. Cette fillette, désormais en pension à Chaillot, est un point de repère pour sa mère, qui ne cesse de s'en gourmander : les enfants ne devraient pas être les piliers de leurs parents.

Catherine a préparé du thé anglais et des tartines. Henriette, qui passe la semaine avec elle, l'a consolée dès son réveil puis lui a apporté ses gants et sa mante. Elle supporte mal de voir les yeux rougis de sa mère et cette tristesse qu'elle peine à ravaler. Elle a grimpé dans le lit pour piquer les joues de Louise de baisers doux.

– Mère, il faut visiter mes petits frères… Ils doivent se sentir si seuls, et avoir si froid dans leurs tombeaux ! Des fleurs les égaieront un peu.

Le quartier de la rue de Sèvres est en partie bouclé, à cause de l'épidémie. Dans la rue déserte, Louise hèle un fiacre, tandis que la concierge sort précipitamment de sa loge :

– Madame Colet, un mot est arrivé pour vous !

Louise fronce les sourcils. Elle n'attendait pas de message particulier, ces jours-ci. La lettre vient d'Émile de Girardin, ce qui l'alerte immédiatement. En effet, la veille, la correspondance Constant-Récamier, soit soixante-treize lettres, pour laquelle Louise a comme convenu rédigé une introduction, vient de commencer à paraître dans *La Presse*. Henriette, soudain inquiète, voit la tempête s'installer sur le visage de sa mère déjà ravagé. Elle tire doucement sur sa manche pour attirer son attention, car un cocher vient de s'arrêter, à plusieurs mètres d'elles.

Louise la regarde sans la voir, puis fixe la voiture, retourne le papier qu'elle tient dans ses mains tremblantes puis en fait une boulette qu'elle jette à terre nerveusement.

– La garce !

Henriette rougit, elle sait que le mot est vilain. Elle se résigne : les affaires de Louise primeront, comme souvent. Louise se penche vers elle, fond en larmes, s'excuse.

La Muse ne décolère pas. La missive de Girardin l'informe qu'Amélie Lenormant, légataire testamentaire de Juliette Récamier, s'oppose non seulement à la publication de la correspondance mais que de plus, elle s'apprête à poursuivre la Muse en justice pour abus de confiance. Trop, c'est trop !

Face à elle, dans le salon de son appartement, maître Langlais, son avocat, écoute et prend des notes. Il toussote.

– L'affaire est grave, madame. On vous soupçonne d'avoir profité du grand âge et de la faiblesse de Mme Récamier. De vous être rapprochée d'elle en déménageant pour mieux la placer sous votre emprise…

– Maître, c'est Juliette elle-même qui m'a suppliée de quitter Passy pour vivre au deuxième étage de la maison en face de l'Abbaye-aux-Bois ! D'occuper l'appartement du regretté Ballanche…

– Pouvez-vous le prouver ?

– Mais sans doute…

– Ensuite, Mme Lenormant vous accuse d'avoir fabriqué un faux acte de donation des lettres de Benjamin Constant. Grâce à un complice, qui aurait profité de la cécité de Mme Récamier pour lui faire parapher un document qu'elle n'aurait ni rédigé ni pleinement approuvé.

– C'est absurde, voyons. Je vais vous le montrer…

Louise se lève d'un bond pour fouiller dans les tiroirs de son bureau et remet à l'avocat un papier sur lequel il déchiffre ces lignes tracées d'une écriture malhabile :

> Je donne à Mme Louise Colet la copie des lettres de Benjamin Constant, me confiant à elle pour en faire l'usage qu'elle jugera le plus honorable pour sa mémoire ; mais avec la condition que ces lettres ne pourront être ni communiquées ni publiées qu'après moi. Cette preuve de confiance étant toute personnelle, si, contre toute vraisemblance, je survivais à Mme Colet, la copie des lettres de Benjamin Constant me serait rendue, et redeviendrait ma propriété. Approuvé l'écriture. J. Récamier[61]

– Mme Récamier ne voyait plus grand-chose, c'est vrai : c'est sa secrétaire Clémence Robert qui a calligraphié l'acte, raison pour laquelle s'y trouve une faute d'orthographe, mais c'est bien Juliette qui l'a signé. Elle avait pris la décision, de longue date, de me donner ces lettres afin de faire mieux connaître Constant, après sa disparition…

– Nous aurons besoin de plus que cela. Mme Lenormant affirme que les manuscrits originaux ont été classés par elle et que le recueil porte un avertissement daté d'octobre 1845 mentionnant que les lettres ne sont pas destinées à être publiées.

Louise réfléchit.

– Je suis certaine que de nombreux habitués de l'Abbaye-aux-Bois pourront témoigner en ma faveur. Tous savent à quel point je rappelais à Juliette sa grande amie, Germaine de Staël. Elle le répétait à qui voulait l'entendre. À Mme Dupin. À Chateaubriand…

– Qui ne nous sera hélas pas d'une grande utilité !

– … il y a aussi Béranger. Il a assisté aux débuts de ma relation avec Mme Récamier. Il est très populaire, auprès du public. Une célébrité pareille…

– De cela les juges n'ont cure !

– Nous pourrions demander à Victor Cousin d'intervenir.

– Je ne sais si, en raison de la grande proximité qui a été la sienne avec votre, hum, famille, il sera tout à fait crédible dans ce contexte.

– Il pourra user de son influence auprès des journalistes, afin que ma réputation ne soit pas ruinée par ces horribles accusations…

– Il est impératif d'établir que Mme Récamier vous avait chargée de cette mission de les publier. Certaines personnes furent-elles témoins de cela ?

– Marceline Desbordes-Valmore le confirmera. Elle-même a eu entre les mains les copies de ces lettres. Lorsque je me croyais en danger de mort, lors d'une grossesse difficile, je les lui avais confiées.

– L'un des arguments de la partie adverse, représentée par maître Chaix d'Est-Ange, serait que Mme Récamier, en raison de son caractère discret, ne voulait pas divulguer des courriers si intimes.

– Mensonge ! Juliette pensait à la postérité de Constant. Et elle n'était pas si secrète. Il suffit de compter le nombre de portraits qui ont été réalisés à sa gloire, et ce qu'elle avait autorisé à M. de Chateaubriand pour ses *Mémoires d'outre-tombe*…

– Encore une fois, madame, le grand homme ne nous sera pas très utile !

– Mais ses écrits, oui ! Et nous devons citer les « Souvenirs de ma vie », qu'avait rédigés Juliette. Elle était discrète, mais point effacée.

– Où sont donc ces « Souvenirs » ? s'étonne Langlais.

– Consignés dans huit cahiers manuscrits…

– Où sont-ils ?

– Je crois qu'ils ont été détruits hélas.

– Donc inutilisables !

– Je ne suis pas la seule à les avoir vus…

– Si l'autre personne qui les a eus entre les mains est Mme Lenormant, je doute qu'elle vous appuie… Mais il y a pire…, soupire l'avocat.

Louise gémit.

– Chaix d'Est-Ange insinue que vous auriez écrit vous-même certaines lettres…

La Muse prend son visage entre ses mains. Profiteuse. Escroqueuse. Faussaire. C'est trop ! Faut-il essayer d'infléchir Amélie Lenormant, qui a jalousé sa complicité avec Juliette ? Comment se sortir d'une pareille mauvaise passe ?

– Est-ce fini ? se lamente Louise.

Son avocat prend une grande respiration.

– Les héritiers ne vous lâcheront pas. Ils ont tout intérêt à vous faire condamner, car ils désirent interdire la publication des *Mémoires d'outre-tombe* que M. de Girardin a entreprise dans *La Presse*, et notamment du livre X sur Mme Récamier.

– C'est absurde : Juliette était au courant, avait donné son accord et possédait une copie manuscrite du livre X, que j'ai consultée dans sa bibliothèque. Pourquoi ce revirement du côté Lenormant ?

– Je l'ignore, fait l'avocat, haussant les épaules.

– Peut-être ce vautour d'Amélie souhaitait-elle tirer profit de la mort de Juliette pour signer des publications sur la destinée de sa tante. Je l'aurais alors prise de court…

L'hypothèse de Louise ne convainc pas l'avocat, qui tâche cependant de la rassurer.

– Nous nous battrons. Vous êtes un personnage public, il faut vous laver de ces odieux soupçons.

– Je suis une cible si facile. Qu'il est donc affreux d'être connue !

Maître Langlais s'abstient de commenter. Il estime que la célébrité a toujours ses revers – surtout lorsqu'on la pourchasse avec avidité.

Paris s'éveille à ce scandale retentissant, qui distrait chacun du choléra : l'affaire Lenormant-Constant-Colet ! Le clan de l'ancien député et auteur d'*Adolphe*, représenté par la baronne d'Estournelles, s'y met aussi, à présent, pour accabler la Muse. Émile de Girardin est dans le viseur des héritiers en tant qu'éditeur.

L'indépendance italienne, l'arrestation du Cercle de Petrachevski à Saint-Pétersbourg, avec mise sous les verrous de Fiodor Dostoïevski à la forteresse Pierre-et-Paul depuis avril, les lois qui menacent la presse en France… tout est suspendu, la capitale ne vibre plus qu'au gré des avancées du procès.

Les langues des commères, autant que des intellectuels et des artistes, s'agitent sans fin autour de l'affaire :

– Ça change des intrigues autour des prix !

– Il doit se retourner dans sa tombe, au Père-Lachaise, le Constant…

– Qu'allez-vous imaginer ? C'est une occasion inouïe d'être réhabilité que Mme Colet et M. de Girardin lui offrent…

– Une poétesse courant le sou et un patron de presse avide de choux gras pour vendre son papier, ce n'est pas très glorieux !

– Croyez-vous que les copies soient fidèles aux originaux ?

– Oh, tout est possible, dans cette histoire, il faudrait les comparer aux manuscrits de Mlle Lenormant…

– Que la Muse ait séduit, endormi et trompé Mme Récamier pour lui soutirer les documents, c'est possible ; de là à affirmer qu'elle a fabriqué des faux…

– Impossible, la Récamier l'aimait beaucoup. Je le tiens d'une de mes cousines, amie d'une coiffeuse qui passait à l'Abbaye-aux-Bois…

– Et la jalousie de Lenormant, vous y avez pensé ?

Elle a dû enrager que sa tante investisse la Colet d'une responsabilité pareille…

– Je veux bien qu'Amélie Lenormant défende la mémoire de Mme Récamier, mais de là à traîner Louise Colet devant les tribunaux !

– Elle a peut-être besoin d'argent ?

– Ou de se faire valoir…

– C'est la Colet qui veut se faire valoir, on dit qu'elle n'écrit plus…

– Mais cessez donc de l'éreinter, cette pauvre femme ! Et si elle était tout à fait sincère et honnête dans cette affaire ?

– La Muse n'est pas parfaite !

Louise aime que l'on parle d'elle, certes. Mais ce tintamarre, qui met en doute sa probité, et la délectation des gens face à son infortune lui donnent des nuits blanches. Comment se sortira-t-elle de ce nouveau guêpier ? Ah, si seulement Gustave était à ses côtés… elle serait plus forte. Le Normand aurait les mots pour la consoler et lui rendre son énergie guerrière.

À l'aube de ses quarante ans, Louise est si lasse.

*

Paris, 8 août 1849

Au tribunal de la Seine, en ce début août étouffant, la première chambre où se déroule le procès Colet-Lenormand est au comble de l'agitation. M. de Belleyme préside, grave. Les femmes s'éventent en gloussant, ces messieurs sont impatients d'entendre l'avocat de la défense.

– Ce n'est pas moi qui dis qu'elle est un grand poète, s'exclame maître Langlais, ce sont MM. de Chateaubriand, Béranger, Lamartine, Victor Hugo, Alfred de Vigny, Sainte-Beuve, Manzoni, Silvio Pellico, Ballanche, Ampère, et tant d'autres dont j'ai lu les lettres[62]...

En l'écoutant conclure, Louise sourit avec une peine infinie. À quoi bon vaut-il d'être reconnue comme un grand écrivain si c'est pour être humiliée ainsi ? Abus de confiance, vol : elle en aurait presque honte, si elle ne se savait innocente. Pourvu que Langlais convainque la cour qu'elle et Juliette ignoraient devoir recourir à un notaire pour authentifier la donation. Cette garce d'Amélie a raconté que Louise n'était que tolérée dans le salon de Juliette : c'est un outrage, et heureusement des témoignages ont établi que Louise était une intime, dont la compagnie était plus que recherchée : elle était indispensable à Mme Récamier.

– Nous allons pas à pas, lentement ; mais nous marchons à la vérité, soyez-en sûrs[63].

Il est bon, Langlais, et le public se régale de ses tournures de phrase, de sa manière non pas de faire de Colet une victime mais de démontrer que Lenormant est rouée. Chaix d'Est-Ange grimace un peu trop souvent, et la tension dans le camp adverse de celui de Louise est vive.

Quatre témoignages cruciaux ponctuent la séance : en effet, Langlais a retrouvé la copiste de Mme Récamier, Élise Amelin, laquelle a confirmé avoir reproduit les lettres de Constant selon la volonté de Juliette, pour les confier à Louise. Clémence Robert a également apporté son soutien : la pensée qu'il pourrait naître après sa mort une contestation était insupportable à Juliette, et elle avait prié sa secrétaire de prendre la plume. Et que dire de Béranger, blâmant Amélie et son mari de trahir la mémoire de Juliette ? « S'il y a scandale dans la publication, a-t-il écrit à Louise, c'est le procès qui vous est intenté qui en est la cause. »

Langlais termine sa plaidoirie sur un point essentiel : l'intérêt historique de la publication.

– Est-ce que nous connaîtrions si bien le XVIIIe siècle si quelque héritier avait interdit la publication des lettres de Voltaire, de Grimm, de D'Alembert ?

Le public hoche du chef. Chaix d'Est-Ange se lève avec une lenteur calculée, reprend la parole brièvement – l'heure tourne, cette séance est interminable –, mais sans apporter d'élément inattendu. De fait, il ennuie toute la chambre. Cousin, qui est dans l'assistance, sourit à Louise avec compassion. Quel sera le verdict ?

M. Sallé, le substitut du procureur de la République, s'exprime enfin. Le don du manuscrit est selon lui conforme, mais la publication reste problématique.

– La cour estime que M. de Girardin et Louise Colet ne doivent pas poursuivre la publication des lettres incriminées. Mais les copies manuscrites resteront en la possession de Mme Colet.

Grand mouvement dans l'assemblée. Qu'est-ce que c'est que cette conclusion qui ne conclut rien ? Les messieurs se penchent en avant, ces dames gémissent, il faut un peu d'air à ce procès peu clair. Amélie Lenormant bout, sur son banc d'accusatrice. Et Louise est incrédule. Qui donc est condamné, dans cette histoire ? Admet-on qu'elle n'a pas dupé Juliette ? Dans ce cas, pourquoi interdire la publication ?

– Nous ferons appel, affirme Langlais. Cela prendra des mois, mais nous n'en resterons pas là !

*

Paris, décembre 1849

Des mois plus tard...

La foule s'est dispersée, l'accusatrice n'a pas eu un regard pour l'accusée, qui s'effondre dans le fiacre qui la ramène chez elle. Elle est en compagnie des Girardin.

– Je ne peux y croire, sanglote Louise avec rage.

– Calmez-vous, ma chère, conseille Delphine avec philosophie.

– On m'enlève les lettres, maintenant : que me reste-t-il de mon amitié avec Juliette ?

Émile proteste.

– Votre honneur est définitivement lavé. La cour a proclamé votre innocence et votre bonne foi. Il vous suffira de payer les dommages et intérêts, et les frais de l'appel...

– Il suffira, il suffira... j'aimerais vous y voir !

– Dites-vous qu'il ne m'a pas été facile de renoncer à cette publication !

– Vous n'avez pas idée de ce qu'une femme seule comme moi, sans appui, avec charge d'âme, subit comme pressions financières ! Sans compter, et j'en mets ma main au feu, qu'Amélie finira par éditer elle-même la correspondance...

– C'est probable, approuve Émile, dont la colère

est tombée depuis longtemps. Pis encore, elle le fera très mal !

– Tout s'arrangera ma chère, tente Delphine. Et financièrement, Cousin ne vous a jamais lâchée. Et votre petite cour…

– Quoi, vous pensez réellement que je demanderais à un homme ce type de faveur, en échange de…

– Louise, ne montez pas sur vos grands chevaux ! s'impatiente Delphine. Vous écrirez un roman charmant, un énième poème pour l'Académie française, des tribunes sur les guipures à la mode, et voilà tout !

Louise hésite. Elle pourrait rire ou pleurer, à cet instant. D'autant qu'elle vient d'apprendre, si un clou supplémentaire au cercueil avait besoin d'être planté, que Gustave est définitivement parti en Orient avec Du Camp en octobre. Et s'il rencontrait là-bas un amour plus fort que le sien, une odalisque aux yeux sombres qui lui ferait oublier ses passions précédentes ?

4.

Gustave, le retour

Paris, février 1851

L'assemblée, ce dimanche, est presque aussi brillante[64] que celle du jeudi, jour réservé aux soupers d'académiciens. Les fils de Victor Hugo sont assis sur une bergère, tandis que Théophile Gautier écoute Charles Baudelaire déclamer un poème magnifique, debout, près de la cheminée où crépitent les bûches. Alphonse Daudet, adolescent précoce qu'on surnomme Piccolo, discute à voix basse avec la princesse Mathilde. Leconte de Lisle et Alexandre Dumas sont en désaccord profond au sujet du président Louis-Napoléon Bonaparte, entré en guerre contre l'Assemblée. Et ses anciens amants, le sculpteur Hippolyte Ferrat, le journaliste Octave Lacroix, ou le jeune et fringant peintre Franz Noller – qui n'est pas une histoire si ancienne que cela – ne paraissent pas dérangés de se côtoyer.

Louise, impériale, ravissante, règne sur ses convives. Plus d'une année s'est écoulée depuis le procès contre Amélie Lenormant. Les Girardin avaient raison : le choc passé, elle a repris pied. Elle s'est recentrée sur les objectifs les plus importants, devenir la mère qu'elle aurait dû être pour sa fille, travailler.

Assis ou debout, un verre de liqueur à la main, entre les tableaux et les bibelots, dans cette ambiance feutrée et bleutée du salon : on se bouscule chez Louise. Au lieu de ternir sa réputation, l'affaire Lenormant l'a consolidée… Il faut être chez Mme Colet, « la Vénus de la rue de Sèvres », c'est chic. Ses articles pour *Le Monde illustré* et sa prédilection pour les chapeaux extravagants la font arrêter par les passants dans les rues de Paris. Elle est devenue un baromètre de la mode.

Louise sourit à François-Désiré Bancel, son nouvel amant, qui s'enflamme contre le président. Si la jeune femme a tiré un trait définitif sur le Philosophe, elle s'est entichée de ce jeune et fougueux député de la Drôme. Certes, il la fait vibrer à nouveau ; mais leur liaison est pâle, comparée à ce qu'elle a vécu avec Flaubert. Elle tente de se convaincre de la passion retrouvée, et souvent l'exaltation la gagne : mais l'euphorie retombe vite, victime de cette fragilité ancienne qu'est la peur de l'abandon.

Ce soir, Louise ne parvient pas à se concentrer sur les mots du jeune Baudelaire, si talentueux. Quel dommage qu'il soit laid, avec ce front proéminent, ces cheveux fins, ces lèvres pincées… Il ne manque pas d'esprit, il en a même beaucoup ! Ses vers sont excellents ! Et il a dix ou onze ans de moins qu'elle, comme les autres… Est-il, comme tous, trop torturé pour être un bon amant ? Gustave, à la fin, ne la faisait plus jouir qu'intellectuellement. On ne pouvait pourtant pas dire qu'ils s'étaient lassés, ils se voyaient si peu ; il bandait aléatoirement et ne parvenait à rien de convaincant. *Les hommes n'aiment point que nous soyons plus grandes et meilleures qu'eux, en amour. Cela les embarrasse et les irrite*[65], soupire-t-elle intérieurement. Le drame de sa vie.

Ses pensées l'emmènent vers Juliette, vers Hippolyte, dont la santé est de plus en plus chancelante, vers Gustave, si loin… Le reverra-t-elle un jour ? Il faudrait qu'elle récupère les lettres qu'elle lui a envoyées… Ou est-ce un prétexte qu'elle s'invente ? Souhaite-t-elle qu'il ait brûlé ses courriers, ou qu'il les ait confiés au secret d'un tiroir verrouillé ? Les relirait-elle s'il les lui rendait ?

On sonne à la porte avec insistance, ce qui surprend Louise. Elle n'attend plus personne, qui s'invite à sa table à cette heure tardive ? Serait-ce Ondine, la fille de Marceline Desbordes-Valmore, qui vient d'épouser Langlais, son ancien avocat dans l'affaire Constant-Lenormant ? Alphonse Daudet, qui s'est mis au piano pour jouer et chanter, s'interrompt brutalement.

– Mon Dieu ! Si c'était… papa[66] !

Et en effet, un homme à l'accent méridional pénètre dans le salon, se rue sur Alphonse et le gifle à deux reprises. Louise se lève, inquiète et amusée. L'intrus s'incline vers elle et tonne :

– Ne faites pas attention, mesdames et messieurs, ce n'est qu'un père qui corrige son enfant !

Malgré la drôlerie du moment, Louise frémit. Un coup à un enfant, cela lui paraît intolérable.

*

Paris, 26 juin 1851

Tous ses amis la dissuaderaient, s'ils savaient ce qu'elle s'apprête à faire. À l'époque où elle et Gustave s'aimaient, où il déposait ce qu'il avait de plus cher à ses pieds, son temps, son estime, ses manuscrits, il lui interdisait formellement de venir à Croisset.

Ce matin, elle ose.

À quarante ans, la moitié de sa vie si elle a de la chance, elle tente une ultime manœuvre pour retrouver cet homme unique. Elle aime mieux souffrir qu'oublier. Elle n'a plus rien à perdre : depuis avril, elle est veuve. Hippolyte s'est éteint dans ses bras, elle l'a pleuré longuement. La mort de Colet, c'est un peu de l'âme de Louise qui est partie. Cette âme, il faut la retenir pour que Louise ne se vide pas de sa substance. Elle se persuade qu'elle se remettra à vivre, à éprouver, à respirer, à créer… si elle retrouve l'amour. Et ce n'est point Désiré qui la comblera.

Alors la voilà en route, puisqu'elle vient d'apprendre le retour de Gustave de son périple en Orient. Le compartiment du train où elle a pris place est vide. Elle s'est apprêtée, bien sûr. Chevelure torsadée et ramenée sur un seul côté pour changer, yeux de biche fardés, seins appétissants – si elle devait par hasard croiser Flaubert mère, un châle léger en dentelle viendrait pudiquement recouvrir ses appas –, taille soulignée par le corset et les jupons, fanfreluches et pampilles un peu partout… Elle se sent presque ridicule d'être si élégamment vêtue. On dirait qu'elle se rend au théâtre, et non dans une bourgade tranquille de Normandie ! Elle observe son reflet dans le miroir de poche, s'agace d'un cheveu blanc manqué par son coiffeur, de cette ride au coin de l'œil qui gâte tout. Elle s'efforce de retrouver son calme, s'agiter ne fait que creuser le vilain sillon. Elle se juge encore belle, fort heureusement. Et le jour où son reflet ne lui plaira plus ? Ce jour où des créatures plus jeunes et plus séduisantes l'éclipseront ? Il restera l'esprit. Mais avant, faisons pâlir la lune et le soleil et éblouissons Gustave. Faisons-le revenir. Retenons-le. Épousons-le !

À la gare de Rouen, elle descend et erre sur le quai. Où doit-elle se rendre pour rejoindre Croisset ? Elle s'arrête à l'hôtel d'Angleterre et prend une chambre d'où elle fait envoyer un mot à Gustave. Son intuition lui soufflant qu'il n'y répondra pas, elle décide de se rendre chez les Flaubert avec un batelier, après avoir déjeuné et rafraîchi sa toilette.

Au fil de l'eau, Louise pense que décidément elle est très amoureuse pour se lancer dans un si long périple. Et si l'embarcation chavirait, qu'elle périssait noyée ? Oh, ce serait une mort très romantique. Digne des fictions qui ont nourri son adolescence. Elle s'imagine un instant, Ophélie aux blondes et longues boucles autour d'elle, dérivant dans le courant de la Seine. Elle aurait son teint de nacre parfaitement conservé par le froid des flots ; ses paupières closes aux cils recourbés rappelleraient la puissance de son regard ; ses mains jointes lui donneraient l'allure d'une mystique. Gustave serait fou de chagrin. Un enterrement grandiose serait organisé au Père-Lachaise. Des décennies plus tard, sa tombe serait recouverte de fleurs déposées par ses admirateurs, ses lecteurs, ces hommes et ces femmes qui entretiendraient sa mémoire.

Elle secoue la tête, subitement de mauvaise humeur. Le batelier qui l'a prise en charge lui indique une vaste demeure XVIIIe, claire et cossue, encadrée de tilleuls, de barrières de pierre et de bois, sur les bords du fleuve calme.

– Il faut descendre, madame !

Louise hésite. Comment va-t-elle s'annoncer ? Comment Gustave réagira-t-il ? Est-il chez lui ? N'a-t-elle pas commis la plus grossière erreur de sa vie en filant ce matin de chez elle, à la pointe de l'aube ? Elle prend sa robe dans une main, serre son sac dans l'autre, s'avance. Du jardin lui parviennent des exclamations d'enfant et de femmes.

– Liline !

Probablement Caroline, la nièce de Flaubert. Sont-elles en train de pendre le linge, de s'occuper des fleurs ? L'une vient à la rencontre de Louise, qui surmonte son intense vertige pour demander M. Gustave. La bonne sourit, s'incline et file vers la maison prévenir le maître. Louise inspire profondément, pose une main sur le muret, lève les yeux au ciel comme pour l'implorer et, se sachant observée, reprend son aplomb pour sourire aux gouvernantes et à la petite.

– Vous… ici !

Louise tressaille. Gustave apparaît au seuil de la petite porte qui sépare la propriété de la berge. Il a tant changé ! Qu'a-t-on fait de son Viking chéri ? Son crâne s'est singulièrement dégarni et son front est plissé, il a laissé pousser sa moustache, sa silhouette s'est épaissie. Il semblerait même qu'il lui manque des dents... que certaines soient ternies... Est-ce ainsi que l'on vieillit, en Orient ? Il est drôlement vêtu, dans une sorte d'accoutrement chinois, avec un pantalon ample, une blouse, une cravate de soie jaune rayée or et argent. Une image saugrenue traverse l'esprit de Louise : un phoque.

– Gustave..., bredouille la Muse, pour la deuxième fois de sa vie, aussi impressionnée que lorsqu'elle avait croisé Chateaubriand rue d'Enfer.

– Vous ne pouvez pas rester ici, madame, fait Gustave fermement, sortant de la propriété. C'est inconvenant. Ma mère ne le supporterait pas. Nous avons des invités. De la famille.

Louise plonge dans ses prunelles afin d'y lire la vérité. Il ment. Il est pris au dépourvu et, comme souvent chez les hommes, choisit la facilité : la congédier. Mais il ne sera pas dit qu'elle a fait tout ce chemin pour retourner en pleurs à Paris. Impossible.

– Monsieur, vous n'avez jamais répondu à mes sollicitations. Si je me présente, c'est pour récupérer les biens qui m'appartiennent et que vous avez conservés.

Gustave marque un arrêt. De quoi parle-t-elle ? Des cadeaux qu'ils ont échangés ?

– De mes lettres, Gustave ! s'exclame-t-elle d'une voix aiguë, sous le coup de l'émotion. De mes lettres !

Va-t-elle s'évanouir ?

– De grâce, pas un mot, balbutie son ancien amant, effrayé que sa mère jaillisse de la maison.

– Je ne quitterai pas les lieux avant de vous avoir parlé.

Gustave est plus ému qu'il ne le souhaite. Dans ses maraudes avec Du Camp, dans les ruelles du Caire et les bordels, dans les paysages antiques qu'ils ont traversés, il lui est arrivé de penser à elle. « La vie avec elle aurait été un emmerdement », prétendait Max. Et s'il s'était trompé ? Après tout, qui mieux qu'elle a su faire vibrer son cœur, son esprit, son sexe, son âme ?

– Reprenez une barque et patientez à l'hôtel d'Angleterre. Je vous rejoins plus tard.

La nuit tombe, et le ciel revêt ses constellations. Il fait si doux. Louise s'apaise, tourne les talons, prête à tout pour une dernière nuit avec lui. La promesse de son ancien amant lui fait oublier les friandises apportées pour la nièce de Gustave, dans sa poche. Mais il la rattrape alors qu'elle s'approche de la berge[67].

*

Paris, septembre 1851

– Et il vous a embrassée ? s'enquiert Edma Roger des Genettes, les yeux étincelants de curiosité, posant sa tasse de thé sur le petit guéridon du salon de la Muse.

Cette nouvelle connaissance de Louise est pétillante et friande de potins.

– Moins fort, Edma, je vous prie…, souffle Louise, masquant sa gaieté.

Car près des jeunes femmes, Henriette joue, innocente.

– Vous portez le deuil, c'est vrai…, soupire Edma. Lui avez-vous demandé de reprendre les cours de latin ? Comme lors de votre séance de pose chez Pradier ?

– Ne vous moquez pas ! rit son hôtesse à cette évocation.

S'est-elle trop confiée à Edma ? Mais elle est plus

amusante que Marceline et Delphine, très sérieuses, et qui désapprouveraient l'épisode de Croisset…

Le souvenir du baiser la submerge. Sur la berge, avant qu'elle ne quitte la propriété Flaubert, il s'était approché d'elle, avait caressé sa joue, et leurs lèvres s'étaient unies avec le naturel qui était le leur, physiquement, depuis le fiacre. Envolées, les disputes ! Volatisés, les silences ! Oubliées, la rupture et la distance ! L'un et l'autre avaient frémi tant le souvenir de leurs étreintes passées était fort, doux, intense. Il l'avait rejointe à l'hôtel plus tard, dans la soirée. Et tout avait recommencé…

– Si vous reprenez une correspondance, ce sera par le truchement de Du Camp avec qui vous êtes fâchée ?

– Nous n'avons plus besoin de nous cacher, aujourd'hui… Ce pauvre Hippolyte, de là où il nous surveille, n'a plus son mot à dire…

Les amies contemplent l'enfant.

– Peut-être vaudrait-il mieux que cette affaire soit de notoriété… que nous officialisions enfin…

– Louise, ne rêvez pas, l'ermite de Croisset ne vous épousera pas.

Louise s'assombrit. Qu'en sait cette péronnelle, qu'elle connaît mal ? Grande lectrice, Edma se rêve en femme de lettres. Fille de militaire, épouse de médecin reconverti en percepteur-receveur à Saint-Maur-des-Fossés, elle ne jure que par Victor Hugo et essaie de lancer son propre salon littéraire. Un sombre inconnu comme Flaubert ne peut pas l'intéresser…

– Tout de même, c'est un peu dur de vous renvoyer sans vous permettre d'entrer dans la propriété ! insiste Edma.

– Il recevait à dîner…, rétorque Louise.

Ou cela était-il un prétexte pour l'éloigner de Mme Flaubert, encore une fois ?

– Et ensuite ?

L'impatience d'Edma amuse Louise, finalement. Mieux vaut se réjouir que gémir, tel est le credo qu'elle a décidé d'observer, après cette décennie de malheur. La compagnie d'Edma, vive et pleine d'esprit, lui insuffle de l'énergie alors qu'en général, Louise s'épanche peu auprès des autres femmes. Et puis, elle est très jolie, ce qui est agréable lorsque l'on prend le thé et que l'on converse au coin du feu. Son opulente chevelure brune donne envie d'y plonger les doigts, ses yeux sont ronds, rêveurs et ombragés de cils interminables et sa taille, Seigneur, sa taille est si fine ! Une vraie sylphide ! Louise rêve de regagner pareille silhouette, mais les corsets les plus lacés ne contrebalancent pas le poids des années… Louise aime les belles choses – tant qu'elle ne souffre pas de la comparaison.

– Il m'a retrouvée à l'hôtel d'Angleterre. Nous avons parlé longuement, comme autrefois… Que cela m'était étrange, après ces quatre années. Nous nous sommes querellés, je vous l'avoue : nous n'étions pas d'accord sur les motifs de notre rupture… puis nous nous sommes rabibochés. Puis disputés à nouveau. C'était sans fin, nous ne voulions pas mettre un terme à cette entrevue, à dire vrai…

Elles se taisent.

– Et puis vous vous êtes réconciliés pour de bon.

– Jusqu'à la prochaine fois ! s'exclame Louise, lucide. Nous ne pouvons pas être plus dissymétriques. Nous sommes opposés en tous points. Et pourtant, nous nous aimons tant...

– Ah, fait Edma, applaudissant de ses mains parfumées à la rose, vous voilà donc réunis !

– Il ne m'a rien rendu de ce que j'étais venue chercher, maudit Louise.

– Vos lettres ?

– Pas une, vous dis-je. Et je lui ai laissé le manuscrit de ma pièce *Madeleine*... Je suis si sentimentale avec Gustave, c'est désespérant. Mais le ridicule amoureux, c'est aussi sublime. Il m'a écrit qu'il aimait ma compagnie lorsque je n'étais pas « orageuse »...

– Quand allez-vous le revoir ?

– Le plus vite possible ! Quoique je craigne fort les mois à venir.

– À cause de sa mère ? De Croisset ? De Maxime ?

– De tout ! J'ai résolu d'éviter ce fourbe de Du Camp et de m'intéresser à un autre camarade dont Gustave m'a fait l'éloge, le jeune auteur Louis Bouilhet. Je dois l'aider à percer à Paris... Non, c'est autre chose qui me tourmente, ma brave Edma.

– Dites ?

– La véritable maîtresse de Gustave, c'est l'écriture. Or, il vient de s'atteler à un projet d'envergure... Un roman.

– Ce n'est pas comme s'il ne s'était pas déjà frotté à l'exercice, remarque Edma, avec une moue. Son *Éducation sentimentale*, sa *Tentation de saint Antoine*... Cela vous rendait chèvre, autrefois, qu'il se consacre à ses pages chéries...

– Cette fois il paraît décidé à écrire son chef-d'œuvre.

Et les prémices l'angoissent d'ores et déjà : il a peur, me dit-il, de faire du « Balzac chateaubrianisé[68] » !

– Qu'il s'essaie déjà à faire du Balzac ou du Chateaubriand, pour commencer ! pouffe Edma.

– Ne vous moquez pas, il est très sérieux. Il veut faire « un livre sur rien, sans attache extérieure, qui se tiendrait de lui-même par la force de son style, comme la Terre sans être soutenue se tient en l'air, un livre qui n'aurait presque pas de sujet ou du moins où le sujet serait presque invisible[69] »… Cet été, il a posé les bases de son édifice. Il a rédigé ce qu'il appelle ses « plans et scénarios ».

– … presque pas de sujet… ?

– Je vous avoue être perplexe.

– Et… quel est ce « presque pas de sujet » ?

– Un fait divers, grogne Louise. Ou plutôt, plusieurs faits divers.

– Fabuleux, acclame Edma, ironique. Racontez !

– Il y aurait tout d'abord l'affaire Eugène Delamare, un officier de santé dont la jeune épouse, Delphine Couturier, était infidèle. Dépensière et endettée, elle se suicida en abandonnant une fillette.

– Triste histoire…, compatit Edma.

– Sans compter de sombres intrigues d'empoisonnements conjugaux qui ont récemment mis les journaux en ébullition.

– Eh bien, il ne fait pas bon être marié, chez Gustave Flaubert ! siffle la sylphide. Qu'est-ce que je vous disais ?

– Tout reposera sur son personnage féminin. Une beauté provinciale qui s'ennuie, prend des amants, vibre et se brûle aux feux de ses passions.

– Un peu vous, en somme ! pique Edma.
Louise tressaille, fâchée.
– Enfin ! Emma Bovary, ce n'est pas du tout moi !

*

Paris, 2 décembre 1851

La nouvelle frappe le peuple comme un coup de tonnerre dans le ciel. Les commères n'en finissent pas de clabauder sur le pas des portes, malgré le froid et la bouillasse ; les badauds s'agglutinent le long des grandes artères parisiennes et brandissent les affiches placardées sur les murs depuis ce matin à l'aube ; les nostalgiques de 1789 ne savent plus quoi penser.

– C'est l'anniversaire de la victoire de Napoléon Ier à Austerlitz, le 2 décembre 1805 !

– C'est voulu, ma bonne dame, c'est voulu !

– Décidément, la république, ce n'est pas un régime solide !

– L'armée devrait protéger l'Assemblée !

– Mais l'armée soutient Louis-Napoléon…

– C'est Napoléon III qu'il faudra dire, s'il réussit son coup et qu'il rétablit l'Empire…

– Rétablir l'Empire ? C'est impossible, voyons ! Vous délirez.

– Décidément, les Bonaparte et la République, ça fait deux…

– « Le président de la République décrète… »

– C'est un plébiscite qui est proposé au peuple français ! Dès la fin du mois…

– C'est surtout un coup d'État déguisé !

– Déguisé, c'est un euphémisme !

– Le mandat du président arrivait à son terme, et il ne pouvait pas se représenter… Il en appelle à la dissolution de l'Assemblée nationale et à la composition d'une nouvelle Constitution…

– Pas très légal, tout ça…

– Il rétablit le suffrage universel… n'est-ce pas ce que nous pouvons obtenir de mieux ?

– Universel, universel, comme vous y allez !

– Si universel c'est exclure la moitié de la population…

– Victor Hugo et les républicains ne laisseront pas faire…

– Comment voulez-vous qu'ils s'y opposent ?

– Thiers a été arrêté !

Louise est effarée par les événements, malgré le bonheur dans lequel elle nage avec son Gustave retrouvé, et malgré les tracas financiers dont elle est accablée. Elle se remet à caresser l'idée de vendre son album d'autographes, et pense que Flaubert va l'aider. En attendant, elle s'est rapprochée de ce jeune Louis-Hyacinthe Bouilhet, compagnon du collège royal de Rouen où il a étudié avec Gustave, et elle le présente à tous ses cercles. Il la relie à son amour mieux que ne le faisait Du Camp. *Il est moins roué*, se persuade-t-elle. Un fils de médecin, lui aussi, détourné des matières scientifiques par vocation littéraire. Gustave a entière confiance en son jugement et lui lit chaque semaine des passages entiers des aventures de son Emma Bovary. Les deux hommes se ressemblent même physiquement, ce qui a le don d'émerveiller Louise. Bouilhet est de plus très émoustillé par Edma, ce qui amuse Gustave, qui la surnomme « la mère Roger » dans ses courriers. Cédera-t-elle à la tentation, ou se réfugiera-t-elle dans la chaste admiration qu'elle voue à Hugo ?

Lorsque la nouvelle du coup d'État se répand dans le quartier, Louise n'hésite pas : elle doit être témoin des événements.

*

Paris, 4 décembre 1851

Les boulevards de Montmartre et Poissonnière sont agités cet après-midi ; Louise s'est rendue rue Beaubourg et rabat la capuche de sa mante sur sa tête. Elle avance, front baissé, pour ne pas attirer l'attention. Aurait-elle dû rester tranquille rue de Sèvres, comme ses amis l'en conjuraient ? Se mettre en danger comme elle le fait, pour une veuve ayant un enfant à charge, est-ce bien raisonnable ? Que ferait Henriette, si Louise venait à être blessée ?

Deux jours plus tôt, le prince-président a donc renversé la république. Des voix se sont élevées contre le coup d'État, un comité de résistance, autour notamment de Victor Hugo, Victor Schœlcher et Hippolyte Carnot, s'est formé.

Il était intolérable pour la Muse de se cloîtrer chez elle jusqu'à la fin des hostilités déclenchées dans la capitale. À quelques encablures de la tranquillité de l'Abbaye-aux-Bois, l'histoire de France se joue. Un poète, un écrivain, n'a-t-il pas pour devoir de regarder son époque et de s'en faire l'écho ? D'en fixer la mémoire ?

Louise marche parmi la foule, composée de manifestants et de militaires chargés de maintenir l'ordre. La division du maréchal Canrobert ! Elle n'est guère rassurée. Au loin, en direction du nord, on distingue des amoncellements de pierres et de bois, et des individus s'y juchant apostrophent les passants de la rue sur ces barricades de fortune. Le cœur de la jeune femme vibre à l'unisson de l'énergie ambiante, et des cris qui commencent à résonner. Ce peuple qui se dresse pour refuser la tyrannie du pouvoir et réaffirmer son droit à la liberté, elle en est fière. Elle lui appartient. Elle se promet de prendre sa défense, par la plume, par tous les moyens possibles.

Elle hâte le pas vers les barricades, comme hypnotisée. Elle ne sera pas de ceux qui doivent fuir la France, au contraire de Victor Hugo ou de Désiré Bancel, qui quitteront le pays si le vent tourne. Elle restera pour faire entendre sa voix. Elle est femme : que cela serve ! En son temps, Germaine de Staël avait tenu tête à Napoléon Bonaparte. Pourquoi ne défierait-elle pas à son tour Louis-Napoléon ?

Elle grimpe sur des pavés. On la reconnaît, on l'applaudit. Elle se met à crier « Vive la République ! » à tue-tête, jusqu'à s'écorcher la gorge, tandis que la foule l'acclame. Louise est galvanisée. Elle défait ses cheveux, jette son manteau, exhorte la masse assemblée à ses pieds à résister. « Le peuple pour la liberté ! »

Une désorganisation plus grande encore, un mouvement humain, une nervosité chez les soldats la figent toutefois. Au loin, la silhouette du maréchal Canrobert brandissant son sabre et lançant des ordres propage un vent d'angoisse dans les rues. Machinalement, Louise observe les hommes autour d'elle. Comme dans un rêve au ralenti et aux sons étouffés, elle en voit s'affaisser dans un voile rouge, une odeur de poudre, un écran de fumée. Elle reprend ses esprits, et cette fois le vacarme saisit ses tympans : les soldats ont ouvert le feu sur les barricades, les rebelles sont en train de tomber sans distinction. Elle se met à hurler, de peur, de rage, d'impuissance.

La suite de l'épisode est floue dans l'esprit de Louise. Comment est-elle descendue de la barricade ? Quelles âmes secourables lui ont rendu son vêtement, lui ont fait boire un peu d'eau et l'ont écartée de l'échauffourée ?

Elle ne s'en souvient plus. Elle a couru, les mains sur les oreilles. Elle s'est sentie plus seule et vulnérable que jamais. Mais elle était au bon endroit.

À quoi servent les honneurs, les prix littéraires, l'argent, la poésie, les romans médiocres, le divertissement vendu en feuilleton moins cher qu'un pain pour distraire le peuple de ses misères ?

– Mère, réveillez-vous !

Louise s'est endormie sur un fauteuil, dans le calme de l'appartement de la rue de Sèvres. Henriette lui tient la main.

– Qu'avez-vous vu ?

Une ronde de visages se pressent sous ses paupières : Delphine, Marceline, Edma, Gustave, Victor, Hippolyte, Adolphe…

La Muse se met à pleurer en silence, tandis que des

flammes crépitent dans l'âtre. Son existence paraît défiler entre les braises. Une existence dont elle peine à comprendre la cohérence.

L'écriture sera sa manière de reprendre le contrôle. Ce ne sera plus une écriture de poésie ou de salon, mais une écriture de la vie, de l'amour, de la justice, du sens. Un nouveau chapitre qu'il convient d'inventer.

IV.

1.

Gustave, toujours

Paris, juin-juillet 1852

Louise range la lettre de Gustave précieusement, dans une cassette dédiée. Son regard s'attarde sur sa grande armoire bibliothèque, voilée par des rideaux turquoise, qui abrite sa collection de chapeaux et de flacons Guerlain. Certes, les amants s'écrivent moins qu'avant. Mais les lignes de Flaubert sont admirables, plus encore que jadis. Tout comme elle supporte, en vrac, ses complaintes sur ses cheveux – qu'il perd, malgré les traitements –, ses exhortations à aider Bouilhet, les critiques assassines qu'il émet au sujet de sa poésie, sa jalousie envers Musset, Hugo, ou d'autres hommes qu'elle admire…

La Muse s'observe dans son miroir. Dieu, que le temps file vite ! Elle aura quarante-deux ans cette année. Elle se refuse toujours à son philosophe, lequel la demande en mariage avec une louable constance. Elle préfère la liberté au confort matériel. Elle n'est toutefois pas mécontente d'avoir obtenu son troisième prix de l'Académie française pour le poème *La Colonie de Mettray*. On dit qu'elle est pistonnée, rien de plus faux : Victor Cousin était très gêné lorsque la distinction a été annoncée, et Victor Hugo, qui a voté pour elle, ne la connaît pas personnellement. De plus, elle a envoyé le texte de façon anonyme, à deux reprises ! Ce n'est pas son charme physique qui a opéré, mais bel et bien l'éclat de ses vers. La somme qui lui sera remise à l'annonce, en août, lui permettra d'être un peu moins inquiète pour leur avenir financier, à elle et Henriette. Car être à la tête du salon le plus à la mode et avoir échappé de peu aux baïonnettes de Canrobert sur le boulevard Montmartre ne paie pas les créanciers.

Il est l'heure de se préparer : Alfred va bientôt sonner à sa porte pour l'emmener au bois de Boulogne, ou au Pré Catelan. Gustave en serait fou de rage ! Louise en rajoute volontairement, pour le piquer. Elle se demande si Flaubert hait Musset parce qu'il le suspecte de vouloir coucher avec elle, ou parce qu'il est un auteur acclamé. *La Confession d'un enfant du siècle*, même si elle était en filigrane un chant d'amour à cette bique de George Sand, n'était-elle pas un livre inoubliable ?

> Musset n'a jamais séparé la poésie des sensations qu'elle complète. La musique, selon lui, a été faite pour les sérénades, la peinture pour le portrait, et la poésie pour les consolations du cœur. Quand on veut mettre le soleil dans sa culotte, on brûle sa culotte, et on pisse sur le soleil[70].

… avait écrit Gustave dans une de ses lettres récentes. Louise avait souri. Si sa relation avec Flaubert s'est assagie, elle tient plus que tout à cet homme. Elle n'en démord pas : il s'installera bientôt à Paris, une fois sa *Bovary* terminée, et il l'épousera… En attendant, rien de tel que de susciter sa jalousie en s'affichant avec des hommes de lettres. Musset est le candidat idéal, malgré son alcoolisme et son peu de productivité récente : décoré de la Légion d'honneur, tout juste entré à l'Académie française… *Quoi, un lien avec son prix, comment peut-on suspecter cela ?* Louise secoue ses boucles, dans son dialogue intérieur. Elle est irréprochable. Il se trouve simplement qu'elle est plus attirée par les académiciens que par les musiciens, voilà tout. Et que Gustave le traite de « piètre coco » n'est pas pour lui déplaire.

– Madame, vous êtes splendide ! s'exclame Alfred, s'inclinant devant elle en mimant un baisemain.

Louise a hésité avant d'ouvrir sa porte. Il n'est pas rare qu'elle craigne des violences de sa part, tant il peut se révéler agité, soûl et sale.

Il a encore quelque chose, le bougre, se dit-elle, avec sa chevelure longue et dorée, sa barbe fournie et ses iris bleu clair. Son visage rectangulaire, ses pommettes saillantes, son nez droit, sa silhouette sanglée dans une redingote au revers en velours, drapée d'une pèlerine de laine… Louise lui cédera-t-elle aujourd'hui ? Elle hésite. Prendre Musset pour amant ne serait pas déshonorant, mais a-t-elle envie d'aller jusque-là ? Comment réagirait Gustave, lui proposerait-il enfin de se fiancer ? Alfred est si imbibé que ses mains tremblent, quoi qu'il ait bu ; et chaque fois qu'il s'est arrêté à l'improviste chez elle, elle a dû le mettre à la porte tant il puait l'absinthe et tenait des propos extravagants… Et si ses yeux sont pleins de fougue, ils luisent hélas de la fièvre des liqueurs dont il dépend. Quant à ses dents, si gâtées… Osera-t-elle s'en approcher ? Après tout, celles de Gustave ne sont guère en meilleur état… Et puis, les histoires d'amour se concluent rarement par un bonheur ! Louise a fini par cesser d'y croire. Elle s'y adonne pour le frisson que procure l'aventure, mais la suite n'est-elle pas décevante ? Même dans les bras de Gustave, elle ne se pâme plus… Elle l'aime, bien sûr, mais tout est plus sage, plus doux.

Louise a envie de tester un peu les limites d'Alfred. Et aujourd'hui, il est sobre.

– Où m'emmenez-vous, cette fois ?

– Au Jardin des Plantes, ma mie ! Nous allons visiter les vrais animaux, car les bêtes humaines, trop nombreuses, me fatiguent…

Louise pouffe.

– Mais je suis essoufflé, madame… Auriez-vous un verre de vin à m'offrir ?

– Je n'en ai hélas que de médiocre qualité, je n'en bois guère…

– Parfait, je préfère le vin bleu[71] ! Savez-vous que j'ai beaucoup pensé à vous, depuis l'autre jour ? Je ne pourrai pas lire votre « Colonie » à l'Académie, car il ne faut pas mêler nos deux noms de façon trop évidente…

– Je comprends, Alfred…

– Savez-vous que je fais des vers en dormant ?

– Eh bien…

– Tiens, je lirai peut-être votre « Colonie », mais allons au Jardin des Plantes d'abord, nous nous déciderons en face du grand lion.

Sobre, Alfred lui donne malgré tout le tournis.

– Patientez, je termine de me préparer !

– Et votre poème sur notre regretté James Pradier ?

Louise s'assombrit. Le sculpteur est mort il y a peu. Si elle le voyait moins ces dernières années, en raison de désaccords entre elle, lui et Gustave, elle est très peinée de cette disparition.

– Je ne sais pas si vous le méritez, reprend Louise. On dit que rien ne trouve grâce à vos yeux, en dehors des écrits de Mme Sand…

– Ah, mais c'est qu'ils sont incomparables !

Louise fronce les sourcils. Le poète le constate et tente de se rattraper.

– George… n'est pas vraiment une femme !

– Ah oui ? Vous diriez donc que la relation que vous avez eue fut contre nature ?

– George pense comme un homme, même si elle n'en a pas les attributs.

Subitement, Louise se remémore les compliments que Flaubert lui faisait jadis. Lorsqu'il louait son intelligence virile, et qu'il se montrait désorienté qu'elle soit femelle *et* intellectuellement performante. Ces distinctions, elle les abhorre.

– Ce n'est pas parce qu'une femme se déguise en homme ou qu'elle abandonne son patronyme de naissance qu'elle deviendra plus puissante !

– Bien sûr que si. Parce que les hommes lui pardonneront d'être femme.

Musset marque une pause et reprend.

– L'histoire acceptera alors de les graver dans ses stèles. Personne ne saura qui était Aurore Dupin, baronne Dudevant…

Il se fige à l'évocation de son ancien amour.

– … mais on louera pendant des siècles George Sand. Et George Eliot.

– Me suggérez-vous de signer mes œuvres George Colet, désormais ?

– Je suis étonné que votre grand complice, Émile de Girardin, ne vous l'ait pas conseillé !

– Aucun homme ne me dictera une telle chose. Tenez, savez-vous ce que Victor Hugo m'a écrit tout récemment ?

– Gageons que même si je ne le désirais pas, vous m'en instruiriez. J'ignorais que vous aviez entamé une correspondance…

Louise gonfle sa poitrine et cite, de mémoire, les mots que le grand homme lui a adressés :

> Faites rougir les hommes. Montrez-leur la force, la grandeur, l'énergie, la fermeté, mêlées à votre grâce et à votre beauté. Les hommes ne se contentent pas d'être laids ; il faut encore qu'ils soient plats. C'est triste[72].

– Louise, ma Vénus en marbre chaud, vous me faites rougir en effet… que je vous admire lorsque vous vous enflammez ainsi !

– Je croyais que les hommes n'aimaient pas les femmes avec du tempérament ?

– Cela dépend dans quel domaine, salive Musset en s'approchant d'elle, mine et mains gourmandes.

Louise recule d'un pas en souriant. Le poète la touche malgré sa décrépitude. Subsiste en lui un charme insaisissable – surtout lorsqu'il n'a pas bu – qui lui fait oublier qu'il a été l'amant de Sand, sa rivale malgré elle. Laquelle ne doit guère apprécier la rumeur sur Alfred et la Muse. Peut-être cela réjouit-il Louise, secrètement ? Comme cela la réjouit de penser que Gustave, aigre et jaloux, qui n'en finit pas de commenter dans ses lettres les moindres écrits de Musset – jusqu'à son récent discours d'intronisation à l'Académie ! –, dort moins bien à Croisset depuis qu'il sait qu'il a un concurrent d'envergure ?

– Ce Victor Hugo, quel homme… Je me suis enquis de sa présence à l'Institut, il y a peu…

– Il est en exil !

– Exactement. Abel-François m'ayant donc répondu par la négative, je lui ai signifié que je préférais m'en aller. « Et pourquoi donc ? » me demanda-t-il. J'ai répondu : « Parce que si Hugo n'est pas là, alors il n'y a personne ! »

Le visage vexé de l'auguste Abel-François Villemain, secrétaire perpétuel de l'Académie française, leur apparaît : ils éclatent de rire.

– Vous voyez, je ne suis pas rancunier…

– Pourquoi le seriez-vous ?

– Hugo a dit de mon théâtre, on me l'a rapporté, qu'il n'était qu'une bulle de savon crevant au moindre vent… Estimez-vous heureuse qu'il soit si laudatif à votre égard !

– Non, pas « heureuse » : je le mérite !

– Est-ce pour cela que vous avez entrepris d'écrire ce poème dont vous me parliez, *La Paysanne* ? Pour mieux lui plaire ?

– Je me plais à penser que je suis libre de mes sujets, monsieur, fait Louise, froissée.

– On sent l'influence de la pensée de Hugo dans vos thèmes. *La Colonie de Mettray*, par exemple…

– Puisque je vous dis qu'il n'est pour rien dans ce succès ! fait Louise en tapant du pied. Hugo croyait mon poème écrit par un jeune républicain ! « Ayons de ces grands cœurs où bat le cœur de tous ! » aurait-il commenté, ne sachant pas qui en était l'auteur…

Musset la regarde, narquois. Louise poursuit.

– Trouvez-vous cela si étonnant qu'une femme de lettres se permette de parler du monde ? De ses injustices et de ses misères ? Cette institution agricole et pénitentiaire, dont l'objectif est de remettre les jeunes délinquants dans le droit chemin, est d'utilité publique ! Ils arrivent en voyous des villes, et le contact avec la nature les transforme !

– L'avez-vous vu de vos propres yeux ?

Louise ne sait que répondre. Elle s'est documentée. Elle a interrogé ceux qui s'y étaient rendus. Mais elle a composé de la poésie – laminée par Gustave et Bouilhet, qui prétendaient l'améliorer –, et son projet n'avait pas été d'écrire un témoignage. Pas pour concourir au prix de l'Académie. Hugo rencontrait-il les personnages qui lui inspiraient ses sublimes fictions ? Elle soupire, heurtée malgré tout par cette question de Musset qui chatouille cette conviction grandissante en elle : l'écrivain doit être témoin autant qu'auteur de fiction. La pente est dangereuse, et Louise change de sujet.

– *La Paysanne* est la première partie d'un cycle de six volumes, que j'intitulerai *Le Poème de la femme.* J'y traiterai des conditions sociales variées de la femme de notre siècle. Devraient ensuite se succéder *La Princesse*, *La Prostituée*, *La Femme supérieure*, *La Servante* et *La Bourgeoise.* Peut-être y aura-t-il aussi une *Religieuse…*

Musset pouffe de rire.

– Tout un programme… Que disais-je, sur l'influence de Hugo ?

Louise souffle d'exaspération.

Pour rejoindre le Jardin des Plantes[73], Alfred et Louise ont cheminé en devisant sous le soleil doux de ce début d'été. La poétesse a empêché son compagnon de faire des haltes aux cafés qui ponctuaient leur trajet. Elle est d'humeur joyeuse, ravie de cette promenade dans un lieu qu'elle affectionne. Comme elle aurait aimé découvrir le Jardin royal des plantes médicinales destiné à la formation des médecins et apothicaires lors de sa création en 1635 ! Elle aurait aimé visiter les grandes serres et leurs plantes exotiques ou la galerie de Minéralogie et de Géologie, mais Musset l'entraîne avec fermeté vers la ménagerie.

Les cages des ours et celle du lion Marzo[74], son animal favori, apparaissent : Musset apporte parfois de la nourriture au fauve, qui le reconnaît…

– Quelle odeur ! s'exclame Louise, se pinçant le nez devant les animaux sauvages.

– Comme ça pue, ces bêtes-là, vous avez raison…

– D'où cela vient-il ?

– C'est que leur manger est de la charogne, elles s'en imprègnent.

– Voilà, on suinte et on sent toujours ce qu'on prend d'habitude[75].

Musset la fixe d'un air mauvais. L'allusion de Louise à son alcoolisme le vexe. Elle tente d'atténuer son propos :

– On dit que vous vous privez de dîner pour ne point vous endetter…

Musset hausse les épaules, pensant à une peinture de Rubens qui le fascine, et dont l'achat l'a laissé sur la paille.

– Dîner d'une assiette vide face à un chef-d'œuvre qui m'aura ruiné est comme un banquet[76].

Louise, pensive, s'approche de la cage de Marzo. Le lion allongé paraît paisible. Comme hypnotisée, elle tend la main pour caresser sa crinière. Le roi de la savane montre les crocs et pousse alors un rugissement de colère si bruyant que la foule sursaute. Musset tire vivement Louise en arrière, qui se réfugie dans ses bras, frissonnante. Il la presse contre lui, et elle se surprend à apprécier cette protection inattendue.

Est-il possible d'aimer deux hommes simultanément, et différemment ?

Dans le fiacre du retour, les deux complices se délassent et rient de l'épisode Marzo. Louise ne peut s'empêcher de penser à la première fois qu'elle a fait l'amour avec Gustave, en cadence avec la voiture… Mais il ne peut y avoir qu'un seul souvenir de « baisade », comme dit le Normand, dans pareil attelage. Louise n'a pas le goût de la répétition. Quant à Alfred, a-t-il trouvé le moyen d'avaler des verres en douce, au Jardin ? Il est décidément très entreprenant…

– Vous sentez merveilleusement bon, mon amie…, fait le poète, se rapprochant d'elle.

Louise recule, elle n'a pas encore décidé : veut-elle devenir la maîtresse de Musset ?

– Comment, madame, avec toutes ces frayeurs animalières, il faut se consoler et se reposer !

Louise proteste. Elle aimerait qu'il y mette un peu les formes. Qu'il la courtise, avant qu'elle cède. Mais le poète attrape son corsage, sous lequel la poitrine de la Muse, effrayée et excitée à la fois, palpite, le désir montant au creux de son bassin. Il caresse ses seins à travers le tissu, elle gémit malgré elle, ne sachant si elle veut l'encourager. Il colle sa bouche sur sa joue, elle s'abandonnerait presque… mais l'haleine chargée de son compagnon la dissuade. Coucher avec un pochetron, même sublime, ne s'improvise pas. Elle le repousse. Il s'agace : elle joue, c'est sûr ! Il se penche, elle se débat. Il brame comme un cerf, elle crache comme un chat.

– Alfred, je vous prie !

– Louise, je suis tout à vous !

Louise le cogne du coude, le soufflette. Étonné, le poète recule, frotte sa joue, se met en colère :

– C'est ainsi que vous traitez vos soupirants ! Vous les menez au bord du désir et, lorsqu'ils sont pantelants, vous filez ! Quelle mijaurée vous faites !

– Quelle canaille !

Louise ouvre la porte du fiacre et saute, sans se soucier de l'endroit où elle atterrit. La place de la Concorde est encombrée de travaux, elle trébuche, se relève et, en clopinant pour éviter des voitures qui font des embardées, se réfugie derrière un échafaudage. Elle jurerait que Musset l'aurait violée, s'il avait pu !

Elle reprend sa respiration. Le fiacre s'est garé hors de la circulation, et c'est le cocher qui vient à elle. Car Musset est trop gris pour descendre de voiture…

– Monsieur craint que vous ne soyez blessée…

– Mon genou est tout écorché, mais je ne remonterai pas avec ce mufle. C'est lui que l'on devrait encager au Jardin des Plantes. Dites-lui que vous ne m'avez pas vue !

– Quel misérable, j'ai entendu la façon dont il vous a traitée. Je peux le sortir pour que vous preniez sa place. Je vous ramènerai chez vous.

– Je ne veux plus croiser, ne serait-ce que du regard,

ce sinistre personnage. Allez, mon brave, je rentrerai à pied !

Au loin, Musset beugle de rage, peut-être de honte, de frustration. Louise croit entendre : « Eh bien j'irai aux filles ! » Elle ouvre de larges yeux, furieuse à son tour.

Flâneries sur les Champs-Élysées ou dans les clairières du bois de Boulogne, périples vers Saint-Maur pour visiter Edma chez son mari, longs conciliabules dans les salons, sorties complices au théâtre : Louise et Alfred semblent ne plus se quitter. L'épisode de la Concorde est presque oublié, et la Muse préfère ne retenir de son poète que les beaux vers, les bons mots, leurs distractions.

Au Café de la Régence, à l'angle de la place du Palais-Royal et de la rue Saint-Honoré où ils se sont arrêtés cet après-midi, le poète s'agite, Louise guette le moment où il perdra son calme. Elle surveille le nombre de verres ingurgités afin qu'il ne franchisse pas la ligne rouge. Il ne faut pas oublier que les femmes, dans ces lieux, ne sont que tolérées : si Louise peut s'y installer avec aisance, c'est qu'elle est connue, c'est une artiste, elle peut se comporter comme il lui plaît.

Ils sont cachés dans un recoin de la Régence entouré de boiseries et de luminaires qui dispensent une lueur intime, et Musset se lance dans une improvisation mettant en scène – et ridiculisant – les membres de l'Académie française, ce qui la fait pleurer de rire. Mais il s'assombrit subitement. Pour le détourner de l'absinthe, elle suggère une partie d'échecs, sur la table de marbre de Bonaparte : il refuse. Une partie de dames, alors ?

Un billard avec ces messieurs ? Il hoche le chef, c'est désespérant. Il n'est intéressé que par son eau-de-vie.

– Alfred, il faut profiter de ce lieu tant qu'il existe ! le houspille Louise. Il paraît qu'il va déménager…

– Ah oui ? Et pour quelle raison ?

– Pour le prolongement de la rue de Rivoli ! Tous les immeubles de la place seront détruits. Louis-Napoléon envisage des travaux d'envergure dans Paris, préconisés par Rambuteau…

– Et pourquoi donc ?

– Vous vivez dans une grotte ? Vous avez bien vu Paris ? Le centre est engorgé, sale, puant… la Bièvre charrie des immondices sans nom… les voitures ne peuvent plus circuler… « Paris est un magasin de meubles ambulants », disait notre chère Delphine ! On ne peut plus y faire un pas tranquille…

– Le pouvoir a peur des insurrections qui se cachent dans le ventre de la ville, oui !

– Des épidémies, plutôt…, émet Louise, songeant à sa chère Juliette.

– Un jour, on regrettera de pousser les hommes pour faire rouler les fiacres. Et on videra Paris de ses fiacres pour que reviennent les promeneurs. Et on maudira Haussmann !

– Ah, vous voyez bien que vous êtes au courant !

– Au courant de rien. Dînons, maintenant. Garçon ! Une omelette aux crevettes arrosée de bière !

Louise secoue la tête.

*

Paris, septembre 1852

Louise bâille un peu en reposant sa lettre. Gustave en aura-t-il jamais fini avec ce roman maudit ? Elle est certes flattée qu'il l'évoque à ce point dans ses lettres, mais ne devrait-il pas plutôt concentrer son énergie d'écriture sur les feuillets de ses *Mœurs de province* ? Qu'il lui parle d'amour, plutôt, de ces étreintes dont elle manque tant et dont l'absence l'oblige à multiplier les liaisons !

Elle a finalement mis un terme à sa relation avec Alfred, ce qui lui a causé un certain chagrin. Le poète est touchant, mais épuisant à la mesure de son addiction. Il voit des fantômes, sombre dans la paranoïa, lui a fait endurer des scènes mémorables en pleine rue. Louise, qui aime les élans du cœur, ne supporte pas ce genre de joug… Quel boulet lorsqu'il a bu ! Son comportement erratique, sa manière de passer d'un doux compliment à la pire insulte – il l'a traitée de bas-bleu ! – insupporte Louise. Et ce n'est pas en lui apportant des cadeaux stupides, comme ce couple de colibris dont elle ne sait que faire, qu'il arrangera les choses entre eux…

Et puis, Edma, ou Marceline, lui a rapporté une anecdote plutôt vexante, colportée par Franz Liszt : Musset aurait confié à son concierge, quai Voltaire, un portrait de Louise, avec la consigne suivante : « Si cette dame vient, vous lui direz que je suis parti en Amérique… sur le lac de Côme ! » Alors certes, elle est effectivement venue chez lui récupérer ses lettres… Cela méritait-il pareille offense ? Musset, goujat et impuissant : leurs derniers ébats avaient été un fiasco gênant et rédhibitoire. Avait-il autant déçu George Sand, dans le passé ?

Ses piètres qualités d'amant avaient-elles fini par lasser l'auteur de *La Mare au diable* et de *La Petite Fadette* ? Louise préfère ne plus y penser.

Ainsi déchiffre-t-elle avec plaisir les confidences de Gustave sur la progression de son texte. S'ils ne couchent pas souvent ensemble, au moins subsistent les plaisirs de l'esprit.

> Que ma *Bovary* m'embête ! Je commence à m'y débrouiller pourtant un peu. Je n'ai jamais de ma vie rien écrit de plus difficile que ce que je fais maintenant, du dialogue trivial ! Cette scène d'auberge va peut-être me demander trois mois, je n'en sais rien. J'en ai envie de pleurer, par moments, tant je sens mon impuissance. Mais je crèverais plutôt dessus que de l'escamoter.

Escamote, mon vieux, escamote ! dit Louise, sans ménagement pour son correspondant qui, de toute façon, n'entend pas ses commentaires. Elle se morigène aussitôt, comme à son habitude : son amant a du talent. Du génie, même. Sa *Tentation de saint Antoine* est un chef-d'œuvre. Il se pourrait bien que ce roman en préparation devienne un événement dans le petit monde littéraire parisien… Et pourquoi pas, en France ! À l'étranger ! Il pourrait être traduit, ce texte dont elle a lu des bribes, et pourquoi pas étudié à l'école dans quelques décennies, quand la morale pudibonde de ce siècle hypocrite aura cédé devant l'éclat évident de Gustave… Mais le problème, c'est que la réussite, Gustave n'en veut pas.

> Tu me parles encore, pauvre chère Louise, de gloire, d'avenir, d'acclamations. Ce vieux rêve ne me tient plus, parce

qu'il m'a trop tenu. Je ne fais point ici de fausse modestie ; non, je ne crois à rien. Je doute de tout, et qu'importe ? Je suis bien résigné à travailler toute ma vie comme un nègre sans l'espoir d'une récompense quelconque. C'est un ulcère que je gratte, voilà tout.

Un ulcère. Louise reconnaît bien son Gustave, tiens. Il n'a pas peur d'écœurer, de se montrer sous le plus vilain jour. D'où cela lui vient-il ? De son chirurgien de père et de ses observations quand il était enfant, à l'hôpital de Rouen ? Mais le plus terrible a sans doute été sa crise d'épilepsie, à l'hôtel, cet été. Il était devenu blême, puis bleu, s'était raidi en lui saisissant le bras. À terre, il râlait, l'écume à la bouche… Heureusement l'épisode n'avait duré qu'une dizaine de minutes, mais elles avaient été les plus longues de la vie de Louise, impuissante, incertaine de la conduite à tenir, tandis que Gustave la suppliait de n'appeler personne[77]… Cet épisode troublant, mettant à nu les fragilités de l'homme, les avait-il rapprochés ?

Malgré les difficultés financières, Louise est plutôt heureuse de sa relation avec Gustave, cette année. Quand il ne lui jette pas au visage des…

Ô femme ! femme, sois-le donc moins, ne le sois qu'au lit !

La passade Musset n'aura finalement aidé qu'à raffermir leurs liens. Il n'est pas impossible que Gustave s'installe réellement à Paris, lorsqu'il en aura fini avec sa *Bovary*… Avec mère, nièce, et l'éternel Bouilhet – Du Camp, peut-être ? Mais cela n'inquiète pas Louise. Après le désespoir cet été – *les hommes n'ont pas de cœur*, pensait-elle –, elle se résigne et prend le meilleur. Elle n'a pas oublié les résolutions nées en elle lors des fameuses barricades de décembre. Elle s'y prépare. Mais autant savourer les bonheurs qui se présentent à elle...

Elle songe ainsi à la cérémonie d'août, pour la remise de son prix à l'Académie française : plus qu'une consécration, l'apport financier avait été bienvenu. Elle n'avait pas pu échapper à la lecture ennuyeuse de Viennet, hélas. Elle s'en était distraite en observant le visage extatique des hommes rassemblés pour l'applaudir sous la coupole : Victor Cousin, Alfred de Musset, Octave Lacroix et son Flaubert. Elle et Henriette étaient vêtues de façon identique, en robe bleue et avec des couronnes de laurier. « La Déesse des romantiques » – son nouveau surnom – avait ensuite dîné avec Gustave, flanqué de Bouilhet.

Devenir une égérie du peuple et de la liberté, cela se prépare. Aussi Louise renforçait-elle son lien avec Victor Hugo, en exil à Jersey, grâce à une correspondance soutenue :

> Vous êtes-vous dit, Madame, que vos vers du 10 juillet étaient les plus beaux peut-être qui fussent jamais sortis de l'âme d'un poète et du cœur d'une femme ? Vous êtes-vous dit que vous envoyiez au proscrit la plus magnifique des consolations, la gloire ? [...] Nous nous reverrons, Madame, quand ? Dieu le sait. Bientôt ? Je l'espère. En France sans doute, car Louis-Napoléon doit être châtié ; à Jersey peut-être, car vous méritez d'être proscrite. Ce jour-là, vous me permettrez de serrer votre main comme à un homme, et de baiser vos pieds, comme à un ange[78].

Il fallait être prudent : les lettres pouvaient être interceptées. Louise avait établi des relais entre l'Angleterre et la France, et elle avait missionné Gustave : il lui servait de boîte à lettres rouennaise. Son amant s'était pris au jeu, flatté qu'elle vante à Hugo ses talents de « grand prosateur »... Louise caresse maintenant l'espoir de rencontrer Victor Hugo sur son île. Il faudrait se rendre à Londres, rejoindre Southampton, embarquer sur un steamer... C'était autrement excitant que les salons littéraires ! Avec le monstre sacré, elle se sentait pousser des ailes. Elle poursuivrait à ses côtés la résistance contre les tyrannies...

*

Croisset, décembre 1852

Contemplant la Seine, gelée par endroits, depuis sa fenêtre, Gustave est soulagé. Louise n'est pas enceinte ! C'est cela qui est ennuyeux, dans les liaisons. Avoir une maîtresse, c'est courir le risque de l'engrosser. Ce serait terrifiant d'être ainsi lié à une femme – et surtout à une veuve comme Louise ! Il se jette sur son bureau, prend du papier afin de répondre à sa lettre :

> Fasse le dieu des coïts que jamais je ne repasse par de pareilles angoisses. Je ne sais pas comment je n'en suis pas *tombé malade*, comme on dit. Je *me mangeais le sang*, en souhaitant le tien. Mais la joie que j'ai eue ensuite m'a été, je crois, profitable.

Il s'interrompt, plume en l'air. Ricane tout seul. Cet élan ne fera pas plaisir à Louise, elle qui lui court toujours derrière et pense qu'il déménagera à Paris. Ou peut-être le fera-t-il ? Mais le fera-t-il avec elle ? Rien n'est moins sûr, même si la lionne s'est assagie. Que ne peut-il la garder comme une bonne amie, cette confidente à laquelle il fait part de l'avancée de son roman et de ses nouvelles idées, comme un livre qui pourrait s'appeler le *Dictionnaire des idées reçues*... Il corrige les textes qu'elle lui soumet, inlassablement... Le problème de Louise, c'est qu'elle écrit trop vite, et qu'elle a le lyrisme d'un violon russe. Il a beau la réfréner, désapprouver ses emportements littéraires, rien n'y fait, elle est sourde. Plus il la supplie d'avoir un regard critique sur elle, et plus elle joue à l'animal sauvage qui n'entend rien.

Parfois, il s'en veut un peu de la brutaliser. De la choquer – il ne se gêne pas pour lui raconter des épisodes de son passé et lui faire lire des extraits plus que grivois du carnet de son voyage en Égypte, rien que pour observer ses réactions. De lui avouer qu'il aime les prostituées. Il voudrait être plus doux mais n'y parvient plus. Il la connaît trop. Il l'appelle « ma pauvre », « ma vieille amie » ; il sait que cela la fait enrager. Il en rit sous cape avec Bouilhet. Elle n'ose plus éclater comme un orage, elle a gagné en maturité, la Muse. Ce qui la rend plus attachante et troublante. Eût-elle été un bloc de granit identique à celui qui l'avait fait chavirer dans l'atelier de Pradier, jadis, qu'il s'en serait lassé. Mais Louise est inattendue, en perpétuel mouvement, en révolution d'elle-même. Elle conserve par conséquent un pouvoir de séduction, comme un mystère traversé d'une énergie créatrice irrésistible. Gustave voudrait tout à la fois continuer à la posséder et la quitter.

Il se relève, arpente son bureau, ouvre la croisée. Sa *Paysanne* est une belle idée : il admire la capacité de Louise à capter l'air de son temps autant qu'à entrer en résonance avec les combats de leur époque. Est-ce à cela que l'on reconnaît un grand écrivain ? Pourquoi, alors, lui assène-t-il si souvent que la littérature féminine ne donne que des œuvres « lâchées », « molles[79] » ? Qu'elle ne parviendra à la plénitude de son talent qu'en « dépouillant son sexe », autrement dit, en oubliant qu'elle est femme ?

Il n'est pas l'heure de la quitter. La Muse est utile : n'a-t-elle pas attiré l'attention de Victor Hugo ? Gustave se souviendra toute sa vie de lui chez Pradier, lors d'une partie de jeu de l'oie, à l'hiver 1844 : mais l'exilé avait manifestement oublié avoir croisé le Viking… C'était précieux d'être revenu dans le ciel d'un tel homme.

*

Croisset, juillet 1853

Gustave se frotte les mains. Il est ravi de ce qu'il vient d'écrire et s'empresse de le faire savoir à Louise…

> Ce soir, je viens d'esquisser toute ma grande scène des Comices agricoles. Elle sera énorme : ça aura bien trente pages. Il faut que, dans le récit de cette fête rustico-municipale et parmi ses détails (où *tous* les personnages secondaires du livre paraissent, parlent et agissent), je poursuive, et au premier plan, le dialogue continu d'un monsieur *chauffant* une dame. […] Une fois ce pas-là franchi,

j'arriverai vite à ma baisade dans les bois par un temps d'automne (avec leurs chevaux à côté qui broutent les feuilles), et alors je crois que j'y verrai clair, et que j'aurai passé du moins Charybde, si Scylla me reste.

Pourvu que Louise demeure cette délicate correspondante qui guette avec dévotion ses courriers. Aimera-t-elle le manuscrit lorsqu'il sera achevé ?

*

Croisset, août 1853

Gustave prend son front entre ses bras, désespéré. Peut-il vraiment envoyer cette lettre à Louise ? Il se relit. Est tenté de biffer plusieurs lignes et de les remplacer par des preuves d'affection. Mais à quoi cela servirait-il ? À entretenir un sentiment qui s'effiloche ? Alors qu'il aimerait *ne rien écrire et rêver de belles œuvres*... Paresser ou besogner ? Rejoindre sa maîtresse pour batifoler, ou s'astreindre à cette Bovary qui le martyrise plus sûrement qu'une amante, sans lui offrir le doux refuge sensuel auquel il aspire ?

J'ai tant de mal à l'écrire, ce livre. Il me faut de grands efforts pour m'imaginer des personnages puis pour les faire parler, car ils me répugnent profondément. Mais quand j'écris quelque chose de mes *entrailles*, ça va vite.

Le voilà qui se remet à disserter. Louise va le détester pour cela. Il connaît par cœur ses réactions et les anticipe, mais il ne parvient pas à faire autrement.

> Cependant voilà le péril, lorsque l'on écrit quelque chose de *soi*, la phrase peut être bonne par *jets* (et les esprits lyriques arrivent à l'effet facilement et en suivant leur pente naturelle), mais l'*ensemble manque*, les répétitions abondent, les redites, les lieux communs, les locutions banales. Quand on écrit au contraire une chose *imaginée*, comme tout doit alors découler de la conception et que la moindre virgule dépend du plan général, l'attention se bifurque. Il faut à la fois ne pas perdre l'horizon de vue et regarder à ses pieds. Le détail est atroce, surtout lorsqu'on aime le détail comme moi. Les perles composent le collier, mais c'est le fil qui fait le collier. Or, enfiler des perles sans en perdre une seule et toujours tenir son fil de l'autre main, voilà la malice.

Sa malice est de ne rien donner à Louise que des miettes. Même pas des perles, et certainement pas un collier.

Louise comprendra-t-elle les méandres de sa pensée du jour ? Rien n'est moins sûr. Elle s'enflamme pour le réel, n'a que faire des « choses imaginées ». Elle s'impatiente de voir leur relation piétiner. Et lui, Gustave, se contrefiche pas mal de la faire avancer. Finalement, était-ce une si bonne chose de renouer ? N'aurait-il pas mieux fait de rester sur cette rupture passionnée qui clôturait une partie de sa vie, la suivante ayant débuté avec ce fabuleux voyage en Orient aux côtés de Maxime ?

Gustave gémit. Que sa vie est difficile !

2.

Adieu, madame

Paris, janvier 1854

Louise frotte avec vigueur ses bras, au coin de l'âtre : l'hiver est rude, la neige enveloppe Paris, on glisse sur le gel qui recouvre les pavés. Et son cœur est tout aussi froid. Gustave est collé à Croisset comme une moule à son rocher. Il la voit de moins en moins. Et il ne supporte plus qu'elle propose de le visiter. Il ne tolère chez lui que la présence de son cher Bouilhet.

Dieu sait pourtant que Louise a pris soin de ce garçon ! Ne lui a-t-elle pas trouvé un appartement rue de Grenelle, pour y attirer Gustave ? Mais, hors de sa *Bovary* et des courriers qu'ils échangent avec Hugo, rien ne le retient. Que ne prend-il exemple sur Louis et Edma, qui « s'accouplent avec véhémence[80] » selon ses propres mots ? A-t-il peur que l'exaltation des sens perturbe sa maudite création ? Et si sa *Bovary* n'était qu'un mauvais fantasme destiné à pourrir dans ses tiroirs encombrés ? Quand bien même la finirait-il : ne se lancerait-il pas immédiatement dans un autre projet chronophage ? Les vrais écrivains cessent-ils d'écrire ? Flaubert est-il un écrivain ?

Louise s'interroge sans fin. Faut-il cesser d'aimer les hommes quand ils deviennent trop contrariants ? Flaubert avait encensé *La Paysanne* ; voici qu'il retoque *La Servante*, qu'il estime ratée. Il déteste évidemment qu'il y soit question de Musset, il n'est pas objectif.

Il ne cesse de rabaisser la Muse :

> Tu fais des confusions perpétuelles de la vie et de l'art, de tes passions et de ton imagination, qui nuisent à l'un et à l'autre [...]. Tu écris tout cela avec une passion personnelle qui t'a troublé la vue sur les conditions fondamentales de toute œuvre imaginée.

Pourquoi devrait-elle *imaginer*, alors que sa vie est plus dense qu'un roman ?

> Tu as fait de l'art un déversoir à passions, une espèce de pot de chambre où le trop-plein de je ne sais quoi a coulé. – Cela ne sent pas bon.

De quel droit Gustave la juge-t-il si durement ? N'a-t-elle pas le droit d'écrire avec son cœur ? Il faut qu'il se calme, le Normand ! Lui qui n'est pas fichu d'éditer une ligne et qui se gargarise de ses corrections avec son Bouilhet, quelle est sa légitimité ? Louise se raisonne. Le génie manque parfois d'humanité… Mais elle peut se permettre d'ignorer l'avis de Flaubert, pour une fois : Alfred de Vigny, lui, apprécie…

Louise est ravie d'avoir renoué avec Alfred, de retour de son exil de Charente malgré la maladie de sa femme,

Lydia. Si seulement il n'était pas si proche de Louis-Napoléon ! Au moins, Louise ne risque pas de se tromper dans les prénoms, et un Vigny vaut mieux qu'un Musset. Et hop, un académicien de plus au palmarès ! Louise pratique l'autodérision. Pour un peu, elle se trouverait prévisible.

Un regard dans son miroir, le même. Ce matin glacial, au lieu d'être rassurée par son reflet, elle s'interroge. Qu'attend-elle des hommes ? Un peu moins de solitude ? Doit-elle faire revenir Henriette de son pensionnat ? Courir derrière Gustave, encore ? Leconte de Lisle s'ajoute à la longue liste de ses amis qui lui conseillent de n'en rien faire…

*

Paris, avril 1854

Rue des Écuries-d'Artois, Alfred de Vigny rajuste son nœud et son veston. Il n'a guère envie de se rendre chez la Muse, ce dimanche, elle sera trop entourée à son goût. Il faudra la vouvoyer, prétendre ne pas être intimes. Mais c'est la seule manière de la côtoyer et d'entrevoir la frimousse fraîche de la petite Henriette, qu'il aime beaucoup. Lui qui n'a pas d'enfant, et qui ne peut gâter la petite Augusta[81] qu'à distance, il se surprend à rêver de servir de père de substitution chez les Colet…

Il lisse ses favoris, rentre son ventre, secoue son genou ankylosé, celui qui fut blessé lors de la fuite de Louis XVIII pendant les Cent-Jours. Dieu merci, sa carrière militaire est loin derrière ! Tout est derrière lui, de fait… sauf Louise. C'est amusant qu'il la retrouve ainsi, des années après leur rencontre chez Pradier. Finalement, ils avaient tout pour tomber amoureux. Mais Louise l'avait prudemment tenu à distance, déjà entichée de cet obscur Flaubert. Est-il la raison pour laquelle elle se montre si discrète quant à leur liaison ? Espère-t-elle un retour de flamme du Normand ? Vigny ne lui en tient pas rigueur. Louise est indomptable, et c'est bien ce qui le séduit. C'est un être patient.

Ils sont faits pour être ensemble, Vigny en est convaincu. Elle correspond avec Hugo, dont il a été le témoin de mariage. Elle est amie avec Delphine de Girardin, qu'il a failli épouser. Il siège à l'Institut de France, elle adore les messieurs en habit vert et épée. Il l'aidera à obtenir un quatrième prix, car elle le mérite. Il s'est fait étriller par Sainte-Beuve, comme elle. Elle aime les romans historiques, on a dit de lui qu'il était le Walter Scott français. Il se voit l'emmener à Maine-Giraud, en Charente, dans le domaine où il se retire : Lydia décline… Le seul point de désaccord avec Louise réside dans leurs vues politiques, radicalement opposées. Tandis qu'elle est une opposante au régime, il est partisan du Second Empire. Cela sera-t-il fatal à leur idylle ? Il ne le pense pas. Et puis, il y a l'âge. La Muse est réputée pour aimer les hommes plus jeunes qu'elle ; or, il la précède de treize longues années. Peut-être cela sera-t-il un atout, finalement. Son calme protecteur, son assurance, sa tendresse pourraient avoir raison de l'orageuse… Ce qu'elle a été étonnée, l'autre jour, lorsque dans un mouvement d'humeur elle avait envoyé la canne de Vigny valser par la fenêtre ! Avec dignité, sans sourciller, il était descendu la chercher en bas de l'immeuble avant de remonter. Sans commentaire.

Louise, prête à faire une scène, à se battre, à se justifier, avait été mouchée. Et touchée.

*

Paris, 13 mai 1854

Louise tremble d'énervement devant sa feuille. Les hurlements dans sa poitrine battante ne veulent pas sortir. Elle se lève puis se rassoit, se ronge un ongle, enroule une mèche de cheveux autour de son doigt avec tant de fébrilité qu'elle forme un nœud au bout de la dernière phalange. Elle est obligée de couper la mèche, d'une teinte qui de toute façon ne lui convient guère – ni tout à fait blonde, ni brune, ni grise : une couleur ratée par le coiffeur, qu'elle maudit à son tour.

Henriette toque à sa porte. Louise la fait entrer par réflexe. Le petit visage régulier de l'adolescente se rembrunit : sa génitrice n'est mentalement pas disponible. Comme souvent. Louise était-elle faite pour être mère ? *Heureusement, sans doute*, se dit Henriette tout bas, *que les bébés n'ont pas survécu*. Ils auraient été abandonnés aux nourrices ou aux bonnes sœurs. Comme elle. Elle se corrige : les très bons souvenirs avec feu son père, et avec Louise, lorsque celle-ci n'était préoccupée ni par leur subsistance ni par ses amoureux ou par ses livres, existent. Henriette essaie d'évoquer une sortie au théâtre avec M. de Vigny : Louise paraît excédée. Puis elle tente une discussion sur sa prochaine rentrée scolaire : sa mère évacue le sujet, il est trop tôt. La jeune fille ressort en claquant la porte.

Louise s'en veut, alors que les meubles du salon

vibrent de l'éclat de leurs échanges. Henriette va se réfugier dans sa chambre, ses livres et son mutisme poli. Elle voudra sortir, aussi, pour éviter le tête-à-tête avec elle. Depuis la naissance de la petite, Louise remet au lendemain les soins et l'attention qu'elle devrait lui porter. Lorsque Henriette était nourrisson, elle était trop jeune ; de ses cinq à ses dix ans elle remuait trop ; pubère, elle indispose sa mère, qui ne sait pas quel langage adopter avec elle. Chaque année qui se termine est une année perdue, et Louise se jure de faire mieux la suivante. Mais le fossé se creuse sans que les résolutions soient mises en application. Et d'ailleurs, comment faire autrement ? Une mère seule, obligée d'œuvrer dur pour gagner leur pain ! Heureusement, son nouvel opus, *Enfances célèbres*, est un succès en librairie. C'est même le meilleur démarrage de l'un de ses livres. N'est-ce pas paradoxal, pour une femme qui s'est si peu intéressée à l'enfance de sa fille, de mettre en lumière celles de monstres sacrés comme Mozart, Rameau, Pascal ou Benjamin Franklin ? Les contradictions n'étouffent pas Louise Colet.

Si elle est en rage aujourd'hui, c'est qu'hier, après l'avoir fait lanterner, Gustave a concédé à la voir, chez Bouilhet. Louise est convaincue qu'il la trompe avec une comédienne sans envergure – oubliant qu'elle n'est pas un parangon de droiture. Elle l'a défié. Et devant leurs amis communs, Gustave l'a froidement vouvoyée, sans démentir. Que doit-elle en conclure ?

*

Dans l'esprit agité de Louise, août 1854

– Louise, ma vieille chérie, tu es songeuse.

– Ne prononce pas ce mot. Ne sais-tu pas que j'ai peur de mourir ?

– Nul ne l'ignore, à voir ta course effrénée vers la gloire.

– Comment peux-tu dire cela ? Ma course effrénée est tendue vers un but unique, le bonheur. Avec toi, Gustave… La gloire ne m'intéresse plus. Il y a notre amour. Et l'amour du monde.

– Je ne sais rendre personne heureux.

– La Colet est trop collante pour toi, c'est ça ?

– Comment…

– Comment je sais que Bouilhet te susurre cela à l'oreille, sous ses dehors faussement amicaux ? J'ai un peu d'intuition, figure-toi. Je lis pas mal les gens.

– Lorsque tu te donnes la peine de les observer…

– Comment oses-tu me dire cela ? Toi qui as envahi mon champ de vision au point que tout le reste est occulté. Toi qui occupes tant d'espace dans mes yeux que j'en suis devenue aveugle.

– Pas au point de refuser les louanges et les récompenses !

– Quoi, j'aurais dû refuser mon quatrième prix de l'Académie française ? C'est le seul réconfort qui me reste sur cette terre, puisque tu ne veux plus de moi…

– …

– Je sais. Tu penses que mon « Acropole d'Athènes » ne le méritait pas. Ou qu'en tout cas, sans tes corrections et celles de cet hypocrite de Bouilhet, sans les conseils de Leconte de Lisle, sans l'appui de Vigny, je ne l'aurais pas obtenu.

– …

– Et tu estimes que quatre prix de l'Académie, c'est une bonne blague. Que la fréquence ôte de la valeur.

– …

– Réponds donc, tu me rends folle !

– Vas-tu encore me crier après ? Me donner des coups de pied comme une gamine en colère ?

– Et toi, quand cesseras-tu de me retenir ? De m'entretenir de faux espoirs ?

– Je t'avais pourtant dit, il y a huit ans, qu'il ne fallait pas que tu m'aimes.

– Pourquoi m'as-tu embrassée, à Croisset ?

– Que pouvais-je faire d'autre ? Tu ne m'as pas laissé le choix. Je ne t'ai rien promis, Louise…

*

Paris, 6 mars 1855

Louise n'a pas eu de nouvelles de Gustave depuis l'été dernier. Elle lui a remboursé une dette ridicule contractée à son égard, résolue à ne rien lui devoir. Pendant l'automne et l'hiver, elle n'est pas parvenue à le voir ou à échanger avec lui autrement que par le biais de Bouilhet, que Louise déteste à présent. Impossible de lui parler ? Qu'à cela ne tienne : Louise a décidé de rédiger pour Gustave un roman, qu'elle estime à près de trois cents pages lorsqu'il sera fini, intitulé *Une histoire de soldat*. *Le Moniteur universel* le publiera en deux parties l'an prochain et en juin, l'éditeur Alexandre Cadot en fera paraître la version brochée.

La Muse s'est assagie. Elle écrit, reçoit, courtise et se fait courtiser, mais sans entrer dans les passions qu'elle a connues jadis, elle voyage. Elle a envoyé il y a quelques jours, par courrier, une ultime tentative de réconciliation à Gustave, laquelle n'a pas reçu de réponse. Elle s'est rendue rue de Londres, où il loge lorsqu'il est à Paris, pour tenter de l'apercevoir. Après tout, son audace à Croisset avait été payée de retour. Puis, ce matin, lorsque la concierge a sonné pour déposer la missive, Louise a tremblé devant cette écriture qu'elle connaît par cœur. Gustave lui annoncerait-il enfin sa venue ? Elle décachette la lettre avec fébrilité. Les mots sont brefs et terribles :

> Madame,
> J'ai appris que vous vous étiez donné la peine de venir, hier, dans la soirée, trois fois chez moi.
> Je n'y étais pas. Et dans la crainte des avanies qu'une telle persistance de votre part pourrait vous attirer de la mienne, le savoir-vivre m'engage à vous prévenir : *que je n'y serai jamais*. J'ai l'honneur de vous saluer.
> G. F.

Au comble de la douleur, car c'est comme un coup qu'elle vient de recevoir dans l'estomac, elle griffonne à même la lettre : « Lâche. Couard. Canaille. » Elle froisse le papier et l'envoie à l'autre bout de la pièce. Elle prend sa tête entre ses mains, les deux coudes sur son secrétaire, et gémit. Son cœur palpite, elle rapproche un mouchoir parfumé à la lavande de son nez pour se calmer.

Elle dresse un bilan de ce qui les a séparés. L'argent qu'il lui a prêté. Le succès de « L'Acropole d'Athènes », l'écriture de son *Poème de la femme* tandis qu'il se bat toujours avec sa *Bovary*. Le jaloux ! Le dégoûtant !

Elle relève la tête. Il faut en finir avec les hommes et les amants. Un seul comptera désormais : Victor Hugo. Louise décide de programmer une visite à Guernesey pour l'été.

D'ici là, elle peaufinera son *Histoire de soldat*. Tremble, Gustave, ton double de fiction, Léonce, permettra à Louise de révéler au monde qui tu es vraiment… Un amant détestable, irrespectueux, menteur… Tiens, et si elle le rendait impuissant ?

3.

Victor H.

Guernesey, août 1855

À travers les baies vitrées, qui se confondent avec le cyan de la mer, il contemple la fière silhouette de Louise faire trois pas sur le sentier pavé du jardin, sa taille enserrée dans une robe à crinoline, ses longues mains gantées, ses boucles encadrant son visage mutin. Elle n'a pas envie de partir, c'est évident. Elle puise de l'énergie, une dernière fois, dans ces lieux et auprès de ces gens qui l'ont accueillie avec tant de gentillesse. Elle remercie Adèle pour ses attentions. Elle n'aura pas croisé Juliette Drouet, qui se méfie d'elle. Un domestique la raccompagnera, ainsi qu'Henriette, jusqu'au Crown Hotel[82], chez Mme Rénier. Elles doivent y récupérer leurs valises avant de prendre le bateau du retour.

Les pensées du grand homme sont en général mouvantes, comme les eaux qui entourent la maison. Son esprit brillant vogue d'un sujet à l'autre, jonglant entre les idées et les projets sans en perdre aucun, capable de faire cohabiter, sous son large front, le trivial et l'illumination. Pour une fois, son bouillonnement intérieur est en suspens : il s'interroge sur l'avenir de cette femme trop libre dans un siècle qui ne pardonne guère au sexe faible de s'émanciper. Cela ne risque-t-il pas de la perdre ?

Elle a tout, songe Victor Hugo. *Aucune grâce extérieure n'est complète si la beauté intérieure ne la vivifie*[83].

Elle a cette beauté de l'âme qui se répand comme une lueur mystérieuse sur celle du corps ; la conscience de cet avantage ; l'art d'en jouer, l'intelligence et l'humour, la force de travail et de conviction, la célébrité. Est-ce trop ? Pardonne-t-on aux êtres de disposer de tant d'atouts ? Si les commérages parisiens, qui lui parviennent malgré son isolement, l'indiffèrent ou l'amusent, il s'interrogeait jusque-là sur la réputation de Louise. Il doit admettre qu'elle est tout ce que l'on dit d'elle, et plus. Elle n'est pas belle, elle évolue dans la splendeur de sa maturité. Elle n'est pas drôle, elle est hilarante. Elle n'a pas mauvais caractère, elle est cyclonique. Tout est démesuré chez elle, ses sentiments, ses emportements, son exaltation, son originalité, son talent. Et c'est ainsi que Louise l'a définitivement conquis, sur un terrain qui n'est même pas celui de la séduction.

Il soupire. Elle était touchante, ce matin, lors de leur dernière promenade au port, après avoir visité Hauteville House en travaux. Ils avaient évoqué la mort de Delphine de Girardin fin juin, atteinte d'un cancer. Hugo se remémorait son séjour à Bruxelles avec Émile, au début de son propre exil. Henriette courait devant eux, revigorée par les embruns. La mélancolie s'était installée entre les deux poètes, émus de penser à la fugacité de la vie, à la nécessité d'aimer pleinement

– propos peu originaux mais ô combien fondamentaux ! Et, alors que Louise était parvenue à oublier son amant indélicat pendant ce séjour, le prénom de Gustave lui était monté aux lèvres. La perspective de le recroiser peut-être à Paris l'avait assombrie. Elle s'en était ouverte à lui, et il s'était senti ébranlé devant le chagrin de la Muse. Lui qui a une si grande expérience de l'amour n'avait su que répondre. Il aurait pu tenter de la cajoler, mais leur lien est d'une autre nature, forgé par des entretiens si admirables qu'il craindrait de l'abîmer en changeant de registre.

Hugo a été stupéfait par cela. Il escomptait abandonner son invitée, lorsque les règles de bienséance l'auraient permis, pour s'en retourner à son travail. Au lieu de quoi, il avait été absorbé par leurs conversations sur le monde des livres, sur son *Histoire de soldat*, roman qu'elle venait de publier, sur la façon de retravailler un manuscrit, et tant de choses qui n'intéressent que les auteurs. Près des fenêtres du salon de la maison que Victor donnera à Juliette lorsqu'il aura emménagé à Hauteville House, Louise s'était installée dans un rôle d'interlocutrice privilégiée, devant une tasse de café noir ou, plus rarement, d'un verre de vin sucré. Elle l'avait à nouveau remercié d'avoir soutenu, trois ans auparavant, son poème *La Colonie de Mettray*. Il réaffirmait ignorer qu'elle en était alors l'auteur, le jugeant « féminin par le cœur, viril par la pensée[84] ». Maintenant qu'il la connaissait mieux, il ne s'en étonnait pas.

Impossible dans ces conditions de la traiter comme une conquête potentielle. Elle était son alter ego, un écrivain reconnu. Auraient-ils pu vivre une grande histoire ? Deux écrivains dans un même lit, est-ce bien sérieux ? Il repousse cette idée en souriant malgré lui. La littérature est une passion qui n'admet aucun rival. C'est ce que Louise est en train de comprendre à ses dépens. Et c'est peut-être la raison pour laquelle le fameux Gustave la repousse, lui qui a des prétentions littéraires affirmées.

Victor se caresse le menton. Entre deux cris de mouettes moqueuses tournoyant au-dessus de la mer calme, alors qu'ils avançaient d'un pas vif, il a proposé d'intercéder en sa faveur, mais elle a décliné tristement, ses yeux bleus en plein naufrage. Sa liaison est un échec, et nul n'y pouvait plus rien, semblait-elle dire face aux remparts du Castle Cornet, qu'ils atteignaient en progressant sur une digue de pierres. Il aurait aimé mieux la conseiller, mais il sait qu'elle n'en fera qu'à son cœur, qui est autant son allié que son ennemi.

Trêve de divagations. Louise et Henriette ont disparu du jardin, où le calme règne. La Muse a promis de revenir dans quelques mois ; il espère qu'elle aura surmonté ses peines. Il tapote la planche de son écritoire, dégourdit une de ses jambes, pose sa plume à l'encre marron sur la partie droite de sa longue et large feuille de papier :

> Et l'on voit de la flamme aux yeux des jeunes gens. Mais, dans l'œil du vieillard, on voit de la lumière[85].

Qu'est-il préférable ? La fougue qui emporte ou la sagesse qui pérennise ? Doit-on choisir ? L'une augure-t-elle l'autre, ou sont-elles incompatibles en une seule existence ?

Pour que son empreinte à lui ne soit pas qu'une trace dans le sable emportée par les courants, il se replonge avec une concentration absolue, excluant tout à coup le reste du monde, dans sa *Légende des siècles*.

4.

Emma Bovary, George Sand et Cie

Paris, 1er octobre au 15 décembre 1856

Une histoire de soldat n'a pas fait le bruit qu'elle escomptait, et ne lui a évidemment pas ramené Gustave. Elle ne sait même pas s'il l'a lue. A-t-elle trop brouillé les pistes entre les amours malheureuses de son personnage de fiction, Caroline, et la réalité ? Gustave est resté silencieux. Les libraires et les critiques aussi. Peut-être Flaubert n'est-il pas assez connu pour que le livre ait été perçu comme un texte croustillant par le public ? Peut-être les lecteurs sont-ils fatigués des ouvrages tristes ? Peut-être sont-ils fatigués tout court ? Qu'est-ce qui leur plaît aujourd'hui ? Si la recette du succès était simple, elle serait appliquée par bien plus de romanciers soi-disant à la mode…

Louise ouvre en tremblant légèrement le numéro 39 de la *Revue de Paris*, ce matin. Un événement se prépare. Peut-être qu'un sombre auteur de province a trouvé la recette, justement.

La couverture de la *Revue* laisse place à la première page :

> La reproduction, *même partielle*, des articles de la *Revue de Paris* est interdite. Elle n'est autorisée, en vertu d'un traité particulier, que pour le journal *L'Indépendance belge*. Les droits de traduction sont expressément réservés.
>
> Puis à la deuxième :
>
> *Madame Bovary* (mœurs de province).
>
> À Louis Bouilhet. Première partie.
>
> Nous étions à l'étude, quand le proviseur entra, suivi d'un nouveau habillé en bourgeois et d'un garçon de classe qui portait un grand pupitre. Ceux qui dormaient se réveillèrent, et chacun se leva comme surpris dans son travail.

Ainsi, Gustave y est parvenu. Grâce à Maxime, éminence grise de la *Revue*. Et il dédie son grand œuvre à Louis…

> […] Ses jambes en bas bleus sortaient d'un pantalon jaunâtre très tiré par les bretelles. Il était chaussé de souliers forts, mal cirés, garnis de clous.

Louise fait la grimace. Dès que le terme bas-bleu apparaît, même s'il s'agit d'un vêtement, elle en souffre comme s'il lui était adressé. Elle poursuit sa lecture, achève la première partie, tremble de plus belle. Cette Emma, et si c'était un peu elle, finalement ?

Tout au long des semaines qui suivent, à raison d'une livraison tous les quinze jours, Louise guette le nouveau numéro de la *Revue*. Elle apprend que certains passages sont censurés, au grand dam de l'auteur. Elle ne se réjouit pas du froid que cela a dû jeter entre Gustave et Maxime, même si c'est sans doute le directeur de la revue, Léon Laurent-Pichat, qui en porte la responsabilité. Elle tressaille en découvrant ici un sceau portant l'inscription *Amor nel cor*, là l'ébauche d'une scène érotique dans un fiacre, dont il se murmure qu'il existe une version longue ; et ces infidélités de Madame Bovary à Charles, sur lequel la figure d'Hippolyte se transpose étrangement… Médecin raté, professeur de musique en manque de reconnaissance, n'est-ce pas similaire ? Louise se pense libérale, elle se redécouvre bourgeoise vaguement choquée par le peu de cas que Gustave fait de l'institution du mariage.

Louise mord son mouchoir, rageuse, impuissante. Si ce roman de *commis voyageur*[86] pouvait être condamné, cela lui ferait les pieds, à Gustave ! A-t-on idée de se venger de ceux que l'on a aimés dans un livre ? Elle se met à tousser, très fort. Voilà que son poumon la refait souffrir. Elle manque d'air. Elle étouffe.

Une affaire chasse l'autre, dit-on. Bientôt se profile un dossier juteux, qui tiendra la France du Second Empire en haleine : le procès contre Gustave Flaubert, la *Revue de Paris* et l'imprimeur Pillet, inculpés pour « délits d'outrage à la morale publique et religieuse et aux bonnes mœurs » par le jeune, conservateur et fougueux procureur Ernest Pinard.

*

Paris, 27 juin 1859

Ce soir, Louise s'apprête, fière de la soirée qui s'annonce. Elle ne pense – presque – plus aux hommes. Victor s'est retiré à Cannes, définitivement. Il n'est plus question de recontacter Gustave. Flaubert a eu l'outrecuidance de s'installer rue de Londres à Paris, avec sa mère et sa nièce, ce qui a scié le cœur de la Muse. De plus, ce vilain syphilitique ne se gêne pas pour fréquenter toutes les personnalités qu'elle lui a présentées, Théophile Gautier, l'affreux Sainte-Beuve, le jeune et talentueux Baudelaire… Quant à Vigny, il s'est lassé, elle a suivi, et ils ont rompu. Musset est mort voilà bientôt deux ans, de la tuberculose.

– J'espère que vous êtes contente, mère ! fait doucement Henriette, admirant sa tenue. Et votre chevelure sombre, c'est exquis !

Louise sourit. Si elle teint ses mèches, c'est pour cacher les fils d'argent. Elle a quitté la rue de Sèvres pour un appartement plus modeste, rue Vaneau, non loin de l'hôtel de Boisgelin et de l'hôtel Matignon devenu Galliera. Sa pension d'État a été réduite, après le départ définitif de Cousin. Les mauvaises langues cancanent : Louise aurait été surprise en pleins ébats amoureux sur la voie publique, et cela serait une sanction du gouvernement… Même les Muses doivent bien se tenir.

Mère et fille sortent, tout à l'heure : elles se rendent au Théâtre-Lyrique, boulevard du Temple. Elles sirotent du punch en attendant le départ.

– Je préférais quand on l'appelait Théâtre-Historique, ou encore Opéra-National, murmure Henriette.

– Que dis-tu ?

– Cette ville change, maman, j'ai bien peur de ne pas la reconnaître…

Décidément, son Henriette devient une adulte… très conventionnelle !

– Toi qui te plaignais il y a peu de sa saleté, de son étroitesse, de ses rues sombres…

– Oh, toutes ces destructions et ces expropriations ! L'île de la Cité a été complètement rasée… On saccage Paris !

Louise hausse les épaules.

– Ce n'est que le résultat d'une politique autoritaire, que mène notre cher empereur dans son délire de grandeur.

– Les boulevards de Sébastopol et Saint-Michel sont…

– … gigantesques ! Quand on sait que la taille n'est pour rien dans la performance…

Henriette sourit, amusée. Elle est heureuse que sa mère la traite comme une égale. La fin de son adolescence difficile est derrière elle.

– Et que pensez-vous du début du percement du canal de Suez par Ferdinand de Lesseps, en avril dernier, mère ?

– Pour une fois, je suis d'accord avec l'empereur : relier l'Europe à l'Asie, la Méditerranée à la mer Rouge, c'est… aussi excitant que pharaonique !

– Gigantesque, donc !

Elles rient. Henriette reprend, heureuse de montrer à sa mère qu'elle est une jeune femme accomplie et cultivée.

– La construction devrait durer au moins dix ans. Si

elle n'est pas entravée par les mauvaises relations entre la France et l'Angleterre…

– Les conflits, la puissance, l'ambition, et toujours on trouve des hommes derrière ! Les hommes sont des idiots, grommelle Louise. D'ailleurs, c'est bien simple, je ne veux plus en entendre parler.

– Vous n'êtes pas crédible, chère maman. Je ne vous ai pas connue seule depuis la mort de Papa…

– J'ai trop souffert, Henriette, et tu le sais ! Les trahisons de Gustave…

– Vous l'avez bien mouché, dans votre *Histoire de soldat*.

– Tu l'as lu ? bondit Louise.

– Évidemment. Je ne vous en ai pas parlé car je ne souhaitais pas ramener de mauvais souvenirs.

– Qu'en as-tu pensé ?

– On reconnaît M. Flaubert sous les traits de Léonce, et vous sous ceux de cette infortunée Caroline…

– Tu vois comme j'en paie le prix, avec sa maudite Bovary…

– Allons, vous avez tant répété que vous n'étiez pas elle.

– C'est vrai et faux à la fois. Disons que c'est une vision que Gustave a de la femme, qui est particulière et qui est liée à notre histoire.

– Mère, vous êtes aux antipodes d'une femme… mariée… qui s'ennuie.

Elles se taisent, un instant gênées.

– Je me suis laissé emporter par mes sentiments.

– Vous êtes-vous reconnue en Emma Bovary ?

– Non… et oui. Si je suis très honnête… j'y lis le pire de ce que je pourrais être, le pire de ce que Gustave m'a imaginée être. Fière, insatisfaite, tragédienne, dépensière à outrance…

– Pour cela, je pense que Flaubert s'est inspiré de Ludovica Pradier…

– Ma douce enfant, tu sais que les romanciers sont des vampires ! Ils sucent la matière qui les entoure jusqu'à l'os, sans se repaître jamais. Ils vous abandonnent exsangue, à la simple force de la plume…

– S'est-il vraiment vengé de votre *Histoire de soldat* ? Vous l'y avez dépeint tellement rudement…

– Il avait commencé sa *Bovary* avant. Disons que mon roman n'a pas arrangé le portrait qu'il était déjà en train de dresser à l'époque… Si seulement Ernest Pinard[87] ne lui avait pas collé ce procès pour outrage aux bonnes mœurs, son livre serait passé totalement inaperçu ! Et dire qu'après une heure trente de réquisitoire soulignant « le réalisme vulgaire et souvent choquant de la peinture des caractères », le livre en est sorti grandi…

– Pinard a eu plus de chance avec Baudelaire et Sue, remarque Henriette. Il faut croire qu'il a eu raison de s'entêter !

– Je ne sais pas ce que ce petit homme agressif a contre les écrivains… Sans ce tapage judiciaire, j'aurais été moins exposée !

– C'est très à la mode, de faire scandale pour vendre des livres…, fait Henriette avec un clin d'œil.

Louise ne sait que répondre. Fait-elle allusion à cette rumeur qui dit qu'elle a été surprise au bois de Meudon par un garde champêtre en pleins ébats amoureux ?

– Je n'écris pas en fonction des modes, rétorque Louise d'un ton sec. Vous êtes mauvaise avec moi !

– Je plaisantais, mère. Il faut que vous retrouviez

le chemin de l'écriture, puisque vous avez interrompu votre *Poème de la femme*.

– Mes *Enfances célèbres*...

– Maman, c'était il y a déjà cinq ans !

– Gustave a fait vaciller ma confiance.

– Il faut vous ressaisir. Regagner votre flamme. Cesser de penser à hier, réfléchir à demain.

– Ce n'est guère évident, lorsque celui que vous avez tant aimé franchit le seuil de l'ombre pour la lumière... Maudit Pinard...

– Mère, *Madame Bovary*, avec ou sans procès, aurait fait trembler le monde des lettres...

– Gustave est un écrivain exceptionnel. Pourquoi crois-tu qu'il a tant compté pour moi ?

– Tout le monde n'est pas d'accord. Je me souviens de la critique du *Figaro* : « M. Flaubert n'est pas un écrivain. Descriptions à part, son style est indécis, incorrect, vulgaire[88]. »

– Je suis impressionnée par ta mémoire, ma fille. *Le Figaro* se trompe. Je suis d'accord avec Sainte-Beuve, pour une fois, qui pense l'inverse. Pour lui, Gustave manie la plume comme le scalpel...

– La référence est facile, fait Henriette avec nonchalance. Quoi qu'il en soit, ce n'est guère joli de régler ses comptes dans un livre, fût-il une fiction.

– Fais-tu allusion à Gustave, ou à moi ?

– Aux deux.

– Il s'en défendrait, s'il t'entendait. Il ressortirait sa théorie du livre sur rien, par opposition à ma prose. Dieu qu'il a pu m'assommer avec ses conseils ! Qu'il a été dur dans ses critiques ! Il aurait réécrit mes livres s'il l'avait pu !

– Vous voilà au moins débarrassée de cela, constate Henriette, pratique.

– … Il détestait que mon cœur soit si proche de ma main. Il abhorrait mes élans, mon lyrisme et mes épanchements… Tout ce qui fait que je suis moi, et femme.

Le regard d'Henriette erre par la fenêtre. Louise en dit-elle trop à sa fille ?

– Il faut se dépêcher, maman, autrement nous manquerons le début du spectacle. À propos, vous avez lu *Elle et lui* de George Sand ?

– Ne me parle pas de cet ouvrage ! Si Musset le lisait, il se retournerait dans son cercueil…

– C'est bien pour cela que Sand a attendu qu'il soit mort, souligne Henriette. On dit qu'elle a composé en vingt-cinq jours cette réponse à *La Confession d'un enfant du siècle*…

– Cela se voit, jette Louise, cinglante.

Elles se lèvent du sofa pour se diriger vers le vestibule et enfilent leurs manteaux.

– Le frère de Musset a eu raison de prendre le contrepied de *Elle et lui* et de riposter en écrivant *Lui et elle*. Mais tout de même, ce déballage intime !

Louise rougit. Sa fille est plus pudique qu'il n'y paraît. Elle songe qu'elle s'apprête à entrer dans la danse à son tour, puisqu'elle est en train de rédiger *Lui*, roman qui donnera une vision de Musset différente, chargeant Sand des malheurs du poète et de son alcoolisme. Elle ne s'en tiendra pas là : le public retrouvera dans ce roman Léonce, alias Flaubert, en amant sec et distant…

– Moi aussi, j'aurais aimé que mon frère prenne ma défense… Mais ce n'est pas ce triste sire d'Adolphe…

– Allons maman, s'impatiente Henriette. Que vous

arrive-t-il aujourd'hui ? Vous ressassez ! Vous devriez être enchantée d'aller applaudir *L'Armée d'Italie* ! Votre cantate est jouée au Théâtre-Lyrique ! Composée par Jules Cohen, quel talent ce jeune homme ! Chanter la gloire de cette patrie qu'aimait tant votre père, lui porter secours grâce à la force de votre art, n'est-ce pas une belle réussite ? Venez. Après le théâtre, nous irons dîner au Café Anglais. Je veux goûter leur fameuse « cassolette princesse » !

Louise ne répond pas.

Dans le fiacre, elle reste silencieuse. Et si Henriette avait raison ? S'il était inutile de régler ses différends dans les pages d'un livre ? Mais comment faire, lorsque les interlocuteurs se sont évanouis, ou qu'ils refusent de vous adresser la parole, comme Gustave, comme Sand ? Doit-on tout garder pour soi, quitte à souffrir jusqu'à la mort ?

La jeune fille tente de la dérider.

– Ne soyez pas morose. On vous lit en Angleterre, en Prusse, à travers l'Europe. Partout où vous vous rendez, on vous acclame. L'empereur vous déteste, ce qui est bon signe – n'en faites pas trop, sous peine d'être exilée comme cette bonne Germaine de Staël, jadis ! Comment ferais-je pour vous rendre visite ? Il est possible toutefois que votre cantate célébrant la victoire de Solferino vous réconcilie… Et Victor Hugo clame que vous êtes la plus grande romancière du XIXe siècle.

– Tu exagères ! proteste Louise, dont les joues reprennent des couleurs.

Elle touche machinalement ses cheveux torsadés en

élégant chignon. Elle serre son ventre, le corset étouffe sa silhouette épaissie.

– J'ai tant de détracteurs… Tu parlais de Champfleury tout à l'heure – ne proteste pas – et de l'anecdote de Meudon… Il s'est bien moqué de moi dans *La Mascarade de la vie parisienne* ! J'y figure comme une beauté des lettres déchue, blonde un peu trop voluptueuse prénommée Amandorine.

Henriette réprime un geste d'impatience. Elle l'a lu mais ne commente pas, trop subtile pour cela. *On est tout de même très loin de la littérature*, pense-t-elle…

– Accrochez-vous à l'estime que Hugo a pour vous. Si je ne vous connaissais pas si bien, je jurerais que vous avez eu une aventure avec lui, tenez, lorsque nous sommes allées à Guernesey il y a quatre ans. Avouez, maman !

Louise n'en revient pas. Est-elle réellement en train d'avoir cette conversation avec sa propre fille ? Avec qui pourrait-elle échanger avec autant de sincérité ? Après Delphine, Marceline a quitté ce monde à son tour… Quant à Edma, elles ne se voient plus. Elle opte pour la franchise.

– Être le relais de ses idées, résister à la tyrannie en communion avec lui, avec Bancel, avec ceux qui ont eu le courage de quitter la France me suffit. Au diable les aventures, qui m'ont plus déçue que rendue heureuse. D'ailleurs, les aventures qui m'intéressent, désormais, ce sont les voyages. Ah, que j'aimerais retourner à Londres ! En Belgique et en Hollande, comme il y a deux ans !

– Vous avez déjà beaucoup voyagé, cette année, il me semble… Je ne vous vois plus ! Remarquez, cela ne me change guère…

– Henriette, il suffit. Mes séjours dans les Pyrénées, à Pau et à Biarritz, n'ont rien d'excitant : il s'agit de soigner mon mal de poitrine.

– Maman, fait la jeune fille gravement. Je crois que vous venez de toucher du doigt quelque chose de fondamental.

– Quoi donc, ma chérie ?

– Vous vous êtes trompée. Vous n'êtes pas faite pour l'amour, vous êtes faite pour la guerre.

– L'amour n'est qu'une douleur puisque dès son éveil, il s'exprime par la tristesse et les larmes[89]...

Au Théâtre-Lyrique, les premières notes de *L'Armée d'Italie* et ses chants résonnent. Louise se recueille.

Les voilà, les voilà, sur les Alpes sublimes...

*

Paris, octobre 1859

Certainement, la guerre. Comme ce champ de bataille qu'elle abandonne derrière elle, après la publication de *Lui* : George Sand, Gustave Flaubert, Villemain, Marie d'Agoult, Franz Liszt, Chopin, le « virtuose sans cerveau[90] »... tous sont dépeints dans le roman, et d'une manière fort peu élogieuse. Louise avait besoin de tirer ses coups de canon ; la diplomatie, très peu pour elle, Henriette a vu juste ! Il y a ensuite la guerre que commence à lui mener l'empereur : il a censuré sa cantate, de peur d'une insurrection face à ses chants guerriers. Sans parler de la vraie guerre, en Italie...

La campagne d'Italie, entre avril et juillet, a grandement changé la donne et le royaume est en train de se constituer. La France, la Sardaigne de Cavour et l'Autriche se sont affrontées et la Lombardie sera annexée au Piémont, en vertu d'un traité qui ne devrait pas tarder à être signé à Zurich. Louise garde les yeux rivés sur ces événements, qui éveillent cette attraction vibrante qu'elle éprouve pour la culture et l'histoire de l'Italie depuis toujours. N'est-il pas l'heure d'aller voir ce qui s'y passe ? De se faire un peu oublier de ce Paris mauvais, méchant, railleur ? Tiens, elle a par exemple croisé Jules Barbey d'Aurevilly il y a peu, et en conserve une impression très mitigée malgré les éloges qu'en fait Baudelaire. À le croire, Barbey serait le nouveau dieu des lettres. Il a écrit *Une vieille maîtresse*, qui a fait scandale et qui est donc un succès ; il s'est autorisé une critique des *Contemplations* de Hugo qui a fait mouche ; il a pourfendu Sainte-Beuve dans un article. La belle affaire, cela fait-il de lui un authentique courageux ? Louise a surtout eu face à elle un quinquagénaire prétentieux et dédaigneux de la gent féminine. N'aurait-il pas affirmé que les femmes qui écrivent ne sont plus des femmes mais des ersatz d'hommes ratés ?

Louise aime ce qui brûle, ce qui est dangereux, pourvu qu'il y ait un noble objectif à atteindre. Se cantonner pendant des années à un rôle de Muse, d'amante, de poétesse ; disserter sagement dans son salon en compagnie des invités du jeudi ou du dimanche, dans une ambiance pseudo-libérale où les emportements sont circonscrits à la soucoupe sur laquelle repose la tasse de porcelaine ; jouer la mondaine qui a trop vu et pas assez entendu ; se maquiller, se préparer, se coiffer d'extravagants chapeaux ; briguer l'Académie française une cinquième, puis une sixième fois – quoi, faut-il aller jusqu'à dix pour prouver, quand on est une femme, que l'on est aussi douée qu'un homme ? ; se targuer d'être une républicaine luttant pour le peuple, le sexe faible et les opprimés depuis sa table de travail… Tout cela ne lui convient plus. Son grand-père Jean-Baptiste Le Blanc la visite en songe, la nuit. À ses côtés, elle revit les combats populaires dans lesquels il s'est illustré : aux côtés des paysans en 1789, luttant pour faire approuver la Déclaration des droits de l'homme, ravitaillant les populations en blé, arrêté, emprisonné, s'échappant…

Lorsque Louise quitte Paris pour l'Italie, cet automne-là, le lendemain de la parution de *Lui*, son cœur vibre autant que les vents secouent les mers. C'est une nouvelle vie qui s'ouvre à elle, malgré les tempêtes du passé. Elle part rassurée, car l'une de ses belles-sœurs Colet, Sidonie, veillera sur Henriette, placée au pensionnat de jeunes filles de l'abbaye bénédictine Saint-Nicolas, à Verneuil-sur-Avre, en Normandie. Sa fille devrait la rejoindre en Italie au début de l'année prochaine.

En l'embrassant sur le front pour lui dire au revoir, Louise songe que deux décennies se sont écoulées sans qu'elle y prenne garde. Elle n'a plus rien en commun avec la Provençale naïve, pétrie d'ambitions littéraires et amoureuses qu'elle était. Ou est-ce le contraire ? En embrassant une ambition ultime, la plus noble qui soit, le comble de l'amour désintéressé : changer le monde… n'est-elle pas en train de redevenir elle-même ? D'effacer des années de mascarade pour renouer avec l'essentiel ?

Changer le monde… C'est bien ce grand Crocodile de Hugo qui lui a mis cette idée en tête. Lui qui a annoncé, en exil et malgré l'amnistie des condamnés politiques par l'empereur :

> Fidèle à l'engagement que j'ai pris vis-à-vis de ma conscience, je partagerai jusqu'au bout l'exil de la liberté. Quand la liberté rentrera, je rentrerai[91].

Gustave influence Louise *a posteriori*, il faut le reconnaître ; lui qui est si sévère envers les turpitudes de l'âme humaine, la jugeant médiocre si elle est autocentrée. C'était sans doute le sens de ses voyages en Bretagne, puis en Orient : se défaire de lui-même. Mais elle, Louise, ira plus loin encore que Flaubert. Elle se défera d'elle-même pour s'engager, précisément, à changer le monde. Et son premier acte sera de rejoindre Garibaldi et ses troupes, qui se battent pour l'indépendance italienne.

*

Venise, janvier 1860

Louise froisse la lettre, rapproche son fauteuil de l'âtre et la jette au feu. Elle réchauffe un instant ses mains devant les flammes, agacée et impuissante. Le courrier officiel, venu de Paris, l'informe que sa pension a été diminuée – elle est passée de 1 500 à 800 francs. En un mot, que les problèmes ne sont pas restés en France ! Ici, à l'hôtel Danieli, elle se pensait hors d'atteinte. De son lit gigantesque à colonnes de marbre, entouré de lampes en verre de Murano, elle aperçoit la basilique San

Giorgio Maggiore. À sa fenêtre du deuxième étage, encadrée de lourdes tentures roses, elle domine la lagune. Tout à l'heure, le baron Mulazzani l'attendra en bas : ils franchiront la porte d'entrée gothique pour emprunter la Calle delle Rasse, et ils iront visiter les merveilles de la Cité des Doges. Ils rentreront par la Piazza San Marco, la Biblioteca Nazionale Marciana et le Ponte della Paglia. Heureusement qu'il lui sert de chevalier servant, elle est sans le sou et sa force vitale chancelle. Une mauvaise toux, dont elle peine à se défaire…

Depuis son départ en octobre, les paysages autant que les kilomètres ont défilé : Lyon, Tarascon, Beaucaire, Arles, Nîmes, Marseille, Toulon, Soliès, Draguignan, Fréjus, Cannes, Saint-Laurent-du-Var, Nice… Puis Campo Santo, où elle s'est recueillie sur la tombe de son cher Silvio Pellico. Milan, où elle a échangé avec le romancier Alessandro Manzoni. Les Italiens sont si raffinés, délicats ! Rien à voir avec les querelles parisiennes. Cette vieille bique de George Sand est d'ailleurs certainement à l'origine de la mauvaise nouvelle financière. Une vengeance pour son personnage dans *Lui*…

5.

De l'Italie à la France

Genève, mai 1864

Au balcon de sa chambre, installée sur une chaise longue confortable près de laquelle s'entassent les livres et les cahiers, Louise savoure le calme du lac Léman. Elle ne tousse plus, mais ce répit risque d'être de courte durée.

Henriette sera bientôt mariée au docteur Émile Clément Bissieu, après s'être éprise, sans être aimée en retour, de Leconte de Lisle. En dissuadant sa fille de s'accrocher au poète, Louise a eu le sentiment de se revoir à vingt ans, avec cette exaltation qui la caractérisait. Son expérience de l'amour et ses déceptions nombreuses auront au moins servi à panser le cœur de son unique enfant… Sa toux la reprend, insidieuse, elle l'avait presque oubliée. Il est temps qu'elle s'arrête, qu'elle se ménage. Il lui est presque étrange d'imaginer que la course à l'argent pour nourrir et éduquer Henriette s'achève. Elle n'en écrira pas moins.

D'autant que les quatre volumes rédigés sous le titre *L'Italie des Italiens* publiés par le gros Edmond Dentu, son éditeur, sont un succès. L'homme ne manque pas d'audace, malgré son jeune âge ; et cela en dépit des déboires connus par la librairie familiale dans les galeries du Palais-Royal. Mais être éditeur, n'est-ce pas être audacieux, par essence ? Dentu vient du monde de l'édition et de la presse, le feu sacré des lettres brûle en lui. Les quatre volumes de plus de quatre cents pages racontant les aventures de Louise en Italie, après qu'il eut fait paraître *Naples sous Garibaldi. Souvenirs de la guerre de l'indépendance* en 1860, ne l'ont pas effrayé… Heureusement que l'Italie rapporte tant, sur tous les plans, à Louise. Un jour viendra peut-être où les livres ne se vendront plus, où le papier sera trop cher pour que l'on imprime pareilles sommes de connaissances et… Louise frissonne rien que d'y penser.

Elle repose son édition du *William Shakespeare* de son cher Victor Hugo. Elle poursuit bien entendu sa correspondance avec le maître, dont les mots sont si galvanisants :

> Continuez, cher poète. Faites-nous de ces bons et généreux livres comme *L'Italie des Italiens*. Vous êtes émue, vous êtes inspirée. Vous écrivez une prose sœur des vers, et c'est là la belle prose par excellence ! Que de magnifiques pages dans votre livre, et que de pages douces ! Vous vous êtes souvenue de moi, et j'en suis tout attendri dans mon trou de hibou. Je vous aime noble poète, et je vous remercie[92].

Évidemment qu'elle se souvient de lui. C'est le seul homme qui reste dans sa vie. Le seul pilier. Le seul qui lui ait dit avec sincérité, sans rien attendre en retour :

« Je vous aime. » Ou encore : « Je vous baise au front, là où est l'étoile. » Comment l'oublier ?

Ce qui est ennuyeux, c'est que ces sept mois de pérégrinations au-delà des frontières, dans le feu du Risorgimento, ont été immensément riches. Louise craint de s'ennuyer, désormais ! Entre les soirées littéraires chez Marie Bonaparte et chez la princesse Murat ; les discussions enflammées avec Alexandre Manzoni et Camillo Cavour ; la tentative – avortée – de création d'un journal[93] ; les lettres qu'elle avait fait transiter d'une ville à l'autre, chez d'éminents personnages de la politique italienne ; la neige sur les Alpes et la lave du mont Vésuve, escaladé à dos de mule, en talons et crinoline, et sur lequel elle avait pique-niqué d'œufs cuits sur la cendre ; la visite du pavillon Stella où Napoléon avait séjourné sur l'île d'Elbe… Tout avait été trépidant. Sans doute sa rencontre avec Giuseppe Garibaldi avait-elle été le point culminant du voyage.

> Le portrait de Garibaldi est partout, aussi ne le peindrai-je ici que rapidement. Le héros est de taille moyenne, mais droite et fière ; il porte haut sa belle tête inspirée. Son sourire d'une extrême douceur, son front intelligent et pensif, sa barbe blonde, comme celle du Christ dans les tableaux des grands peintres italiens, donnent à son visage quelque chose de mystique. Son regard semble, pour ainsi dire, regarder dans son âme : il en replie la force en lui-même ; mais si une parole l'émeut, si un sentiment l'attire, si l'action le sollicite, aussitôt un éclair s'allume dans sa prunelle. Quand, l'épée à la main, il donne le signal de la bataille, cet éclair devient flamme. « On voit le feu de ses yeux dans la nuit », me disait un de ses soldats. Ses yeux dévorent l'ennemi, ils le consument, ils le terrassent.

Garibaldi est foudroyant et beau dans la mêlée, comme l'archange Michel, de Raphaël, piétinant sur le démon[94].

Louise se remémore aussi l'entrée triomphale de Victor-Emmanuel dans Naples, où elle se visualisait en Lord Byron à Missolonghi. La séance d'ouverture du Parlement à Turin et la bataille de Capoue. La messe à la chapelle Sixtine et la visite à un cardinal au Vatican. La découverte de Rome et de ses environs, qui occupe l'intégralité de son quatrième volume de *L'Italie*...

Louise a aimé rédiger ces souvenirs de voyage. Elle qui déplorait jadis que les journalistes se prennent pour des écrivains et que les auteurs jouent aux journalistes revoit sa position. Elle admire ces plumes qui rapportent les *choses vues*. Dans ce siècle tourbillonnant, n'est-il pas plus intéressant de réfléchir aux grandes mutations industrielles, économiques, culturelles et humaines à partir de bases solides, du concret, de l'expérience des sens ? D'apporter une pierre à l'édifice de la connaissance, plutôt que de la rêverie ? Certes, elle ne lâcherait ni la poésie ni le roman ; on peut réfléchir, comme le proposait feu Balzac, grâce à l'esthétique et à la fiction. Une muse peut-elle devenir diariste, intellectuelle, sans sacrifier la beauté de son écriture ? Depuis *L'Italie aux Italiens*, Louise le croit.

Sa mémoire est vivace, grâce à ses notes, ses manuscrits, ses ouvrages. Le plus bel hommage que l'on puisse rendre à la vie est de fixer ses contours, si mouvants soient-ils, entre les pages d'un livre. Et le plus effronté des défis que l'on lance à la mort est de poursuivre par les actes les idées ébauchées à l'écrit.

Ce qu'ont fait la plupart des hommes que Louise a admirés. Victor Hugo. Edgar Quinet. François-Désiré Bancel, le député drômois. Flaubert, à sa manière. Son *Salammbô*, deux ans auparavant, a été un succès et il paraît qu'il prépare un roman initiatique sur l'amour – Louise tremble rien que d'y penser. Et Victor Cousin, bien sûr. Quel honneur la France s'apprête à lui rendre, en août, en rebaptisant la rue de Cluny, qui jouxte la Sorbonne, à son nom !

Il y a tant à clamer, tant à écrire, tant à faire.

Pour l'heure, la guerrière se repose, afin de mieux continuer le combat contre l'obscurantisme religieux, pour les femmes et les libertés… Louise doit reprendre des forces. Rien de tel que la Suisse pour cela.

*

Trois années longues et courtes à la fois s'écoulent. Louise écrit peu, nostalgique de ses vagabondages européens. L'Angleterre. La Belgique. Et, évidemment, l'Italie. Sa fibre patriotique et avant-gardiste s'en est accrue. Mais le désir d'écrire s'est émoussé… Elle a tenté un rapprochement avec Henriette, mais celle-ci n'y a pas été sensible. Elle s'est construit une existence différente et s'est installée à la Fryleuse, propriété de son mari, le docteur Bissieu, à Verneuil-sur-Avre. Alors restent à Louise ses souvenirs. Ses regrets ; même si elle prétend de ne pas en avoir. Et des rêves entêtants, tout droit remontés de Servanne…

Elle n'a que six ou sept ans, dans celui-ci. Elle est fluette et vive, un garnement manqué malgré son penchant pour les jolies robes bleues. Comment aurait-on prophétisé qu'elle deviendrait une femme du monde célébrée, puis à demi abandonnée ? Louise court dans les jardins enchanteurs de la bastide ocre où elle est née. Son grand-père adoré vient d'arriver de Paris, il va se disputer avec son gendre catholique et royaliste, qu'il peine à comprendre. Sa haute stature s'extrait du fiacre, il sourit à l'enfant, entre dans la maison où il est accueilli par sa fille Henriette et son gendre Antoine. La fratrie de Louise se presse, peut-être que l'ami de Mirabeau leur a rapporté des cadeaux. Déception, il ne s'est chargé que de livres, et Louise sait qu'elle le rejoindra dans la bibliothèque pour découvrir les éditions précieuses qu'il a acquises, les ouvrages de Montesquieu ou de Voltaire qu'il a cornés et annotés.

En cuisine, c'est jour de fête. Reine Picard tente de faire régner un peu de calme, tout est joyeux, et c'est le moment que choisissent Adolphe et Joséphine pour coincer Louise dans un recoin. La torture commence doucement, seulement une poignée de cheveux arrachés. Puis les pincements et les claques pleuvent. Jusqu'à un coup plus fort, Louise ne sait plus de qui, atteignant le dessous de sa mâchoire. À terre, elle croit qu'elle va mourir. Mais elle se relève, sans pleurs. Ses prunelles sont cerclées de mauve, comme cet hématome à l'épaule qu'elle conservera longtemps, et qu'elle effleurera le soir, à la lueur de la bougie, lorsque Reine terminera de la border. De là viendra la conviction qu'il faut endurer les coups, parfois les rendre, et ne pas s'admettre vaincu. Lorsque son grand-père lui demandera comment elle s'est blessée, elle éludera et quémandera un poème de Ronsard. Voilà comment Louise, dans ses songes et dans la réalité, panse les blessures de l'existence.

Les coups ne sont plus que symboliques, mais n'en sont pas moins douloureux.

*

Paris, janvier 1867

Louise et Sainte-Beuve s'observent sans un mot. C'était il y a des siècles, lorsque l'un désirait l'autre à la haïr, que l'autre haïssait le premier pour son indifférence littéraire, que les deux se battaient pour une miette dans la presse ou une attention de Victor Cousin… Ils ont changé, à tout point de vue. Louise ne paraît plus se soucier de sa taille, ni de son teint marmoréen ou de ses bras de statue. Quant à Sainte-Beuve, il est encore plus laid – si c'était possible. En déménageant rue Vavin, pour un appartement dont les fenêtres ouvrent sur le jardin du Luxembourg, Louise s'est rapprochée de son meilleur adversaire. Si la hache est enterrée, leurs langues ne se sont pas adoucies pour autant… seulement, ils ont un sens de l'humour qui s'est aiguisé, tandis que l'orgueil s'est émoussé.

L'horloge murale qui résonne si fort dans leur silence finit par leur arracher un sourire.

– Il ne vous manque pas trop ?

– Je ne l'ai plus vu après sa retraite à Cannes, murmure Louise, caressant machinalement l'accoudoir de son fauteuil.

Le critique et la poétesse revoient un instant la noble figure du philosophe décédé.

– Votre fille doit pleurer son… parrain, compatit Sainte-Beuve, délicat.

– Contrairement à ce qu'a prétendu la rumeur, nous ne sommes pas ses légataires universelles, annonce Louise avec fermeté.

– Je ne l'ai pas pensé, réplique Sainte-Beuve, d'une voix neutre.

– Victor voulait nous laisser de l'argent. Mais je devais fournir à ses héritiers des preuves de notre… lien. J'ai refusé cette condition si impudique. Je n'allais pas m'abaisser à cela, pour quelques sous !

Sainte-Beuve s'est posé la question. Mais si la Muse a perdu de sa superbe, il brille dans ses yeux une telle intensité qu'elle le captive malgré tout. Sa blonde splendeur envolée lui a fait gagner en charisme. La Muse s'est radicalisée, exprimant dans la presse ses opinions politiques.

– Tout me fatigue. Ces potins parisiens… Cette futilité…

– Compte tenu de vos derniers articles, c'est un sermon qu'on ne peut pas vous faire, en tout cas ! s'exclame Sainte-Beuve.

– Vous me lisez donc, Charles ?

– Seulement quand j'y suis obligé, rit-il. Et lorsque vous n'êtes pas censurée…

– Vous vous rendez compte ? Où va-t-on ? *Le Siècle* n'est plus ce qu'il était… On saborde mes articles ! On caviarde à tout va !

– Ma chère, vous avez frôlé bien d'autres dangers… Je suis toujours estomaqué par vos souvenirs de voyage.

– Au moins, dans mes livres, je suis plus libre, grommelle Louise.

– Vos pamphlets sont trop virulents, ils dérangent… ! argumente son interlocuteur, haussant les épaules.

– Est-ce une raison pour museler une femme ?

– Changez de crémerie !

– *Le Siècle* est le seul journal qui ose s'élever contre le régime…

– Le seul fréquentable, donc…, s'amuse Sainte-Beuve, qui ne cache pas sa sympathie pour le Second Empire et siège au Sénat depuis presque deux ans.

– Il faut bien résister, fait Louise avec le plus grand sérieux. Mais quand les résistants résistent à la résistante…, ajoute-t-elle en frappant sa poitrine.

Sainte-Beuve dirige son regard sur cette gorge qu'il a convoitée. Elle palpite sous la houle des émotions.

– Prenez garde, Louise. Vous vous isolez…

– Vous me conseillez, maintenant ? N'est-ce pas ironique ? Vous qui auriez voulu m'achever quand j'étais une étoile ?

– Madame, vous exagérez, soupire le critique. Nous sommes de vieux ennemis, c'est-à-dire des amis sincères. Vous pouvez m'accorder un peu de confiance…

– Je n'ai jamais eu besoin de protecteur. La vie que je mène, ma dignité – elle englobe la pièce d'un geste ample, comme pour signifier que les meubles et les livres qui la peuplent, alors qu'elle n'est pas chez elle, lui appartiennent –, je les ai acquises en travaillant. En écrivant. En étant lue.

– C'est tout à votre honneur, Louise. Je dis simplement que vos textes font un peu trop scandale…

– Vous parlez des *Derniers Marquis*[95] ?

Louise marque une pause.

– Attendez de voir *Les Derniers Abbés*, que je suis en train de rédiger…

– Je crains le pire, souffle Sainte-Beuve. N'êtes-vous point fatiguée de lutter à voix haute ? Toute cette véhémence… Nous n'avons plus vingt ans… Vous êtes une femme si délicieuse, quand vous vous en donnez la peine…

– Quand je ne suis pas orageuse ? Si délicieuse que je devrais me taire, c'est cela ? Réveillez-vous, Charles. Nous vivons au XIXe siècle, le siècle le plus révolutionnaire qui soit. Tout change à une allure folle. La place de la femme. Notre rapport au travail, à la modernité, à l'humain…

– On croirait entendre Hugo ! marmonne Sainte-Beuve.

– Que ne donnerais-je pour voir l'aube du XXe siècle… Nos enfants accompliront des merveilles. L'égalité, la liberté, la solidarité pour tous, sous un soleil européen…

– Vous rêvez, ma chère. Le niveau ne cesse de baisser. Partout ! C'est une catastrophe. Les livres sont de plus en plus mauvais. Nos enfants, comme vous dites, ne s'intéressent plus à rien.

– C'est notre devoir de les éveiller et de les préparer au monde de demain.

– Ah oui ? fait Sainte-Beuve, dubitatif. Et comment comptez-vous vous y prendre ?

– Charles, vous m'épuisez.

– Je ne vous crois pas. Vous êtes infatigable.

– Le ciel vous entende !

– Je croyais que vous détestiez tout ce qui se rapporte aux bondieuseries, abbés en tête ? Surtout depuis Ischia ?

– Vous êtes au courant ?

– Qui ne l'est pas ? Cette anecdote a fait le tour de Paris, il y a deux ans. Nous n'en revenions pas. La Muse, accusée d'avoir engendré une épidémie de choléra à Ischia !

– Je sais, quelle absurdité. Vous connaissez l'île ? C'est un endroit extraordinaire, au large de Naples. Je comptais y trouver un peu de tranquillité, en novembre 1865[96]...

– Que s'est-il passé ?

– Le saura-t-on vraiment ? fait Louise en haussant les épaules. J'ai trop parlé, sans doute. Je n'allais pas à la messe. Je veillais tard, à la lumière des bougies, pour écrire. J'admirais trop les flammes du Vésuve – autant dire, de l'enfer. Mon anticléricalisme affiché n'a pas plu à la population, et les curés n'ont pas dû insister pour la pousser au lynchage... Les soutanes affirmèrent que j'attirais sur l'île la colère de Dieu. Que j'étais une empoisonneuse, une diablesse. Un dimanche, la foule s'est rassemblée autour de la Casa Reale où je logeais, sous ma terrasse. De mon balcon, je l'entendais gronder. J'ai même reçu des pierres, j'étais parée pour la lapidation !

– Mon Dieu !

– N'invoquez pas le ciel, je vous prie.

– Avez-vous été blessée ?

– Du tout. J'étais prête, pourtant.

– Comment êtes-vous sortie de ce pétrin ?

– Croyez-vous que la garde nationale m'ait aidée ?

– Je gage que non.

– Heureusement, des appuis haut placés que j'avais sur l'île se sont mis en devoir de me protéger. Ils ont télégraphié au consul général de France, au préfet de

Naples, au sous-préfet de Pouzzoles. Et me voilà exfiltrée grâce à une troupe de cinquante *carabinieri*...

– On ne s'ennuie pas, avec vous.

– C'est ce que prétendait ma brave nourrice. Puis Hugo m'a écrit :

> Les prêtres vous menacent et ils me dénoncent. Il y a cent ans, on nous eût mis, vous et moi, dos à dos sur le même fagot[97].

– Et dans cent ans, on élèvera des temples en votre honneur, chère sorcière !

6.

Paix et guerre

Port Saïd, 16 novembre 1869, 15 heures

L'*Aigle*, bateau à vapeur majestueux, fend les flots de deux eaux désormais réunies : celle de la mer Méditerranée et celle de la mer Rouge. L'isthme de Suez a été percé, le canal, long de 164 kilomètres, sur 52 mètres de largeur et 8 mètres de profondeur, permettra aux navires de gagner près de 8 000 kilomètres pour relier Londres à Bombay. Ferdinand de Lesseps, à la tête de cette vaste entreprise couronnée ce jour, accompagnée de villes nouvelles nées des sables du désert et d'une modernisation sans précédent de l'Égypte, rejoint le cercle fermé des grands bâtisseurs de la civilisation. Avant lui, pharaons, rois perses et empereurs romains s'y sont essayés, en vain…

Le diplomate et entrepreneur, tout de noir vêtu, sourit à sa cousine, la très digne María Eugenia Ignacia Agustina de Palafox-Portocarrero de Guzmán y Kirkpatrick, 19e comtesse de Teba – ou Eugénie. Impératrice des Français et épouse de Napoléon III. Tous deux savourent leur triomphe, au milieu de dignitaires égyptiens, de la cinquantaine de personnes qui les escortent depuis leur départ de France, en octobre, et de près de deux mille personnages prestigieux venus des quatre coins d'Europe, invités par le khédive Ismaïl Pacha.

Louise fait partie du voyage[98], envoyée grâce au rédacteur en chef du *Journal des débats*, Louis Alloury. L'homme a sollicité Ferdinand de Lesseps, et voilà Louise à bord du paquebot à vapeur le *Moeris*. Elle a pour mission d'envoyer une série de lettres racontant l'expédition au *Siècle*, qui les publiera. Elle trépigne de voir les festivités se dérouler selon l'ordre grandiose prévu.

Tout avait commencé le 7 octobre, dans une gare de Lyon en pleine effervescence tant les voyageurs étaient impatients de rejoindre Marseille. Louise avait embrassé Henriette et s'était éloignée. Au port de la Joliette, elle avait embarqué sur le *Moeris*, où elle avait retrouvé des visages connus : des journalistes en nombre, des artistes ; Théophile Gautier, peu reconnaissant pour les soupers donnés chez elle, feignit de ne pas la voir ; tandis que le fils d'Amélie Lenormant, peu rancunier du lointain procès Constant-Récamier, vint la saluer ! Si la poétesse s'emporte moins, elle n'en note pas moins scrupuleusement tout ce qui se passe autour d'elle, et ses états d'âme…

À bord, Louise avait participé à des dîners somptueux, éclairés de lustres en cristal et dans une argenterie délicate, assise à côté du capitaine Rigodet. Elle avait partagé une cabine avec une jeune Marseillaise un tantinet grossière, accompagnée de deux enfançons qui avaient rendu plusieurs de ses nuits difficiles. La Muse s'en était plainte, sans amélioration notable, s'attirant plutôt l'agacement de voyageurs peu compatissants… Le paquebot avait essuyé quelques grains, Théophile Gautier s'était démis la clavicule, elle avait rencontré la femme et la fille du ministre du vice-roi. On avait croisé la Corse, la Sardaigne, les îles Lipari ; dans le salon du *Moeris*, on avait composé des chansons et joué du piano. Puis l'Égypte s'était profilée, sublime, avec ses minarets, sa colonne de Pompée et sa fière Alexandrie. Le ciel bleu éclatant avait ébahi les voyageurs, qui repartirent le surlendemain en direction du Caire, dans un train, à travers le delta, entre les champs de maïs et de coton en fleur, les palmiers, les roseaux et les ibis blancs.

Louise ne cessait d'écrire, subjuguée par ces nouveautés. Sa plume courait plus vite que jamais.

Le Caire était en effervescence, car l'impératrice Eugénie arriverait bientôt, accueillie par le khédive. Le bouillonnement naturel de la ville, sa foule, ses commerçants, sa débauche d'acacias, de sycomores, d'arbres de Judée et de plantes colorées, de chameaux et de bisons, d'ânes, de chèvres et de moutons, de bourdonnements d'insectes et de glissements de reptiles[99], ne masquait cependant pas la misère ambiante, que Louise nota. Tout comme elle ne put s'empêcher de déplorer la pratique vivace des harems, avec ces femmes esclaves d'eunuques eux-mêmes esclaves des hommes… Elle fut sceptique quant au bien-fondé des transformations occidentales subies par Le Caire, sur le plan architectural notamment. Du haut de la citadelle de Saladin, elle admira les pyramides de Gizeh et, « comme un cadre incommensurable à la cité radieuse, au fleuve fécond, à la végétation exubérante, le désert morne et aride qui semble fumer sous l'embrasement du soleil. C'est d'un effet foudroyant et sublime. On se sent comme perdu au milieu de cette nature écrasante[100] ». Elle obtint aussi audience avec le khédive, et profita d'une soirée où *Les Caprices de Marianne*, de son cher et regretté Musset, furent donnés au palais Kasr-el-Nil, suivis d'un concert interminable bien trop parisianisé à son goût. Puis elle avait visité la haute Égypte, à bord d'un petit bateau à vapeur, le *Gyseh*, entouré d'une flottille : elle avait survécu à des invasions de cafards, de moustiques et de rats dans l'embarcation au confort plus que spartiate ; elle avait aimé intensément découvrir les paysages antiques de Dendérah, Thèbes, Karnak, Louqsor, de l'île Éléphantine…

Voici venu le grand moment de l'inauguration[101]. De petit campement ouvert en 1859 pour les ouvriers du percement du canal, le chantier de Port-Saïd est devenu une ruche parée de mille atours : la bourgade regarde à la fois la Méditerranée et l'intérieur des terres, vers Suez, en mer Rouge. Louise est épuisée par le long périple en haute Égypte mais ne manquerait sous aucun prétexte les quarante-huit heures festives qui s'annoncent. De son côté, l'impératrice a beaucoup voyagé : elle a embarqué à Venise, a visité Athènes, Constantinople, Alexandrie et Le Caire ; suivant de près le *Moeris* ainsi que l'armada de journalistes et d'invités que Louise côtoie. Dans de bien meilleures conditions, toutefois ! L'infatigable Eugénie s'est même promenée à dos de chameau dans le désert…

Eugénie est la reine de ce jour, qui restera gravé dans l'histoire. À distance, Louise observe l'arrivée de l'*Aigle*, entouré d'une soixantaine de bateaux transportant les grands princes d'Europe : François-Joseph d'Autriche, Frédéric-Guillaume de Prusse, le prince Murat et le prince Louis de Hesse… Les navires dépassent les deux grands obélisques, et sont salués par des coups de canon et des fanfares bruyantes, sous un ciel sans nuages, écrin parfait du soleil aveuglant. Des cortèges de cavaliers en habits scintillants, sur des montures sombres et racées, forment des haies d'honneur autour d'épais tapis écarlates.

Les souverains prennent place dans une des trois tribunes spécialement érigées pour les recevoir ; sous des dais somptueux de velours rouge et or, bleu et argent, entourés de palmiers et de drapeaux flottant dans la bise marine. L'impératrice Eugénie porte une robe simple et élégante, en soie rose pâle rehaussée de dentelles blanches, sa coiffure retenue par un chapeau noir surmonté de deux plumes d'autruche. La bénédiction du canal peut commencer : monseigneur Bauer, l'aumônier d'Eugénie, prononce un discours. Louise sent son cœur se gonfler malgré son peu d'inclination pour la chose religieuse, en écoutant une prière musulmane puis un *Te Deum* chanté sur la plage. Elle assiste à un grand événement dont parleront les futures générations et en a pleinement conscience. La splendeur et l'apparat de cette inauguration la rendent toutefois songeuse : qu'est-ce que les grandes puissances en présence expriment entre les lignes ? L'Europe et ses souverains sont réunis, mais sont-ils en harmonie ?

Louise n'est pas conviée au banquet sur l'*Aigle*, mais profite d'un dîner à quai, à la lumière des lanternes vénitiennes qui décorent la rade, et au son de musiques orientales envoûtantes. Des tentes richement parées de tapis et de meubles de bois sculpté ont été dressées pour les invités. Puis un feu d'artifice fait trembler Louise malgré la douceur des températures. Le bruit et les lumières lui font irrémédiablement penser à la guerre.

*

Marseille, 2 novembre 1870

Louise musarde sur le port de la cité phocéenne et respire l'air chaud, sec et salé, avec gourmandise. L'endroit est propice à l'écriture des *Pays lumineux*, son carnet du voyage en Égypte, qu'elle souhaiterait publier bientôt. Après l'inauguration du canal, elle s'est rendue à Istanbul, au début de l'année. Lorsque la guerre entre la France et la Prusse a éclaté, elle a immédiatement entrepris un voyage pour rentrer. Les expatriés qu'elle croisait alors l'avaient surnommée en riant la « Cassandre de la France » : elle prophétisait que cette guerre serait l'occasion de fractures sans précédent. Le peuple en ferait les frais, comme toujours.

Budapest, Vienne, Paris assiégé, puis Marseille : Louise vient de franchir la soixantaine, sa santé décline. Son corps est lourd. Sa poitrine la fait souffrir. Mais ses écrits et ses interventions publiques sont plébiscités par la foule, ce qui la convainc de continuer le combat. Ne s'est-elle pas donné pour mission de pourfendre les entraves à la liberté, les inégalités, les abus de pouvoir, avec sa plume et maintenant sa voix ? Ainsi a-t-elle accepté de donner une deuxième conférence réservée aux femmes, tout à l'heure, à la faculté des sciences de Marseille, située allées de Meilhan… La première, en septembre, a été un succès. L'écrivaine a été acclamée pour son aisance, sa vivacité et bien sûr ses idées. Elle a trouvé le ton juste, et ses mots en faveur d'un engagement des femmes pour le patriotisme touchent tous les publics !

Louise tressaille lorsqu'un jeune homme mince, à l'accent chantant d'une Provence dont la poétesse est de plus en plus nostalgique, l'accoste :

– Madame Colet, quel honneur !

– J'imagine que vous êtes mon chaperon, monsieur…, minaude Louise.

– Je dois vous conduire à la conférence en effet. Mais je tiens à vous exprimer mon admiration : grâce à vous, les femmes osent prendre une place nouvelle…

– Et cela ne vous effraie pas ?

– Cela me réjouit. La marche sera encore longue, pour toutes nos sœurs…

Autour d'eux, dans ce quartier animé de la ville, les marchands et les passants se hèlent en trottant avec allégresse. Louise serait bien restée à contempler cette foule, à humer les parfums de la mer, des fruits et des fleurs, pourquoi ne pas tremper ses pieds douloureux dans la mer… Mais elle sait que l'adrénaline la portera, pendant son allocution et les heures suivantes.

– Allons, la faculté n'est pas très loin, marchons d'un bon pas !

– Madame, il a fallu changer le lieu…

– Comment donc ?

– Voyez, fait le jeune homme, embarrassé, la ville n'avait pas prévu un tel afflux de visiteuses. L'amphithéâtre est trop petit, il était plein à craquer il y a déjà deux heures…

Louise éclate de rire.

– Je peux donner cette conférence à l'air libre, si vous le souhaitez !

– Ce ne sera pas nécessaire. Le Grand-Théâtre vient d'être mis à votre disposition…

Louise tressaille et rougit de plaisir. Le Grand-Théâtre, salle d'opéra créée au XVIIIe siècle et située près du Vieux-Port, est un endroit prestigieux. Qu'aurait dit Victor, mort non loin de là, dans sa retraite cannoise, quatre ans auparavant ? Aurait-il été heureux pour celle qui fut son grand amour ? Il serait venu pour applaudir – à moins que les femmes de l'assistance ne l'aient empêché de s'asseoir. Pour une fois que l'on réservait un événement à la gent féminine…

Louise se fait la réflexion que décidément, son Cousin était un homme d'avant-garde. Passionné par les femmes, et en particulier les savantes et les lettrées, le philosophe avait dédié une grande partie de son œuvre à les mettre en lumière et à encourager celles nées dans son siècle. Il aurait été ravi du tournant pris par la carrière de Louise. Cela est d'un grand réconfort à la Muse, car depuis des mois, les critiques sur ses orientations pleuvent. Ces hommes qui l'ont jadis admirée, les Du Camp, Bouilhet, Flaubert bien sûr, sans compter Daumier, ce natif de Marseille, avec ses caricatures sexistes, Charles Baudelaire, qui renâcle à reconnaître aux femmes un quelconque talent en dehors de leur savoir-faire amoureux, et Jules Barbey d'Aurevilly, se moquent tant du sexe faible tâchant de s'extraire de sa condition sans perdre son âme…

Elle va leur montrer ce qu'est une femme en pleine possession de ses moyens, de son intelligence, de sa force. On l'a enterrée vivante ? Qu'à cela ne tienne, elle peut renaître. Indéfiniment. Tant qu'elle est encore en vie. Tant qu'on parle encore d'elle. Tant que l'on écrira sur elle.

En gravissant les marches menant à l'intérieur du Grand-Théâtre, elle est saisie d'une émotion intense. On la reconnaît. Un frisson saisit la foule. Ovation. Applaudissements. On l'acclame. On la porte presque jusqu'à la scène où elle va prendre la parole, dans quelques minutes…

*

Paris, mai 1871

Qu'elles paraissent lointaines, l'inauguration de Suez prolongée ensuite à Ismaïlia, et les conférences l'année dernière ! Et puis, tout est redevenu morne. La réalité de la guerre et de la défaite a rattrapé la poétesse.

Ce 21 mai, Louise note furieusement sur son bloc de papier une citation de Spinoza : « Dans un pays libre, chacun doit pouvoir penser ce qu'il veut et publier ce qu'il pense[102]. »

Louise Colet, au crépuscule de sa vie, sait qu'elle possède plus d'ennemis que d'amis. « Le poète doit avoir pour objectif idéal de planer bien au-dessus de toutes les royautés de la terre », martèle-t-elle à qui veut l'entendre. Et ça n'est point parce qu'on la voudrait morte qu'elle va se taire. Dire qu'en mars, le journal *Rappel* a osé annoncer son décès à Nice… d'un ulcère de la langue[103] !

Elle doit encore dénoncer, puisque personne ne le fait avec suffisamment de conviction – pense-t-elle. Cette odieuse défaite contre la Prusse. Ce honteux traité de Francfort. La perte de l'Alsace. Les impôts consécutifs à l'indemnité de 5 milliards de francs-or exigés par la Prusse, qui appauvrissent un peu plus le peuple éprouvé. On dit qu'une famine menace Paris, et que les animaux du Jardin des Plantes pourraient être sacrifiés ! Qu'en dirait Musset, se précipiterait-il pour sauver son Marzo ?

À la lumière de sa bougie, Louise a tous les courages, sauf celui de se scruter dans un miroir. Elle est une femme à abattre, on la craint. Et elle manque cruellement d'amour. Avec tristesse, elle songe à sa taille fine de jadis. À ses seins qui faisaient rêver les hommes, mais pas assez pour les retenir – ou peut-être était-elle trop puissante pour qu'ils se fixent à ses côtés. Victor Cousin, seul, lui tenait tête… Victor Hugo, peut-être, s'il y avait eu entre eux autre chose qu'une franche complicité ?

« Je ne donnerais pas mon bonheur pour la gloire de Corneille… », avait-elle un jour asséné à Gustave. Mais elle n'avait pas eu le choix. Elle avait obtenu la gloire mais perdu le bonheur. Et savoir Henriette heureuse au sein de son foyer conjugal n'est qu'une infime consolation…

Louise secoue sa tête, aux cheveux ramassés en chignon. Elle serre autour d'elle un châle noir. Ce n'est pas l'heure de s'apitoyer. Elle a cédé aux jérémiades, dans le passé, et elle le regrette. Mais elle n'a jamais cessé d'avancer. Elle convoque ses dernières forces pour écrire, son arme fidèle, sa joie de vivre et de mourir puisque l'écriture est censée accorder une étincelle de postérité.

*

Ce dimanche soir, la répression de la Commune commence. Les forces sont inégales. Les troupes versaillaises s'efforcent de reprendre le contrôle de la capitale insurgée. Elles entreront dans Paris le lendemain matin, sans doute. Louise craint le pire.

Mercredi 24 mai[104]. Rue Vavin, en bas de chez Louise, les versaillais triomphent. Le tocsin sonne sans discontinuer depuis deux jours. Les barricades tombent. Des détonations et des fusillades la font tressaillir, dans la petite salle à manger où lui parviennent les cris des insurgés qui meurent, abattus sous ses croisées.

Elle se hasarde à regarder par la fenêtre, pour constater le pire : des incendies un peu partout dans la rue, des corps jonchant le pavé, des silhouettes hagardes et d'autres gesticulant tels des papillons de nuit affolés. Puis l'explosion de la poudrière du Luxembourg souffle les volets et les vitres, Louise est projetée à terre, blessée à la hanche et au bras. Dans l'immeuble, on crie au feu : la Muse se relève avec une vigueur insoupçonnée, saisit une mante pour s'en recouvrir tandis qu'à la porte d'entrée, on sonne avec insistance.

– Madame Colet, il faut se réfugier à la cave !

– Comment ça, sans rien ?

– Le temps presse !

Louise lui emboîte le pas.

– Par ici, Madame… Mais que faites-vous ?

– Hors de question de m'enterrer vive : je dois sortir, pour voir de mes yeux…

Dans la rue, le chaos est total.

L'air est brûlant. La poétesse trottine avec maladresse sur les pavés et, lorsqu'elle se tord la cheville, elle remarque en s'immobilisant que les pierres sont rouge sang, chaudes de la fièvre qui a saisi la ville. Elle relève la tête : deux maisons éventrées et incendiées, rue Notre-Dame-des-Champs, menacent de s'écrouler. Un immeuble s'effondre dans un fracas d'enfer, projetant mille débris et une épaisse chape de poussière noire. Des soldats courent dans tous les sens, Louise se jette sur les baïonnettes et celles-ci s'écartent comme par magie.

– Il faut rentrer chez vous, Madame !

Échevelée mais consciente du danger, Louise se précipite vers le boulevard du Montparnasse et manque de se heurter à un défilé de militaires, fiers et impassibles malgré la souffrance alentour : les généraux Mac-Mahon, Vinoy et de Cissey progressent, suivis de canonniers. Les conflits ne sont pas apaisés, la lutte se poursuit avec une intensité variant selon les quartiers de la ville. Certains sont bouclés et il est impossible de franchir les barrières des forces de l'ordre. Près de l'ancien domicile de ce cher « Château-Brillant », Louise doit se boucher les oreilles : des sifflements d'obus, dont on aperçoit les trajectoires au-dessus des toits, puis des explosions et des cris de terreur retentissent. Des filets de lumière vermeil et ocre se mêlent aux nuages et au bleu du ciel. Si les nombreuses bâtisses n'étaient pas changées en brasiers gigantesques, Louise aurait la sensation de contempler une aurore boréale.

La poétesse se tord les mains. Bien sûr qu'elle comprend les motivations de la Commune, même s'il faut réprouver cette violence. À quel point la plus belle ville de l'univers a-t-elle été détruite par la folie des hommes ? Paris s'effondre-t-il ?

Louise n'est pas au bout de ses peines. En poursuivant

sa marche, comme dans un cauchemar, elle atteint le collège Stanislas et assiste à une scène festive, un prêtre félicitant les soldats en hurlant : « Nous sommes sauvés ! Nous triomphons ! » Les robes noires s'allient aux costumes de guerre : pour Louise, le divorce est consommé. Pauvre Paris, pauvre France, pauvre avenir… Délations, exécutions sommaires, attentats, déchaînement de barbarie : Louise est épouvantée. Elle finit par rentrer chez elle, une nausée tenace au ventre. On tente de la faire descendre à la cave, elle refuse et gagne sa chambre, parmi le fracas des bombes. Puis, n'y tenant plus, dans une atmosphère étouffante, elle ressort pour se rendre dans l'ancien logis de Sainte-Beuve, disparu l'année dernière. Elle y rejoint le secrétaire du critique, avec lequel elle passe plusieurs heures sur une petite terrasse surplombant le quartier. Elle demeure assise, comme suspendue au-dessus d'un jardinet dont le parfum des fleurs lui parvient, mêlé de poudre et de sang, à observer la nuit zébrée d'éclairs orange.

C'était d'une beauté qui terrifiait[105].

Vendredi 26 mai. Près de mille trois cents personnes, hommes, femmes, enfants, sont fusillées au Luxembourg. Des charrettes de cadavres défilent dans les rues, en direction des fosses communes. On se bat encore. Paris est une torche vive.

Fusillades en masse sur les Champs-Élysées. Dix mille fédérés succombent sur la place de l'Hôtel-de-Ville. Ensevelissements au square de la Tour-Saint-Jacques. Meurtres de médecins et d'ambulanciers. Longues agonies dans les fosses communes. Concerts de gémissements sans trêve. Trente mille morts. Quarante-trois mille prisonniers. Paris est une plainte, une plaie béante.

Dimanche 28 mai. À quinze heures,

> … un silence de mort s'étendit sur notre capitale en ruine[106].

Dire son indignation face aux procès iniques. Face aux déportations. Face aux punitions infligées aux pétroleuses. Se battre, encore, pour l'instruction obligatoire, la séparation de l'Église et de l'État, l'abolition de la peine de mort. Louise ferme les yeux, épuisée. Lui reviennent en mémoire les féeries de l'Orient, où elle aurait aimé retrouver son Gustave. Son siècle lui ressemble, il est pétri de contrastes et de contradictions, d'indignation et de passions, d'une sensibilité hors norme. Elle aimerait s'abandonner à la douceur de la vieillesse, de la fin. Mais il y a trop à faire pour s'autoriser le trépas.

Son cher Hugo a raison : « Chaque homme dans sa nuit s'en va vers sa lumière. »

Épilogue

C'est au cimetière de Verneuil-sur-Avre, en Normandie, que Louise Colet repose depuis sa mort le 8 avril 1876. Aurait-elle préféré la compagnie d'Hippolyte, de Juliette Récamier et d'Alfred de Vigny, au cimetière de Montmartre ? Celle, pour poursuivre leurs disputes, de Victor Cousin et d'Alfred de Musset au Père-Lachaise ? Ou, parce qu'elle ne reculait devant rien, celle de Victor Hugo au Panthéon ?

Louise a tant voulu exister par elle-même que l'histoire l'a engloutie, ne rendant hommage ni à son talent ni à son courage. Dès après sa mort, et jusqu'au milieu du XXe siècle, on a préféré évoquer sa beauté étourdissante assortie d'un mauvais caractère – comme si les deux allaient forcément de pair – et ses passe-droits, voire sa relation amoureuse avec Gustave Flaubert, plutôt que la force de ses écrits, la puissance de ses convictions, sa féminité assumée, son sens des libertés.

C'est tout cela que j'ai eu envie de retracer ici. Tout comme j'espère avoir donné envie de lire ou relire les ouvrages de la Muse, notamment ses poésies, ses récits de voyage et ses témoignages, lesquels ont nourri ces pages. Que les historiens me pardonnent les libertés prises avec le réel. Quant à Louise, elle ne m'en voudrait pas, je crois, d'avoir traité sa destinée comme celle d'une grande héroïne romanesque.

Notes

1. C'est ainsi que le nom de la propriété est orthographié au XIXe siècle.

2. « Sonnet à Corilla ». Cité dans *L'Indomptable Louise Colet* et *Louise Colet et ses amis littéraires.*

3. « *Souls made of fire / and children of the Sun* ». Et, en guise de citation ouvrant *Fleurs du Midi* : « *Child of the sun... Soul of fire.* »

4. Boulevard du Temple.

5. Cette scène a notamment été rapportée dans *Louise Colet* d'Eugène de Mirecourt, *Mon cher volcan* et *L'Indomptable Louise Colet.*

6. Voir *Louise Colet* d'Eugène de Mirecourt.

7. Texte daté du 7 octobre 1835. Il figurera en préface des *Fleurs du Midi.*

8. *Fleurs du Midi.*

9. *Mémoires d'outre-tombe* (tome III).

10. Texte daté du 23 novembre 1835. Il figurera en préface des *Fleurs du Midi.*

11. Rapporté dans *Louise Colet et ses amis littéraires.*

12. Voir site Internet du château de Versailles, au sujet de l'inauguration de 1837 et de la statue de Jeanne d'Arc par Marie d'Orléans et Auguste Trouchaud.

13. Aujourd'hui, dans la galerie de pierre haute.

14. Poème « Le Musée de Versailles ».

15. *Œuvres de Platon*, traduites par Victor Cousin. Tome XIII et dernier. P.-J. Rey, libraire (Paris, 1840).
16. Jean-Pons-Guillaume Viennet.
17. Depuis 1864, c'est la rue Victor-Cousin.
18. Voir *L'Abencérage.*
19. Entre le boulevard des Filles-du-Calvaire et la Bastille.
20. Voir « Les Funérailles de Napoléon ».
21. Son vrai nom est Louise d'Arcet.
22. Acteur.
23. Rue de la Chaussée-d'Antin, à partir de 1816. Il semblerait toutefois que son ancien nom, rue du Mont-Blanc, ait encore été utilisé dans les années 1840.
24. Mentionné dans plusieurs ouvrages, et raconté par Louise elle-même (voir *Réponse aux « Guêpes » de M. Alphonse Karr*, 1869).
25. Mentionné dans *Mon cher volcan.*
26. Voir *Mémoires d'outre-tombe.*
27. Voir : https://collections.louvre.fr/
28. Voir lettre au maire de Saint-Malo (1839).
29. Je n'ai pas trouvé le nom exact de ce jeune homme. L'anecdote a été rapportée dans *Mon cher volcan.* Il me plaît d'imaginer ici Alexandre Antigna, peintre orléanais.
30. Mentionné, entre autres, dans *L'Indomptable Louise Colet*, *Mon cher volcan*, etc.
31. Mentionné dans la plupart des biographies.
32. Mentionné dans la plupart des biographies.
33. Les sources ne sont pas concordantes : il n'est pas certain que Louise ait vraiment su que Gustave Quesneville était l'admirateur en question.
34. L'un des ancêtres de la machine à écrire. François Xavier Progin en déposa le brevet d'invention en 1833.
35. Récit du voyage dans *Deux mois d'émotions.*
36. Expression utilisée par Louise elle-même.
37. Cité dans *L'Indomptable Louise Colet.*
38. Alfred Le Poittevin épouse Louise de Maupassant, tante de Guy de Maupassant.
39. Mentionné, entre autres, dans *L'Indomptable Louise Colet.*
40. Élection en mai 1845, réception en janvier 1846.

41. Claire, née de son union avec Juliette Drouet.

42. Aujourd'hui rue Saint-Roch.

43. Surnom du Luxembourg, lequel proviendrait du mont Lucotitius, ou actuelle montagne Sainte-Geneviève, toute proche du jardin.

44. « Une allée au Luxembourg ».

45. Dans le *Dictionnaire des idées reçues*, resté inachevé, Flaubert en donnera cette définition : « Bas-bleu : Terme de mépris pour désigner toute femme qui s'intéresse aux choses intellectuelles. Citer Molière à l'appui : "Quand la capacité de son esprit se hausse", etc. »

46. Joseph Henry.

47. Auteur d'un précédent attentat contre Louis-Philippe.

48. Tous les passages qui suivent, écrits par Gustave à Louise, sont extraits des *Lettres à Louise Colet*.

49. Les lettres qui suivent et attribuées à Louise sont fictives : les manuscrits ont probablement été détruits par Flaubert, par sa nièce Caroline, ou par Louise elle-même. Je me suis autorisée à imaginer les réponses de Louise à Gustave.

50. Les extraits proviennent toujours des lettres de Gustave Flaubert à Louise Colet, rassemblées par souci d'efficacité narrative, mais sans changement dans leur ordre chronologique d'écriture.

51. Voir, notamment, *Les Amants de Mantes*.

52. Voir le manuscrit *Souvenirs : carnet n° 5* (offert par Mme Franklin-Grout à la Bibliothèque historique de la Ville de Paris, MS 68).

53. *Ibid.*

54. Voir *Lettres à Louise Colet*.

55. Lettre du 20 décembre 1848.

56. Surnom donné par Gustave Flaubert à Alfred de Vigny.

57. 1833.

58. Comédienne immensément connue à l'époque.

59. Véritable extrait d'une des rares lettres qui subsistent de Louise Colet à Gustave Flaubert, datée du 9 novembre 1847, citée dans *Mon cher volcan*.

60. Cité dans *Mementos*. Cette phrase proviendrait d'une lettre à son cousin Honoré Clair.

61. Voir http://data.decalog.net/enap1/Liens/Gazette/ENAP_GAZETTE_TRIBUNAUX_18501211.pdf.

62. Cité dans *L'Indomptable Louise Colet.*

63. http://data.decalog.net/enap1/Liens/Gazette/ENAP_GAZETTE_TRIBUNAUX_18490802.pdf

64. Voir, notamment, *Louise Colet et ses amis littéraires.*

65. Un mot que Louise aurait rédigé en pensant à Franz Noller, dans les *Mementos.*

66. Rapporté dans *L'Indomptable Louise Colet.*

67. *Mementos.*

68. *Lettres à Louise Colet.*

69. *Lettres à Louise Colet.*

70. Extrait des *Lettres à Louise Colet.* Idem pour les citations suivantes de Gustave Flaubert.

71. *Mementos.* Voir également, pour les scènes avec Musset, *Lui.*

72. Voir la correspondance Colet-Hugo.

73. *Mementos.*

74. Sylvain Ledda, *Paris romantique. Tableaux d'une ville disparue*, Paris, CNRS éditions, 2013.

75. *Mementos.*

76. Anecdote rapportée dans Alix de Janzé, *Étude et récits sur Alfred de Musset*, Paris, Librairie Plon, 1891.

77. *Mementos.*

78. Lettre du 29 septembre 1852.

79. Correspondance.

80. *Lettres à Louise Colet.*

81. Augusta Holmès, compositrice d'origine irlandaise, dont il se disait qu'elle était fille biologique de Vigny.

82. Voir la correspondance Colet-Hugo.

83. *Post-scriptum de ma vie.*

84. Lettre du 12 décembre 1852.

85. « Booz endormi », dans *La Légende des siècles.*

86. Sonnet « Amor nel cor » reproduit dans *Louise Colet et ses amis littéraires.*

87. Voir Emmanuel Pierrat, *1857. La Littérature en procès. Gustave Flaubert, Charles Baudelaire et Eugène Sue face à la censure*, Paris, Hermann, 2021.

88. Cité dans *Chroniques ! 50 chefs-d'œuvre de la littérature vus par la presse.*

89. La citation exacte, « L'amour n'est qu'une douleur puisque dès son éveil il s'exprime par la tristesse et les larmes ! » vient de *Les Cœurs brisés* (1843).

90. Cité dans *Louise Colet et ses amis littéraires.*

91. Déclaration du 18 août 1859, voir https://www.senat.fr/.

92. Voir la correspondance Colet-Hugo.

93. *L'Annexion.*

94. *L'Italie des Italiens* (tome III).

95. Paru en 1866.

96. Épisode raconté notamment dans *Louise Colet ou la Muse.*

97. Voir la correspondance Colet-Hugo.

98. Le récit est paru dans *Les Pays lumineux*, ouvrage posthume.

99. *Les Pays lumineux.*

100. *Ibid.*

101. Eugène Fromentin, *Voyage en Égypte, 1869* ; *Les Pays lumineux* ; Alain Galoin, « L'inauguration du canal de Suez ».

102. *La Vérité sur l'anarchie des esprits en France.*

103. *L'Indomptable Louise Colet.*

104. Scène racontée dans *La Vérité sur l'anarchie des esprits en France* et *L'Indomptable Louise Colet.*

105. *La Vérité sur l'anarchie des esprits en France.*

106. *Ibid.*

Bibliographie

ŒUVRES DE LOUISE COLET

Fleurs du Midi, Paris, Librairie de Dumont, 1836. Poésie.

La Jeunesse de Goethe, Paris, Imp. de Vve Dondey-Dupré, 1839. Comédie en un acte, en vers. Représentée au théâtre de la Renaissance en 1839.

Les Funérailles de Napoléon, Paris, Garnier frères, 1840.

Penserosa, Paris, H.L. Delloye éditeur, 1840.

La Jeunesse de Mirabeau, Paris, Dumont éditeur, 1841.

Charlotte Corday. Madame Roland, Paris, Berquet et Pétion éditeurs, 1842.

Le Monument de Molière, Paris, Paulin, 1843.

Deux mois d'émotions, Paris, W. Coquebert éditeur, 1843.

Les Cœurs brisés, Paris, Berquet et Pétion éditeurs, t. I et II, 1843.

Folles et saintes, Paris, Pétion éditeur, 1844.

L'Empereur de Russie près de sa fille mourante, Paris, Typographie de Plon frères, 1844.

Historiettes morales, Paris, A. Royer éditeur, 1845.

Le Marabout de Sidi-Brahim, suivi de *La Chanson des soldats d'Afrique*, musique d'Hippolyte Colet, Paris, Aubert et Cie, 1845.

Les Chants des vaincus, Paris, A. René et Cie, 1846.

Réveil de la Pologne, Paris, Imprimerie de A. René et Cie, 1846.

Les Grands Jours de la République 1re journée. Le peuple, chant patriotique, Paris, Jules Laisné éditeur, 1848.

La Colonie de Mettray, Paris, Librairie nouvelle, 1852.

Ce qui est dans le cœur des femmes, Paris, Librairie nouvelle, 1852.

Le Poème de la femme. Premier récit. La Paysanne, Paris, Perrotin, 1853.

Enfances célèbres, Paris, Hachette, 1854.

Ce qu'on rêve en aimant, poésies nouvelles, suivies de *L'Acropole d'Athènes, poème*, Paris, Librairie nouvelle, 1854.

Le Poème de la femme. Deuxième récit. La Servante, Paris, Perrotin, 1854.

Madame Duchatelet, Paris, G. Barba, 1854.

Madame Hoffman-Tanska. La provinciale à Paris, l'institutrice, Paris, G. Barba, 1854.

Le Poème de la femme. Troisième récit. La Religieuse, Paris, Perrotin, 1856.

Une histoire de soldat, Paris, Alexandre Cadot éditeur, 1856.

Un drame dans la rue de Rivoli, Bruxelles, Office de publicité, 1857.

Le Comte de Landèves, suivi de *La Marquise de Gange*, Bruxelles, Méline, Cans et Cie, 1858.

Promenade en Hollande, Paris, Librairie de L. Hachette et Cie, 1859.

Lui, roman contemporain, Paris, Librairie nouvelle et A. Bourdillat, 1860.

Naples sous Garibaldi. Souvenirs de la guerre de l'indépendance, Paris, E. Dentu, libraire-éditeur, 1860.

Pèlerinage à Versailles et à Trianon, Versailles, Malet et Levasseur photographes, 1861.

L'Italie des Italiens, t. I : *Italie du Nord*, t. II : *Italie du*

Centre, t. III : *Italie du Sud*, t. IV : *Rome*, Paris, E. Dentu, 1862-1864.

Richesse oblige. Contes et nouvelles pour l'adolescence, Paris, Fonteney et Peltier, 1862.

Les Derniers Marquis. Deux mois aux Pyrénées, Paris, E. Dentu éditeur / Librairie de la Société des gens de lettres, 1866.

Les Derniers Abbés, mœurs religieuses d'Italie, Paris, E. Dentu, libraire-éditeur, 1868.

La Satire du siècle, t. I. *Paris matière*, Paris, Hurtau libraire, 1868.

Ces petits messieurs, Paris, E. Dentu éditeur, 1869.

Réponse aux « Guêpes » de M. Alphonse Karr. Lettre à M. Guéroult, Paris, Hurtau, 1869.

Les Dévotes du grand monde, types du Second Empire, Paris, E. Dentu, libraire-éditeur, 1873.

La Vérité sur l'anarchie des esprits en France, Milan, F. Legros, 1873.

Edgar Quinet. L'Esprit nouveau, Paris, Librairie Hurtau, 1876.

Les Pays lumineux. Voyage en Orient, Paris, E. Dentu éditeur, 1879.

Et :

Mementos de Louise Colet au musée Calvet (Avignon), édités, présentés et annotés par Joëlle Garde, relecture Yvan Leclerc, Paris, Éditions Kimé, 2018.

Victor Hugo et Louise Colet. Lettres inédites, extraits rassemblés par Gustave Simon, Paris, *La Revue de France*, mai-juin 1926.

Bibliothèque historique de la Ville de Paris. Manuscrits de Gustave Flaubert. Louise Colet. Souvenirs : carnet n° 5 (1846 09). (BHVP. Rés. Ms 68).

https://gallica.bnf.fr/ark:/12148/btv1b10537023j?rk=686698 ; 4

SUR ET AUTOUR DE LOUISE COLET

Roger Bellet (dir.), *Autour de Louise Colet*, Lyon, Presses universitaires de Lyon, 1982.

Albert de Bersaucourt, « L'autre Louise Colet », Paris, revue *Le Temps présent*, juin-juillet 1913.

Micheline Bood et Serge Grand, *L'Indomptable Louise Colet*, Paris, Horay, 1986.

Amélie Calderone, *Louise Colet, une dramaturge politique dans la presse*, Paris, Classiques Garnier, « La revue des lettres modernes », Minores XIX-XX, p. 185-200, 2020.

Jean-Paul Clébert, *Louise Colet ou la Muse*, Paris, Presses de la Renaissance, 1986.

Eugène de Mirecourt, *Louise Colet*, Paris, Gustave Havard, 1857.

Francine du Plessix Gray, *Mon cher volcan ou la Vie passionnée de Louise Colet*, Paris, J.-C. Lattès, Paris, 1995.

Frank Estelmann, *Louise Colet et l'« Orient-Isthme-de-Suez »*, Viatica [En ligne], HS 2 | 2018, mis en ligne le 21 janvier 2021, consulté le 8 février 2022. URL : http://revues-msh.uca.fr/viatica/index.php?id=1028

Gustave Flaubert, *Lettres à Louise Colet, 1846-1848*, Paris, Rivages poche, « Petite Bibliothèque », 2017.

Lettres à Louise Colet, Paris, Magnard, 2003.

Hélène Frejlich, *Les Amants de Mantes*, Paris, E. Malfère, 1936.

Joëlle Gardes-Tamine, *Louise Colet la méprisée*, RELIEF – Revue électronique de littérature française 10(2), p. 13-24.

Michel Grenouilloux, *Dix drôles de zèbres*, autoédition, 2019.

Émile Henriot, *Portraits de femmes*, Paris, Publication artistique bimensuelle n° 51, 1913.

Joseph Jackson, *Louise Colet et ses amis littéraires*, Londres, Yale University Press, 1937.

Maurice Levaillant et Marc Varenne, « Les amours d'Alfred de Vigny et de Louise Colet, Lettres inédites », Paris, *Revue des Deux Mondes*, janvier-février 1956.

Hélène Maurel-Indart (dir.), *Femmes artistes et écrivaines dans l'ombre des grands hommes*, Paris, Classiques Garnier, 2019.

Christine Planté, *La Petite Sœur de Balzac*, Lyon, Presses universitaires de Lyon, 2015.

Thierry Poyet, *Louise Colet et l'Italie des Italiens : le récit de voyage d'une vieille romantique*, RELIEF – Revue électronique de littérature française 12 (2), 2018, p. 38-53.

BIBLIOGRAPHIE GÉNÉRALE

Revue : *L'Artiste : journal de la littérature et des beaux-arts*, 1836.

Album du Salon de 1840 : *Collection des principaux ouvrages […] exposés au Louvre*, texte par Jules Robert, Paris, Challamel éditeur, 1840.

Album du salon de 1842 : *Collection des principaux ouvrages exposés au Louvre reproduits par les artistes eux-mêmes […]*, texte par Wilhelm Tenint, Paris, Challamel éditeur, 1842.

La Gazette des tribunaux, 2 août et 9 août 1849.

Le Siècle, 15,16 et 17 novembre 1869.

Recueil collectif *Chroniques ! 50 chefs-d'œuvre de la littérature vus par la presse*, Paris, Flammarion illustré, 2022.

Susanna Barrows, « La Culture des cafés au XIXe siècle », *Revue de la BnF* n° 53, février 2016.

J. Barthélemy-Saint-Hilaire, *M. Victor Cousin, sa vie et sa correspondance*, Paris, Hachette, 1895.

Patrick Berthier, « Miroirs des littératures du monde : les revues parisiennes (1830-1835) », *Romantisme*, n° 89, 1995.

Edmond Biré, *Les Poètes lauréats de l'Académie française :*

recueil des poèmes couronnés depuis 1800, avec une introduction (1671-1800) et des notices biographiques et littéraires, t. II, *1830-1864*, Paris, Edmond Biré et Émile Grimaud, 1864.

Albert Breittmayer, *Inauguration du canal maritime de l'isthme de Suez : notes de voyage*, Lyon, Imprimerie de H. Storck, 1874.

Georges Cain, *Anciens théâtres de Paris. Le boulevard du Temple. Les théâtres du boulevard*, Paris, Eugène Fasquelle éditeur, 1920.

Madeleine Cottin, *Gustave Flaubert et Madame Bovary*, exposition du centenaire de la publication de *Madame Bovary*, Paris, BnF, 1957-1958.

Pierre-Marc de Biasi, *Flaubert. L'homme-plume*, Paris, Gallimard, 2002.

François-René de Chateaubriand, *Mémoires d'outre-tombe*, livres I à XII, Paris, Livre de poche, 2000.

Philippe de Chennevières, *Souvenirs d'un directeur des Beaux-Arts*, Paris, Aux Bureaux de l'artiste, 1883.

Delphine de Girardin, *Lettres parisiennes : 1836-1848*, Paris, Charpentier Libraire, 1843.

Alix de Janzé, *Étude et récits sur Alfred de Musset*, Paris, Librairie Plon, 1891.

Patrice de Moncan, *La Rue parisienne, boutiques, enseignes, petits métiers, au XIX*^e^ *siècle*, Ravières, Les Éditions du Mécène, 2012.

Paul de Musset, *Lui et elle*, Paris, Hachette Livres / BnF, 2016.

Maxime Du Camp, *Souvenirs littéraires. 1822-1894*, Paris, Hachette, 1962.

Francis Démier, *La France du XIX*^e^ *siècle. 1814-1914*, Paris, Seuil, « Points », 2000.

Jacques-Louis Douchin, *La Vie érotique de Flaubert*, Paris, Pauvert, 1984.

Antoine Elwart, « Hippolyte Raimond Colet », Paris, *Revue et gazette musicale de Paris*, 1851.

Gustave Flaubert, *Madame Bovary*, Paris, Gallimard, « Folio Classique », 2021.

Dictionnaire des idées reçues, Paris, Nouvel Office d'édition, 1964.

Eugène Fromentin, *Voyage en Égypte, 1869*. Journal publié d'après le carnet manuscrit avec introduction et notes par Jean-Marie Carré, Paris, Éd. Montaigne, 1935 ; nouv. éd. Paris, CNRS Éditions, 1997.

Alain Galoin, « L'inauguration du canal de Suez », L'histoire par l'image [en ligne], http://histoire-image.org/fr/etudes/inauguration-canal-suez.

Jean Garrigues et Philippe Lacombrade, *La France au XIXe siècle. 1814-1914*, Paris, Armand Colin, 2019.

Lola Gonzalez-Quijano, « La chère et la chair : gastronomie et prostitution dans les grands restaurants des boulevards au XIXe siècle », *Genre, sexualité & société*, 10 décembre 2013.

Paul Janet, *Victor Cousin et son œuvre*, Paris, Calmann-Lévy, 1885.

Sylvain Ledda, *Paris romantique. Tableaux d'une ville disparue*, Paris, CNRS Éditions, 2013.

Florence Marciano, *La Faculté des sciences Saint-Charles à Marseille : le grand œuvre de Victor Blavette*. Voir https://doi.org/10.4000/lha.412.

Philippe Mellot, *Paris sens dessus dessous*, Paris, Éd. Place des Victoires, 2014.

Philippe Mellot, *Les Gastronomes parisiens*, Paris, Omnibus, 2015.

Emmanuel Pierrat, *1857. La littérature en procès. Gustave Flaubert, Charles Baudelaire et Eugène Sue face à la censure*, Paris, Hermann, 2021.

Alban Ramaut, *Anton Reicha et l'Allemagne, à Paris*. Louise

Bernard de Raymond, Jean-Pierre Bartoli, Herbert Schneider. Anton Reicha, compositeur et théoricien, Olms, 2015.

George Sand, *Elle et lui*, Paris, Michel Lévy frères, 1869.

Charles-Augustin Sainte-Beuve, *Chroniques parisiennes (1843-1845)*, Paris, Michel Lévy frères, 1876.

Léon Séché, *Études d'histoire romantique. Alfred de Musset. Les femmes*, Paris, Mercure de France, 1907.

Gisèle Séginger, *Dictionnaire Flaubert*, Paris, Éditions Honoré Champion, 2017.

Jules Simon, *Victor Cousin*, Paris, Librairie Hachette et Cie, 1887.

Annie Ubersfeld, « Sainte-Beuve dans le *Journal* des Goncourt », Paris, *Romantisme-Revue du XIXe siècle*, n° 109, 2000, p. 23-31.

Octave Uzanne, *Les Modes de Paris, variations du goût et de l'esthétique de la femme, 1797-1897*, Paris, L.-H. May, 1898.

André Verlhac, « La conception flaubertienne de l'amour », *Études normandes*, 41e année, n° 1 : Amis de Flaubert et Maupassant, 1992, p. 47-57.

VOIR ÉGALEMENT :

https://gallica.bnf.fr
https://flaubert.univ-rouen.fr
https://bmlisieux.com
https://www.chateauversailles.fr
https://collections.louvre.fr/
https://www.sorbonne.fr
https://www.academie-francaise.fr

DU MÊME AUTEUR

Romans

BRILLANT COMME UNE LARME, Albin Michel, 2020.

DEBOUT SUR MES PAUPIÈRES, Belfond, 2017.

TANDIS QUE JE ME DÉNUDE, Belfond, 2015.

MESDAMES, SOURIEZ, Fayard, 2005.

Essai

TU PEUX SORTIR DE TABLE, Fayard, 2008.

Nouvelles (recueils collectifs)

BONJOUR, VITESSE, Belfond, 2017.

JE NE SUIS PAS UNE FILLE FACILE, J'ai lu, 2009.

UN MARDI SOIR À DUBROVNIK, Ramsay, 2008.

Jeunesse

LES SORTILÈGES DE CLÉOPÂTRE, Leduc, 2018.

Série « Les Conjurés de Niobé » : L'OMBRE DE THÉSÉE et LE CHOIX DE JASON, Baam !/J'ai lu, 2010-2012.

Composition Nord Compo
Impression CPI Firmin-Didot, mars 2023
Éditions Albin Michel
22, rue Huyghens, 75014 Paris
www.albin-michel.fr

ISBN 978-2-226-45864-3
N° d'édition : 24319/01. – N° d'impression : 173619
Dépôt légal : avril 2023
Imprimé en France.